第五屆辭章章法學學術研討會

論文集

章法論叢

【第五輯】

中華章法學會◎主編

序

陳滿銘

由高雄文藻外語學院應用華語文系與中華民國章法學會聯合主辦的「第五屆辭章章法學學術研討會」，經於去年（2010年）10月9日，假文藻外語學院求真樓地下一樓Q001、Q002室圓滿舉行。

早在2005年，辭章章法學的研究團隊，為了持續發展之實際需要，毅然成立了「辭章章法學會籌備會」，作為擴大研究、服務的據點。並經於2006年5月7日，由臺灣師大國文系與國文天地雜誌社之協辦下，在臺灣師大教育大樓國際會議廳舉行「第一屆辭章章法學學術研討會」，向學術界與教育界，尤其是中小學教師推介「章法」，以提升影響力。會中發表論文的有10人。再於2007年5月5日舉辦「第二屆辭章章法學術研討會」，會中共有12篇論文發表。就在如此積極之籌備下，終於2008年3月由內政部核准正式成立「中華民國章法學會」，入會的專家學者與中小學教師在160人以上。且經第一次理監事會議決，定於2008年10月18日在臺灣師大教育大樓二樓國際會議廳舉行「第三屆辭章章法學術研討會」，會中計有16篇論文發表，與會者達120人以上。接

著於 **2009** 年 **10** 月 **17** 日舉辦「第四屆辭章章法學學術研討會」，假臺灣師大綜合大樓五樓「國際會議廳」與「**503**」室分兩場同時進行。會中共發表了 **22** 篇論文，與會的學者專家、博碩士研究生與中小學教師，超過了 **150** 人。而本次為了擴大參與空間，第一回嘗試走出臺北到南部來舉辦，會中發表的論文竟多達 **24** 篇，而與會之學者專家又在 **160** 人以上，可以說是歷屆最踴躍之一次，這是十分令人感動的。

本次所發表的論文，除了在章法學學與辭章學研究之廣度與深度上有很好收穫外，特別值得一提的：首先是繼續受到大老級教授的鼓勵，如邱燮友教授的〈穿越時空進入四度空間的文學〉與莊雅州教授的〈從文字學與文學角度探討詩經重章疊詠藝術〉兩篇就是；其次是與西方作聯繫，如戴維揚教授的〈論釋語言葛藤反轉（**Chiasmus**）現象〉與許長謨教授的〈幾組章法專詞的試譯及其跨語言問題探討〉兩篇就是；又其次是與華語作接軌，如趙靜雅助理教授的〈華語介詞「關於、對於」之詞彙語義初探〉與竺靜華老師的〈華語教學中的「無中生有」 — 試論「至於」與「而」在段落中的運用〉兩篇就是；然後是與外語作對應，如碩士生魏愛妮的〈印漢程度副詞「**sangat**」與「很」之結構對比分析〉與碩士生羅茂元的〈「互動式情境模擬的任務寫作教學」對於以中文為第二語言的學習者的幫助 — 以在越南的學習者為例〉兩篇就是。凡此種種，都使本次的研討會為之生色不少。

此外，又必須一提的是：編委會決定從本輯開始，在會中發表的論文皆須通過審查修改之後，才能收錄。結果本次通過的有

17 篇，未通過的有兩篇，其餘的有：助理教授趙靜雅的〈華語介詞「關於、對於」之詞彙語義初探〉、博士生吳燕真的〈《詩經・大雅》開國詩史的章法結構探析〉、碩士生張毓珍的〈《竇娥冤》中的儀式結構分析〉、碩士許馨云的〈〈馬太福音〉的修辭義〉、博士生謝元雄的〈《儀禮・士昏禮》篇章結構與儀節探析〉計 4 篇；這是因作者另有考量，擬刊載於其他專書或學報，所以未列入，這對本專輯而言，雖不無缺憾，但對作者來說，卻是值得賀喜之事。

本次研討會得以圓滿成功、《章法論叢》第五輯繼一、二、三、四輯之後得以順利出書，首先要感謝章法學會全體會員之努力及眾多與會人士之鼓勵；其次要感謝國內專家學者，如王基倫、王偉勇、李威熊、林文寶、邱燮友、胡其德、徐漢昌、莊雅州、張高評、許長謨、許錟輝、傅武光、蔡宗陽、賴明德、戴維揚……等資深教授，以及主辦本屆研討會的文藻外語學院應華系陳智賢主任與主辦下屆研討會的臺北市教育大學中語系余崇生主任之蒞臨主持、指導；最後要感謝蒲基維博士之編排設計與萬卷樓梁錦興總經理、張晏瑞副總編輯之協助出版；為此，謹代表章法學會董監事會向大家深致謝忱。

如此凝聚眾人之力，已確實為辭章章法學之研究打下良好的基礎，就殷切地盼望各會員與專家學者，能持續積極參與並鼓勵，以開創更輝煌的成果！

陳滿銘　序於章法學會理事長室

2011 年 8 月 14 日

章法論叢（第五輯）

目　次

篇章邏輯與思考訓練

陳滿銘
中華章法學會理事長

摘要：

所謂「篇章邏輯」，探討的是篇章內容材料的層次關係，也就是綴句成節（句群）、連節成段、組段成篇的一種結構。它源自於人類與宇宙共通的規律，而這規律，正是人人作各種思考的準據，因此，一個人如能好好地依據它的四大規律—秩序、變化、聯貫、統一，以掌握呈現「篇章邏輯」的各種具體的條理，即所謂的「章法」（約四十種）作思考訓練，則假以時日，必定可以提升思考能力，使逐漸合於秩序、變化、聯貫、統一的要求。本文即著眼於此，舉古典與現代詩文為例，並附以結構分析表，略予說明，以見篇章邏輯對思考訓練的重要性。

關鍵詞：

篇章邏輯、秩序、變化、聯貫、統一、章法結構、思考訓練

一、 前言

「篇章邏輯」是以「邏輯思維」為主、「形象思維」[1]為輔的，因此簡單地說，它所探討的主要是內容材料的深層邏輯，也就是篇章的「條理」，而此「條理」乃源自於人之心理，從內在應接萬事萬物，所呈顯的共通理則[2]。而這共通的理則，落到「篇章邏輯」之上，便成為「秩序」、「變化」、「聯貫」、「統一」等四大規律。其中「秩序」、「變化」與「聯貫」三者，主要著重於個別材料（景與事）之布置，以疏理各種邏輯結構，重在分析思維；而「統一」則主要著眼於情、理或統合材料，凝成主旨或綱領，以貫穿全篇[3]，重在綜合思維。從根源上說，這四大規律或條理，乃經由人心之邏輯思考而得以呈顯，可說貫通了人我、物我，是完全合於天理人情的，所以透過「篇章邏輯」來進行思考訓練，最可收到事半功倍的效果。有鑑於此，本文即以四大「篇章邏輯」為綱，舉古典與現代詩文為例，並附以結構分析表，略作分析說明，藉以看出「篇章邏輯」與「思考訓練」之密切關係。

---

1 邏輯思維與形象思維為人類最基本的兩種思維方式。參見侯健《文學通論》（北京：北京大學出版社，1986 年 5 月一版一刷），頁 153-157。

2 此即「人同此心，心同此理」之「理」，參見陳滿銘〈談辭章章法的主要內容〉、〈談篇章結構〉，《章法學新裁》（臺北：萬卷樓圖書公司，2001 年 1 月初版），頁 319-360、364-419。

3 陳滿銘〈論辭章章法的四大律〉（《國文天地》17 卷 4 期，2001 年 9 月），頁 101-107。又參見仇小屏《文章章法論》（臺北：萬卷樓圖書公司，1998 年 11 月初版），510 頁，及《篇章結構類型論》上、下（臺北：萬卷樓圖書公司，2000 年 2 月初版），620 頁。

二、 秩序邏輯與思考訓練

秩序邏輯，也稱為秩序律。而所謂的秩序，是說將材料依時間、空間或事理展演的順序加以安排的意思。而目前所能掌握之「篇章邏輯」之類型，即所謂「章法」，將近四十種，那就是：今昔、久暫、遠近、內外、左右、高低、大小、視角轉換、知覺轉換、時空交錯、狀態變化、本末、淺深、因果、眾寡、並列、情景、論敘、泛具、虛實（時間、空間、假設與事實、虛構與真實）、凡目、詳略、賓主、正反、立破、抑揚、問答、平側（平提側注）、縱收、張弛、插補[4]、偏全、點染、天（自然）人（人事）、圖底、敲擊[5]等。這些章法，都可以依秩序原則，形成「順」與「逆」的兩種結構。如今昔法，可形成「先今後昔」（逆）、「先昔後今」（順）的結構；又如遠近法，可形成「先遠後近」（順）、「先近後遠」（逆）的結構；又如因果法，可形成「先因後果」（順）、「先果後因」（逆）的結構；又如虛實法，可形成「先虛後實」（逆）、「先實後虛」（順）的結構；又如點染法，可形成「先點後染」（順）、「先染後點」（逆）的結構；又如圖底法，可形成「先圖後底」（逆）、「先底後圖」（順）的結構。這些「移位」結構，無論順、逆，都可呈現出「層次邏

[4] 以上章法，見陳滿銘〈談辭章章法的主要內容〉，《章法學新裁》，同注 2。及仇小屏《篇章結構類型論》上、下，同注 3。

[5] 以上五種章法，見陳滿銘〈論幾種特殊的章法〉（臺灣師大《國文學報》31 期，2002 年 6 月），頁 175-204。

輯」的條理[6]；這是思考訓練的第一層。如崔顥的〈黃鶴樓〉詩：

> **昔人已乘黃鶴去，此地空餘黃鶴樓，黃鶴一去不復返。白雲千載空悠悠。晴川歷歷漢陽樹，芳草萋萋鸚鵡洲。日暮鄉關何處是？煙波江上使人愁。**

此寫鄉愁，是採「先底後圖」之結構所寫成的。

「底」為前三聯，以「先圖後底」形成結構，作者在此，首先扣緊了題目，透過想像，在起、頷兩聯，就「黃鶴樓」虛寫它的來歷，而由黃鶴之一去不返與白雲千載之悠悠，預為結尾的「愁」字蓄力，這採「先因後果」之結構寫成，對全篇而言，是「底中圖」的部分。然後在頸聯，依然針對著題目，實寫自己登樓所目睹的空闊景物，而由歷歷之晴川與萋萋之芳草，正如所謂的「水流無限似儂愁」(劉禹錫〈竹枝詞〉)、「王孫遊兮不歸，春草生兮萋萋」(《楚辭·招隱士》)，帶著無限愁恨，再為結尾的「愁」字助勢，這採「先遠後近」之結構寫成，對全篇而言，是「底中底」的部分。

「圖」為尾聯，在此，承頸聯，將空間自漢陽、鸚鵡洲推拓出去，伸向遙遠的故國，且在其上抹上一望無際的渺渺煙波，在殘陽之下，重重的網住欲歸眼，從而逼出一篇的主旨「鄉愁」，以回抱上意作結，這採「先問後答」之結構寫成。此詩，紀曉嵐指出「意境寬然有餘」(紀評《瀛奎律髓》)，所以能如此，因素雖多，

[6] 陳滿銘〈章法的「移位」、「轉位」結構論〉(臺灣師大《師大學報·人文與社會類》49 卷 2 期，2004 年 10 月)，頁 1- 22。

但與這種安排的方式，當不無關係。附其結構分析表如下：

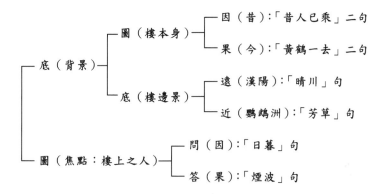

- 底（背景）
  - 圖（樓本身）
    - 因（昔）：「昔人已乘」二句
    - 果（今）：「黃鶴一去」二句
  - 底（樓邊景）
    - 遠（漢陽）：「晴川」句
    - 近（鸚鵡洲）：「芳草」句
- 圖（焦點：樓上之人）
  - 問（因）：「日暮」句
  - 答（果）：「煙波」句

可見此詩，由「先底後圖」、「先圖後底」、「先問後答」、「先因後果」、「先遠後近」等移位結構形成「篇章邏輯」，以組織全詩。

這種合於「秩序邏輯」的結構，無論順、逆，都是作者將寫作材料，訴諸人類求「秩序」的心理，經過邏輯思考，予以組合而成的。因此用以訓練學生作或順或逆的單向思考，是極為直接而有效的。松山正一著、歐陽鍾仁譯的《教師啟發學童思考能力的方法》一書中列有幾種方法，如「有條理地啟發學生的思考」、「藉分析事理啟發學生的思考」、「藉因果關係啟發學生的思考」、「藉知識的結構啟發學生的思考」[7]，都與此有關。而多湖輝所著的《全方位思考方法》一書更針對著逆向思考，提出「站在完全相反的立場來思考」的主張[8]。而這「順」和「逆」的思考，如反

[7] 《教師啟發學童思考能力的方法》（臺北：幼獅文化事業公司，**1989** 年 **7** 月七版），頁 **15-19**、**85-88**、**104-107**、**126-129**。

[8] 《全方位思考法》（臺北：萬象圖書公司，**1994** 年 **7** 月初版一刷），頁 **101-106**。

映在小學生的作文上，據調查是這樣子的：

> 六年級學生的作文，順敘佔 87.61%，插敘佔 3.54%，倒敘佔 8.85%。小學生基本上只能運用順敘法。據黃仁發等的調查三年級學生只會順敘，五年級會插敘的佔 2.28%，個別學生作文有倒敘的萌芽，即開頭一、二句把後面的事情提前說。[9]

可知「順」的思考，對學生而言，遠比「逆」者的發展為早、為易。

不過，無論「順」、「逆」，如就今與昔、遠與近、因與果、虛與實、凡與目、圖與底等相應之兩者來說，它們的結合關係就是「反復」，亦即「齊一」的形式。對此，陳望道說：

> 形式中最簡單的，是反復（Repetition）。反復就是重複，也就是同一事物的層見疊出。如從其它的構成材料而言，其實就是齊一。所以反復的法則同時又可稱為齊一（Uniformity）的法則。這種齊一或反復的法則，原本只是一個極簡單的形式，但頗可以隨處用它，以取得一種簡純的快感。[10]

所謂「形式」，乃指「事物所有的結合關係」[11]，而通常所謂「先甲後乙」者，指的就是形成秩序的「甲」與「乙」（同一事物）之

---

[9] 朱作仁、祝新華《小學語文教學心理學導論》（上海：上海教育出版社，2001 年 5 月一版一刷），頁 195。

[10] 《美學概論》（臺北：文鏡文化事業公司，1984 年.12 月重排初版），頁 61-62。

[11] 《美學概論》，同注 10，頁 60。

結合，由此可見，「篇章邏輯」所說的「秩序」，從另一角度說，就是「反復」、「齊一」，這對思考訓練而言，當然是很有用的。

三、 變化邏輯與思考訓練

變化邏輯，也稱為變化律。而所謂變化，是說改變材料的次序，予以參差安排的意思。一般而言，作者會將時間、空間或事理展演的自然過程加以改變，造成「參差見整齊」的效果。就拿每種章法來說，都可形成幾種變化的結構，如大小法，可形成「大、小、大」、「小、大、小」等結構；又如本末法，可形成「本、末、本」、「末、本、末」等結構；又如情景法，可形成「情、景、情」、「景、情、景」等結構；又如凡目法，可形成「凡、目、凡」、「目、凡、目」等結構；又如立破法，可形成「立、破、立」、「破、立、破」等結構；又如敲擊法，可形成「敲、擊、敲」、「擊、敲、擊」等結構。這些「轉位」結構[12]，是將「順」和「逆」作雙向的結合，與秩序原則只循單向求「齊一」的，有所不同；這是思考訓練的第二層。如張騰蛟的〈溪頭的竹子〉一文：

> **溪頭是一簇迷人的風景，而叢聚在這裡的那些茂密的竹林，乃是風景中的風景。**

[12] 陳滿銘〈章法的「移位」、「轉位」結構論〉，同注 6。

竹子是喜歡跑到山頭去聚居的，但是我從來沒有看過像溪頭的竹子這樣的稠密，這樣的擁擠，以及這樣的具有個性。我總認為，溪頭的竹子是它們這種植物中的另一種族類，它有意跑到這片山野裡來製造風景。這裡的竹子，是以占領者的姿態去盤踞著山頭。它們不僅僅是為這片山野織起了一片青翠，重要的是，它們在這裡創造了一種罕見的姿態。記得當我第一眼觸及這裡的竹林時，曾經為之愕然良久，難道竹子是在這裡進行一項爬高的比賽？每一棵竹子都在不顧一切地往上鑽挺，看起來就好像要去捕星星，摘月亮，也好像是大家一起去搶奪那片藍藍的天空。我面對著這麼一群生氣勃勃的青竹，不自主地便鑽進它們的行列裡去，去親近它們，去觸及它們，看它們如何用根鬚去抓緊泥土，如何用青翠去染綠山野。當然，還有一個更重要的理由，就是讓自己去站到一棵竹子的身邊，然後，昂起頭來向上望，看看它以一種什麼樣子的姿勢挺拔起來的；希望能從它的身上，學一點點如何才能挺拔的祕訣，如何才能昂然而立的本領。記得過去曾經在颱風過後的山林中，看到了不少的斷枝殘幹，為什麼這片竹林中沒有這種景象呢？我想，該不是颱風不來南投罷，恐怕是這些茂密的竹子，不允許它進入這片山林的。假如真是這樣，就更值得向它們學習了。

我站在竹林的邊緣，發現到這裡的竹子是很講究秩序的，它們有它們的領域，它們有它們的地盤；它們絕對不會獨個兒走向其他林木叢裡去，也不會讓其他的林木走進它的行列裡來。竹林就是竹林，純得很，除了竹子，別無其他，就是一棵野花、野草什麼的，要想在這些竹林中立足，也是很不容易的。正因為這裡的竹子創造了它們獨特的風格，創造了它們獨特的姿態，所以，喜歡這些竹林的人是很多的，我就發現到一群群的遊人佇立在竹林的外面，用一種癡癡的眼神去凝視那些竹林的深處。我想，他們一定也是被這些竹子吸引住了。溪頭公園的風景是夠迷人的，而這裡的竹子，和竹子所構建起來的世界，更是迷人。賞景的人群自四面八方不斷地向這裡湧來，他們來看大學池，來看神木，而其中有不少的人，是特地來看竹子的，像我就是。

本文寫溪頭竹子之迷人，是採「凡（總提）、目（分應）、凡（總提）」的結構寫成的。

它在第一段用包孕的寫作方式，先寫溪頭公園整個風景之迷人，再縮寫到竹林風景之迷人，拈出「迷人」二字作為綱領，以單軌貫穿全文。這是「凡」（總提）的部分。在第二、三段，從竹子本身如何「迷」人這一面，交代了溪頭的竹子所以迷人的原因。在此，先於第二段寫竹子因「稠密」而「製造風景」；再在第三段寫竹子因「鑽挺」而使人「為之愕然」（著迷的另一說法）；這是「目（分應）一」的部分。在第四、五、六等段，從人對竹子入迷這一面，由淺而深地交代了溪頭的竹子「迷人」的結果。在此，先於第四、五段，寫人們對它的親近與欣賞，看它如何抓緊泥土、如何染綠山野、如何挺拔姿勢、如何保持茂密，及如何講究秩序，以回應第二、三段，並加以擴大，以見竹子所以迷人之處；然後在第六段，寫人們對它的喜愛；這是「目（分應）二」的部分。在末段，則採由因而果的形式來寫。它先寫竹子的迷人，再寫人對它的欣賞、喜愛，以回抱前文作結，這分明又是「凡」（總提）的部分。

縱觀此文，先寫竹子的迷人，再寫它迷人的原因與結果，然後又回到「迷人」上來收拾全文，使首尾圓合無間，這顯然是採由「凡（總提）、目（分應）、凡（總提）」的單軌結構寫成的。附結構分析表如下：

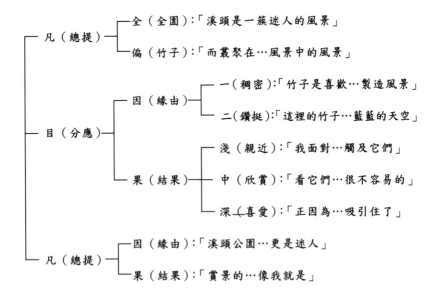

- 凡（總提）
  - 全（全園）：「溪頭是一簇迷人的風景」
  - 偏（竹子）：「而叢聚在…風景中的風景」
- 目（分應）
  - 因（緣由）
    - 一（稠密）：「竹子是喜歡…製造風景」
    - 二（鑽挺）：「這裡的竹子…藍藍的天空」
  - 果（結果）
    - 淺（親近）：「我面對…觸及它們」
    - 中（欣賞）：「看它們…很不容易的」
    - 深（喜愛）：「正因為…吸引住了」
- 凡（總提）
  - 因（緣由）：「溪頭公園…更是迷人」
  - 果（結果）：「賞景的…像我就是」

可見此文以上層的「凡（總提）、目（分應）、凡（總提）」結構來統攝底下面兩層「先全後偏」、「先因後果」（兩疊）、「並列（先一後二）」、「先淺後深」等結構，而此上層結構，是以「變化邏輯」加以呈現的。

這種將「順」和「逆」結合在一起所形成的結構，比起單「順」與單「逆 」者，要來得複雜而有變化。而這種變化，可說源自於人類要求變化的心理，陳望道在其《美學概論》中說：

> 人類心理卻都愛好富於變化的刺激，大抵喚取意識須變化，保持意識的覺醒狀態也是需要變化的。若刺激過於齊一無變化，意識對它便將有了滯鈍、停息的傾向。在意識的這一根本性質上，反復的形式實有顯然的弱點。反復到底不外是同一（縱非嚴格的同一，也是異常的近似）狀態之齊一地刺激著我們的事。反復過度，意識對於本刺激也便逐漸滯鈍停息起來，移向那有變化有起伏的別一刺激去的趨勢。[13]

因此掌握這類富於變化的結構（條理）來訓練學生的思考能力，是完全能切合他（她）們的心理的。這種求變的心理，如反映在小學生的作文上，據調查是這樣子的：

> 張宏熙等發現，不同的題材，學生對結構層次的安排不一樣，寫一件事，最喜歡用「一詳一略」來反映的佔 21.6%；任何題材，都喜歡結構多變的佔 58.9%。學生喜歡結構多

[13] 《美學概論》，同注 10，頁 63-64。

> 變的原因，是這種作文內容隨意，不必考慮獨特的開頭，巧妙的結尾，形式隨便。總之，學生作文的結構層次，已從統一固定的模式，向靈活多變的模式過渡。[14]

由「齊一」而求「變化」，是人共通的心理。唯有求變化，才能提昇人的思考能力，而使頭腦保持靈活。多湖輝在其《全方位思考方法・序》中，就由個人生活的角度切入說：

> 如何克服生活呆版化，是一般人最困擾的，唯有從「改變生活的空間」、「改變生活的時間」、「改變生活的習慣」著手，隨時隨地多多從各個角度觀看事物，甚至反習慣思考日常生活中理所當然的成規，一旦努力嘗試，養成處處腦力激盪的習慣，這樣自我訓練，就能常保思想靈活，創意便不會枯竭了。[15]

足見變化思考對人生活的影響之大，而要幫助大家開啟這扇大門，藉由「篇章邏輯」進行思考訓練，無疑是最好的一把鑰匙。

四、　聯貫邏輯與思考訓練

聯貫邏輯，也稱為聯貫律。而「所謂『聯貫』，是就材料先後

[14] 《小學語文教學心理學導論》，同注 9。
[15] 《全方位思考方法》，同注 8，頁（序）2。

的銜接或呼應來說的，也稱為『銜接』。無論是那一種章法，都可以由局部的『調和』與『對比』，形成銜接或呼應，而達到聯貫的效果。在三十幾種章法中，大致說來，除了貴與賤、親與疏、正與反、抑與揚、立與破、眾與寡、詳與略、張與弛……等，比較容易形成『對比』外，其他的，如今與昔，遠與近、大與小、高與低、淺與深、賓與主、虛與實、平與側、凡與目、縱與收、因與果……等，都極易形成『調和』的關係。」[16] 一般說來，辭章裡全篇純然形成「對比」者較少，而在「對比」（主）中含有「調和」（輔）者則較常見；至於全篇純然形成「調和」者則較多；而在「調和」（主）中含有「對比」（輔）者，雖然也有，卻較少見；這種情形，尤以古典詩詞為然。不過，無論怎樣，都可以收到前後呼應、聯貫為一的效果[17]；這是思考訓練的第三層。如李文炤的〈儉訓〉一文：

> 儉，美德也，而流俗顧薄之。
>
> 貧者見富者而羨之，富者見尤富者而羨之。一飯十金，一衣百金，一室千金，奈何不至貧且匱也？每見閭閻之中，其父兄古樸質實，足以自給，而其子弟羞向者之為鄙陋，盡舉其規模而變之，於是累世之藏，盡費於一人之手。況乎用之奢者，取之不得不貪，算及錙銖，欲深谿壑；其究

16 陳滿銘〈論辭章章法的四大律〉，同注 3，頁 104。

17 除此效果外，「對比」與「調和」還可以影響一篇辭章之風格，通常「對比」會使文章趨於陽剛，而「調和」則會使文章趨於陰柔。參見仇小屏《古典詩詞時空設計之研究》（臺灣師大國文研究所博士論文，2001 年 3 月），頁 323-331。

也，諂求詐騙，寡廉鮮恥，無所不至；則何若量入為出，享恆足之利乎？

且吾所謂儉者，豈必一切捐之？養生送死之具，吉凶慶弔之需，人道之所不能廢，稱情以施焉，庶乎其不至於固耳。

此文旨在勉人養成節儉美德，以免因奢侈浪費而寡廉鮮恥，無所不至，是用「先凡（總提）後目（分應）」的結構寫成的。

「凡」（總提）的部分，為起段，採開門見山的方式，提明「儉」是美德（正），而流俗卻反而輕視它（反），作為全篇總冒，以統攝下文。

而「目」（分應）的部分，則先從反面論「流俗顧薄之」，即次段；然後回到正面來論「儉美德也」，即末段。就在論「流俗顧薄之」的次段，作者首以「貧者見富者」五句，泛論因奢侈而致「貧且匱」的道理；次以「每見閭閻之中」七句，舉常例來說明因奢侈而致敗家的必然後果；末則依序以「況乎用之」四句，指出「奢者」之慾望無窮，以「其究也」四句，指出這樣的結果是「寡廉鮮恥，無所不至」，以「則何若」二句，由反面轉到正面，勸人節儉以享恆足之利。至於論「儉美德也」的末段，作者特以「且無所謂」二句作一激問，帶出「養生送死」四句的回答，指明「儉」不是要捐棄一切，而是要在「人道」上「稱情以施」，以免流於固陋。

作者就這樣一面以「正」和「反」作成鮮明「對比」，以貫穿「凡」（總提）和「目」（分應），一面又以「因」和「果」、「敘」

和「論」、「問」和「答」，兩兩呼應，形成「調和」，使得此文在「對比」中帶有「調和」，將全文聯貫成一個整體，成功地闡發了「儉美德也」的道理。附結構分析表如下：

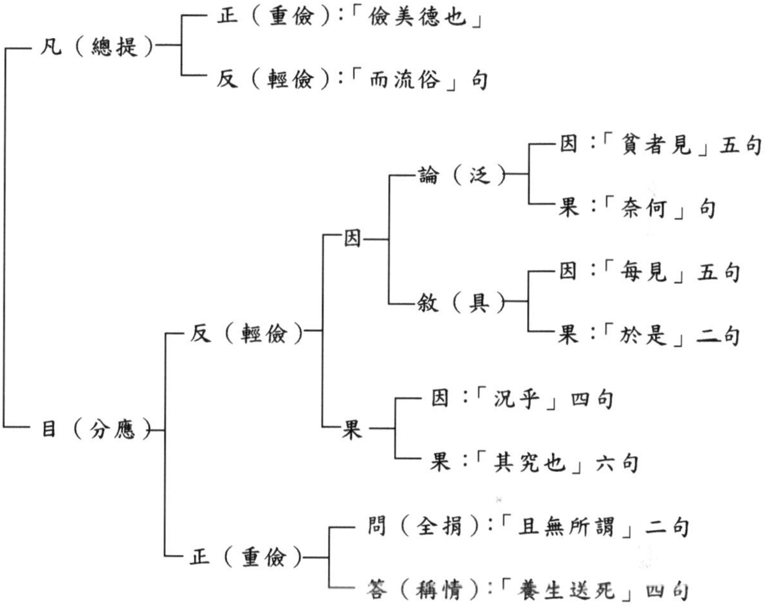

可見此文結構，是由「正反」形成「對比」，「凡目」、「因果」、「敘論」與「問答」形成「調和」，使得全文呈現「對比」中有「調和」之「聯貫邏輯」的。

要使一篇辭章形成「調和」與「對比」，如果僅就局部（章）的組織來說，其思考基礎，和形成「秩序」或「變化」的，沒多大差異；如果落到整體（篇）之聯貫、統一而言，則顯然要複雜、困難多了。這從小學生思考發展的過程，可看出一點端倪。王耘、葉忠根、林崇德在《小學生心理學》中說：

> 在小學生辯證思考的發展中……有一定的順序性，是一個從簡單到複雜，從低級到高級的不斷提高的過程。……小學生對不同內容的辯證判斷的正確率不同。以「主要與次要」方面的正確率最高，接著依次是「內因與外因」方面，「現象與本質」方面，「部分與整體」方面，以「對立與統一」的內容方面最為薄弱。[18]

所謂「主要與次要」、「內因與外因」、「現象與本質」，涉及了「本末」、「深淺」、「內外」等章法；而「部分與整體」，則涉及了「凡目」、「偏全」等章法；至於「對立與統一」，所涉及的，正是「調和」與「對比」；它們依次是「從簡單到複雜的」，換句話說，它們大致是由「秩序」而「變化」而趨於「聯貫」的。

其實，「調和」與「對比」兩者，並不是永遠都如此，固定不變。所謂的「調和」，在某個層面來看，指的乃是「對比」前的一種「統一」；而所謂的「對比」，或稱「對立」，如著眼於進一層面，則形成的又是「調和」或「統一」的狀態；兩者可說是一再互動、循環，而形成「螺旋結構」[19]的。所以邱明正在其《審美心理學》中說：

[18] 見《小學生心理學》（臺北：五南圖書公司，1998 年 10 月臺初版二刷），頁 168。

[19] 兩種對立的事物，往往會產生互動、循環而提昇的作用，而形成螺旋結構。參見陳滿銘〈談儒家思想體系中的螺旋結構〉（臺灣師大《國文學報》29 期，2000 年 6 月），頁 1-34。

> 對立原則貫穿於整個審美、創造美的心理運動之中，它無處不在，無時不有。但是審美心理運動有矛盾對立的一面，又有矛盾統一的一面。人通過自覺或不自覺的自我調節，協調各種矛盾，可以由矛盾、對立趨於統一，並在主體審美心理上達於統一和諧。例如主體對客體由不適應到適應就是由矛盾趨於統一。既使主體仍然不適應客體，甚至引起反感，但主體心理本身卻處於和諧平衡狀態。這種既對立又統一的原則體現了矛盾的雙方相互對立，互相排斥，又在一定條件下相互轉化，互相統一的矛盾運動法則，是宇宙萬物對立統一的普遍規律、共同法則在審美心理上的反映。[20]

審美是由「末」（辭章）溯「本」（心理—構思）的逆向活動，而創作則正相反，是由「本」（心理—構思）而「末」（辭章）的順向過程；其中的原理法則，是重疊的，是一樣的。一篇作品，假如能透過分析，尋出其篇章條理，以進於審美，則作者寫作這篇作品時的構思線索，就自然能加以掌握，上述的「秩序」、「變化」的條理，是如此；即以形成「聯貫」的「調和」與「對比」來說，也是如此。所以藉這些條理來訓練學生思考，收效是極大的。

五、　統一邏輯與思考訓練

[20] 《審美心理學》（上海：復旦大學出版社，**1993** 年 **4** 月一版一刷），頁 **94-95**。

統一邏輯，也稱為統一律。而所謂的「統一」，是就材料情意的通貫來說的。這裡所說的「統一」，乃側重於內容（包含內在的情理與外在的材料）而言，

與前三個原則之側重於形式（條理）者，有所不同。也就是說，這個「統一」，和聯貫律中由「調和」所形成的「統一」，所指非一。因此要達成內容的「統一」，則非訴諸主旨（情意）與綱領（大都為材料的統合）不可。而綱領既有單軌、

雙軌或多軌的差別，就是主旨也有置於篇首、篇腹、篇末與篇外的不同[21]。一篇辭章，無論是何種類型，都可以由此「一以貫之」；這是思考訓練的最上一層。如鄭愁予的〈戀〉一詩：

　傳說：
　宇宙是個透藍的瓶子，
　則你的夢是花，
　我的遐想是葉……
我們並比著出雲，
人間不復仰及，
則彩虹是垂落的菀蔓
　銀河是遺下的枝子……

作者一開始就先「點」一筆：所有的一切，都是從那個「傳說」開始的。接著，就針對這個「傳說」來「染」[22]。這個傳說是

[21] 陳滿銘〈談辭章章法的主要內容〉，《章法學新裁》，同注 2，頁 351-359。
[22] 「點染」本用於繪畫，指基本技巧。而移用以專稱辭章作法的，則始

什麼呢？「宇宙是個透藍的瓶子」，「宇宙」顯然是「主體」，「是」在此充當「喻詞」，其後的詩句則全是「喻體」。因此「染」的七行詩句可說全部就只是一個「隱喻」。

喻體的部分是從「透藍的瓶子」開始的，「透藍」二字敷上天空水清清的色彩，而「瓶子」之喻結合了宇宙中的萬象：人們、雲彩、彩虹、銀河，由因而果地加以敘寫，貫穿起全詩。

接下來的詩句就自然地鋪衍而下：因為宇宙是瓶子，所以瓶中自然插著美麗的花葉，而那花是「你的夢」，葉是「我的遐想」，藉著夢與遐想的力量，我們因而高舉，連雲彩都在我們的腳下，更何況是紅塵滾滾的人間呢？所以，說得落實一點，這四句其實是表示美麗的想望，可以帶著人們無限地攀升。

而且花與葉的位置是較高的，稍低一點則有「垂落的菀蔓」和「遺下的枝子」，那分別是「彩虹」和「銀河」。「彩虹」和「銀河」的出現，將宇宙粧點得更加美麗，而且相形之下，也更加托高了「人」的位置。因此我們可以知道：「則你的夢是花」四行是「圖」(焦點)，「則彩虹是垂落的菀蔓」二行是用來陪襯的，是「底」

於清劉熙載。但由於他的所謂的「點染」，指的，乃是「情」〔點〕與「景」〔染〕，和「虛實」此一章法大家族中的「情景」法，恰巧相重疊，所以就特地借用此「點染」一詞，來稱呼類似畫法的一種章法：其中「點」，指時、空的一個落足點，僅僅用作敘事、寫景、抒情或說理的引子、橋樑或收尾；而「染」，則指真正用來敘事、寫景、抒情或說理的主體。也就是說，「點」只是一個切入或固定點，而「染」則是各種內容本身。這種章法相當常見，也可以形成「先點後染」、「先染後點」、「點、染、點」、「染、點、染」等結構，而產生秩序、變化、聯貫〔呼應〕之作用。見陳滿銘〈論幾種特殊的章法〉，同注 **5**，頁 **181-187**。

（背景）。

此詩從「傳說」開始，所以一開篇就塗染了夢幻般的色彩，然後絕大部分的詩句都是「喻依」，因此具有「虛」的性質，更讓此詩顯得纖麗縹緲，引人憐愛。所以我們當然可以領略：題目中的「戀」，一方面可以指「戀愛」，人在戀愛時，夢與遐想齊飛，絕沒有任何一個別的時刻可以比擬得過；而且從戀人的瞳中看去，這宇宙宛然美麗得如同花朵。不過，這個「戀」也可以指對美麗宇宙的眷愛，那雲、虹、星……，都親切得如同手中把玩的花葉[23]。附結構分析表如下：

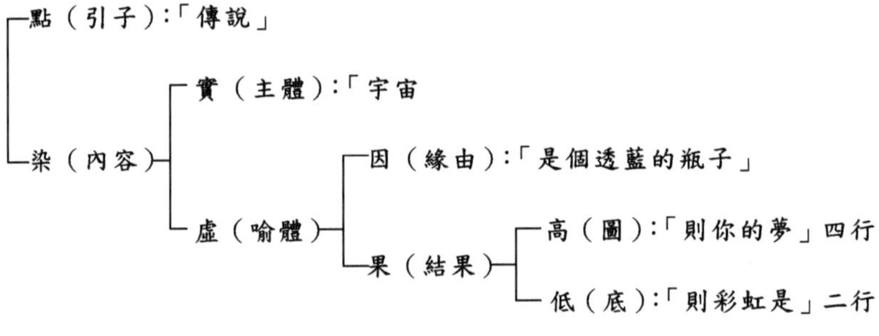

可見此詩是始終以「戀」（對美麗宇宙的眷愛）之意來統一所有結構，呈現其「統一邏輯」的。

一篇辭章，用核心的情理（主旨）或統合的材料（綱領）來作統一，使全文自始至終維持一致的意思，以凸出焦點內容，是一篇辭章寫得成功與否的關鍵所在。松山正一著、歐陽鍾仁譯的

[23] 仇小屏《世紀新詩選讀》（臺北：萬卷樓圖書公司，2003 年 8 月初版），頁 195-196。

《教師啟發學童思考能力的方法》一書，將「重視一貫性的思考」列為思考方法之一[24]，即注意於此。朱作仁、祝新華在其所編著的《小學語文教學心理學導論》中說：

> 分析發現，在何處點題，與作文內容、結構及寫法密切相關。

所謂「點題」，即立主旨或綱領，以此統一全文，當然和「內容、結構及寫法」，關係密切。吳應天在其《文章結構學》中於論「整體結構的統一和諧」之後說：

> 此外，還有觀點和材料的統一，論點和論據的統一，這都是邏輯思維的問題，但同時顧及和諧的心理因素。[25]

這雖是單就論說文來說，但它的原理，同樣適用於其他文體。而所謂「觀點和材料的統一」，擴大來說，就是主旨或綱領與全篇材料之間的統一，這和章法結構的統一，可說疊合在一起，使得辭章整體能達於最高的和諧。能疊合這種內容與形式使它們達於統一和諧，可說是運用綜合思維的結果。所以吳應天又說：

> 積極主動地進行綜合思維，文章的內容和結構形式才能很快遞達到高度統一，而且可以達到「知常通變」

[24] 《教師啟發學童思考能力的方法》，同注 7，頁 145-150。
[25] 《文章結構學》（北京：中國人民大學出版社，1989 年 8 月一版三刷）頁 359。

的目的。[26]

可見教師如能藉此以訓練學作綜合思維，將事半而功倍，收到良好效果。

六、 結語

所謂「人同此心，心同此理」，每個作者在寫作時，都會自覺或不自覺地基於這個「心」和「理」，來組織各種材料、表達各種情意；尤其在謀篇佈局上，會特別運用分析思維與綜合思維，對應於自然法則，而形成「秩序」、「變化」、「聯貫」和「統一」的篇章邏輯。吳應天指出：「文章結構規律作為文章本質的關係，恰好跟人類的思維形式相對應，而思維形式又是客觀事物本質關係的反映」[27]，便是這個意思。而就以這四種邏輯而言，前三者，比較偏於分析思維，而後一種，則比較偏於綜合思維。這兩種思維，在學生思考能力的訓練上，無疑地，都極其重要，絕不可偏廢。所以藉「篇章邏輯」，掌握「秩序」、「變化」、「聯貫」與「統一」的四大規律，來全面推動思考訓練，是可行的。

對此，王希杰認為：建立統率這些比較具體的法則（章法）的更高的四大原則：秩序律、變化律、聯貫律、統一律，其實就

[26] 《文章結構學》同注 **25**，頁 **353**。
[27] 《文章結構學》，同注 **25**，頁 **9**。

是《周易》的方法論原則。所以是一個具有生成轉化潛能的體系，或者說是具有生成性，因此是具有生命力的[28]。既然篇章的四大邏輯是「方法論原則」，而富於「生成性」、「生命力」，那其適應面將不只是辭章而已，是可一樣運用到其他任何領域的。因此用「篇章邏輯」為基礎，來推進「思考訓練」，全面提升思考能力，以適應日常生活所需，是最為直接、具體而有效的。

引用文獻：

王希杰〈陳滿銘教授和章法學〉，《畢節學院學報》總 **96** 期，**2008** 年 **2** 月，頁 **1-6**。

王耘、葉忠根、林崇德：《小學生心理學》，臺北：五南圖書公司，**1998** 年 **10** 月臺初版二刷。

仇小屏：《文章章法論》，臺北：萬卷樓圖書公司，**1998** 年 **11** 月初版。

仇小屏：《篇章結構類型論》，臺北：萬卷樓圖書公司，**2000** 年 **2** 月初版。

仇小屏：《古典詩詞時空設計之研究》，臺灣師大國文研究所博士論文，**2001** 年 **3** 月。

[28] 王希杰〈陳滿銘教授和章法學〉(《畢節學院學報》總 **96** 期，**2008** 年 **2** 月)，頁 **1-6**。又陳滿銘〈論章法結構之方法論系統 — 歸本於《周易》與《老子》作考察〉(臺灣師大《國文學報》**46** 期，**2009** 年 **12** 月)，頁 **61-94**。

仇小屏：《世紀新詩選讀》，臺北：萬卷樓圖書公司，**2003** 年 **8** 月初版。

多湖輝：《全方位思考法》，臺北：萬象圖書公司，**1994** 年 **7** 月初版一刷。

朱作仁、祝新華：《小學語文教學心理學導論》，上海：上海教育出版社，**2001** 年 **5** 月一版一刷。

吳應天：《文章結構學》（北京：中國人民大學出版社，**1989** 年 **8** 月一版三刷。

松山正一著、歐陽鍾仁譯：《教師啟發學童思考能力的方法》，臺北：幼獅文化事業公司，**1989** 年 **7** 月七版。

邱明正：《審美心理學》，上海：復旦大學出版社，**1993** 年 **4** 月一版一刷。

侯健：《文學通論》，北京：北京大學出版社，**1986** 年 **5** 月一版一刷。

陳望道：《美學概論》，臺北：文鏡文化事業公司，**1984** 年.**12** 月重排初版。

陳滿銘：〈談儒家思想體系中的螺旋結構〉，臺灣師大《國文學報》**29** 期，**2000** 年 **6** 月，頁 **1-34**。

陳滿銘：《章法學新裁》，臺北：萬卷樓圖書公司，**2001** 年 **1** 月初版。

陳滿銘：〈論辭章章法的四大律〉，《國文天地》**17** 卷 **4** 期，**2001** 年 **9** 月，頁 **101-107**。

陳滿銘：〈論幾種特殊的章法〉，臺灣師大《國文學報》**31** 期，**2002** 年 **6** 月，頁 **175-204**。

陳滿銘：〈章法的「移位」、「轉位」結構論〉，臺灣師大《師大學報・人文與社會類》**49** 卷 **2** 期，**2004** 年 **10** 月，頁 **1- 22**。

陳滿銘：〈論章法結構之方法論系統 － 歸本於《周易》與《老子》作考察〉，臺灣師大《國文學報》**46** 期，**2009** 年 **12** 月，頁 **61-94**。

趙山林：《詩詞曲藝術論》，杭州：浙江教育出版社，**1998** 年 **6** 月一版一刷。

華語教學中的「有中生有」
——試論「至於」與「而」在段落中的運用

竺靜華
國立臺灣師範大學國語教學中心教師

摘要：

華語教學中除了教導學生如何正確使用華語詞彙與文句之外，尚應留意學生於敘述中所缺少的詞彙。在段落中如何加入適當的詞彙銜接語義，或加入串聯下一個敘述主題的詞彙，尤其是教與學共同的困難點。本文試以「至於」與「而」為例，比較分析外籍學生創作之文句，證明配合「至於」或「而」等詞彙使用，將使句義更為清晰，且圓潤順暢。因此教學時應主動加入此類詞彙作為練習，使學生在正確表達語義之外，兼及敘述的整體性。

關鍵詞：

華語教學、至於、而

一、前言

教導新的詞語與文法和改正學生的錯誤，一直是華語教學活動中的兩大重點。雖然一般人在初聞外籍人士使用中文的錯誤時，往往有不知從何著手修改的困擾，有經驗的華語教師則多半能根據自己的語感與認知，做適當的引導與修正。這是因為錯誤的改正乃是以正確的文法為依據，因此改正的工作其實是有途徑可循的。

中文句的基本結構是主語加上謂語，成為一個完整的句子。外籍學生在初學使用中文表達時，多半根據母語思考，將母語文句結構一一代換為中文詞彙來造句。但是可能因為中外語言的文法不同，或文化與思考不同，學生所造的句子常是簡短的，而且是不完整的，例如：

學過的東西到生活中很困難。（缺少動詞）

考試前不能不唸書，你會考不好。（缺少連詞）

上述的造句，其實遺漏了句子中很重要的部份，而成為錯誤句了。教師在改正時所採取的做法，有時是調整句子的結構、更換詞彙，或增刪其文句。以上的句子可改為：

學過的東西，要能用到生活中，很困難。

考試前不能不唸書，否則你會考不好。

調整位置或增刪文句，是屬於較容易處理的。在多年的華語教學生涯中，筆者認為錯誤誠然需要改正，更難處理的是介於錯誤與正確之間的模糊地帶的問題，例如：句中的文法無誤，然而造句生硬，不合中文的語言習慣，應如何教導學生在已有的文句中增加部分文句或詞彙，使文義清楚而文句順暢，此即本文所謂華語教學中的「有中生有」。

「有中生有」的運用原則頗難拿捏，特別是在使用非母語的情況下。在句中增加詞彙，固然可以豐富文句，提升中文句的表達水準，但是僅告以學習者增加詞彙的原則，而教學者未採用有效且適當的引導，當學生嘗試在句中運用更多的詞彙時，卻又可能發現竟是畫蛇添足之舉，例如：

> 我曾經在我國時時刻刻發生父母過世以後父母的遺產怎麼分配兄弟姊妹。

此句應改為：

> 在我國常會發生父母過世以後遺產不知該怎麼分配的問題。

由「我曾經」看來，學生的意思應是表示他曾經看過這樣的問題，但是在這裡所敘述的是「我國常有這樣的問題」，所以主詞是「我國」即可，不必再加「我」，「時時刻刻」一詞，亦屬多餘。

因此，在句中增加詞彙是否得宜，如何適當地加入詞彙，是華語教師在教學時應注意的問題，也就是重點在於：增加哪些詞彙會使文句的表達更清楚、更有條理？本文所要提出的，就是針對這樣「有中生有」的情況，檢討學生在造句時哪些地方可以增加詞彙，使句義完整、段落分明。但是如本文第一頁所舉遺漏了動詞、連詞之類的情況，已造成文法上的錯誤，教師必須立刻改正，這是華語教學最基本的任務，本文暫不討論。

二、「有中生有」的兩種方式

本文討論的重點在於有些詞彙加入句中，將使文句或段落更顯得完整而合宜，教學時應如何適時指出，進而引導學生練習加入這些詞彙，以表達更完善的文義。本文以教學實務為前提，採用學生實際造句為例，探討如何增加詞彙以改善及提升文句的表達。換言之，這些詞彙在句中並不是非增加不可的詞彙，亦非關文法的錯誤，而是一種增添文句的豐富性與完整性的詞彙。它們有可能是以下幾種情形：

（一）形容詞或副詞

句子的骨幹需要加入形容詞或副詞，使其句義豐富而表達確切。例如：

今天熱。

今天很熱。

加上副詞「很」，較為合宜。

英文書、中文書，我沒有。

英文書、中文書，我都沒有。

加上副詞「都」，顯然較為妥當。

又如：

我男朋友瘦瘦高高的，又聰明又用功，籃球也打得很好。下星期六是他二十二歲的生日，我打算給他好好兒地慶祝慶祝。我要自己做一個大大的蛋糕，還要買西瓜、葡萄、橘子跟蘋果，做一大盤酸酸甜甜的水果沙拉，當然也要準備很多飲料。[1]

若將其中的形容詞與副詞除去，則所剩簡短幾字雖能成句，卻已失去原文的精神了。

由上可知，如果沒有加上形容詞或副詞，句子雖然無誤，但是簡短而空疏，所能表達的意義有限。增加形容詞或副詞，可使原句豐富化。那麼，外籍學生如何知道何時需要加入這樣的詞彙呢？基本上，在教這樣的生字時，教師會提醒學生在 **SV** 的前面要加上「很」、「真」、「非常」、「極」等等這類的副詞，而且這也幾乎成了定律。因此除了初學者以外，大部分的學生使用這類副詞是很少錯誤的。再說「都」這個字，學生也可以了解在談到兩者以上的事物具有共同的特性時，必須加上「都」字。

另外，還有許多增添句義的形容詞與副詞，則是依實際需要而

[1] 見國立臺灣師範大學主編，《實用視聽華語 **2**》(臺北：正中書局，**2008** 二版)，第 **11** 課課文，頁 **258**。

選擇加入的。例如：

我買了一本書。

可以增添為：

我買了一本很好看的書。

這也是學習者可以理解的。這類詞彙，學生在了解字義後，大多都能使用正確。

（二）介詞或連詞

適當地運用介詞和連詞，則又比加入形容詞或副詞使原句豐富化更勝一籌，難度亦較高。常用的介詞和連詞很多，「從」、「在」、「和」、「並且」、「只有」、「何況」等詞都是。使用這類詞彙時，若有具體的規則可循，還可算是較易學習的，例如：

我從日本來台灣學中文。

「從」字是介詞，表示空間的起點。

英文書和中文書，我都有。

「和」字是連詞，連接並列的單詞。這些是屬於較容易說明其作用的介詞與連詞。但是有些介詞與連詞，本身沒有很特別的意義，是不容易學習的，例如：

飛機在八點鐘到了機場。

「在」字是介詞，表示動作發生的時間，若是句中不加入「在」字，只說：

飛機八點鐘到了機場。

句子也是正確的。而學生之所以會用「在八點鐘」，很可能是因為大多數的語言在時間的前面有一個介詞。換句話說，主動加入句中的詞彙，若與學習者的母語習慣相似，則容易運用；若是與學習者的母語不同，就會產生使用的困難了。這樣的詞彙很多，多屬連詞或介詞，以下即以「至於」與「而」兩個詞彙為例，析論複句與段落教學中，教與學雙方之困難所在。

三、「至於」的運用

在古代漢語中，「至於」意指到達，可以做動詞，如《論語・學而》：

夫子至於是邦也，必聞其政。

現代漢語中由此再擴充為表示「發展到某種程度」，且多用「不至於」的說法[2]，如：「雖然他病得不輕，但還不至於有生命危險。」

此外，「至於」可以做為介詞或連詞，關於這一點，學者的歸

[2] 見呂叔湘主編，《現代漢語八百詞》(北京：商務印書館，2003)，頁 683。

屬分類略有不同。有些學者以「至於」為介詞[3]，而介詞的作用，大致可以分為六種[4]：表示空間、表示時間、表示對象、表示依據、表示緣由和表示其他方面。「至於」的作用，是在談話時引入另一個議論對象[5]，屬於上述第三種情形。有些學者則以「至於」為連詞[6]，筆者以為「至於」兼具介詞與連詞的作用，本文討論的內容以偏重「至於」一詞的連接作用為主，是連接複句中分之間的關聯詞語，甚至是句群間的關聯詞語，例如：

他決定到台北來學中文，至於哪一天會到台北，我不清楚。

如果不會使用「至於」一詞，可能以「可是」一詞連接：

他決定到台北來學中文，可是他哪一天會到台北，我不清楚。

甚至可能在敘述時沒有使用任何關聯詞語，而分為兩個句子：

他決定到台北來學中文。他哪一天會到台北，我不清楚。

這樣的句子達意固然無誤，但是令人覺得生硬。可知當我們在談話時，想要引入另一個話題，如果沒有任何介詞，直接切入另一

---

3 見劉月華等，《實用現代漢語語法》(臺北：師大書苑有限公司，2007)，頁 149-152。呂叔湘主編：《現代漢語八百詞》，頁 683-684。錢乃榮主編：《現代漢語概論》(臺北：師大書苑有限公司，2002)，頁 597。皆將「至於」歸為介詞。

4 見《實用現代漢語語法》，頁 149-152。

5 見《實用現代漢語語法》，頁 150。

6 見張斌主編，《現代漢語虛詞詞典》(北京：商務印書館，2003)，頁 745。《教育部重編國語辭典修訂本》(教育部電子辭典)亦持此說，在「至於」一詞下云：「為轉換話題，談到有關或附帶事項時所用的連接詞。」

個議題，會覺得十分突兀。尤其是進入第二個議題時，必須另外開始一個句子，讓人覺得兩句是片段的、不相連的陳述，雖然意義上有關聯，但是句子的敘述僵硬、不順暢。

由字的意義來觀察，「至」，是「到」的意思，「至於」其實是表示「談話時討論到某事」，與口語的「說到」意思相同。但是「至於」一詞又與口語的「說到」一詞有些微不同，例如甲說：

我在寒假的時候要去打工。

甲的話題中提到寒假時的計劃，乙可以接著說：

說到寒假，這學期快結束了。

說到放假，我好久沒有去旅行了。

說到打工，我去年暑假也去打工。

甚至甲也可以自己接著說：

我在寒假的時候要去打工。說到放假，我好久沒有去旅行了。

由上可知，「說到」是用在因談到某一個話題而聯想到另一與此相關之事，總之一定是與「寒假」、「打工」這樣的主題有關。但是「至於」一詞是在同一個說話者的內容中，引入另一個話題時使用，這個引入的新話題，很可能只與前面的主題沾上了一點邊兒，例如甲說：

我在寒假的時候要去打工，至於暑假時要做什麼？到時候再考慮吧。

我在寒假的時候要去打工，至於他有什麼計劃，得問他了。

主題仍是「寒假」與「打工」，但是後面敘述的另一話題，可能與原主題只有一點點的關聯，甚至可能前面的敘述並沒有「說到」此主題，就無法使用「說到」一詞代換，例如前兩句若改為「說到」：

我在寒假的時候要去打工，說到暑假時要做什麼？到時候再考慮吧。

我在寒假的時候要去打工，說到他有什麼計劃，得問他了。

前分句絲毫未「說到」後面所敘之事，後分句加以「說到」一詞，就顯得不通了。

在華語教學上，「至於」一詞屬於中級程度的詞彙，見《實用視聽華語 5》第二課[7]：

「臘」是古代祭祀的儀式，因為用肉類來祭祖，所以叫「臘」祭；又由於臘祭在陰曆十二月舉行，所以那個月就叫「臘月」。至於「正月」，就是陰曆的第一個月；正月的第一天，春天開始，所以又叫「春節」。

本段原在討論臘祭與臘月的關係，但是又欲由臘月轉移到另一話題正月的討論，於是在提及正月時，先用「至於」一詞冠於正月之句首，表示說到另一件事，然後方能自由敘述新主題的內容。

[7] 見國立臺灣師範大學主編，《實用視聽華語 5》(臺北：正中書局，2008 二版)，第 2 課課文，頁 15。

「至於」一詞又見於《新選廣播劇》第三課[8]：

從今天開始，你煮飯，我就洗碗；你洗衣服，我就曬衣服。至於擦地板啊，擦窗戶，這種比較需要出力的工作都由我來做，怎麼樣？

句中由討論煮飯、洗衣等一般家庭主婦的工作，忽然一轉至擦地板、擦窗戶等較特殊的工作，以顯示男主角的轉變與體貼，在這樣的文句中，欲開創另一個話題，便以「至於」為首，帶出新句與原句連接。

在用法上，「至於」用在另一個話題開始時，加在句首。「至於」後面的名詞、動詞等是要引進的話題，說話者往往在其後稍做停頓，以便於聽者對轉移話題預做適應與準備。這個新引進的話題若是內容較長，就可以形成一個段落了。中級程度的華語學生已能將幾個句子組織成段落，甚至成為一篇短文。要他們在其中將「至於」一詞加入使用，並不困難，只是學生在理解上習慣把它當做一個有具體意義的詞彙，因此有的外籍學生總以為它和某些詞彙的作用是相同的，而且意義相通，這麼一來反而較難掌握如何運用，這樣的誤會其來有自，而且很可能是教師在無意間造成的，例如教師直接說出句子，讓學生練習「至於」一詞，卻不經意用了一句含有「可是」的句子：

他找到了一份新工作，可是我還沒找到。

[8] 見國立臺灣大學國際華語研習所主編，《新選廣播劇》(臺北：國立臺灣大學國際華語研習所，2000)，第 3 課課文，頁 36。

教師的重點是希望學生練習運用「至於」一詞，說出：

他找到了一份新工作，至於我，還沒找到。

學生也正確說出了無誤的句子。此後，學生的觀念是認為兩者意義「差不多」，甚至誤以為「至於」與「可是」是相同的。不過，換了別的句子，「至於」和「可是」的差距其實是很大的，例如：教師要學生將「我每天騎腳踏車去上學」這個句子加上「至於」一詞，引入新的議題，學生就會說成：

我每天騎腳踏車去上學，至於有一天，我的腳踏車壞了。

其實華語教學對於「差不多」這樣的說法與觀念是很忌諱的，「差不多」是個籠統的說法，中文裡每一個些微的差距，一旦被忽略後，會在偶然的機會裡，被學生放大而造成錯誤。關於本句加上「至於」一詞，正確的說法其實有很多方向可以發展，但與學生的思維都不同：

我每天騎腳踏車去上學，至於我的腳踏車壞了的話，那我只好坐捷運了。

我每天騎腳踏車去上學，至於小張，他是坐公車來的。

教師在引導學生思考引入新議題時，應該也要同時說明新議題的選擇方法。在本句的選擇是「我」可以換成「他」、「小張」等；「騎腳踏車」可以換成「坐捷運」、「搭公車」等；「每天」可以換成「假日」、「週末」等，才能造出符合運用「至於」的邏輯的句子。

再如教師要學生將「學中文很難」這個句子加上「至於」一詞，引入新的議題時，若未引導議題的思考，學生可能會說成：

學中文很難，至於學語言都很難。

學中文很難，至於我很想學。

這都是因為學生與教師對「至於」一詞的認識不夠。要運用「至於」一詞將單句增添為複句，所要引入的議題，必須依據單句中的幾個可代換的部份來思考，代換以後的敘述應是與原單句相反的、對比的或不知具體結論的敘述。以「學中文很難」為例，教師應說明思考的方向，引導學生由「學中文」、「很難」兩部份，思索類似的、可以代換的詞語，如「學中文」可以換成「學日文」、「學法文」，甚至「學做菜」等；「很難」可以代換為「不難」、「簡單」、「容易」等等，然後再由學生造句，於是學生想出：

學中文很難，至於學西班牙文不太難。

學中文很難，至於學打毛衣就容易多了。

教學貴在讓學生以最有效率的方式學習，如果及早指出正確方向，學生在學習運用時，就不會繞一大圈走許多冤枉路了。

以上所討論的是在單句中加入「至於」一詞，成為複句。那麼如何培養學生更進一步在段落中主動運用「至於」一詞呢？方法上，還是由教師提供情境，由學習者聯想一個議題引入討論。但是在課室中，練習段落的教學思考，是相當困難的。因為獨立造句雖然是課室裡經常練習的做法，但是對一般中級程度的學生而言，獨立造句多半是單句。若是在口語中要臨時組織複句，甚至句群，中級程度的學生需要較寬裕的時間。由於語言教學不宜冷場，課室中沒有充裕的時間讓個別的學生單獨思考過久，教師的設問便顯得更加重要。高明的問題設計能使學生很快地掌握該練習使用的詞彙，而順暢地說出完整的句子，同時學習者在不知不覺中領會了掌握的要領，且獲得了成就感。

為了便於學生順利說出正確的句子，在教學上教師往往直接提供情境，由學生加入所需練習的詞彙，便算是已學會運用此一詞語了，例一：

師：我愛吃西瓜、香蕉和葡萄，蘋果我就不太喜歡了。

生：我愛吃西瓜、香蕉和葡萄，至於蘋果我就不太喜歡了。

不過，這是教師自己預設了答案，並沒有適當地引導學生往正確的方向思考，學生對於「至於」一詞的學習是被動的、缺乏思考的。倘若換成另一種問法：

師：新年的時候，大人都在忙什麼？

生：新年的時候，大人忙著整理家裡、買東西，準備過年。

師：小孩子們在做什麼呢？

生：新年的時候，小孩子忙著玩和收紅包。

師：不用「忙著」。孩子們在玩，還有收紅包。

然後教師要求學生把剛才回答的兩個句子連起來，並且加上「至於」一詞，於是學生說：

新年的時候，大人忙著整理家裡、買東西，準備過年。至於孩子們在玩，還有收紅包。

這時教師再提醒學生，使用「至於」一詞引入新的議題後，需要稍作停頓，於是學生說：

新年的時候，大人忙著整理家裡、買東西，準備過年。至於孩子們，都在玩，還有收紅包。

例二：

師：你會說幾種語言？

生：三種。我會說英文、法文和中文。

師：你會說日文嗎？

生：我不會說日文。

這時教師再讓學生把剛才回答的兩個句子連起來，於是學生說：

我會說三種語言，英文、法文和中文。至於日文，我不會說。

在這些練習中，教師設計問題引導學生，由學生先依據教師的提問，分別說出單獨的句子回答。教師再讓學生將自己的回答內容連貫起來，由於都是學生剛才所說的句子，因此組合起來並不難，學生會發現只要加上「至於」一詞串聯，就可以輕鬆地聯結成為一段正確而完整的句群或段落了。

換句話說，「至於」一詞可以用於引進一個新句或新段落的開始，說話者是否能使此一新話題有個流暢的開始，端看如何在此時適時地加入恰到好處的詞語作引介了，這樣的練習，可以提示學生每逢在思考句群與段落的組合時，加入適當的關聯詞語，即能巧妙流暢地串聯多重的文句。教師在教學時還應強調，「至於」一詞雖然可用於句首，但是「至於」的前面一定要有引起此話題的文句，除非下一個話題太長，須另起一段落與前段隔開，否則不宜將「至於」一詞冒然用於段落之首。也就是說，「至於」不可以在沒有前面話題的引導下，直接做為句首或段落之首，《生活華語三》第九課所見即為一例：

> 漢、唐兩代國力強大，疆域也大，都有三、四百年的歷史。所以中國的語言文字叫「漢語」、「漢字」；在外國，很多中國人居住、開店經商的地方叫「唐人街」。
>
> 至於宋代，不僅在文學方面有新的風貌，同時在藝術上也使人大開眼界。元代的疆域達到了歐洲，打開了歐亞的通道。明、清兩代，中國跟外國的接觸更為頻繁，中國文化的內容也就更加豐富了。[9]

此處「至於」用於段落之首，乃是承接上段文義而來，該課第三段課文敘述夏、商、周三代之發展，第四段敘漢唐之強大，第五段提到宋代。課文以「至於宋代」為第五段起始，正是承前二

[9] 見葉德明主編，《遠東生活華語三》(臺北：遠東圖書出版公司，2006)，第 9 課課文，第 4-5 段，頁 200。

段分別敘述前朝所致，本段敘述另一朝「宋代」，為次段所欲引進之新話題，並非憑空飛來之舉。

學會了適時加入「至於」一詞於段落中之後，學生在平常寫作時對段落與篇章的組織能力，就可以說是更上一層樓了。

四、「而」的運用

「而」字，在古代漢語中的訓義甚多，則、乃、尚、且、已、然、為、以、與、如、於、其、之、當、故、亦、此、寧、是、又、抑、乎、哉、耳等皆是，裴學海《古書虛字集釋》卷七釋「而」首云：

> 而，承上起下之詞也。[10]

在現代漢語中，「而」字仍沿其古義，屬於連詞，連接單詞、短語、分句或句子，用來表示它所連接的兩個成份之間的並列、轉折、承接或者遞進等關係[11]。使用「而」一詞的情況很多，可大別為四種：

其一為表示相似的並列關係：通常連接兩個並列的形容詞，像「聰明而美麗」、「簡易而清楚」等，這兩個形容詞同是正面的或同是負面的，這時「而」的意思就等於「而且」。

---

10 見裴學海，《古書虛字集釋》(臺北：廣文書局，1974 三版)，頁 521。
11 見《實用現代漢語語法》，頁 176。

其二乃表示轉折的意味，此又可分為兩種情形：

1. 連接並列的形容詞或動詞短語，像「大而無當」、「走了很久而絲毫不見疲態」等，或連接意義上相對立的兩個部份，如「花錢買了東西而派不上用場」，在此用「而」所連接的兩個詞所指的意思，一為正面的，一為負面的，這時「而」的意思就等於「但是」或「卻」。
2. 在複句中連接分句，表示相對或相反或對比的關係，如：

我是美國人，而他是日本人。

天氣熱，冰店的生意就好；而天涼了，火鍋店的客人就多起來了。

工作是辛苦的，而學習是快樂的。

聯考所謂的志願，對大部分的學生來說，並不代表他們自己的志趣，而只是反映社會上所公認的一種價值標準。（《思想與社會》第 4 課）[12]

上述的第一句是對比的關係，第二句是相對的關係，第三、四句是相對的，也是對比，也是相反的關係。可知「而」所代表的轉折關係，未必全是相反的。

其三為表示承接或遞進的關係，例如：

起而行。

[12] 見國立臺灣大學國際華語研習所主編，《思想與社會》(臺北：國立臺灣大學國際華語研習所)，第 **4** 課課文，頁 **53**。

社會學家們認為在中國，人與人的關係是由近而遠的。[13]

學習是辛苦的，而辛苦的成果往往才是最甜美的。

第一句其實是文言慣用的詞語沿用下來的，我們可另歸入下一類慣用語。值得注意的是第三個句子，這時的「而」所連接的分句承接前一個分句，同時進一步表達了比前者更高的價值。

其四為慣用語，本文所指的慣用語包括「一而再，再而三」、「不言而喻」、「取而代之」等由文言沿用下來的慣用詞語，或是如「為了……而」、「由……而」等文言沿用下來慣用搭配的結構型式。

關於「而」的慣用語以及僅連接兩個詞語的情況，不在本次討論的範圍中。本文所關注的是「而」在複句或段落中表示轉折及承接或遞進關係時的用法。「而」字用於表示轉折時，大約相當於「但是」的意思，不過雖然如此，教學時教師必須特別強調這並不表示兩個分句必定是相反的意味。「而」字用於表示承接或遞進關係時，它的意思大約是「更進一步來說」。

在常用的華語教材中，「而」字也是屬於中級程度的詞彙，見《新選廣播劇》第五課[14]：

一般人說命運命運，都看到了「命」這個字了，而忽略後面這個「運」字。所謂運，就是要操縱它，運用它，所以

[13] 見《思想與社會》，第 6 課課文，頁 87。
[14] 見《新選廣播劇》，第 5 課課文，頁 59。

一個人的命運是操在自己手裡的。

命運一詞，一般人往往只看到命字，卻忽略了運字。在此，「而」的意思相當於「但是」，表示前後分句相反與對比的關係。

在高級華語教材中，「而」的句子就更常見了，往往同一課文中出現三次以上，如：

> 目前的「加強人口政策推行方案」已經執行了好幾年了，，而七十四年三月證實的人口數字使得這個方案面臨了更嚴重的考驗。[15]
>
> 由於未來女性加入勞動力的比率會大量增加，而女性也會漸漸地對作業員式的工作不滿意[16]。
>
> 台灣人口過度集中在北部六個縣市，而東部地區像花蓮跟台東，每年卻仍然有大量人口流到其他的地區去[17]。

《思想與社會》屬於高級華語教材，在一課中頻頻出現用「而」的文句，而且未列入生字表中，乃是因為「而」字的用法在高級教材中已成為常用的詞語了。不過，我們觀察高級班學生的短文練習，很少發現他們會主動運用「而」字，原因很可能與上述對「至於」的析論相同。其實「而」字也同樣是加入與不加入句中對意義都不構成決定是非的關鍵，所以學生即使不主動練習運用，對文義也沒有太大的影響。但是只要能適時運用，將可大大

[15] 見《思想與社會》，第 8 課課文，頁 121。
[16] 見《思想與社會》，第 8 課課文，頁 122。
[17] 見《思想與社會》，第 8 課課文，頁 123。

提升文章的典雅與韻致。

我們觀察一下著名的散文家朱自清的〈荷塘月色〉，於段落中對「而」字的運用如下：

> 忽然想起采蓮的事情來了。采蓮是江南的舊俗，似乎很早就有，而六朝時為盛；從詩歌裡可以約略知道。采蓮的是少年的女子，她們是蕩著小船，唱著豔歌去的。采蓮人不用說很多，還有看采蓮的人。那是一個熱鬧的季節，也是一個風流的季節。[18]

「似乎很早就有，而六朝時為盛」，這樣的遞進關係，用一「而」字做了巧妙又婉轉的表達，其後補充敘述此景乃是由詩歌中得知的，再娓娓道出想像中的當年盛況，一切風情盡在溫婉的敘述中，彷彿舊時記憶的回想。設若沒有運用此一「而」字帶出，則必須以獨立的兩句陳述，比方說「采蓮是江南的舊俗，似乎很早就有。這樣的風俗六朝時最盛，從詩歌裡可以約略知道。」如此一來，風味盡失，成了報導文學的格局了。

又如詩人兼散文家余光中〈聽聽那冷雨〉一文，於段落中對「而」字的運用如下：

> 翻開一部辭源或辭海，金木水火土，各成世界，而一入「雨」部，古神州的天顏千變萬化，便悉在望中，美麗的霜雪雲霞，駭人的雷電霹雹，展露的無非是神的好脾氣與壞脾

[18] 見楊牧主編，《現代中國散文選 I》(臺北：洪範出版社，1987)，頁 167。

氣，氣象臺百讀不厭門外漢百思不解的百科全書。[19]

雨部與其他諸部，在作者的描寫下，彷佛是對立的、相反的，更是豐富的、奇特的。這一切的繁複雄壯之美，都因一「而」字轉折進入其中所引出的。設若除去此一「而」字，則雨部種種與金木水火土並列於句中，則真是所謂的「各成世界」了。

在教學上，如何培養學生在複句或段落中主動運用「而」字，也是相當困難的。為了讓學習者加深印象，避免學習者只做被動加入詞彙的練習而不思考，從事教學活動時，教師可以採取只提供前分句的方式，讓學生思考後分句的內容，然後以「而」字連接前後分句，將全句完整敘述出來。例一：

師：你們去台中旅行，玩得好嗎？（提醒：天氣改變了，計劃也就改變了）

生 1：因為有颱風，所以我們去了東部。

此時教師可提醒學生，沒去中部，可是去了東部，這是一種轉折的情況，再由學生加入「而」字：

生 2：因為有颱風，所以我們沒去中部，而去了東部。（表示轉折）

教師再提醒學生，去了東部，可是沒去中部，也是這樣的說法，於是學生會有另一個說法出現：

[19] 見楊牧主編，《現代中國散文選 II》(臺北：洪範出版社，1987)，頁 594-595。

生 3：因為有颱風，所以我們去了東部，而沒有去中部。（表示轉折）

教師提示學生，既然天氣改變，很多人就放棄去旅行了，讓學生嘗試其他說法：

生 4：因為天氣變糟了，很多人不去旅行了，而我們不想放棄旅行，所以我們去東部玩兒了。（表示轉折、相反）

教師指示學生思考幾件事的關係，從颱風影響旅行的安全，安全問題影響到我們的決定，再用「而」連接：

生 5：颱風來了，旅行的安全就受到影響，而安全問題是最重要的，於是我們就改成去東部旅行了。（表示承接）

教師再指出，天氣不好就可能會影響到安全了，颱風當然更是很大的威脅，再用「而」連接：

生 6：天氣不好，安全就有問題，而颱風要來，當然更不能忽略，於是我們就改成去東部旅行了。（表示遞進）

在這樣的導引之下，話題可以繼續發展更多的內容，教師可以建議學生接著敘述東部的旅行情況：

生 7：天氣不好，於是我們就改成去東部旅行了，而這一次去東部旅行有很多收穫……（表示承接）

用「而」字承接了前述話題的轉變，學生就可以進一步陳述此一轉變後的種種情況，並且發展為一段較長的敘述，形成一個段落。

五、綜合討論

由以上對「至於」與「而」兩個詞語的分析，可以發現許多教學上應留意的問題：

1. 意義上某些連詞看似相似，往往造成學習者難以分辨的困擾。
2. 在口語中不易找到可以完全取代「至於」與「而」的詞語。
3. 教學者應多運用增添詞語的方式，藉對比的分析，方能使學生了解其運用之奧妙。
4. 引導學生於句中添加詞語後，應檢視文句的前後分句是否串聯合宜，段落是否暢達，甚至意味是否雅致。

在學習「至於」、「而」這樣的詞語時，無異於是一種「有中生有」的練習。類似這樣的詞語很多，與「至於」性質近似的有「關於」、「對於」、「基於」等；與「而」性質近似的有「則」。教師在教學時，應該隨時檢視學生的造句是否有可能加入串聯分句的關聯詞語，避免不斷地使用零碎的單句。

當學生的造句太短，無法充分表達意思，或文句遺漏了一些重要詞語時，文句就顯得零碎不完整，或意義中斷。教學時遇有如此情況，教師便應提醒學生加入某些詞語，以使句義完整。也就是說，句中不說此字，意義尚能表達，但加入此字，便能更自然地串聯上下文義。增添詞語的運用練習，正是華語教學法中一項重要的原則。由於它原來並不屬於學生的造句，因此學生對於這樣的詞彙較難有深刻的體認，而如何提醒學生檢視自己的造句，嘗試加入這類詞彙，是教與學雙方應共同努力的。

教師平日教學時，除了改正發音、詞彙及文法，還要注意的是當學生文法無誤時，是否還可加入其他詞彙，使其更完善。也就是說華語教師的任務不但是在教學的當下，學生說出文句時，就得面面俱到改正錯誤，還包括引導其增添詞語，以改善及提升學生的語言程度。有時只要加上了轉折用的「而」或引進話題的「至於」，全句或段落就顯得流暢圓潤多了。

除了課室中的教學外，教師在批改學生的作業時，亦可考慮嘗試引導增添詞語，充實文句。可惜因為教師批改作業原是以正確為第一目標，故而對於學生的作業，增添詞語的做法，並不常為教師所採用。但是正確不應只是教學唯一的目標，如果只有糾正錯誤，這樣的教學其實還不夠周延。在學生已完成的寫作中增添詞語，提升內容水準，比起在課室中教學的當下完成此法則的運用，顯然較為容易，也較能提醒學生留意。因此，教師在作業批改完畢後，不妨再檢視一次學生的整段文句，尤其是對於認真學習的學生，作業錯誤不多，此時教師對學生的助益是若能恰到好處地填入某些詞語，直可以成為一字師了。

六、結語

「至於」與「而」是外籍學生運用複句、句群或開始接觸段落時所使用的簡單而重要的詞語，進一步還可運用於篇章。不會使用介詞或連詞，段落的文句是零散的、獨立的、不容易串聯的。換句話說，這是提升外籍學生寫作內容的重要關鍵。因此教師於教學時除了範例敘述分析外，教學活動應多以主動增添此類詞語作為練習，使學生在正確表達語義之外，兼及敘述的整體性。

由於這些並非外籍學生在使用母語思考時會考慮到的詞語，因此也無從在翻譯時對應，也就是說要培養學生在無此字的概念下運用此字，從事教學時教師本身必須先建立「增添關聯詞語」的教學觀念，引導學生如何檢視自己的文句與段落，比較增添與不增添此詞的差異，最後在無形中漸漸養成其表達時的運用習慣。此誠需要假以時日，但是一切的成就，端視乎教學者是否有心帶領培養學習者，只要教師用心留意，巧妙引領，學習者自然能夠漸入佳境，輕鬆掌握訣竅。

引用文獻

呂叔湘主編，《現代漢語八百詞》（北京：商務印書館，2003）
張斌主編，《現代漢語虛詞詞典》（北京：商務印書館，2003）
國立臺灣大學國際華語研習所主編，《新選廣播劇》（臺北：國立臺灣大學國際華語研習所，2000）
國立臺灣大學國際華語研習所主編，《思想與社會》（臺北：國

立臺灣大學國際華語研習所）
國立臺灣師範大學主編，《實用視聽華語 **2**》（臺北：正中書局，**2008** 二版）
國立臺灣師範大學主編，《實用視聽華語 **5**》（臺北：正中書局，**2008** 二版）
楊牧主編，《現代中國散文選 **I**》（臺北：洪範出版社，**1987**）
楊牧主編，《現代中國散文選 **II**》（臺北：洪範出版社，**1987**）
葉德明主編，《遠東生活華語三》（臺北：遠東圖書出版公司，**2006**）
裴學海，《古書虛字集釋》（臺北：廣文書局，**1974** 三版）
劉月華等，《實用現代漢語語法》（臺北：師大書苑有限公司，**2007**）
錢乃榮主編，《現代漢語概論》（臺北：師大書苑有限公司，**2002**）

《詩經．衛風．氓》篇章意象之形成

蔡幸君
國立臺灣師範大學國文研究所碩士生

摘要：

意象是構成文學作品內容的基本單位；而且它具有特定的含義，並具有文學的藝術美感。其中，以「廣義意象」之角度而言，作比較偏主觀聯想和想像的思維，是「形象思維」的部份，包含了意象的形成，主要探討作品核心的「意」與外圍的「象」如何相輔相成。

詩歌正是諸多意象之構成。作為詩歌的傳統，《詩經》中的篇章內容便是古代詩歌意象之源頭，「賦、比、興」使詩歌篇章的形象生動且意境深遠，且三者皆根源於主體之情志。本文從篇章整體意象之角度，以《詩經》中思想內容完整、深刻且與文學藝術高度結合之〈衛風．氓〉為考察對象，從形象思維之「意象形成」討論其整體的篇章意象，以見《詩經·衛風·氓》篇章整體意象在形象思維的運作及特色。

〈氓〉雖全篇而言是以「賦」法所寫成，可稱為一敘事長詩，然觀察其中形象思維之運作，可發現，其運用物象與事象所烘托的核心情意實十分強烈而濃厚。可見除了「比、興」發自主體情志外，「賦」亦是將思想情感寄寓於對事物的敘述描寫之中，深涵主觀之情意。

關鍵詞：

詩經、衛風、氓、意象、整體意象、意象形成

一、前言

「意象」是文學作品中最基本也是最重要的元素[1]，亦即，意象是構成文學作品內容的基本單位；而且它具有特定的含義，並具有文學的藝術美感。[2]其中，詩歌需

[1] 見王長俊主編：《詩歌意象學》，（合肥市：安徽文藝出版社，2000年），頁17。

[2] 陳植鍔：「中國古代詩歌中，正存在著這樣一些共同的基本結構單位，如「落花」、「流水」、「蓮花」、「荷花」、「春」、「暮」、「風」、「雨」等等具有特定含義的意象。……從文

藉意象而表現是詩歌的主要特點之一，吳曉《詩歌與人生——意象符號與情感空間》:「**意象是詩的最初出發點，又是最終目的地，其運動與組合構成詩的整體效果(情境)。因此詩就是意象符號的系列呈現，詩即是意象的一種運動形式。**」[3]從本體論的意義上說明了意象是詩歌之本體[4]，詩歌正是諸多意象之構成。

作為詩歌的傳統，《詩經》中的篇章內容便是古代詩歌意象之源頭。《文心雕龍・詮賦》:「**賦者，鋪也。鋪采摛文，體物寫志也。**」[5]賦是情感與事物之結合，它不直接表露思想感情，而將思想情感寄寓於對事物的敘述描寫之中；主要以直接敘述的方式來敘事、寫景、狀物。《文心雕龍・比興》:「**故比者，附也；興者，起也。附理者切類以指事，起情者依微以擬議。起情故興體以立，附理故比例以生。**」[6]「比」是先有「意」，再以別

藝學的角度，我們就把它叫做詩歌的意象。」見《詩歌意象論》,(北京市：中國社會科學出版社，**1992** 年 **11** 月)，頁 **9**。高永年:「**但他作為詩，是必定要經常採用意象性語言的。意象性語言往往打破陳述性語言的句法結構和修辭規則，造成某種語義上的模糊，給審美者以較大的「創造」空間。**」見《中國敘事詩研究》,(南京市：江蘇教育出版社，**2002** 年)，頁 **24**。

3 参自吳曉:《詩歌與人生：意象符號與情感空間》,(台北市：書林出版有限公司，**1995** 年 **3** 月)，頁 **21**。

4 参自仇小屏:《篇章意象論》,(台北市：萬卷樓圖書有限公司，**2006** 年 **10** 月)，頁 **19**。

5 見劉勰著、范文瀾註:《文心雕龍》,(香港：商務印書館，**1995** 年 **3** 月十刷)，頁 **134**。

6 見劉勰著、范文瀾註:《文心雕龍》，頁 **601**。

的「象」來比附這個「意」，因此是意在象之前，是先經過理性的設計，有著「意匠經營」[7]之安排；而「興」是情感的最先觸發，是客觀景物激發了思想感情，因此象在意之先，而且這個「象」具有抽象性及暗示性。由此可知，「賦、比、興」使詩歌篇章的形象生動且意境深遠，可說是三種意象創作手法；但三者仍皆根源於主體之情志。再者，由「賦」而「比」而「興」之意象運用，內涵由直白而隱晦，但卻更具感染情意之力量與詩歌之美感。[8]

由於人類運用天生的思維能力進行創作與鑑賞，所以思維力的運作與意象的構成息息相關。以「廣義意象」之角度而言，作比較偏主觀聯想和想像的思維，是「形象思維」[9]，「意象的形成、表現」屬之，亦即狹義的意象學之範疇；作比較偏於客觀聯想和想像的思維，是「邏輯思維」[10]，「意象的組織」屬之，亦即章法學之範疇；

[7] 見徐復觀：〈釋詩的比興－重新奠定中國詩的欣賞基礎〉，林慶彰編：《詩經研究論集》，（台北市：台灣學生書局，1983年11月），頁74。

[8] 參自陳思穎：〈略論賦、比、興之意象運用——兼及「比、興」與西方「象徵」之異同〉，《國文天地》第24卷第7期，2008年12月，頁77-82。

[9] 胡有清：「所謂形象思維，指的是以客觀事物的形象信息為基礎，經過分解、轉化、組合等演化過程，創造出新的形象。這是一種始終不捨棄事物的具體型態及形象，並以其為基本形式的思維方式。」見胡有清：《文藝學論綱》，（南京市：南京大學出版社，2002年7月六刷），頁160。

[10] 胡有清：「抽象思維側重於對客觀事物本質屬性的理解和

而合「形象」和「邏輯」兩種思維為一，便是「綜合思維」[11]，「意象的統合」屬之，亦即主題學之範疇。廣義的意象又可分析為整體意象與個別意象[12]，整體意象指全篇（章）、整體而言，底下可再分述「意」與「象」兩者[13]。整體意象的基礎在於個別意象，而個別意象需組成整體意象，方能顯出作品的完整內涵。因此，個別意象與整體意象之間的關係密不可分。[14]

本文即從篇章整體意象之角度，以《詩經》中思想內容完整、深刻且與文學藝術高度結合之〈衛風・氓〉為考察對象[15]，從形象思維之「意象形成」[16]討論其整體

認識，思維主體儘管也有自己的個性特徵，但一般總要納入一定的模式範疇，總能用明晰的語言加以說明。」這裡的「一定的模式範疇」應指組織的方式、規律。見胡有清：《文藝學論綱》，頁 171。

[11] 胡有清：「在藝術活動中，當人們用形象思維來把握和展示豐富的社會生活時，總會受到抽象思維的制約和影響。也就是說，抽象思維在一定程度上規範和導引形象思維。」由此，形象思維和邏輯思維的相輔相成，可稱為「綜合思維」。見胡有清：《文藝學論綱》，頁 172。

[12] 所謂「狹義的意象」是指個別意象而言，雖往往合「意」與「象」為一來稱呼，卻都多用其偏義，譬如草木或桃花的意象，用的是偏於「意象」之「意」，因為草物或桃花都偏於「象」；如「桃花」的意象之一為愛情，而愛情是「意」。參自陳師滿銘：〈辭章意象論〉，《師大學報：人文與社會類》50(1)，2005 年 4 月，頁 18。

[13] 「意」是文學作品中主觀之情意內涵，是抽象的「情」、「理」；「象」是客觀具體的形象，是創作的具體材料；下文對此將有詳細說明。

[14] 參自陳佳君：《辭章意象形成論》，（台北市：萬卷樓圖書有限公司，2005 年 7 月），頁 5。

[15] 劉大杰：「如東山、采薇、伐檀、碩鼠、黃鳥、何草不黃、

篇章意象，以見《詩經·衛風·氓》篇章整體意象在形象思維的運作及特色。

伯兮、氓一類的詩篇，都是思想和藝術高度結合的作品。」見〈周詩的發展趨勢及其藝術特徵〉，林慶彰編：《詩經研究論集(二)》，(台北市：台灣學生書局，1987年9月)，頁93。裴普賢：「此詩為我國最早的一首生動而深刻的敘事詩。」見裴普賢、糜文開：《詩經欣賞與研究》，(台北市：三民書局，1979年10月六版)，頁196。邱燮友：「無論從詩的主題、情韻、結構上來看〈氓〉，在三百篇中，的確是非常出色的一首。」見《中國歷代故事詩》，(台北市：三民書局，2006年3月二版一刷)，頁38。簡恩定等：「本詩在寫作藝術和修辭技巧上可以說是相當成功的。」見《敘事詩》，(蘆洲市：國立空中大學，1991年5月再版)，頁19。黃忠慎：「〈氓〉的篇幅在〈國風〉中僅次於〈豳風〉的七月，是一篇非常出色的棄婦詩，有不少學者針對本篇作出了專門的研究。……朱師守亮在《詩經評釋》中指出，本詩『除婚前之戀愛及初婚之極盡纏綿外，餘則字字慘戚，語語悲毀，悽愴傷懷，低迴無限，宜與〈谷風〉同稱《詩經》雙璧也。』」見《詩經選注》，(台北市：五南圖書出版股份有限公司，2002年9月)，頁167-168。周蒙、馮宇：「它有故事情節，人物形象，事件始末。詩人敘事，能與抒情結合，……能夠作到結構嚴謹，而又富於波瀾。……它對漢代樂府中的敘事詩篇如《上山採蘼蕪》和《孔雀東南飛》等都有直接影響。」見《詩經精華譯釋》，(台北市：天工書局，1996年6月)，頁185-186。藍若天：「此詩思想性、藝術性極高。」見《詩經辨義》，(杭州市：浙江古籍出版社，1992年4月)，頁97；「在男女抒情詩中，此篇應為各篇之冠。」見《國風情詩辨義》，(台北市：藍若天，1997年11月)，頁222。

16 「意象之表現」以詞彙、修辭之角度討論意象的呈現方式與表現手法，主要以詞句為單位，然本文討論的篇章意象，不處理詞彙之語言單位與修辭之辭格，因此本文於形象思維中先討論「意象之形成」。

二、篇章意象形成之相關理論

《文心雕龍．章句》：「**夫人之立言，因字而生句，積句而為章，積章而成篇。篇之彪炳，章無疵也；章之明靡，句無玷也；句之清英，字不妄也。振本而末從，知一而萬畢矣。**」[17]章和篇是最大的單元，用於統括全文，它們雖有大小之別，但在敘述與分析時，通常是章含篇、篇含章的情況，因此它們的關係十分密切；而任何辭章都可經由篇章之分析，以掌握全篇之內容與形式。[18]再者，由於意象是文學的基本元素，因此篇章由意象構成。更具體的說，篇章即整體意象之內容與形式。

以「整體意象」而言，「意象之形成」[19]是作者在創作時形成「外圍成分：象」和「核心成分：意」的思維運作情形。

「意」是主觀之情意內涵，是抽象的「情」、「理」[20]，即文學作品的情語和理語。創作者受到外在事物的

---

[17] 見劉勰著、范文瀾註：《文心雕龍》，頁 570。

[18] 參自陳師滿銘：《篇章結構學》，（台北市：萬卷樓圖書股份有限公司，2005 年 5 月），頁 1、10。

[19] 仇小屏對「意象的形成」定義：「**結合主體之『意』與客體之『象』而形成的語言符號。**」《篇章意象論》，頁 32。

[20] 李元洛：「**『意』不僅包括『情』，也蘊含著『理』。**」見《詩美學》，（台北市：東大圖書股份有限公司，2007 年 7 月二版一刷），頁 142。

激盪與引發，將隱藏於內在的思想感情形之於外在的文辭，成為文學作品，因此，情語和理語是創作的核心義旨所在，源自創作主體的「意」。「象」是具體的形象，可以指自然界的一切「物象」，也可以指人世間的一切「事象」[21]；落於文學作品裡，便可稱作物材和事材，是創作的具體材料。物材主要用於「寫景（物）」，偏就「空間」（靜）而言；事材主要用於「敘事」，偏就「時間」（動）而言。[22]因此，「意象形成」的內容成分便是「情」、「理」、「景（物）」、「事」四個要素。

這些客觀之「象」經過了作者審美經驗的挑選與篩選，滲入了作者的人格和情趣，在文學作品中是一種經過「主觀意識」揀擇的「象」。[23]因此，文學中的「象」與「意」有著密切關係，兩者相輔相成，形成作品的骨幹。

---

[21] 參自葉嘉瑩：《唐宋詞名家論集》，（台北市：桂冠圖書公司，2000 年 2 月），頁 318。陳植鍔亦提到：「不同的詞素『象』，指個別的物象和事象。」《詩歌意象論》，頁 35。

[22] 參自陳師滿銘：〈論意象組合與章法結構〉，《國文學報》第四十三期，2008 年 6 月，頁 236。

[23] 袁行霈：「物象一旦進入詩人的構思，就帶上了詩人的主觀色彩。這時它要受到兩個方面的加工：一方面，經過詩人審美經驗的淘洗和篩選，以符合詩人的美學理想和美學趣味；另一方面，又經過詩人思想感情的化合和點染，滲入詩人的人格和情趣。經過這兩方面加工的物象進入詩中就是意象。詩人的審美經驗和人格情趣，即意象中那個意的內容。因此可以說，意象是融入了主觀情意的客觀物象，或者是借助客觀物象表現出來的主觀情意。」見〈中國古典詩歌的意象〉，《中國詩歌藝術研究》，（台北市：五南圖書出版公司，1996 年 6 月），頁 52。

引起意、象之間的連結並進而組合的媒介，通常與作品的主旨或綱領[24]有著重要的關聯性。主旨是作品核心之情意，而綱領統領並貫串作品中的內容材料。[25]

若從「篇章」的層面涵蓋篇章之內容（即意象），則無法只侷限於個別意象（字、句），必須提昇至整體意象的角度（形成、組織、統合）。因此，對於篇章意象之探討，應從「形象思維」、「邏輯思維」及「綜合思維」三者分析篇章意象之「形成」、「組織」及「統合」，方能牢籠篇章意象之全貌。本文即從形象思維著手，探討《詩經．衛風．氓》篇章意象形成之思維運作。

三、《詩經．衛風．氓》篇章意象核心成分之分析

以《詩經》作為上位者體察民情之作用而言，〈國風〉內容多反應民情風俗，採詩者與編詩者除了取材於民間歌謠，在進行加工時，勢必保留相當程度的內容真

24 「綱領」主要是貫串篇章作品中所選取和運用的寫作材料，起著統整作品內容材料的作用。有時綱領與核心主旨會有重複的情況。參自仇小屏：《文章章法論》，（台北市：萬卷樓圖書有限公司，1998 年 11 月），頁 418、467。

25 參自陳佳君：〈論意象連結之媒介〉，《中國學術年刊》，第三十期（春季號），2008 年 3 月，頁 230。陳佳君亦提及：「**意象之連結實包含『意』與『意』的連結、『意』與『象』的連結、和『象』與『象』的連結。**」（頁 230）

實性；但在篇章形式和寫作手法上則會經過處理，這些處理便是形式的美化。即使作了形式上的加工處理，其主體的內容情意大致是不變的，民性始終為其本質，因〈國風〉內容承載的是世人本始之情，風詩之教即本於「人情義理」[26]。因此，即使部分篇章有明顯政治寄託，抒發之主體仍是世人之心聲，而非官僚之情。於此，仍應將〈國風〉篇章視為是民性、民情之反應。

以下從核心成分（意）探討《詩經．衛風．氓》篇章「主旨之呈現方式」與「主旨之安置」：

原文

> 氓之蚩蚩，抱布貿絲。匪來貿絲，來即我謀。送子涉淇，至於頓丘。匪我愆期，子無良媒。將子無怒，秋以為期。
>
> 乘彼垝垣，以望復關。不見復關，泣涕漣漣。既見復關，載笑載言。爾卜爾筮，體無咎言。以爾車來，以我賄遷。
>
> 桑之未落，其葉沃若。于嗟鳩兮，無食桑葚。于嗟女兮，無與士耽。士之耽兮，猶可說也。女之耽兮，不可說也。
>
> 桑之落矣，其黃而隕。自我徂爾，三歲食

[26] 參自林素英：〈論邦(國)風中「風」之本義〉，《文與哲》第十期，2007年6月，頁104。

貧。淇水湯湯，漸車帷裳。女也不爽，士貳其行。士也罔極，二三其德。

三歲為婦，靡室勞矣。夙興夜寐，靡有朝矣。言既遂矣，至於暴矣。兄弟不知，咥其笑矣。靜言思之，躬自悼矣。

及爾偕老，老使我怨。淇則有岸，隰則有泮。總角之宴，言笑晏晏，信誓旦旦，不思其反。反是不思，亦已焉哉！

〈氓〉六章，章十句。[27]

〈衛風‧氓〉為一棄婦詩，亦是事件情節敘述相當完整之長篇詩歌。其以第一人稱敘寫一位女子與男子相愛、結婚，直至因愛衰而女子被休棄返家之經過，女子追思往事，種種今昔對比，只落得無限唏嘘與哀怨。

（一）主旨之呈現方式：全顯

核心成分在篇章中之「呈現方式」可分為三種：「全顯」是作者對於作為核心內容的情語或理語有充分的抒發及敘述，讀者可一目了然。「全隱」即意在言外，通常全篇皆為敘事或寫景，作者透過敘事或寫景以寄託深

[27] 本文用以參考的版本為《十三經注疏》整理本，李學勤主編：《毛詩正義》，（台北市：台灣古籍出版有限公司，2001年10月），《風‧上》，頁268-277。

意[28]。「顯中有隱」是在篇章中呈現「顯」的情語或理語之外，可以再根據作者寫作的時代背景、作者的生平背景以及其創作目的等線索，還能推敲出創作的另一層深意，使作品之情意表現更有層次感。[29]

〈衛風・氓〉末章「**及爾偕老，老使我怨。淇則有岸，隰則有泮。總角之宴，言笑晏晏，信誓旦旦，不思其反。反是不思，亦已焉哉**」，點明篇章之主旨——「怨」。由此可見，其篇章之核心成分以「全顯」的方式呈現，具體清楚地將女子被棄的哀怨、愁苦以及悔恨表露無遺，「**自我徂爾，三歲食貧**」、「**女也不爽，士貳其行。士也罔極，二三其德**」、「**言既遂矣，至於暴矣**」等句亦具體凸顯出男子之愛衰與不義，非女子之不義或不貞。此篇情感鮮明而深切，令人不禁為之三嘆。

再者，篇章中的綱領是「今昔對比」，這強烈的今昔對比統領了各個物材與事材，深切表達出女子悲慘之遭遇，亦是烘托出本篇之怨情。（物材與事材部分將於下兩節中分析）

《詩序》云：「**氓，刺時也。宣公之時，禮義消亡，淫風大行，男女無別，遂相奔誘。華落色衰，復相棄背；**

---

[28] 柯慶明：「很多東西不說，藏在『象』裡頭，……它用『形象』來表達『意義』，所以顯得很『空靈』，很多東西都不必講破。」〈抒情美典的起源與質疑〉，《清華中文學報》第三期，2009年12月，頁97。

[29] 參自陳師滿銘：《國文教學論叢・續編》，（台北市：萬卷樓圖書有限公司，1998年3月），頁23-33。

或乃困而自悔，喪其妃耦，故序其事以風焉。美反正，刺淫泆也。」[30]然而〈氓〉棄婦之怨情主旨十分顯明，字字句句皆直指今昔之對比與男子之不義，若以「刺時」解釋〈氓〉，則篇章中無絲毫脈絡可循；若僅以三四章控訴男子不義之辭來說解為「刺時」，不免抹滅篇章中所烘托出之濃烈怨情，亦忽視了女子遇人不淑之境遇。以「刺時」為主旨，則十分不合於「人情義理」。

朱熹《詩集傳》云：「此淫婦為人所棄，而自敘其事，以道其悔恨之意也。夫既與之謀而不遂往，又責所無以難其事，再為之約，以堅其志，此其計亦狡矣。以御蚩蚩之氓，宜其有餘，而不免於見棄。蓋一失其身，人所賤惡，始雖以欲而迷，後必有時而悟，是以無往而不困耳。士君子立身，一敗而萬事瓦裂者，何以異此，可不戒哉。」[31]朱熹承繼《詩序》之說法，並更進一步說明其詩是淫婦失身且見棄之事，以警惕君子不可不戒。若仔細比照〈氓〉篇章內容意涵與朱子之見解，則朱子之說法較《詩序》更不合於人情義理。「于嗟女兮，無與士耽。士之耽兮，猶可說也。女之耽兮，不可說也」可視為是「以己戒世」，但無關乎「禮義消亡」或「人所賤惡」，而是關乎「男女之情」之義與不義，這是民情，方符合人情義理。再者，「女

30 李學勤主編：《毛詩正義》，《風．上》，頁 268。
31 宋．朱熹：《詩集傳》，（台北市：藝文印書館，2006 年 3 月初版四刷），頁 149-150。

也不爽，士貳其行。士也罔極，二三其德」、「言既遂矣，至於暴矣」，是男子之負於女子，因愛衰而棄之，真心付出而見棄，女子因而發出不平之鳴，這是人民之生活經驗、感情經驗，若言「一敗而萬事瓦裂」則是過於附會與誇大，流於一味說教。

（二）主旨之安置：篇末

核心成分在篇章中之「安置」可分為四種：屬於篇內之「篇首」、「篇腹」、「篇末」；以及「篇外」（必屬於「全隱」的表現方式）。[32]

〈衛風・氓〉中，首章至第五章，除第三、四章插敘的部份之外，大致的時間概念走向為順敘的方式，敘述了故事情節之經過。然而末章卻採「泛泛地總結全事」之方式，女子回憶到最後，快速地再一次由從前回想至今日，回想從前相愛之誓言直至今日被棄之局，為自身遭遇做一個完整的總結回顧，將前五章所鋪陳堆疊之情感，推衍自然卻又強烈地集中至末章，間接卻有力的情感使人更為之唏嘘。將濃郁的怨情安置至末章，悲怨自傷之情抒發的婉轉卻鮮明，便特別予人有怨至深而無奈至極之感。

在〈衛風・氓〉中，各章含有許多細節，在鋪陳與

[32] 參自陳師滿銘：《國文教學論叢》，（台北市：萬卷樓圖書有限公司，1998 年 4 月四刷），頁 85-120。

敘述之中不斷層層加強情節張力，進而至末章完全凸顯出全篇之主旨情感。

第一章敘述起初之相識，男子「**蚩蚩**」笑貌以及「**匪來貿絲，來即我謀**」刻畫男子並非樸實單純之人，為其後變心埋下伏筆。然而女子仍與其相戀，但是「**將子無怒**」可知男子已漸漸顯出本性。

第二章敘述女子思念之殷切，並表達出女子義無反顧之決心，然而對比前兩張所敘之男子形象，故事敘述至此，已隱隱能嗅出結局之勢。

至第三章「**于嗟女兮，無與士耽。士之耽兮，猶可說也。女之耽兮，不可說也**」即先在前文以桑之勃發起興，以鳩鳥吃了桑葚會醉一事做比喻，形容女子的用情比男子深刻且專一，一旦陷入愛情的網中，往往較男子更加無可自拔，以此批評了男子之用情不專（理語）；由這裡的敘述，亦可看出女子對於自身愛情的結局以被棄作收，婉轉地表達了無奈之感，此時女子之悲情已開始表露出來。

第四章「**女也不爽，士貳其行。士也罔極，二三其德**」在前文亦是以桑之葉落起興，並比喻情感之衰微，以此批評感情破裂之因在於男子無情地變心（理語）。敘述至此，男子不義之形象鮮明，兒女子悲憤之情亦已顯露無遺，。

第五章敘女子有情有義、任勞任怨，卻遭背棄，更是具體加強其悲慘之境遇；甚至，返家後又遭恥笑，情節發展至女子外無可依、內無可靠之窘境，卻只能「**靜言思之，躬自悼矣**」女子想著自己被棄的遭遇，感到哀傷愁苦，委屈之情已經溢滿於言辭。

接著第六章「**及爾偕老，老使我怨**」趁勢點出「怨」字，其怨情完全溢出辭面。一章一章的鋪陳，思想情感已凝聚至末章，蓄勢待發，然而女子對自己被棄之怨情卻至此簡單作一收束：「**反是不思，亦已焉哉！**」只說服自己堅強看開。不過，最後兩句那消極而委屈的心態，反而使這篇詩歌之情感更收束在無窮無盡、綿延不絕的哀怨中。

全顯之主旨放置於篇末，其前已將情感作步步醞釀與渲染，直至篇末方使全顯，將情感傾瀉而出，不僅收畫龍點睛之效，更以逐步加強女子的深刻怨情，強烈顯現出篇章中的意旨內蘊。其最後以濃烈的情感收束全篇，令人於讀完之後，心情隨之激盪不已，其怨嘆之意亦歷歷可感，扣人心弦。

四、《詩經・衛風・氓》篇章意象外圍成分之分析

作為外圍成分之「物材」與「事材」，可安排情節

發展之時間走向，亦可佈置人物所處之空間場景。以下從外圍成分（象），探討《詩經‧衛風‧氓》篇章意象之物材與事材：

（一）物材

「物材」可分為三類：「自然性物類」（植物、動物、氣候、時節、天文、地理等面向）、「人工性物類」（人體、器物、飲食、建築等類）、「角色性人物」（泛稱性的人物形象，不帶事件內涵）。[33]

〈衛風‧氓〉所運用的物材中，部分為「自然性物材」，如淇、隰、頓丘、復關、桑、葉、鳩、桑葚等八種；部分為「人工性物材」，如布、絲、垝垣、車、帷裳等五種。

「**抱布貿絲**」敘述男子欲藉物品之交換以接近女子。布與絲是兩人相戀之媒介物；亦可將「絲」諧音為「思」，物材含有主觀之情，更能烘托出當時藉物材貿易所蘊含的曖昧之情。

「**送子涉淇，至於頓丘**」、「**淇水湯湯，漸車帷裳**」以及「**淇則有岸，隰則有泮**」，皆以淇水作為主要之地理空間場景。在事件起初，淇水是二人相戀分離的具體分隔物；而頓丘則是送別之終點，是分離的傷心地。至第四章，女子被棄而返家所經過的淇水，其水勢盛大而

[33] 詳見陳佳君：《辭章意象形成論》，頁 222-268。

沾溼車幕，鮮明地對底女子淒涼之心境。男子之涉淇水與女子之涉淇水，同樣的空間場景，前後情境卻天差地遠，具體地呈現了情節前後之反差，亦間接對照女子心境之喜悲震盪。末章「**淇則有岸，隰則有泮**」亦藉由地理空間的淇水之廣亦有邊岸、隰水之闊亦有邊際，藉此對比女子被棄而無依無靠之情境，深刻表現其茫茫無所適從之悲哀。由此可知，無論「淇水」或是「頓丘」，皆是被賦予主觀情感之地理空間，客觀之地理環境實含有女子無限心事。

「**乘彼垝垣，以望復關**」中，以「垝垣」為登臨物，往男子所居之方向眺望，則見到的是「復關」；這是空間之起點與終點，即女子極盡思念之起點為垝垣，終點為復關，這當中便是以濃厚的相思之情連結起始。登上垝垣，更將視點聚焦於復關，「**不見復關，泣涕漣漣。既見復關，載笑載言**」婉轉地以目視復關表現女子情感變化——「登臨前不見之悲」與「登臨後既見之喜」。「垝垣」是女子登臨時其情感之乘載空間，「復關」是為主觀情感強烈投射之地理環境，兩者亦被賦予主觀情感之地理空間。

「**以爾車來，以我賄遷**」和「**淇水湯湯，漸車帷裳**」中，皆以車作為動態的人在空間中的移動工具，然而前文之車為出嫁之乘，後文之車為被棄之乘，表現前後遭遇之落差。女子雖坐於車內，應不見其臉色神態，然前後情節之對比使人讀來卻能間接感受其出嫁時坐於車中之歡喜與被棄時坐於車中之淒清。這是充滿了紛雜情緒之車。

「**桑之未落，其葉沃若。于嗟鳩兮，無食桑葚**」與「**桑之落矣，其黃而隕**」運用比、興手法。[34]前者由植物之盛衰興感，並且以鳩自比、以桑葚比愛情；敘述桑樹茂盛之貌，是見桑葉濃密而起興，進而以桑葚之甘美比喻愛情美好又醉人的狀態，並以食桑葚而醉之鳩鳥自比。這四句因起比、興而作的插敘，正是因為要控訴「**于嗟女兮，無與士耽**」而起比、興；因此，這裡的比、興意象實具有深刻之情理寄托。後者繼續使用同一個自然性物材，但這裡的桑，卻是呈現強烈對比：其以桑樹之葉黃隕落起興，連結女方嫁進男方家後愛衰食貧之淒涼。此外，桑作為植物類物材，亦將時間落在秋天的時序中作敘述，桑樹秋初茂盛而秋末衰竭，其景物經歷三個月之盛衰變化，使人在情感上自然地連結至三年中愛情由盛而衰之變化，因而「起興」，更烘托出詩中悲怨之氛圍。

（二）事材

「事材」可分為三類：「歷史事材類」包括引用歷史故事者、出自古代詩文資料的詞語為典故者、純粹敘

34 朱熹《詩集傳》云三章「**比而興也**」、四章為「**比也**」，是倒興為比、倒比為興，混淆篇章中無意中所營造出的自然感發與刻意營造之意匠經營兩者間的差別。見《詩集傳》，頁 151、153。

述故實而不做典故使用。「現實事材類」指剛發生不久或時隔不久的事實。「虛構事材類」包括設想未來或遠處之情況、作打算與計畫、假設情境，或是心中的願望、虛幻的夢境，以及透過藝術想像編造非真實的事，如神話、寓言、遊仙、幻想等。[35]

〈衛風・氓〉篇章中運用之事材大多為現實事件之敘述，屬於時隔不久之事實敘述[36]。以桑為興而比之內容為虛構之事材；其見桑樹勃發而起興，鳩食桑葚之事比喻愛情與自己，屬於設想之情況。現實事件的敘述重點在於其能夠表現時間先後，理出清晰的時間背景線索，使故事頭尾完整。而虛構性事材使時間虛實交錯並且使故事產生明顯迭宕起伏之作用。

再者，本文於前言已提及，「賦」法之運用實有主觀情志在其中。因此，在呈現事件時亦是在表現情感。事件可藉由情感來鋪陳出來，同樣，情感也可透過事件來抒發。事象與情意各自獨立又互相烘托。此種敘述出於心理感受，讓客觀之陳述蘊含主觀之情感，事實上，情感之表露仍是事件敘述之目的。

以下便分章分析〈衛風・氓〉對於事材之運用。

首章敘相戀與約期之事，包括交易追求、淇水至頓

[35] 詳見陳佳君：《辭章意象形成論》，頁 269-287。

[36] 邱燮友：「這是一首民間的歌謠，它的本事，沒有史實可據，只是發生於民間的一件實事，加以鋪敘而已。」《中國歷代故事詩》，頁 34。

丘之送別、秋以為期之約定。此章於敘述中實飽含了對於往事之主觀回想，是甜的；但現實是自己已遭棄，因此它是甜後帶苦、甜中帶怨。

二章敘女子思念之動作形象與結婚之事，包括遠眺復關、不見與既見之形象、卜筮之結果、隨車而嫁遷。登上垝垣前是泣涕連連，而登上垝垣後遠眺復關，彷彿便能見到男子之身影（或說女子真等到男子由復關方向前來提親了），因而載笑載言，女子痴情之主觀形象著實十分鮮明。

三章插敘，見景而起興、比，情感上連結控訴之事，包括敘寫桑樹茂盛而起興、進而敘述鳩食桑葚與男女耽溺於愛情之比喻，接著便做出呼告與間接地控訴。這段比興插敘具明顯情感寄託，虛寫而意隱，哀怨情感尤為濃厚。

四章插敘，見景而起興，情感上連結被棄之事，包含出嫁卻三年食貧、被棄返家之情形、對男子之怨罵。這段插敘做了更多的時間跳躍，從敘寫桑樹衰黃殞落而起興，是虛寫；跳至敘述回想自身三年食貧之遭遇，是虛寫；再跳至敘述回想被棄返家路途淒涼之景，亦是虛寫；「**女也不爽，士貳其行。士也罔極，二三其德**」此控訴之語，是理語之實寫。時間虛實之中更有情感無所歸宿之感。本章在概括的敘寫中仍有清楚的時間脈絡；而其後敘述女子對於男子之控訴怨罵，更顯示出敘述中所蘊含隱藏的哀怨情感確實更加深厚真實。

五章敘婚後三年之生活以及敘返家後之境遇，包括敘述出嫁三年自身之賢慧舉止、遭暴之事、返家為兄弟所笑。此章承接第二章的出嫁，詳敘婚後三年生活，生動刻畫女子不辭勞苦，犧牲奉獻之形象，接著敘述轉折而寫遭暴、遭棄，家人不知實情而以冷潮熱諷對待她，其自怨自艾之形象亦十分楚楚可憐而生動鮮明。敘述當中所蘊含的悲情，較之前面幾章，又更為深刻濃郁。

六章則概敘事件始末與重點，「**及爾偕老**」對比「**老使我怨**」、「**總角之宴，言笑晏晏**」對比「**信誓旦旦，不思其反**」，以相戀之甜美回憶對比愛衰之悲慘遭遇，再次強調男子之變心行為。其中並以水起興，以連結自身茫茫無良人依靠之怨，烘托。

對於女子婚姻感情之遭遇，其與男子由相愛、結婚，最後被男子休棄返家，有著清楚的時間順序，整體而言為順敘之方式。故事情節的主線流暢地交待了前後過程，輔以第三、四章之插敘，章與章之間呈現交錯的時間安排，顯示因心思煩悶哀愁而容易隨起比興以抒感，亦使故事情節較為轉折多變，引讀者情感隨之迭宕起伏。[37]

---

[37] 滕志賢：「**詩人在敘事中巧妙地穿插了抒情和議論。敘事、抒情、議論三者交融，為充分展現人物複雜的感情世界創造了條件。詩歌在結構上並未按時間順序鋪敘，而是回憶與現實互相交錯，任人物思緒自然變化跳躍。此種表現方法，不僅符合人物起伏不平的心裡特點，而且使詩歌錯落有致、妙有波瀾。**」見《新譯詩經讀本》，（台北市：三民書局，2000 年 1 月），頁 164。

（三）時空安排

〈衛風·氓〉中，物象與事象具體佈置出故事情節之時間條理與空間變化，深化了故事的氛圍，並烘托其幽怨之情感。例如「淇水」、「桑樹」、「車」、等物材個個所形成的前後對比，直指今與昔之對比，反應女子前後處境的反差，進而表現女子之心境由愛戀落至哀怨的變化歷程。其思想情感並非直陳裸露，而是藉由具體物象形成空間變化，場景隨第一人稱的敘述在回憶與現實間跳躍，襯托出女子處境，進而間接渲染其心情之劇烈動盪與其鮮明深切之怨情。

再者，篇章中情節事件之發展，可從第三章因桑起比興為斷，其前為被棄前之美好，其後為被棄後之淒涼哀怨，篇章中之事象亦起著鮮明的時間性先後對比：在一章「相識」，二章「等待」，「出嫁」，三、四章「起興、控訴」，五章「被棄」，六章「總結」的敘述順序中，三、四帶著現實時空之悲嘆，而一、二、五、六章則可自成一篇完整通順之事件敘述，屬於回憶過往之時空。又，全篇於末兩句「**反是不思，亦已焉哉**」則將時空由回憶拉回現實，自語著勸自己不要再想，卻有著恍如一夢、舊夢如煙之感。其敘述時空之虛實交錯，卻更烘托出女子意緒紛雜、心神恍惚之形象。

〈衛風·氓〉運用大量的現實事材，具體鋪陳女子感情婚姻之遭遇，時間之順序條理十分清楚分明；而各種物材之運用更是適時地點綴故事之空間背景，使故事十分立體且富有變化，並進而加深了故事的意涵。其情感之累積與深入，需藉由具體物象與事象之交融與烘托渲染，方能達成。由此可見〈衛風‧氓〉以眾多物象和事象作具體的前後對比，強烈地深化了女子處境與心境，在在烘托出篇章之主體情意——怨。

雖然〈衛風‧氓〉篇章是以「賦」法所寫成，可稱為一敘事長詩，然觀察其形象思維之運作，可發現其運用物象與事象所烘托的核心情意實十分強烈而濃厚，且予人鮮明之景物形象與具體、跳躍之空間感。可見，除了「比、興」發自主體情志外，「賦」亦是將思想情感寄寓於對事物的敘述描寫之中，非只客觀敘述，而是帶著主觀之情意作敘述。

五、結語

本文從篇章整體意象之角度，以《詩經》中思想內容完整、深刻且與文學藝術高度結合之〈衛風‧氓〉為考察對象，從形象思維之「意象形成」討論其整體篇章意象，藉由分析篇章中具體之事材、物材和抽象之情意思想，以見《詩經‧衛風‧氓》篇章在整體意象之形象思維的運作及特色。

經過一番分析之後，在核心成分（意）方面，以「全顯」的方式呈現，具體將女子被棄的哀怨、愁苦以及悔恨表露無遺；再者，篇章中的綱領是「今昔對比」，這強烈的今昔對比統領各個物材與事材，深切表達出女子悲慘之遭遇。從整體意象的角度而言，其篇章主旨情意絲毫無關乎「禮義消亡」或「人所賤惡」，而是關乎「男女之情」，而這亦才符合〈國風〉之人情義理。其次，〈衛風・氓〉將怨情主旨安置於末章，將悲怨自傷之情抒發得婉轉鮮明；其全顯之主旨放置於篇末，不僅具有畫龍點睛之效，更強烈顯明其篇章之核心意旨。

在外圍成分（象）方面，作為外圍成分之「物材」與「事材」，可安排情節發展之時間走向，亦可佈置人物所處之空間場景。〈衛風・氓〉中的物象與事象具體佈置出故事情節之時間條理與空間變化，深化了故事的氛圍，作出具體的前後對比，並深刻烘托出其幽怨之情感，句句敘述皆直指篇章之主體情意——怨。篇章雖以「賦」法寫成，可稱為一敘事長詩，然觀察其形象思維之運作，可發現其物象與事象之運用具有豐富之深意，皆是凸顯主體之情意，可見除了「比、興」發自主體情志外，「賦」亦是將主觀之思想情感寄寓於對事物的敘述描寫當中。

引用文獻

仇小屏：《文章章法論》，台北市：萬卷樓圖書有限公司，1998年11月。

仇小屏：《篇章意象論》，台北市：萬卷樓圖書有限公司，2006年10月。

王長俊主編：《詩歌意象學》，合肥市：安徽文藝出版社，2000年。

朱熹：《詩集傳》，台北市：藝文印書館，2006年3月初版四刷。

李元洛：《詩美學》，台北市：東大圖書股份有限公司，2007年7月二版一刷。

李學勤主編：《毛詩正義》，台北市：台灣古籍出版有限公司，2001年10月。

吳　曉：《詩歌與人生：意象符號與情感空間》，台北市：書林出版有限公司，1995年3月。

邱燮友：《中國歷代故事詩》，台北市：三民書局，2006年3月二版一刷。

周蒙、馮宇：《詩經精華譯釋》，台北市：天工書局，1996年6月。

胡有清：《文藝學論綱》，南京市：南京大學出版社，2002年7月六刷。

袁行霈：《中國詩歌藝術研究》，台北市：五南圖書出版公司，**1996** 年 **6** 月。

高永年：《中國敘事詩研究》，南京市：江蘇教育出版社，**2002** 年。

林素英：〈論邦(國)風中「風」之本義〉，《文與哲》第十期，**2007** 年 **6** 月，頁 **29-55**。

林慶彰編：《詩經研究論集》，台北市：台灣學生書局，**1983** 年 **11** 月。

林慶彰編：《詩經研究論集(二)》，台北市：台灣學生書局，**1987** 年 **9** 月。

柯慶明：〈抒情美典的起源與質疑〉，《清華中文學報》第三期，**2009** 年 **12** 月，頁 **89-112**。

陳佳君：《辭章意象形成論》，台北市：萬卷樓圖書有限公司，**2005** 年 **7** 月。

陳佳君：〈論意象連結之媒介〉，《中國學術年刊》，第三十期（春季號），**2008** 年 **3** 月，頁 **227-254**。

陳思穎：〈略論賦、比、興之意象運用——兼及「比、興」與西方「象徵」之異同〉，《國文天地》第 **24** 卷第 **7** 期，**2008** 年 **12** 月，頁 **77-82**。

陳植鍔：《詩歌意象論》，北京市：中國社會科學出版社，**1992** 年 **11** 月。

陳師滿銘：《國文教學論叢·續編》，台北市：萬卷樓圖書有限公司，**1998** 年 **3** 月。

陳師滿銘：《國文教學論叢》，台北市：萬卷樓圖書有限公司，1998年4月四刷。

陳師滿銘：〈辭章意象論〉，《師大學報：人文與社會類》50(1)，2005年4月，頁17-39。

陳師滿銘：《篇章結構學》，台北市：萬卷樓圖書股份有限公司，2005年5月。

陳師滿銘：〈論意象組合與章法結構〉，《國文學報》第四十三期，2008年6月，頁233-262。

黃忠慎：《詩經選注》，台北市：五南圖書出版股份有限公司，2002年9月。

葉嘉瑩：《唐宋詞名家論集》，台北市：桂冠圖書公司，2000年2月。

劉　勰著、范文瀾註：《文心雕龍》，香港：商務印書館，1995年3月十刷。

裴普賢、糜文開：《詩經欣賞與研究》，台北市：三民書局，1979年10月六版。

滕志賢：《新譯詩經讀本》，台北市：三民書局，2000年1月。

簡恩定等：《敘事詩》，蘆洲市：國立空中大學，1991年5月再版。

藍若天：《詩經辨義》，杭州市：浙江古籍出版社，1992年4月。

藍若天：《國風情詩辨義》，台北市：藍若天，1997年11月。

朱自清〈背影〉文本結構分析

白雲開
香港教育學院中文系副教授

一、導言：文本結構與文字性質

文學文本的結構，筆者認為跟相關文字的性質有關。大體來說，可概略分為五類，分別是說明、抒情、議論、描寫和敘事(一般稱記敘)。一般來說，詩歌大致屬抒情文字，當然不排除有描寫等成分，但抒情成分該佔主導地位。同理，小說以說故事為主，敘事文字佔主導，但描寫、說明、抒情部分都全有。散文情況最複雜，幾乎甚麼組合都有可能，蘇洵〈六國論〉以議論為主，余光中〈聽聽那冷雨〉兼有抒情和描寫，余秋雨的〈道士塔〉以敘事為主，兼及描寫、抒情、說明和議論[1]。

[1] 筆者一直嘗試建構解讀和分析散文的方法，本文是一系列論文的第五篇，前四篇分別為：〈解讀散文工具探究——以范仲淹《岳陽樓記》為例〉，刊於《國文天地》26 卷 2 期，2010 年 7 月，頁 27-40。另外三篇為會議未刊論文：〈解讀散文系列理念〉,〈描寫文字研究：「描寫」文字的內涵及細項〉及〈描寫文字研究：「描寫」文字的結構類型〉，香港教育學院，第一屆兩岸三地語文教學圓桌會議，2009 年 4 月。

二、朱自清〈背影〉的文字性質：敘事＋抒情

朱自清的〈背影〉[2]以敘事為主，輔以抒情。要進一步梳理〈背影〉這文本的結構特點，便須從分析文本中敘事和抒情這兩種性質的文字開始。簡言之，敘事就是說故事，當中有角色和事件，文字的主要形態是動作，所以動詞變得十分重要。要分析敘事文字，大致可借助「敘事學」(**narratology**)理論提供的體系，以及由此而生的分析方法，加以梳理，結構大致便能勾勒出來。至於抒情文字，基本形態是「抒情主體／抒情客體＋修飾成分」，如：「我很開心」或「這花很惹人喜愛」。當中的修飾成分便寄寓了感情色彩。從分析感情色彩的褒貶意義便能理出當中的正面或負面感受，抒情文字的方向便大致掌握了。

三、〈背影〉的敘事角度：限知水平較高的「內聚焦」敘事者

〈背影〉這個敘事和抒情結合的文本，由於抒情必須有主體，敘事必須有敘事者，因此如敘事角度是從文本的角色出發展開敘述的話，這個角色便既是敘事者，也是抒情主體。

如以〈背影〉為例，文本中的「我」是敘事者，抒發的感情

[2] 朱自清：《背影》，香港：三聯書店，**1999** 年 **1** 月，頁 **16-18**。

也是「我」的，但這個「我」是「現在的我」，講的故事主要是兩年多前那個冬天車站上產生的事。那個時候敘事對象主要包括當年的「我」(即「過去的我」)以及父親。換句話說，文本中的「我」有兩個：一個是兩年多前的「過去的我」，另一個是兩年多後，身在北京，正在懷念父親的「現在的我」。

如以「敘事學」理論看，「現在的我」是一限知水平較高的「內聚焦」敘事者[3]當中牽涉「誰看」、「誰說」和「誰知」三個範疇。「內聚焦」視角(**internal focalization**)屬「誰看」或「誰感」的問題，也就是通過誰的五官感覺來說故事的問題。嚴格來說應稱為「誰感」才更為準確，因為敘述時不光牽涉視覺，也兼有聽、觸，甚至味和嗅覺。視角一般可分「內聚焦」、「外聚焦」和「零聚焦」三種，〈背影〉屬「內聚焦」視角敘述的文本，也就是說故事藉「現在的我」的感官和角度說出來，這當然極受該角色自身的時空限制，他看不到、聽不到的便不能說得清，只能猜度[4]。

---

[3] 這方面的論述，源於西方文學理論一直沿用的「敘事觀點」(**point of view**)，以及由此而生的所謂「第三人稱」敘述(**third-person narrative**)及「第一人稱」敘述(**first-person narrative**)手法。敘事學著名理論家熱奈特(**Gérard Genette, 1928-**)批評以上概念糾纏不清，那些「人稱」手法的分類完全無法說明問題；並正確地將「敘事觀點」一分為二來看，分成「誰看」(**who sees?**)和「誰說」(**who speaks?**)二個角度分別處理。有關討論，請參 ***Narrative Discourse: An Essay in Method*** 一書(**Trans. Jane E. Lewin. Ithaca: Cornell UP, 1980, pp185-189**。筆者則認為，敘事認知水平即(誰知)應與上述兩個方面並列，才能更全面地反映敘述的複雜特性，由此而生的分析才能更準確地並細緻地分析各種各樣不同的敘述組合。

[4] 至於「外聚焦」視角就是一種仿似處於事件現場的一部攝錄機，它在場但不隸屬任何角色，但仍受場面角度的限制，不是現場內任何事件都能敘述，這種視角同樣也無法測知任何角色的內心世界，只能描述所見的

「誰說」就是「誰在說故事」的問題，這牽涉所用的言語特色。簡單來說，可有由「全知」敘事者敘述的說話，它的特點就是多用第三人稱言語、也多概括性言語交代情節甚至角色的行為等，表示較為客觀的描述，也可能有價值判斷式的評語，表現具權威感的語言風格。相較而言，也有由在現場的「非角色」敘事者敘述故事的情況，它的語言權威感不強，但也較客觀，多隨事件發展敘述，少有概括性用語。另一類是用限知「角色」自己的言語說故事，語言風格屬角色自己，因此，多用感歎詞以及口語等表現個人風格的言語。〈背影〉的言語就是屬於那個「內聚焦」敘事者「現在的我」的。

至於敘事者對事件的認知水平，即「誰知」的問題。這牽涉到對事件的認知程度，可分為「全知」[5]以及各種認知水平的「限知」。如〈背影〉這文本的敘事者「我」，是事後回憶事件的敘事者，由於「我」已經歷事件，所知一定比當時身處事件的自己為多，所以「我」屬於較高認知水平的限知，就是了解事件來龍去脈的敘事者[6]。由於買桔子事件發生在兩年多前，「現在的我」對事

動作、行為、言語等，供讀者猜測。「零聚焦」視角就是不涉事件現場的敘述，由全知敘事者擔任。以這種沿用全知敘事者高於一切的視角敘述的文字，提供捨我其誰，極具權威的角度交代故事。

5 傳統上所謂「全知」就是指敘述者的知識水平等同全能全知的上帝，他既知過去、現在也知未來；他既能走進任何角色的內心世界，交代他們的所知所感，又能同時穿梭於一眾角色；他既知事件的緣由，也知它的變化和結果。總而言之，他是無所不知的。

6 以上有關「誰看」、「誰知」和「誰說」的解說，請參見筆者未刊論文：〈王文興、施蟄存、穆時英敘事文本對讀初探〉，發表於「王文興語言藝術國際研討會」，加拿大卡加里大學，**2009** 年 **1** 月。如按認知水平分，限知敘事者可謂無窮無盡的，例如，假設在事件現場有個別角色認識全

件的認知程度一定比當場當刻的「過去的我」為高，所以這個文本的敘事者是以限知水平較高的情況進行敘述的。為甚麼仍是「限知」呢？因為這個文本的敘述仍受這個「現在的我」所有包括時空，生理及心理的限制，例如「我」不知何時能見父親，也不知道父親是否真的「大限」將到等等。

（一）文本的敘事文字

文學文本在文本次序上的安排，很少完全照著事件發生的先後次序排列，多少都有出現提前及延後的現象，為的是製造良好的閱讀效果。本文的分析主要採取還原故事次序的方法展開分析，為的是突顯「現在的我」與「過去的我」兩者之間的分別。有關〈背影〉文本按故事時間先後重排的情況，以及各段文字的分類，詳見附錄。

要掌握文本的章法和結構，由於〈背影〉主要的表達手法是敘事，因此使用分析敘事的工具可有效理出這個經典文本的章法來。這個文本屬於回憶類敘事抒情文本，「我」(一般視之為朱自清本人)於與父親分手兩年後記述當時於浦口火車站分別一刻的情

部在場人士，有的則初抵現場，那麼如以前者敘述，他所知便比後者為多，這便屬稍高認知水平的限知。如以後者「內聚焦」視角敘述，仍用他的限知水平，那麼便屬較低的認知水平的限知了。以上都屬常情下的認知水平，有的文本的採用一低智商或患神經病角色的視角，同時配合他的認知水平敘述的話，這類限知便屬低於一般認知水平的限知。採用限知敘事，讀者跟限知角色同步一點一滴地掌握信息，容易讓讀者產生感同身受的閱讀效果。另一方面，如用全知角度向讀者提供連角色也不及知道的信息，讀者便仿佛站在高處「觀看」角色的經歷，容易製造「旁觀者清」的理性分析角度，有利於讀者客觀地審視文本帶來的課題。

況。由於屬事後敘述，對於分別當刻的情和事，這個「現在的我」比起當場實時敘述(即限知水平等如當時人當刻)的「過去的我」有較多的知識，因此在回憶敘述過程中，文本出現多處抒發感情的地方(即抒情文字)，還有一些屬「現在的我」評價「過去的我」的地方(評論文字)。除此之外，除了比較仔細的「細節敘事」外，還有不少「概括式敘事」以及補充背景資料式的「補述」。這種敘事夾雜抒情的風格也是這個文本的文字特點，這同時也是這類限知水平較高回憶類文字的特色。要解讀這類文本，必須理清這類補述和評論文字。文本中評論的對象並不限於「我」自己，也遍及父親和家庭，從中讀者可多方面認識「我」對這些情事的立場和態度，對了解這文本有很大的好處。

（二）敘事文字(概括)＋抒情文字

概括文字主要交代事件的大概，保障必要信息得以傳達，這是基本功能；但需特別注意的是裏面加進的修飾成分。由於這些成分有明顯感情色彩，對讀懂文本至關重要，所以需要特別注意。

如文本交代父親「少年」時代，用上「獨立」支持和做了「許多大事」，這裏不難看到中間褒揚的意思。到了交代「近幾年來」時，文本強調父親老境「頹唐」，還從概括事件轉而走進「父親」的內心，交代他對「我」「漸漸不同往日」的原因——「觸目傷懷，情不能自己」。按常理，這純粹是「我」這個限知水平較高的敘事者的猜測，可信度並不高。只是讀者所讀到的不管是真是假，也能讀出這個「現在的我」已完全原諒父親對「我」不好的過去，一句：「情鬱於中，自然要發之於外」特別重要，其中將父親對「我」發泄的種種說成是「自然」的事，說明「現在的我」懂得體諒父親。

再如說及兩年多前那個冬天，回徐州奔祖母喪時的概括，其中「家中光景很是慘淡」的「慘淡」以及「正是禍不單行的日子」的「禍不單行」等負面用語，都充分說明父親身負的擔子和壓力，這種體諒同是「現在的我」心理的反映。

（三）敘事(細節)文字＋客觀評論

由於由限知水平較高的「我」敘述，文本少不了滲進「現在的我」對父親的感情。另一方面，作為敘事者，「我」又不能完全站在「現在的我」角度敘述，間中又夾雜「過去的我」的認識和局限，以及對父親莫衷一是的態度，以致對父親這個形象，在文本內出現兩個不大相同的面向：一個關心「我」的好父親，另一個則是笨拙的胖子，囉嗦的老人。

這個分別在概括敘事文本還不算很突出，但到細節敘事部分，讀者便很容易從修飾成分的感情色彩用詞中分別出來。站在「現在的我」，以已能體會和理解父親愛己之情的角度寫，文字所見，父親形象便是處處為兒子的好父親：

> 父親因為事忙，本已說定不送我，叫旅館裡一個熟識的茶房陪我同去。他再三囑咐茶房，甚是仔細。但他終於不放心，怕茶房不妥貼；頗躊躇了一會。……他躊躇了一會，終於決定還是自己送我去。我兩三回勸他不必去；他只

說：『不要緊，他們去不好！』[7]

其中「再三囑咐」、「甚是仔細」、「終不放心」「決定還是自己送我去」都著意寫父親關愛之情。更明顯的在進了車廂後的細節敘事：

> 他給我揀定了靠車門的一張椅子；我將他給我做的紫毛大衣鋪好坐位。他囑我路上小心，夜裡要警醒些，不要受涼。又囑托茶房好好照應我。[8]

這裏光看當中的動詞：「揀定」、「鋪好」、「囑」和「囑托」等，已充分塑造這個好父親的形象。這樣的表達絕不可能是那心存芥蒂的「過去的我」的手筆，只可能是「現在的我」苦心經營的結果了。

至於文本中一直為學者或評論家稱道的「買桔子」部分，筆者認為必須在上述的「我」的心理狀態下才能充分理解。這段最為人稱頌的文字有著如此細緻的動作描述，對於一個東奔西走，諸事煩擾，加上事隔兩年多後的「我」來說，其實並不容易。以敘事手法來說，這種近乎不可能的仔細憶述，叫「偽敘述」**(pseudo-narrative)**，是一種製造真實感的手法。當然也可從另一角度解釋：由於這事對「我」來說，印象異常深刻，因此即使事隔兩年多，當時情景仍歷歷在目……。無論從上述哪一個解釋看，不管這段「細節敘事」文字是真是假，效果和作用還是比較突出的：它能讓讀者感受親歷其境的一刻，而且親身經歷「我」「最不能忘記」的父親的「背影」。

---

[7] 《背影》，頁 16-17。
[8] 《背影》，頁 17。

一直以來，讀者大概不會懷疑〈背影〉是如實陳述的，因為反映真實幾乎是作者寫作的美德。可是如果剛才的分析成立的話，我們倒應該覺得這一段「偽敘述」的文字，是作者「創作」出來的傑作，更加動人。正因為它不是真實，而是作者的創造，才更可以讓讀者認清作者的匠心。因著作者的創意，讀者得以在腦海裏建構這個「好父親」的形象，這樣才讓「我」那懷念帶來共鳴，讓讀者感同身受，也讓這個文本成為經典散文。

說到由於感動而對事情印象深刻，因為深刻所以記得特別清楚，所以敘事如此仔細，巨細無遺是可以理解的，也是人之常情。可是，我們還要仔細想一想，觸動「我」的，感動「我」的是看到父親爬月台那一刻，因感動而特意留心父親的舉動，應該在看到父親背影那一刻開始，往後也可能因為印象深刻而記憶猶新，這可證於寫父親回程那一段文字，寫得確乎清楚而且仔細：「他已抱了朱紅的橘子往回走了。過鐵道時，他先將桔子散放在地上，自己慢慢爬下，再抱起桔子走」。

可是，在「我」感動之前呢？也就是當「我」仍對父親諸事不滿的時候。既然還在嫌父親「迂」，說了「我」自己去買，父親又不聽，偏要自己上下月台「獻醜」。在這個心態下，這個「我」會有耐心仔細觀察父親的動作嗎？按常理這是不可能的。換句話說，文本中「我」感動之前的「細節敘事」，如果跟感動後的敘述一樣仔細，而且加進感情，那麼這樣的敘述便絕不可能是以「過去的我」當時的觀察而來的，那就不是用「過去的我」那視角敘述的，而應是「現在的我」，在懷念父親，追憶他對自己的諸般關懷，並在這個氛圍和這種情緒之下，「現在的我」通過想象，將當時沒有看清的地方，「補充」進去，完成整個「創作」父親爬月台的過程，以表現「我」對父親的懷念以及對父愛的感激之情。事實又如何呢？文本並沒有這樣的感性的細節敘述，反而盡量摒除明顯的感情色彩用詞，改以客觀平實的角度寫：

> 走到那邊月臺，須穿過鐵道，須跳下去又爬上去。父親是一個胖子，走過去自然要費事些。[9]

寫得清清楚楚：因為到那邊月台，「須」這「須」那，既然父親是胖子，那「自然」吃力……。娓娓道來，仿佛在說明一個顯淺的道理，中間沒有滲進任何感情。沿用這種客觀寫作風格，往下寫父親下月台「尚不大難」，再上月台「就不容易了」，還細寫父親攀爬動作，然後說「顯出努力的樣子」。這些都是從旁觀者按「事不關己」的態度敘述的，可是接著便寫「我」看後感動得流下淚來。

如果剛才的分析仍可用的話，那麼這番客觀評論便應屬「過去的我」的所見，由於父子關係並不怎麼，所以在觸動心靈深處之前，父親的所作所為，只如陌生人，一般的胖子，只能引起「我」邏輯而客觀的分析，只交代父親的動作，卻無法牽動「我」的感情，直至看到父親「努力」攀援的背影時，才突然觸動了「我」，淚出來了，對父親的感情也給喚回來了。

[9] 《背影》，頁 17。

四、〈背影〉的重複結構[10]

除了還原故事時間次序的分析文本外，另一個分析角度是重複現象。這個文本裏有三組重複現象特別值得留意，一個是「流淚」，一個是「背影」，另一個是父親的形象。前者是動作，所以屬「敘事」性質的文字，後二者都是形象，屬「描寫」性質的文字。

（一）背影

由於正是篇名的關係，「背影」的重要性不言而喻；如再仔細分析文本中出現的幾次「背影」，更可肯定它的地位無可代替。第一次出現正是「現在的我」展開敘述的時候：因著父親的「背影」帶出「現在的我」敘述兩年多前車站的一刻。第二次出現就是父親爬月台時的形象，也是觸動「我」心靈深處喚醒對父親的愛的「背影」。最後一次「背影」出現在文本末尾，「現在的我」敘述完往事，回到當刻，「背影」重新出現。第一次是點題，第二次是詳述，第三次是簡述，是父親跟自己道別後能見到的最後一個形象，第四次是收結。由於四次都處情節發展的關鍵位置，加上「背影」屬牽引「我」感情的鑰匙，所以它有著提綱絜領，深具象徵意義的作用。事實上，「背影」與下面討論的「流淚」關係十分密切。除了第一次「背影」出現時，「我」沒有流淚外，其餘三次「我」都忍不住流下淚來。

[10] 有關重複現象的分析，請參筆者《詩賞》內的「重複原則」一章，《詩賞》，台北：學生書局，2008 年 10 月，頁 137-154。

可見「背影」是觸動「我」感情的關鍵，它可說成了父親的借代，也等如父愛，讓「我」真情流露，不能自已。

（二）流淚

文本一共敘述了「我」四次流淚的情況。在這麼短小的文本裏，四次「流淚」很可以引起讀者的注意。如從分析角度，我們可就四次流淚的原因、細節、反應等方面加以比較，找出之間的異同，這對我們理解這個文本起著十分重要的作用。

如按「故事時間」先後，第一次在徐州故居，當「我」見到荒廢的庭園，以及想起剛死去的祖母時便流下淚來，這裏的修飾成分是「簌簌地」，表示眼淚是從心所想而引致的，所以眼淚「紛紛落下」。

第二次就是目睹父親努力爬上月台，替自己買桔子的一刻。相較而言，面對父親的背影，「我」感動的情緒一觸即發，眼淚也「很快地」流出來。接著當父親背影隱沒在人群中，父子從此天南地北，短時期無法相見；因此眼淚「又來了」，這是第三次。最後一次便是寫作這個文本的當刻，看著父親寄來的書信，信裏說父親他自己感到「大去之期不遠」，觸發「現在的我」回想父親爬月台買桔子的背影，淚再次流出來，也產生了這經典文本。

四次流淚中，最後兩次無人看見，所以沒有隱瞞的必要。第三次「我」已坐進車廂，身旁無人，父親也遠去；因此看到父親背影消失於人群中而流淚，也沒有刻意去遮掩。前兩次流淚則各有不同：第一次在父親面前，因「我」看了祖居殘破及想起剛死去的祖母而流淚；由於屬家裏共知的憾事，流淚並沒有問題，也不難看。

到了第二次，也是「我」首次因父親對自己所作的事而感動至流淚，「我」「趕緊拭乾了淚」「怕他看見，也怕別人看見」。「我」為甚麼要隱瞞呢？經過按故事時間順序梳理文本後，我們便能清楚明白：當刻正是「我」與父親關係轉折的地方，可是「我」對過往父親待自己的態度仍有芥蒂，因此自己感動的表情和真情流露的眼淚，都不願意表現出來，結果就出現「趕緊」拭淚的動作。

對於「我」自己的轉變，還能從「現在的我」批評「過去的我」中得知。由於「現在的我」已完全感受父親的愛，以前種種當「我」回憶起來，都能看出父親的關懷。可是，「過去的我」仍囿於對父親的成見，芥蒂沒有除掉，以致當時對父親所知的事，總有不滿的情緒。因此文本便出現批評「過去的我」過分聰明的地方：

> 我那時真是聰明過份」。還有當父親囑托火車上的茶房照應「我」，「我」有這樣的反應：「我心裡暗笑他的迂；他們只認得錢，托他們直是白托！而且我這樣大年紀的人，難道還不能料理自己麼？[11]

這是「現在的我」交代「過去的我」當時的想法，認為是「白托」，背後原因就是父子那種隔閡，以致不管父親做甚麼，總覺得不好，都是「迂」。「現在的我」批評「那時真是太聰明了」，這種評論也是限知水平較高的內聚焦敘事角度下常常出現的內容，所謂「覺今是而昨非」，從而突出「我」悔不當初或者感到「樹欲靜而風不息，子欲養而親不在」的遺憾。

---

[11] 《背影》，頁 17。

這種對父親的改變，也同樣發生在父親身上，就是與父親分別後兩年的日子，「我」概括了父親的改變：「但最近兩年不見，他終於忘卻我的不好，只是惦記著我，惦記著我的兒子」。按常理，既然沒有見面，「我」怎知父親的改變呢？文本沒有說，猜想是父親給「我」那封信，讓「我」感到父親的轉變。由於這個文本由始到終都是用敘事者「我」敘述，雖然「我」有較高的限知水平，但仍對於沒有辦法知道的東西，「我」的認知水平仍有限制，所以對於父親的轉變，不管是「我」的猜想，還是從父親來信推測出來，仍不能算是確鑿的事實。

我們閱讀這個文本時，可以用這個「現在的我」和「過去的我」兩把尺來檢視文本，那麼我們便很容易分辨出哪些部分是以愧疚和感恩的角度寫，哪些是當時挑剔眼光下的父親言行。

（三）父親的形象

〈背影〉整個文本，只有「父親」這個角色有較仔細的肖像描寫，那就是「肥胖的」「青布棉袍」「黑布馬褂的」的形象。雖然這些描寫文字只出現了兩次，但由於第二次與「背影」結合起來，成為「現在的我」念念不忘的形象，因此這些修飾成分的重要性也是不可小窺的。

描寫文字在敘事文本中並不多見，但一般都十分重要，它起著突顯形象的作用，以上三個修飾成分，在塑造這個父親形象有著特別的作用，它們不在優化或醜化父親，而是突顯父親爬月台時的難度。肥胖使得父親動作不靈活，做起攀援動作額外吃力。「黑布馬褂」「青布棉袍」給人斯文穩重的形象。可是要上下月台，這一身穿戴增加了不少難度，不比輕便的夏裝，棉衣有一定的重量，加上長袍及膝，要提腳跨上月台，困難可想而知。就是父親的尷尬和難為才顯出他「努力」背後愛子的真情。如果這「父親」是一運動健將，加上穿著長褲和運動鞋之類，那麼攀爬月台如走平地，那樣感動便無從談起。由此可知，不管父親是真胖子還是文本創造出來的，他的身型和穿戴成功地塑造足以讓讀者深感共鳴的形象，這也是這個文本得久享盛名的原因之一。

五、總結

總的來說，以上關於〈背影〉的分析，完全沒有參考朱自清他自己的生平事迹，以及他與父親的關係之類的外緣資料，而是光從文本所提供的信息進行的。文本的結構主要借助敘事學對故事時間與文本時間的理解，以及敘事角度的分析方法，在這個基礎上進行梳理。再運用筆者分析現代詩常用的「重複原則」重點分析「背影」、「流淚」以及父親的形象。經過這樣的分析，〈背影〉文本的結構與章法大致能呈現出來。筆者認為能抓住文本的文字性質，從根本出發，是能比較紮實地展開文本細讀的分析，效果還是比較理想的。

參考文獻

白雲開：〈解讀散文工具探究──以范仲淹《岳陽樓記》為例〉，《國文天地》26 卷 2 期，2010 年 7 月，頁 27-40。

───：〈解讀散文系列理念〉，香港教育學院，第一屆兩岸三地語文教學圓桌會議，2009 年 4 月，未刊論文。

───：〈描寫文字研究：「描寫」文字的內涵及細項〉，香港教育學院，第一屆兩岸三地語文教學圓桌會議，2009 年 4 月，未刊論文。

───：〈描寫文字研究：「描寫」文字的結構類型〉，香港教育學院，第一屆兩岸三地語文教學圓桌會議，2009 年 4 月，未刊論文。

───：《詩賞》，台北：學生書局，2008 年 10 月。

Gérard Genette. Trans. Jane E. Lewin. *Narrative Discourse: An Essay in Method* Ithaca: Cornell UP, 1980, pp185-189。

熱奈特著，王文融譯：《敘事話語、新敘事話語》北京：中國社會科學出版社，1990 年。

Rimmon-Kenan, Shlomith (里門-凱南), *Narrative Fiction: Contemporary Poetics* 《敘事小說：當代詩學》, (London: Methuen, 1983)

朱自清：《背影》，香港：三聯書店，1999 年 1 月。

附錄：朱自清〈背影〉時序分析表

故事時間次序	文本原來次序	原　　文	時間用詞	空間用詞	文字性質 (+)：正面；(-)：負面
父親少年時	24	他少年出外謀生，獨立支持，做了許多大事。	父親少年		敘事：補述 抒情：獨立(+)，許多大事(+)
近幾年來	23	近幾年來，父親和我都是東奔西走，家中光景是一日不如一日。	近幾年來		敘事：概括 抒情：一日不如一日(-)
	25	哪知環境卻如此頹唐！他觸目傷懷，自然情不能自己。情鬱於中，自然要發之於外；家庭瑣屑便往往觸他之怒。他待我漸漸不同往日。	近幾年來		敘事：補述 抒情：頹唐(-)
二年餘前的那個冬天	1	我與父親不相見已有二年餘了，我最不能忘記的是他的背影。	二年餘		敘事：概括 抒情：最不能忘記(+)
	6	這些日子，家中光景很是慘淡，一半為了喪事，一半為了父親賦閒。	這些日子	徐州	敘事：概括 抒情：慘淡(-)
	2	那年冬天，祖母死了，父親的差使也交卸了，正是禍不單行的日子，	那年冬天		敘事：概括 抒情：禍不單行(-)

	3	我從北京到徐州，打算跟父親奔喪回家。	那年冬天	北京徐州	敘事：概括
	4	到徐州見著父親，看見滿院狼藉的東西，又想起祖母，不禁簌簌地流下眼淚。父親說：「事已如此，不必難過，好在天無絕人之路！」	那年冬天	徐州	敘事：細節 抒情：狼藉(-)
	5	回家變賣典質，父親還了虧空；又借錢辦了喪事。	那年冬天	徐州	敘事：概括
	7	喪事完畢，父親要到南京謀事，我也要回到北京唸書，我們便同行。	喪事完畢		敘事：概括
	8	到南京時，有朋友約去遊逛，勾留了一日；	到達那天	南京	
	9	第二日上午便須渡江到浦口，下午上車北去。	第二天	南京浦口	
	10	父親因為事忙，本已說定不送我，叫旅館裡一個熟識的茶房陪我同去。他再三囑咐茶房，甚是仔細。但他終於不放心，怕茶房不妥貼；頗躊躇了一會。	第二天	南京	敘事：細節 評論：仔細(+)
	11	其實我那年已二十歲，北京已來往過兩三次，是沒有甚麼要緊的了。	那年	北京	敘事：補述 客觀評論
	12	他躊躇了一會，終於決定還是自己送我去。我兩三回勸他不必去；他只說：「不要緊，他們去不好！」	第二天	南京	敘事：細節
	13	我們過了江，進了車站。我買票，他忙著照看行李。行李太多了，得向腳夫行些小費，才可過去。他便又忙著和他們講價錢。	第二天	浦口	敘事：細節
	15	但他終於講定了價錢；就送我上車。	第二天	浦口車站	敘事：細節
	16	他給我揀定了靠車門的一張椅子；我將他給我做的紫毛大衣	第二天	浦口車上	敘事：細節

		鋪好坐位。他囑我路上小心，夜裡要警醒些，不要受涼。又囑托茶房好好照應我。			
	17	我心裡暗笑他的迂；他們只認得錢，托他們直是白托！而且我這樣大年紀的人，難道還不能料理自己麼？	第二天	浦口車上	敘事：細節
	19	我說道：「爸爸，你走吧。」他往車外看了看，說，「我買幾個橘子去。你就在此地，不要走動。」我看那邊月臺的柵欄外有幾個賣東西的等著顧客。	第二天	浦口車上	敘事：細節
	20	走到那邊月臺，須穿過鐵道，須跳下去又爬上去。父親是一個胖子，走過去自然要費事些。	第二天	浦口車上	敘事：細節 客觀評論
	21	我本來要去的，他不肯，只好讓他去。	第二天	浦口車上	敘事：細節
	22	我看見他戴著黑布小帽，穿著黑布大馬褂，深青布棉袍，蹣跚地走到鐵道邊，慢慢探身下去，尚不大難。可是他穿過鐵道，要爬上那邊月臺，就不容易了。他用兩手攀著上面，兩腳再向上縮；他肥胖的身子向左微傾，顯出努力的樣子。這時我看見他的背影，我的淚很快地流下來了。我趕緊拭乾了淚，怕他看見，也怕別人看見。我再向外看時，他已抱了朱紅的橘子往回走了。過鐵道時，他先將桔子散放在地上，自己慢慢爬下，再抱起桔子走。到這邊時，我趕緊去攙他。他和我走到車上，將橘子一股腦兒放在我	第二天	浦口車上	敘事：細節 客觀評論

		的皮大衣上。於是撲撲衣上的泥土，心裡很輕鬆似的，過一會說：「我走了，到那邊來信！」我望著他走出去。他走了幾步，回過頭看見我，說：「進去吧，裡邊沒人。」等他的背影混入來來往往的人裡，再找不著了，我便進來坐下，我的眼淚又來了。			
最近兩年	**26**	但最近兩年不見，他終於忘卻我的不好，只是惦記著我，惦記著我的兒子。	最近兩年		敘事：概括
	27	我北來後，他寫了一封信給我，信中說道，「我身體平安，惟膀子疼痛利害，舉箸提筆，諸多不便，大約大去之期不遠矣。」我讀到此處，在晶瑩的淚光中，又看見那肥胖的，青布棉袍，黑布馬褂的背影。	北來後	北京	敘事：細節 描寫：心理 抒情：淚光(+)
寫作時的當刻	**14**	我那時真是聰明過份，總覺他說話不大漂亮，非自己插嘴不可。	現在	北京	敘事：補述 主觀評論：聰明過份(-)
	18	唉，我現在想想，那時真是太聰明了。			敘事：補述主觀評論：太聰明(-)
	28	唉！我不知何時再能與他相見！			抒情：唉！(+)

抒情用語：主要以修飾成分所帶來的感情色彩表達，包括正面和負面的感受

篇章縱橫向結構的方法論原則
——以「多、二、一（0）」理論為架構

陳佳君
國立台北教育大學語文與創作學系助理教授

摘要

篇章結構包含縱向結構與橫向結構，一屬意象系統，一為章法結構，兩者雖各自有多樣性的研究對象，如個別意象、整體意象，以及章法規律、章法類型等，但亦關係密切，因此疊合兩向，才能完整呈現篇章結構的風貌。本文即著眼於此，透過「多、二、一（0）」螺旋結構為理論基礎，分就縱向、橫向、及縱橫疊合的篇章結構，建立其方法論原則與理論體系。

關鍵詞

篇章結構、縱向結構、橫向結構、多二一（0）、方法論原則

一、前言

篇章結構包含縱、橫兩向，早在《文心雕龍》中，劉勰即已揭示了「情經辭緯」的文學觀[1]。其中，縱向結構是指由「情」、「理」、「事」、「景」等內容成分，組成具有層次性的大小意象系統；橫向結構則是透過章法，將辭章內容聯句成節、聯節成段、聯段成篇所形成之深層邏輯條理。縱向結構乃透過意象層層連結而成，是讓辭章內容得以形成與充實的要素；橫向結構則是使情意思想與物事材料能夠獲得安排與布置的橋樑。兩者雖各有所屬的研究面向，但又關係緊密，因為在篇章結構中如果沒有縱向的內容，便無法形成橫向的結構；而沒有章法，則更無法理清大小意象之間的條理關係。所以，唯有疊合縱、橫向而為一，用結構表為輔加以呈現，才能突顯一篇辭章在「意象系統」與「章法結構」上的特色[2]。

所謂「多、二、一（0）」螺旋結構，係陳滿銘考察《周易》（含《易傳》）、《老子》等古籍，所總結出的重要規律與原則[3]。此宇宙創生、含容萬物的歷程包括：由「無象」到「有象」的過程中，所尋得的「（0）一、二、多」順向結構，以及由「有象」到「無象」的過程中，所構成的「多、二、一（0）」逆向結構。而「（0）一、二、多」與「多、二、一（0）」的順逆向理路，又會

[1] 參見劉勰著、范文瀾注《文心雕龍注》卷七，頁 538。
[2] 參見陳滿銘《篇章縱橫向結構論・序》，頁 01。
[3] 參見陳滿銘《多二一（0）螺旋結構論——以哲學文學美學為研究範圍》。

透過「反」的作用接軌[4]，形成互動、循環、提昇的螺旋結構。從哲學層面而言，「（0）一」屬本體界，即《周易》所說的「太極」、「道」等觀念，和《老子》中的「道」、「無」；「多」屬現象界，即《周易》和《老子》所謂之「萬物」（含人事）；而「二」指的就是「多樣」與「統一」之間過渡的橋樑，然在宇宙萬事萬物裡的各種二元對待關係中，又可以「陰陽（剛柔）」來統合。由於這樣的體系掌握了宇宙人生基本而核心的規律，因此在各種文藝理論中的適用面是很廣的。

透過科學的方法論原則，建立辭章學研究的理論系統，是十分重要的研究步驟。拙作《篇章縱橫向結構論》即著眼於此，以「多、二、一（0）」螺旋結構為理論基礎，分別從縱向結構中的意象形成類型、意與象的同構關係、核心之「意」的統合性，以及橫向結構中的章法四大律、章法結構等，初步嘗試統整篇章縱橫向結構之理論體系[5]。本文將進一步以「多、二、一（0）」螺旋結構理論為方法論，分就篇章的「縱向結構」、「橫向結構」、以及兩者疊合的「縱橫向結構」，建立更細部的篇章縱橫向結構論的系統性，以強化其理論架構，並突顯其主要的研究旨趣。

二、縱向結構與「多、二、一（0）」理論

[4] 如《老子》：「反者道之動。」（四十章）、「凡物芸芸，各復歸其根。」（十六章）《周易・序卦》亦有「既濟」而「未濟」之說。

[5] 參見拙作《篇章縱橫向結構論》，頁 54、68-75、192。

辭章的結構如就內容本身而言，即所謂的「縱向結構」，這是相對於邏輯組織的「橫向結構」來說的。由於創作者通常會借助具體的寫作材料，如事材或物材，表達內在抽象的情意或道理，因此，形成辭章內容的要素，大致可統括為抒情、說理、敘事、寫景（物）等成分。在此四大內容成分中，「情」與「理」為源於主體之「意」；「景（物）」與「事」為取自客體的「象」。辭章家所選以書寫的客觀事件、景物，實是為了表達主觀的情意或思想而服務[6]，《文心雕龍・附會》即強調：「情志為神明，事義為骨鯁」[7]，故依這層主從關係，可將其統括為「核心成分」和「外圍成分」兩大類[8]。其中，核心成分包含「情意象」與「理意象」，外圍成分則有「事意象」和「景（物）意象」。

意象之形成，源自於主客體的互動與交融，而這質的相異的主（意）客（象）之間之所以能相互契合，則是因為兩者在力的圖式上「同構」，意即「情」、「理」、「事」、「景」會因為各自或相互之間存有相類似的形式結構，而產生主客互動、心物交融的運動過程，形成辭章作品中具有感染力與審美意義的意象，這個讓「意」（情、理）與「象」（事、景）連結成有機體的深層媒介，格式塔（**Gestalt**）心理學美學家稱之為「構」[9]。篇章中的物事材

[6] 晏小平亦曾論及：「意是內在的抽象的心意，象是外在的具體的物象。……心意靠物象來表達，物象為詩歌主旨駕馭並為之服務。」見〈淺析詩歌意象的運用手法〉，《文藝理論與批評》53 期，頁 54。

[7] 見劉勰著、范文瀾注《文心雕龍注》卷九，頁 650。

[8] 此依陳滿銘在〈談篇章結構〉一文之說，參見《章法學新裁》，頁 392-403。又，參見拙作《辭章意象形成論》，頁 12、63。

[9] 格式塔（Gestalt）學派為二十世紀初產生於德國的一種心理學美學理

料與情意思想，無論是局部或整體，都可以經由「構」形成連結和呼應，以達到聯貫與銜接的目的，而這聯繫起意象的媒介——「構」，又會因為前後通貫的寫作材料間的關係，而有對比與調和的不同性質[10]。

然而，在紛繁多元的內容材料中，又必須透過主旨以結合成一有機整體，主旨即一篇辭章中最核心的「意」，其作用就在於貫串起種種個別意象，統一起所有情、理、事、景等內容。也就是說，唯有在核心情理的主導下，原本看似零碎、獨立、個別的意象，才能統合成整體。

爰此，將縱向結構對應於「多、二、一（0）」理論而言，則辭章中所出現的各種個別性的情意象、理意象、事意象、景意象，為「多」；連結起各種外在材料（象）與內在情意（意）的「構」，有對比或調和的關係，是「二」；統一在最核心的「意」（「情」或「理」）下，並形成抽象的風韻格調，是為「一（0）」。茲以下列圖表來說明縱向結構的理論系統及其與「多、二、一（0）」的關係：

論，提出整體大於或不同於部分之和，並強調知覺的整體性。而關於「同構」理論，李澤厚曾論述：物質世界和心靈世界實際都處在不斷的運動過程中，其質料雖異而形式結構相同，而使外在對象與內在情感合拍一致，產生美感愉快，格式塔心理學家則把這種現象稱為「異質同構」。參見李澤厚《美學論集》，頁 730。

10 參見拙作〈論意象連結之媒介〉，《中國學術年刊》第三十期（春季號），頁 244-250。

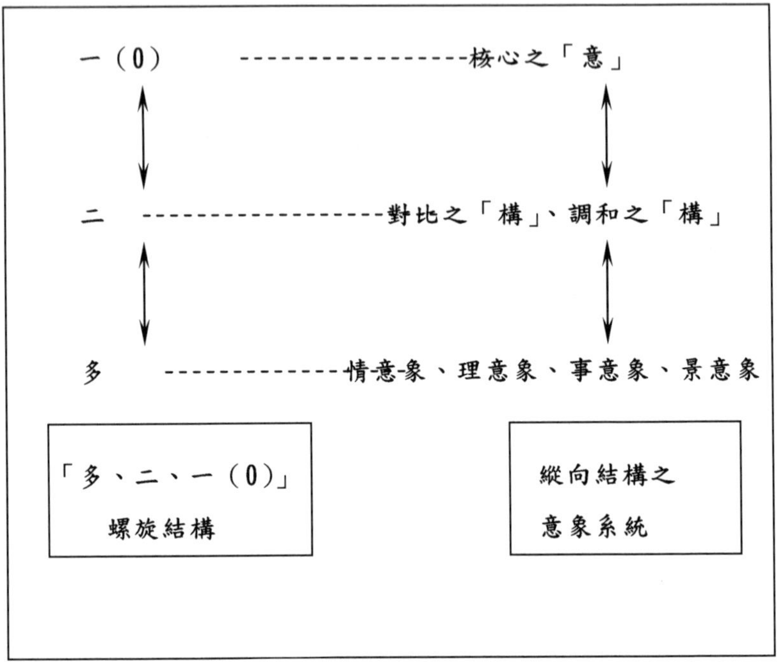

舉例而言，如辛棄疾〈點絳唇〉：

> 身後虛名，古來不換生前醉。青鞋自喜，不踏長安市。
> 竹外僧歸，路指霜鐘寺。孤鴻起，丹青手裡，剪破松江水。

其章法結構與意象類型呈現如下之條理：

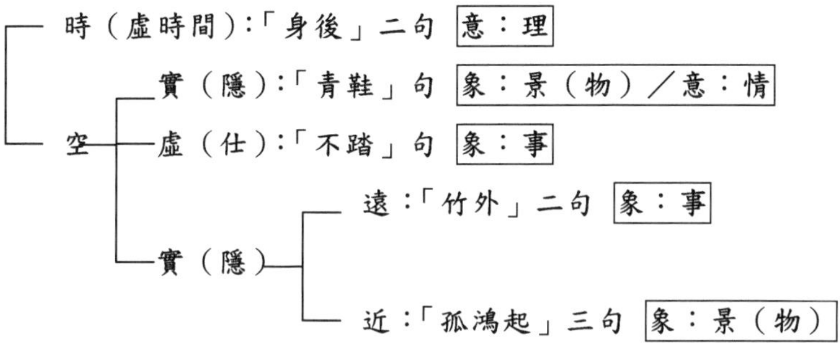

這闋詞反映出作者的隱退意識。若就時空章法切入，可發現「身後」兩句寫的是虛時間，而後幅則呈現出精彩的空間轉位。其中，「青鞋」句是寫自己現在正喜著草鞋；「不踏」句是想到自己不必置身於長安，為贏得身後虛名而犧牲閒逸之志；下片再就眼前，由遠而近的寫竹外僧歸與所見畫作。再就意象方面來看，詞中分別寫到：「不換生前醉」這種人生觀的理意象、「草鞋」的物意象與「自喜」的情意象、長安為官的事意象、僧歸與畫作的事、物意象。這些意象都藉由對比性的「隱」與「仕」為「構」而連結起來，因為對詞人而言，「青鞋」象徵了隱士生活，它表現出詞人對目前的生活感到愉悅和滿足，故作者目前腳著草鞋，就馬上聯想起不必涉入官場，並因而「自喜」，下片的僧人和丹青意象，也在用以強化這種追求退隱的心境。由此可見，這首詞不但在空間上形成轉位式的「實—虛—實」結構，更在情調上構成「隱—仕—隱」的對比，將作者的隱退意志與恬適心情表露無疑[11]。

[11] 參見鄧廣銘《稼軒詞編年箋注》，頁 510；及陳滿銘《章法學論粹》，頁 186-187。又，本詞之分析乃根據陳滿銘之說修正補充。

若鎖定意象系統與「多、二、一（0）」螺旋結構的關係圖來統整此詞作之特色，則可表示如下：

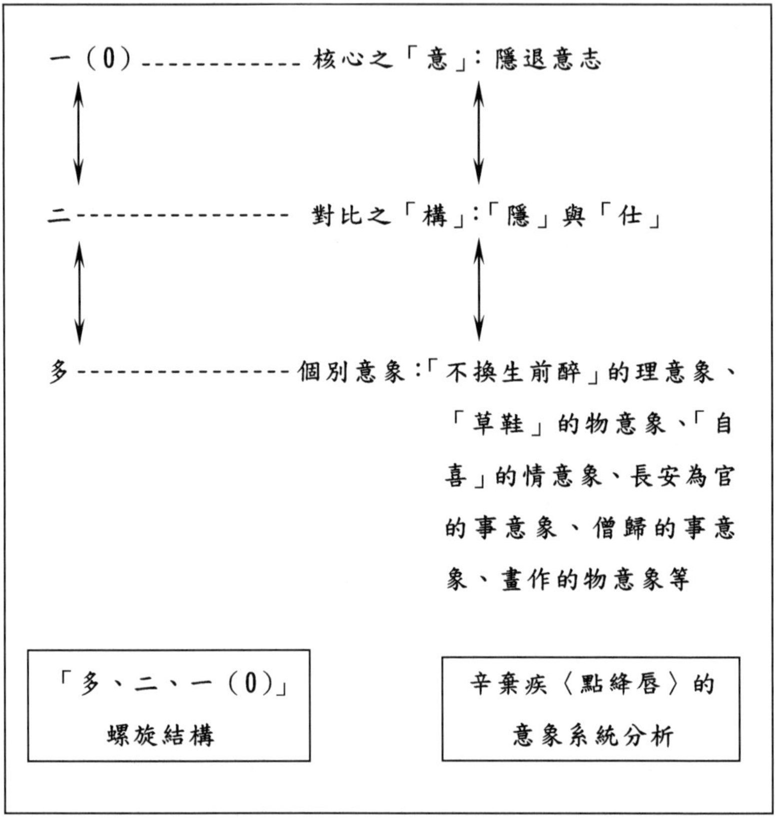

由此可見，在辭章由小的個別意象逐層形成大的整體意象的過程中，各種個別的外在材料（象）與內在情意（意），為「多」；連結起來的「構」有對比性與調和性，為徹上啟下的「二」；而所有寫作材料最後都會統一於核心的「情」或「理」之下，此為「一（0）」。

三、橫向結構與「多、二、一（0）」理論

橫向結構探討的是辭章謀篇布局的條理，這些組織辭章的方式約有三、四十種類型，而這些章法都存有一些內在的規律，也就是形成「秩序」、「變化」、「聯貫」，最後臻於「統一」的原則，此即所謂「章法四大律」[12]。

所謂「秩序律」是指辭章的結構符合於或順或逆的「移位」式條理原則，如「先昔後今」、「先凡後目」等順向移位結構，或「先反後正」、「先果後因」等逆向移位結構。「變化律」是指辭章的結構符合於順逆交錯的「轉位」式條理原則，如「遠、近、遠」、「實、虛、實」、「景、情、景」等結構，這些因往復變化而形成的轉位，包含由順而逆的運動過程是「陰→陽→陰」，屬於「抝向陰的轉位」；由逆而順的運動過程則是「陽→陰→陽」，屬於「抝向陽的轉位」。而所謂「聯貫」，是針對材料的銜接或呼應來說的。無論是哪一種章法，都可以由局部的「調和」與「對比」，形成銜接或呼應，而達到聯貫的效果[13]。「統一律」則是就辭章的整體性，來論其材料與情意的通貫，通常是透過「主旨」與「綱領」，使辭章達成「統一」。

由此看來，「秩序律」、「變化律」、「聯貫律」三者，主要就材

12 「章法四大律」由陳滿銘所提出。本節有關章法規律之論述，主要參考陳滿銘〈論辭章章法的四大律〉，收於《章法學論粹》，頁 3-18；及《章法學綜論》，頁 33-57。

13 見陳滿銘《章法學論粹》，頁 11。

料運用而言，著重於分析，前兩者探討結構的順逆模式，後者凸顯呼應的效果；「統一律」則主要就情意思想的抒發來說，重在統整通貫。因此，四大律各有其職，也各具重要性，茲以表格整理並說明如下：

<table>
<tr><th>序號</th><th>章法規律</th><th>研究對象</th><th>研究方法</th><th colspan="2">內涵</th><th>多二一（0）之對應</th></tr>
<tr><td rowspan="2">1</td><td rowspan="2">秩序律</td><td rowspan="2">材料運用</td><td rowspan="2">分析</td><td rowspan="2">移位結構</td><td>順向移位</td><td rowspan="2">多</td></tr>
<tr><td>逆向移位</td></tr>
<tr><td rowspan="2">2</td><td rowspan="2">變化律</td><td rowspan="2">材料運用</td><td rowspan="2">分析</td><td rowspan="2">轉位結構</td><td>抝向陰的轉位</td><td rowspan="2">多</td></tr>
<tr><td>抝向陽的轉位</td></tr>
<tr><td rowspan="2">3</td><td rowspan="2">聯貫律</td><td rowspan="2">材料運用</td><td rowspan="2">分析</td><td rowspan="2">呼應關係</td><td>對比的聯貫</td><td rowspan="2">二</td></tr>
<tr><td>調和的聯貫</td></tr>
<tr><td rowspan="2">4</td><td rowspan="2">統一律</td><td rowspan="2">情理抒發</td><td rowspan="2">綜合</td><td rowspan="2">統一作用</td><td>主旨</td><td rowspan="2">一（0）</td></tr>
<tr><td>綱領</td></tr>
</table>

在四大律中，前三者比較偏向分析性的邏輯思維，後一種則比較偏向綜合性的邏輯思維，辭章家即藉由這兩種思維的運作來組織各種內容材料，以表達內在的情意思想。王希杰指出，四大

規律實具有兩個不同的層次，一是局部與整體的對立，前三者屬於局部的規律，統一則是高於三者之上的規律。其中又可分為兩層關係，首先是秩序與變化的對立，然後是這兩者與聯貫律的對立。因為秩序是簡單的，變化是複雜多樣的，可視為秩序的變體；而聯貫事實上是關係律，談的是對立面之間的相互關係，及如何依靠這種關係組織成一個相對整體；然而，聯貫律與統一律也有聯繫，其區別即在於前者屬局部，後者是最高等級、最終的，作用在於使整個篇章保持和諧統一[14]。

由此看來，章法四大律乃對應於「多、二、一（0）」的理則。其中，「秩序律」與「變化律」所形成的各種結構類型，屬於「多」；「聯貫律」則透過「對比」或「調和」，居間發揮通暢上下的銜接作用，為「二」[15]；而「統一律」則是以主旨或綱領將材料與情意一以貫之，形成整體，甚至由此生發美感、蘊含風格，屬於「一（0）」之地位，如此由「多樣」而「二」而「統一」，凸顯了章法四大規律之間，不是平列的關係[16]。所以兩者的對應關係可用下列圖表表示之：

---

14 見王希杰〈章法學門外閑談〉，收於仇小屏、陳佳君、蒲基維、謝奇懿、顏智英、黃淑貞編《陳滿銘與辭章章法學——陳滿銘辭章章法學術思想論集》，頁 20-22。

15 由於章法生發自對應於宇宙運行的二元對待關係，所以陳滿銘曾闡述道：「秩序」與「變化」之「多」，也由「二」形成，但比較而言，「聯貫」之「二」是關鍵性之「二」。參見〈論章法結構之方法論系統——歸本於《周易》與《老子》作考察〉，《國文學報》第四十六期，頁 72、76、87。

16 參見陳滿銘〈論章法四大律之方法論原則——以多二一（0）螺旋結構作系統探討〉文稿（2010.8），頁 17。

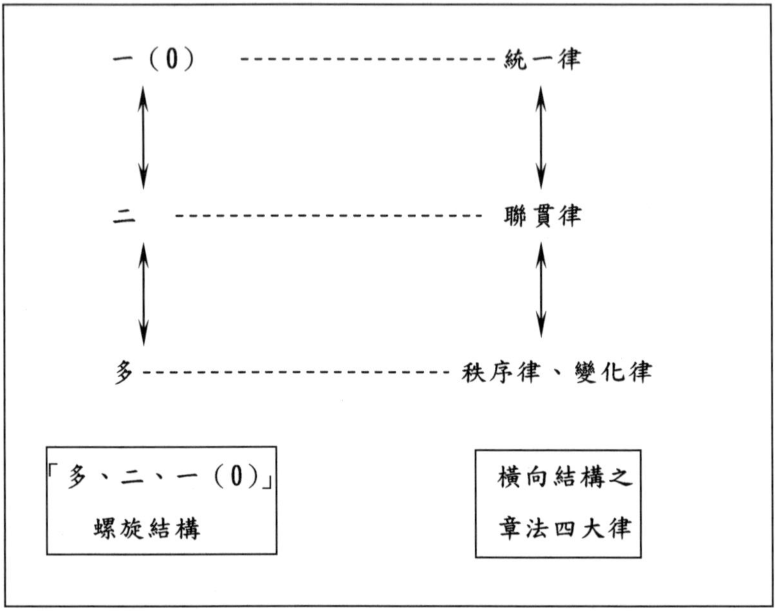

若針對章法規律理論，實際由辭章作品做全面性的探求，更能得見以「多、二、一（0）」建立的章法方法論原則，如何體現於文學現象中。茲以袁宏道〈晚遊六橋待月記〉為例：

> 西湖最盛，為春為月。一日之盛，為朝煙，為夕嵐。
>
> 今歲春雪甚盛，梅花為寒所勒，與杏桃相次開發，尤為奇觀。石簣數為余言：「傅金吾園中梅，張功甫玉照堂故物也，急往觀之。」余時為桃花所戀，竟不忍去湖上。
>
> 由斷橋至蘇隄一帶，綠煙紅霧，彌漫二十餘里。歌吹為風，粉汗為雨，羅紈之盛，多於隄畔之草，豔冶極矣。
>
> 然杭人遊湖，止午、未、申三時。其實湖光染翠之工，山

> 嵐設色之妙，皆在朝日始出，夕春未下，始極其濃媚。月景尤不可言，花態柳情，山容水意，別是一種趣味。此樂留與山僧遊客受用，安可為俗士道哉！

其結構分析表為：

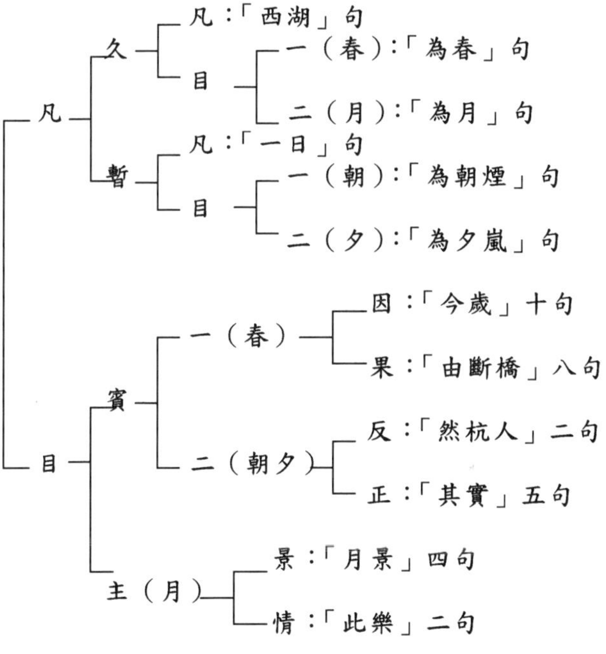

作者首先就平時（久）與一日（暫）兩個時間點，提出西湖六橋之盛景，為「春」、為「月」、為「朝煙、夕嵐」，形成三軌，這是全文總括的部分，而且各又以「西湖最盛」與「一日之盛」為總括，再分述最盛者為何，故於第三層形成兩疊「先凡後目」結構。後半則是透過梅花、杏桃之「相次開發」，與「歌吹」、「羅紈」等

遊人盛況，具寫春景；接著又以「午、未、申三時」與「朝日始出，夕舂未下」作一對照，具寫朝煙、夕嵐，以上二目也是居於陪襯月景的「賓」位。最後則是針對文章主題——待月，由景入情的加以敘寫，也就是由待月之景，拈出此番「安可為俗士道哉」的樂趣。

透過章法的輔助，可以從結構表中發現本文的層次邏輯及其合於四大律的現象。全文以「春」、「月」、「朝煙夕嵐」為三軌綱領，串起所有書寫西湖六橋盛景的材料，然後運用「先凡後目」、「先久後暫」、「先賓後主」、「先景後情」、「先因後果」、「先反後正」等移位結構，形成秩序，使層次井然分明。其中除了「先反後正」帶有對比性之外，其餘都屬於調和性的聯貫關係，這也使得文章的風格自然偏向陰柔清麗。而最重要的是，作者藉著西湖的迷人風光所抒發的「待月之樂」，則是主旨所在，它不但被成功的烘托出來，更使全文包融、通貫為一。

其「多、二、一（0）」螺旋結構與章法四大律之對應關係，可表示如下：

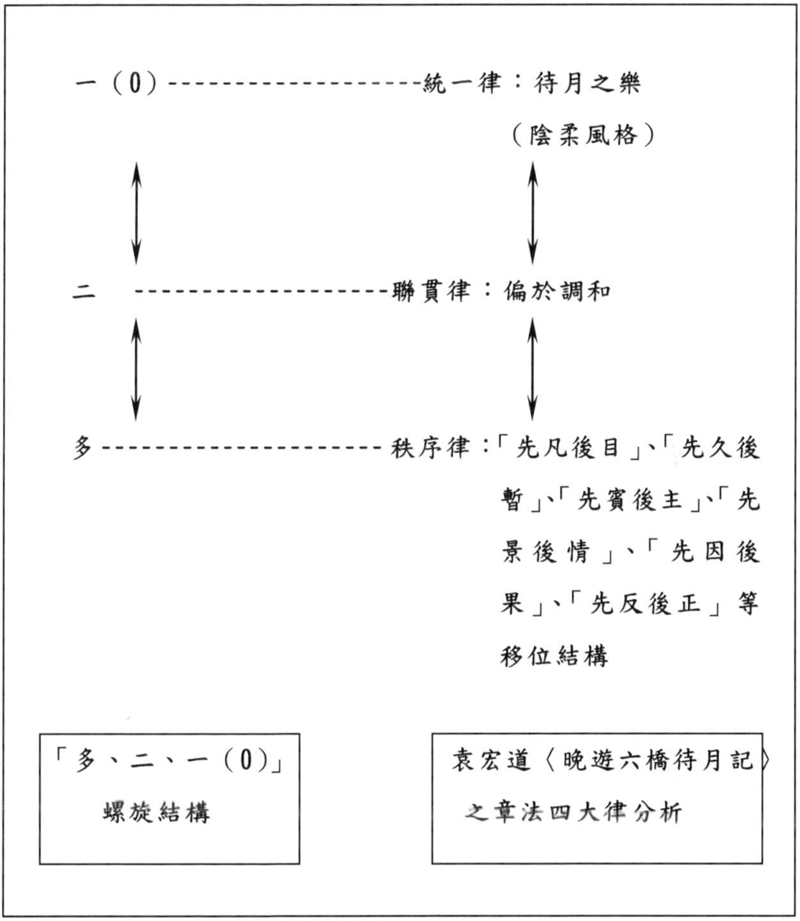

質言之，以章法理論作為研究方法，透過掌握「秩序」、「變化」、「聯貫」、「統一」四大律及其與「多、二、一（0）」螺旋結構的關係，不但能建立辭章學的方法論原則，也能實際對上探作者的構思、釐清辭章作品的深層條理、追索辭章旨趣與特色等方

面有所助益，並印證章法乃「客觀存在」[17]的現象。

四、縱橫向結構與「多、二、一（0）」理論

由上文分就篇章縱向結構與橫向結構的探討中可知，縱橫向結構各有獨立而多元的研究旨趣。

「縱向結構」的研究物件主要是鎖定在辭章內容層面，它涉及到由內容四大成分——情、理、事、景所形成的個別意象與整體意象，當「意」（情、理）與「象」（事、景）因同構關係而產生連聯繫，逐步由小的個別意象統整成大的整體意象，就會形成具有層次性的意象系統。其中，整體意象是就全篇而言，通常可以區分為「意」與「象」兩個概念，研究對象有全篇最核心的主旨（含分析主旨的安置與顯隱等藝術技巧），及統合自個別意象的整體意象群；而個別意象則屬局部，它往往合稱作「意象」，如月意象、鳥意象等，但其中又存在著一意多象和一象多義的偏義現象。

「橫向結構」則主要在掘發存在於辭章內容深層的邏輯條理，也就是各種章法類型，如今昔、遠近、大小、賓主、正反、虛實、凡目、因果、抑揚等三、四十種，這些章法都源自於宇宙萬物二元對待的互動關係，雖然它們各自有獨特的心理基礎與美

[17] 見王希杰〈章法學門外閑談〉，收於仇小屏、陳佳君、蒲基維、謝奇懿、顏智英、黃淑貞編《陳滿銘與辭章章法學——陳滿銘辭章章法學術思想論集》，頁 16-29。

感效果，但就求同面而言，則能歸納為章法四大家族——圖底家族、因果家族、虛實家族、映襯家族[18]。當它們落實於一篇辭章作品而言，就會表現出適應於作品內容的各種章法單元，形成橫向結構的邏輯層次。誠如上文所述，這些邏輯組織的條理，也是應合於秩序、變化、聯貫、統一等章法四大規律的。

雖然篇章的縱向結構和橫向結構各有專屬的研究物件和研究範疇，但是二者並不是截然二分、毫無關聯，反而是存在著不可分割且極為密切的關係。

綜上所述，篇章的縱向結構乃在研究意象系統，包含個別意象與整體意象；橫向結構乃在處理章法結構，研究範疇包含章法規律和章法類型。再以「多、二、一（0）」螺旋理論加以考察，則可建立起篇章縱橫向結構疊合的理論架構。其對應關係為：整體的篇章結構可以界定為「一（0）」；縱向結構和橫向結構則屬於「二」，其中，縱向結構涉及意象系統的議題，橫向結構則主要處理章法結構；再就「多」來看，在此兩大結構面向底下，又有各自多元的研究對象，如縱向結構中的個別意象之形成成份（情意象、理意象、事意象、景意象）、意象連結的同構關係、一象多意與一意多象、整體意象的主旨（含安置與顯隱）與意象群、在篇章中展現的由小而大的意象層級等，以及橫向結構歸納在圖底、因果、虛實、映襯四大家族下的三四十種章法類型、章法四大律（秩序、變化、聯貫、統一）等。由此層層釐析，便可分別理清「意象系統」和「章法結構」在篇章結構系統中的定位及其各自

[18] 參見拙作〈論章法之族性〉，《辭章學論文集（上冊）》，頁 145-163。

的系統性特徵。

是故，疊合縱橫兩向的篇章結構理論體系，對應於「多、二、一（0）」可表示如下：

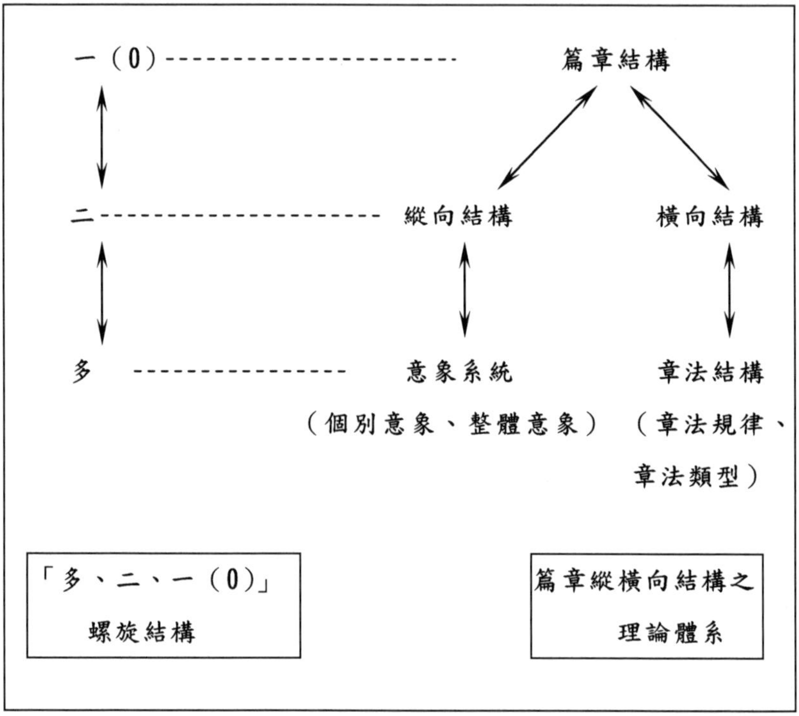

以「多、二、一（0）」理論為基礎，並疊合篇章縱橫向結構的方法論原則，若落實到一篇辭章作品進行考察，其功能在於廓清辭章作品關乎內容的意象系統（縱向）與謀篇布局的邏輯條理（橫向），並同時展現其內容與形式上的特色和呼應關係。茲以彭端淑〈為學一首示子姪〉為例：

天下事有難易乎？為之，則難者亦易矣；不為，則易者亦難矣。人之為學有難易乎？學之，則難者亦易矣；不學，則易者亦難矣。

吾資之昏，不逮人也；吾材之庸，不逮人也。旦旦而學之，久而不怠焉；迄乎成，而亦不知其昏與庸也。吾資之聰，倍人也；吾材之敏，倍人也。屏棄而不用，其昏與庸無以異也。然則昏庸聰敏之用，豈有常哉？

蜀之鄙有二僧，其一貧，其一富。貧者語於富者曰：「吾欲之南海，何如？」富者曰：「子何恃而往？」曰：「吾一瓶一缽足矣。」富者曰：「吾數年來欲買舟而下，猶未能也。子何恃而往？」越明年，貧者自南海還，以告富者，富者有慚色。西蜀之去南海，不知幾千里也；僧之富者不能至，而貧者至焉。人之立志，顧不如蜀鄙之僧哉？

是故聰與敏，可恃而不可恃也；自恃其聰與敏而不學，自敗者也。昏與庸，可限而不可限也；不自限其昏與庸而力學不倦，自立者也。

本文從「理」上，闡述為學之道，並舉一則故事為例，將抽象道理透過「事」具體化，屬於理事複合的類型。其縱向結構表為：

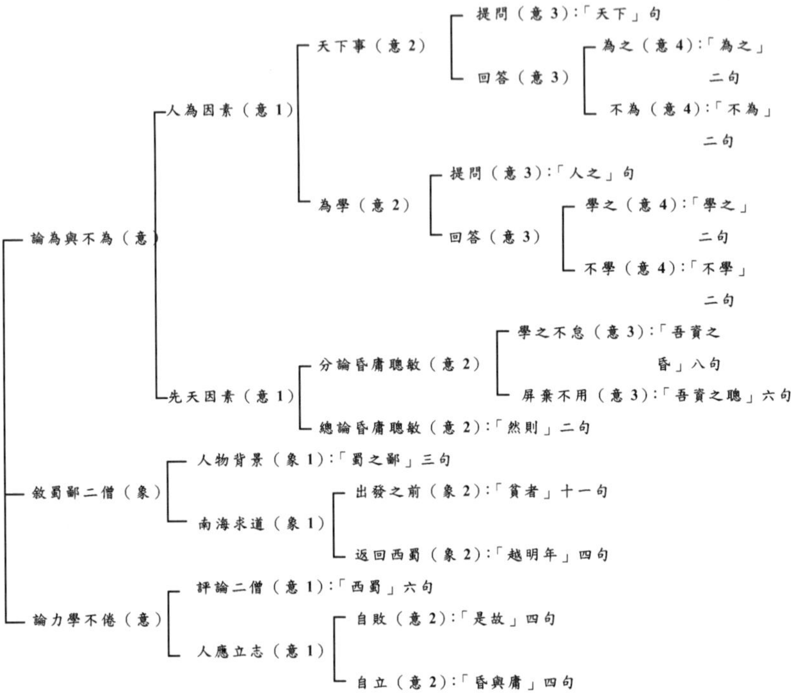

由於在本表中，將文章裡的意象系統由底層至首層至多處理到五層，如：「為之，則難者亦易矣。」這個小的個別性理意象，是位在「意—意 1—意 2—意 3—意 4」之第五層，因此乍看之下似乎有些複雜，但事實上卻是層次井然。

首先，第一層的「理意象」（意）中，先從後天的「人為因素」（意 1），運用問答的方式，論述天下事（意 2）無難易，僅在為與不為（意 4），再提出學習方面（意 2）亦有著同樣的道理（意 3 至意 4）。除了「後天」方面，作者再就「先天」（意 1），以資質的昏庸與聰敏（意 2），配合學而不怠、摒棄不用的態度（意 3），加強論點。從這裡也可掌握到：「人為因素」與「先天因素」、「天下事」與「為學」等，在此意象系統裡，屬於同一層級。

其次，第一層的「事意象」（象）中，舉蜀鄙二僧為事例（象1），敘述貧僧能堅定信念，克服萬難，而富僧卻遲未行動，而導致有成有敗的不同結果（象2）。

文末，是第一層意象系統中的第三項次，主要也是「理意象」（意），這個部分，作者先上承故事內容，評論二僧成敗緣由（意1）；最後藉著分論「不學必敗」（意2）、「力學可成」（意2）兩種情況，回歸到為學應立志的主題（意1）。

在以上的各種理事意象內在所具有的條理關係，則形成如下頁的橫向結構表：

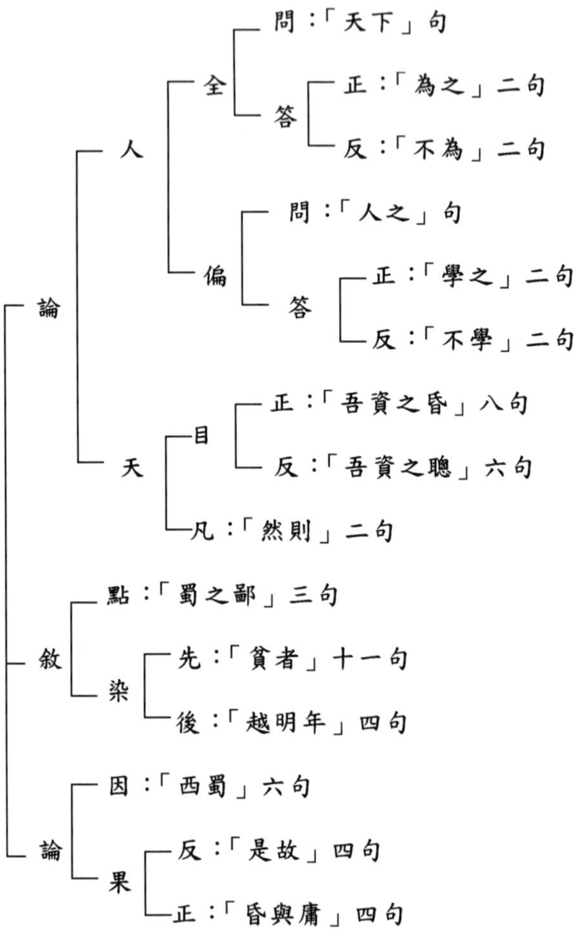

從縱向結構的探討中，已可明白本文的第一層意象是由「理意象」而「事意象」而「理意象」組成，若就章法結構切入，則其橫向的篇結構，就形成「論—敘—論」的形態。

第一個「論」是先就「人」（人為因素），運用問答、正反的邏輯，論述「天下事」與「為學」之難易，取決於為與不為。由於天下事之難易，範圍大，而為學之難易，範圍小，所以兩者存在著「偏」（局部，為學）與「全」（整體，天下事）的二元對待關係。其次再就「天」（先天因素），由正（學之不怠）而反（屏棄不用）的分論昏庸與聰敏之用，再以「然則」兩句總收此段，形成「先目後凡」結構。

中段敘述西蜀二僧之事，先點出人物背景，再敘寫故事主體，是常用於敘事的「先點後染」結構。而「染」的部分，又依照時間先後，順敘出發前的對話與貧者毅然付諸行動，成功前往南海又返還西蜀的經過。

最後以議論作結，先評論二僧一能至、一不能至的原因就在立志。並基於此番道理，於文末先就反面論自恃聰敏而不學者，必自敗；然後再就正面，論不自限昏庸而力學不倦者，必能有所成，使上下兩個節段形成「先因後果」結構，並在末一個「論」底下的「正」凸出篇旨，勸勉晚輩把握時間，立定志向，戮力以赴，必能在學問上有所成就。陳滿銘即曾針對文末四句分析道：「用『昏與庸』四句，從正面指出人若不自限昏庸而力學不已，則必將步上成功大道，以點明主旨作收。」[19]本文之縱橫向疊合結構表為：

[19] 見陳滿銘《章法學新裁》，頁 518。

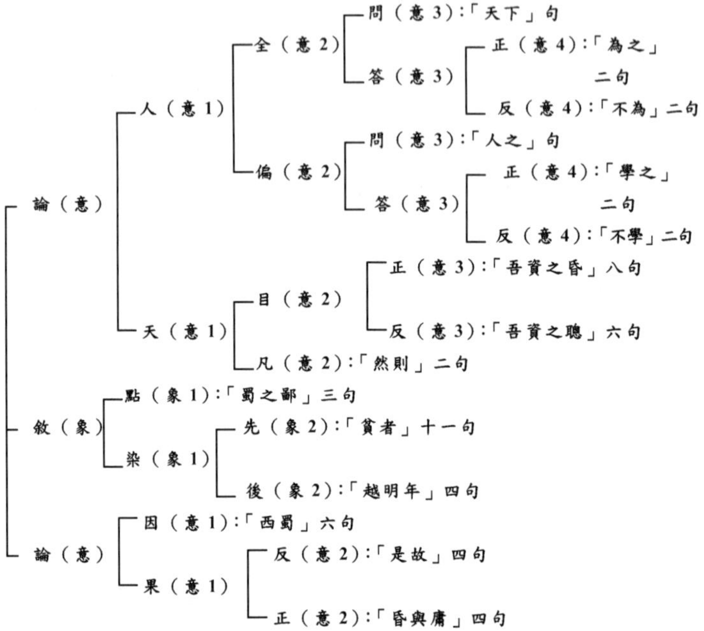

綜上所述，在疊合的結構表中，顯示出本文主要以「理意象」和「事意象」複合成文，並運用「論—敘—論」組織成篇結構，再用天人、偏全、問答、正反、凡目、點染、因果等章法，形成章結構，同時把二至五層不等的大小意象系統，連結成整體。其中，文章裡所書寫的種種個別意象和用以組織的各種邏輯條理，為「多」；所形成的整體性理事意象系統，和主要以敘論法成篇的章法結構，為「二」；兩者所疊合起來的縱、橫向結構，則展現了此文完整的篇章結構，為「一（0）」。

五、結語

辭章作品是內容與形式結合的有機整體，為了較為完整的展現其篇章結構的藝術特色，又必須綰合縱（意象）橫（章法）兩向。就篇章縱向結構和橫向結構的研究對象而言，其面向實牽涉廣泛，因此，要如何掌握適當的方法論原則，以建立起篇章結構研究的理論體系，就變得十分重要。

本文以「多、二、一（0）」螺旋結構為立論基礎，分別從「縱向結構」、「橫向結構」、以及疊合兩者的「縱橫向結構」做全面的檢視，透過關係圖表釐清「多、二、一（0）」理論與篇章縱橫向結構論的對應，以統整起相關的研究內涵，建構其理論系統。

研究發現，在篇章縱向結構中，各種組成內容的個別意象為「多」，居中連結起意與象的媒介（構）是「二」，核心的「意」（主旨）則為「一（0）」。在橫向結構中，以二元對待關係形成秩序或變化的章法結構為「多」，由對比或調和以連結彼此的聯貫律為「二」，終由主旨與風格使辭章形成整體的統一律則為「一（0）」。若結合兩者而言，則縱向結構所包含的研究對象，如：由情意象、理意象、事意象、景意象等形成之個別意象、意與象的同構、一象多意與一意多象、整體意象的主旨（含安置與顯隱）與意象群、由小而大的意象層級等，又如橫向結構中，歸納在圖底、因果、虛實、映襯四大家族下的三四十種章法類型、與章法四大律（秩序、變化、聯貫、統一）等，以上屬於「多」；而「縱向結構」和

「橫向結構」除各自分屬「意象系統」與「章法結構」外，在研究地位上，應歸於「二」；最後，疊合兩者而一，以見完整的「篇章結構」，則為「一（0）」。如此一來，不僅能為篇章縱橫向結構論的研究，收編多元廣泛的研究對象，也在「多、二、一（0）」理論的指導下，建立起屬於辭章學研究的方法論原則。

參考文獻

（一）專書

李澤厚《美學論集》，台北：三民書局，1996.9。
陳佳君《辭章意象形成論》，台北：萬卷樓圖書有限公司，2005.7。
陳佳君《篇章縱橫向結構論》，台北：文津出版社，2008.7。
陳滿銘《章法學新裁》，台北：萬卷樓圖書有限公司，2001.1。
陳滿銘《章法學論粹》，台北：萬卷樓圖書有限公司，2002.7。
陳滿銘《章法學綜論》，台北：萬卷樓圖書有限公司，2003.6。
陳滿銘《多二一（0）螺旋結構論──以哲學文學美學為研究範圍》，台北：文津出版社，2007.1。
鄧廣銘《稼軒詞編年箋注》，台北：華正書局，1978.12。
劉勰著、范文瀾注《文心雕龍注》，台北：學海出版社，1991.12再版。

（二）期刊論文

王希杰〈章法學門外閑談〉，收於仇小屏、陳佳君、蒲基維、謝奇懿、顏智英、黃淑貞編《陳滿銘與辭章章法學——陳滿銘辭章章法學術思想論集》，台北：文津出版社，**2007.12**。

晏小平〈淺析詩歌意象的運用手法〉，《文藝理論與批評》**53** 期，**1995.3**。

陳佳君〈論章法之族性〉，《辭章學論文集（上冊）》，福建：海潮攝影出版社，**2002.12**。

陳佳君〈論意象連結之媒介〉，《中國學術年刊》第三十期（春季號），**2008.03**。

陳滿銘〈論章法結構之方法論系統——歸本於《周易》與《老子》作考察〉，《國文學報》第四十六期，**2009.12**。

陳滿銘〈論章法四大律之方法論原則——以多二一（**0**）螺旋結構作系統探討〉文稿，**2010.8**。

陶淵明〈形、影、神〉組詩中的「本我、自我、超我」試探

謝敏玲
國立高雄大學助理教授

摘要：

陶淵明〈形、影、神〉組詩並序[1]，於東晉義熙九年（413 年）所作，是少見討論生死迷惑的優秀文學作品，而且，與其說是討論生死議題，在深入瞭解後，從另一角度審視，或許更能發覺這是討論「人」普遍性多層次人格的文學作品。在此作品中，陶淵明用自己的思索，假設想像形、影、神三者互相贈言、答覆和解釋的方式，發表自己「委運任化」的生命態度。在研讀這組詩作中，大陸學者張振元曾以佛洛伊德的「本我、自我、超我」將此詩作作一多層人格的解讀，[2]此論文其中「形影神」和「本我、自我、超我」的比對，

[1] 晉・陶淵明：《陶淵明集》卷二（四庫全書，集部，別集類）
[2] 張振元：〈多層人格抒情的主作—陶淵明《形影神三首》新探〉（《黃河水利職業技術學院學報》第 11 卷 3 期，1999 年 9 月），頁 64-67

卻易讓讀者產生混淆，有所懷疑。本論文正是因此文引起探索興趣，試圖更清楚的解讀「形影神」和「本我、自我、超我」之間的關係，讓讀者無所疑慮，並能更深入瞭解陶淵明〈形、影、神〉組詩的深刻意涵。

關鍵詞：

陶淵明、形影神、本我、自我、超我、委運任化

一、前言

對於生死之說，自古以來討論的文學作品並不多。因為一般遵循儒家的觀念是：「未知生，焉知死？」[3] 儒家重視今生的事功，要建功立業，有用於當世；對於死後的事情，是有意忽視，不加關注的。儒家的這種觀念從漢代以來一直深深影響著讀書的士人，除此之外，也有人關注到道家莊子的放任自然，認為「方生方死，方死方生」[4] 對生死不放在心上，但此畢竟非主流觀點。陶淵明〈形、影、神〉組詩並序[5] ，於東晉義熙九年（413 年）所作，是少見討

[3] 《論語注疏,》卷十一（四庫全書，經部，四書類）
[4] 莊子撰，晉・郭象注：《莊子注》卷一（四庫全書，子部，道家類）
[5] 晉・陶淵明：《陶淵明集》卷二（四庫全書，集部，別集類）

論生死迷惑的優秀文學作品，而且，與其說是討論生死議題，在深入瞭解後，從另一角度審視，或許更能察覺這是討論「人」普遍性多層次人格的文學作品。在此作品中，陶淵明用自己的思索，假設想像形、影、神三者互相贈言、答覆和解釋的方式，發表自己「委運任化」的生命態度。在研讀這組詩作中，大陸學者張振元曾以佛洛伊德的「本我、自我、超我」將此詩作作一多層人格的解讀，[6] 此篇論文其中「形影神」和「本我、自我、超我」的比對，卻易讓讀者產生混淆，有所懷疑。本論文正是因此篇論文引起探索興趣，試圖更清楚的解讀「形影神」和「本我、自我、超我」之間的關係，讓讀者無所疑慮，並能更深入瞭解陶淵明〈形、影、神〉組詩的深刻意涵。

二、〈形、影、神〉組詩釋義

形影神三首　陶淵明

貴賤賢愚，莫不營營以惜生，斯甚惑焉。故極陳形影之苦，言神辨自然以釋之。好事君子，共取其心焉。

形贈影

[6] 張振元：〈多層人格抒情的主作—陶淵明《形影神三首》新探〉（《黃河水利職業技術學院學報》第 11 卷 3 期，1999 年 9 月），頁 64-67

天地長不沒，山川無改時。草木得常理，霜露榮悴之。謂人最靈智，獨復不如茲。適見在世中，奄去靡歸期。奚覺無一人，親識豈相思。但餘平生物，舉目情悽洏。我無騰化術，必爾不復疑。願君取吾言，得酒莫苟辭。

影答形

存生不可言，衛生每苦拙。誠願游崑華，邈然茲道絕。與子相遇來，未嘗異悲悅。憩蔭若暫乖，止日終不別。此同既難常，黯爾俱時滅。身沒名亦盡，念之五情熱。立善有遺愛，胡為不自竭？酒云能消憂，方此詎不劣。

神釋

大鈞無私力，萬理自森著。人為三才中，豈不以我故。與君雖異物，生而相依附。結託善惡同，安得不相語？三皇大聖人，今復在何處？彭祖壽永年，欲留不得住。老少同一死，賢愚無復數。日醉或能忘，將非促齡具。立善常所欣，誰當為汝譽？甚念傷吾生，正宜委運去。縱浪大化中，不喜亦不懼。應盡便須盡，無復獨多慮。

東晉安帝元興三年（**404**）釋慧遠作〈形盡神不滅論〉。此時期戰亂頻頻，人命危急，殘酷的現實讓人們感覺生命的轉瞬即逝，感受到生命的脆弱。所以對如何面對生死，成為探究的問題。陶淵明正身處此時期，自然會受到影響，而將所悟所感發表在自己作品中。陶淵明是自然田園詩人，有詩歌一百二十餘首，棄官歸隱，不為五斗米折腰。名聞後世的文學作品是〈歸去來辭〉、〈五柳先生傳〉等，作此組詩時 **49** 歲[7]。

陶淵明在〈五柳先生傳〉中曾言：「常著文章自娛，頗示已志。」[8]可見他寫作文學作品，動機是「悅己」，目的是「示志」。因為「悅己」而寫作，這樣的動機是超然的，愉悅的，在無壓力下產生最出色的傑作；而這樣的作品在產生後，是一種自然的呈現自己心志的媒介。所以，藉著陶淵明的文學作品，我們可以見識到他對人生的看法和高明的見解。尤其在〈形、影、神〉組詩詩前有序云：

> 貴賤賢愚，莫不營營以惜生，斯甚惑焉。故極陳形影之苦，言神辨自然以釋之。好事君子，共取其心焉。

讓讀者確信陶淵明的確有所為而作，尤其他說：「好事君子，共取其心焉。」更是希望讀者能明瞭他創作的用心。「貴賤賢愚」是將世人以等級區分然後完全囊括其中；「營營」，原來是形容青蠅往來貌，此借指世人為惜生忙碌奔波往來不絕，千方百計謀劃以珍惜生命的樣子，這是讓作者深覺疑惑之處；所以作者要極力陳說「形、影」之苦，要求達到「神」所解釋的「自然」境界。所以在陶淵明的義界中，「形、影」是表面的，是較低層次的，較屬於物質面的，是讓「我」覺得苦的；而「神」，以及神所辯解的「自然」，才是最

---

[7] 據晉・陶淵明著，楊勇編著：《陶淵明集校箋・陶淵明年譜彙訂》（台北：正文書局，**1987**），頁 **443**

[8] 晉・陶淵明：《陶淵明集》卷五（四庫全書，集部，別集類）

高層次，是較深沈的，是精神面的，是讓「我」感覺舒服的。所以本組詩並非站在一個渾然一體的人格基礎的普通詩作，而是陶淵明分別藉以表述三個不同人格層次的奇特作品。

本組詩從飲酒、立善、委運三層立說；「形」本欲求長生，求長生不得，故飲酒作樂；「立善」指人求名以傳世，藉此求長生；「委運」更是求長生不得，因而願意委運任化，以此消解。第一首〈形贈影〉，一開始就提及：「天地長不沒，山川無改時。草木得常理，霜露榮悴之。謂人最靈智，獨復不如茲。」詩人從茫茫宇宙中，體察到自然事物週而復始的變化，體識到自然變化發展的規律；先以一廣角畫面呈現「天地」之廣大景像，再將鏡頭拉成近景聚焦為「草木」，最後放到特寫鏡頭「人」身上，層層作對比，卻是一層不如一層，對比出人的無常，人的不如草木，更遑論天長地久；這是以空間感立論。無生命的天地山川和無靈魂的草木都能永存長生，但最靈智的人類在保存生命上卻是那樣無能。再說：「適見在世中，奄去靡歸期。奚覺無一人，親識豈相思。但餘平生物，舉目情悽洏。」人的生命是相當短促而脆弱的，轉眼間可能就消失無蹤，而這樣的消失，也可能得不到其他人的關注，只有親人或相識者，仍存有對消失者的記憶。「有生必有死，早終非命促，昨暮同為人，今旦在鬼錄。」以及「親戚或餘悲，他人亦已歌。」[9] 就是此意。這是由時間感立論，凸顯人生命的無常與不明確性。陶淵明身處於晉末名士罹難甚多，禍福不測的年代，所以對生死存亡會特別有所感觸，

---

[9] 晉・陶淵明：《陶淵明集》卷四〈擬挽歌辭〉（四庫全書，集部，別集類）

如果是在平安無事的年代，終老一生是普遍現象，就不會對生命的無常特別懷有感傷。詩中最後說：「我無騰化術，必爾不復疑。願君取吾言，得酒莫苟辭。」則是陶淵明代「形」發言，在時間空間都顯示形體的無常下，已經沒有方法可以逃避或解脫，就飲酒吧！飲酒成了無所憑依下的最高指標，算是及時行樂，勸說活在當下的形體歡愉中，這是形體對影的勸贈詞。在此詩句中，表現的是陶淵明對現實人生的熱愛和珍惜，以及對歡樂人生的追求和憧憬。由此可再度證明，在陶淵明的義界中，形體是放縱於當下的歡愉的，是服膺於快樂原則的，一醉解百憂，在沈醉時總可以得到片刻的歡愉，而忘記生命的無常和煩憂。飲酒是陶淵明藉以忘憂的最佳嗜好，他的〈飲酒詩〉說：「有酒不肯飲，但顧世間名。……鼎鼎百年內，持此欲何成？」此和本詩作有異曲同工之妙，都是譏諷世人不肯及時行樂，到頭也是一場空。〈挽歌詩〉也說：「千秋萬歲後，誰知榮與辱；但恨在世時，飲酒不得足。」表面看來，飲酒狂歡、縱欲無度是在作賤生命，是「惜生」的反面作為，然而更深一層的思索，實際上卻是對惜生不得，長生不能的一種絕望下的展現。

第二首〈影答形〉是「影」針對「形」所秉持的及時行樂觀點而發表意見。陶淵明對人生不朽的思考，是以個人生命有限為前提的。「影」在此不只是影子，而是陶淵名的另一人格層面，而且顯而易見的，此人格層面是高於「形」的。首二句的「存生不可言，衛生每苦拙。」「存生」和「衛生」莊子都曾提及：「生之來，不能卻；其去，不能止。悲夫！世之人，以為養形足以存生，而養形果不足以存生，則世奚足為哉！」[10] 以及「趎願聞衛生之經而已矣。老子曰：衛生之經能抱一乎？」[11] 莊子認為人在世間的去留是一種自然現象，人是無法讓生命永存世間的，對世人以為善養形軀就能「存生」的舉動感到可悲；而努力捍衛生命的方式太多了，而陶淵明認為「存生」是渺茫不可論說的，「衛生」這樣努力的結果只是勞心竭力而苦無成效。「誠願游崑華，邈然茲道絕。」再進一層說明想學仙求道此路亦是縹緲難通，既然不符合實際的想法是行不通的，所以還是得回到現實層面考量：「與子相遇來，未嘗異悲悅。憩蔭若暫乖，止日終不別。此同既難常，黯爾俱時滅。身沒名亦盡，念之五情熱。」此是說明形、影二者雖有所區分但實為一體，「影」也認為一旦形軀沒有了，「名」也隨之消盡，也由此開始，「影」不只是單純的「影子」，他成了另一人格層面的代表，才會「念之五情熱」，對身形的消逝感到不安而想追求生命的永恆價值，對「形」提出以飲酒消憂的說法不以為然，認為「立善」遺愛世間才是高明：「立善有遺愛，胡為不自竭？酒云能消憂，方此詎不劣。」這裡是以人生價值的無限性和延續性為命題，藉著立善實現自我生命價值，而能擺落具體生命的有限。從此詩句可以看到「影」比「形」的精神層次較高，而且站在一種勸說約束「形」的立場。而「立善」是比較符合世俗需求的標準，「遺愛」在追求身後之名，都是較符合儒家入世的觀念。自孔子提出：「君子疾沒世而名不稱焉」（論語・衛靈公）之後，讀書士人莫不以「建永世之業，流金石之功」（曹

[10] 莊子撰，晉・郭象注：《莊子注》卷七（四庫全書，子部，道家類）
[11] 莊子撰，晉・郭象注：《莊子注》卷八（四庫全書，子部，道家類）

植〈與楊德祖書〉）為畢生努力的目標，這是古代知識份子無法擺脫的儒家情結，也是義利取捨不同價值觀的表現。知識份子務求有榮名，並傳於身後，以求不朽生命的延續。陶淵明賦予「影」的是很獨特少見的人的精神較高層次，是一有思考性的人格，而不是一般人所認為的物理方面無感無知的「影子」；這可能是因為影子並不能如形軀一般享受放縱物質享受的樂趣。「影」勸「形」的一段話，循循善誘，義正辭嚴，是陶淵明儒家意識的充分展現。

最後是〈神釋〉，這也應是陶淵明藉「神」道出自己對生死的真正看法。「神」並不滿意「形、影」的人生態度，先說明自己在「人」中至高無上的領袖地位，也表示「神」是最高的人格層次：「大鈞無私力，萬理自森著。人為三才中，豈不以我故。與君雖異物，生而相依附。」再說對於生死的無可勉強或阻撓：「三皇大聖人，今復在何處？彭祖壽永年，欲留不得住。老少同一死，賢愚無復數。」從宏觀聖人角度到微觀的老少賢愚的凡人視角都無可逃脫死亡的規律，然後批駁「形、影」所提出的「飲酒」和「立善」並不能消解生死的迷惑：「日醉或能忘，將非促齡具。立善常所欣，誰當為汝譽？」酒醉雖然能暫且忘卻死亡的威脅，卻仍是不可迴拒，不可避免死亡的到來；更何況，酒是傷身的，只是讓生命更加短促罷了；而立善，在現實社會，又能得到誰的讚譽呢？這裡的言下之意評斷得十分深刻，「立善」本是根植於心，為心所欲而立善，是一種自動自發，自我意志決定下的作為，但若為世人稱譽而立善，善行將失去所依，而無所憑藉，更不能成為生命永恆的依託；更進一層試想，更何況在是非顛倒的黑暗時代，「立善」非但可能無人讚譽，更可能招致禍殃，為世所不容！若聯想到陶淵明的生平和創作，便可意會到此詩句底下潛藏的憤懣不平。詩句最後提出終結的指導觀點：「甚念傷吾生，正宜委運去。縱浪大化中，不喜亦不懼。應盡便須盡，無復獨多慮。」以「委運任化」順應自然的態度闡釋生死的迷惑，聽其自然，在宇宙中無拘無束，若生命該結束也不強求，無需為此多費思慮。雖然「神」的態度超然，卻是陶淵明最後綜合所得而以之處世的最佳方式，也隱藏著強烈對現實不滿的批判之聲。

一直以來，士人作品多是在儒家的教化下，陶淵明當時主流文化仍是儒家[12]，但這組詩卻可明顯看出莊子思想的影子。「古之真人，不知悅生，不知惡死。」[13]讓一切隨之自然，不讓生死縈懷。但從〈影答形〉中，可以看到陶淵明的思索是入於儒家再出於儒家而歸莊子，這和莊子一切泯生死、齊萬物的任其自然有所不同；是有人生理想的士大夫在現實沈重壓抑下欲有所為而不能為之之後，所陶冶出的曠達自然而又不失自己做人原則的人格化反應。也因此，「神」的人格精神層次雖然最高，但在實施面卻是處於道德高標和形軀享樂後的調和處世之道。陳寅恪曾說陶淵明：「其關於道家自然之說別有進一步之創解」，「蓋其己身之創解乃一種新的自然說，與嵇、阮之歸自然說殊異，惟其仍是自然，故消極不與新朝合作，雖篇篇有酒，而無沈湎任誕之行及服食求長生之志。」

---

12 據《隋書經籍志》記載書籍，仍是儒家經典為多。
13 莊子撰，晉・郭象注：《莊子注》卷三（四庫全書，子部，道家類）

[14] 消融儒家後出於道家，並非純粹道家，此說確實為此組詩下一最佳註解。

三、「本我、自我、超我」釋義

在理解陶淵明〈形、影、神〉組詩後，需要對「本我、自我、超我」有一相對深入的認識，才能對應解釋。按照現代心裡學的觀點，人類個體的人格是有層次的、可分的。人類有生理的、社會的、精神的等不同層次的需要，並為滿足這些需要而進行各種實踐活動，因而就形成了不同的人格層面。[15]在心理動力學中，「本我」、「自我」與「超我」是由精神分析學家佛洛伊德之結構理論所提出，是精神的三大部分。在 **1923** 年，佛洛伊德提出相關概念，以解釋意識和潛意識的形成和相互關係，其中「本我」（完全潛意識）代表慾望，受意識遏抑；「自我」（大部分有意識）負責處理現實世界的事情；「超我」（部分有意識）是良知或內在的道德判斷。

佛洛伊德認為：本我（英文：**id**）是在潛意識型態下的思想，（拉丁字為「**it**」，原德文字則為「**Es**」）代表思緒的原始程序——人最為原始的、屬滿足本能衝動的慾望，如饑餓、生氣、性慾等；此字為佛洛伊德根據喬治·果代克（**Georg Groddeck**）的作品所建。

[14] 陳寅恪：〈陶淵名之思想與清談之關係〉轉引自《古典文學研究資料匯編・陶淵明卷（下編)》（北京：中華書局，**1961** 年），頁 **350-351**

[15] 美國-杜・舒爾茨著，沈德燦等譯：《現代心理學史》（北京：人民教育出版社，**1981** 年），頁 **342-344**

本我為與生俱來的，亦為人格結構的基礎，日後自我及超我即是以本我為基礎而發展。本我的目的在於遵循享樂原則，追求個體的生物性需求如食物的飽足與性慾的滿足，以及避免痛苦。

而心理學上的自我（**ego**）這個概念是許多心理學學派所建構的關鍵概念，並不只是佛洛伊德所獨創擁有，雖然各派的用法不儘相同，但大致上共通是指個人有意識的部分。自我是人格的心理組成部分。這裡，現實原則暫時中止了快樂原則。由此，個體學會區分心靈中的思想與圍繞著個體的外在世界的思想。自我在自身和其環境中進行調節。佛洛伊德認為自我是人格的執行者。

最後介紹的一層面：超我，超我（**super-ego**）是人格結構中的管制者，由完美原則支配，屬於人格結構中的道德部份。在佛洛伊德的學說中，超我是父親形象與文化規範的符號內化，由於對客體的衝突，超我傾向於站在「本我」的原始渴望的反對立場，而對「自我」帶有侵略性。超我以道德心的形式運作，維持個體的道德感、迴避禁忌。 超我的形成發生在戀母情結的崩解時期，是一種對父親形象的內化認同，由於小男孩無法成功地維持母親成為其愛戀的客體，對父親可能對其的閹割報復或懲罰產生去勢焦慮（castration anxiety），進而轉為認同父親。[16]

[16] 網路資料：維基百科，網址如下 **http://zh.wikipedia.org/wiki/%E6%9C%AC%E6%88%91%E3%80%81%E8%87%AA%E6%88%91%E4%B8%8E%E8%B6%85%E6%88%91**

以功能來論說，本我的功能是由心理的初級過程所控制的。本我的慾望服從於現實性原則，它不理解時間性、因果關係和邏輯推理，它只依據快感和厭感原則行事。如果說本我也可以涉及到真實對象和象徵對象的話，但由於無意識的主導作用，它也只能追求與現實性相悖異的對象和目標，即虛幻的對象與目標。

自我是心理機制通過與外部事實相接解而感生的分化作用後發展起來的，而本我則是通過與需求和激情的身體來源相接解而得以分化的。自我的活動可以是有意識的（外感知、內感知、理智活動過程等）、前意識的和無意識的（防禦系統）。自我的結構是受制於現實原則的（客觀的、社會性的、理性的和詞語的思維）。是自我而非本我對特有的人格加以保護，對與現實和他人發生的衝突加以解決，對無法實現的目的與慾望加以克制。自我控制著達到意識和行動的入口，它確定著「人格的綜合功能」。自我也指稱著特有的人格，即作為感知的對象、態度對象、情感對象的人格，例如在自戀的情況下，主體對他自己的人格產生愛戀。

超我是道德化的自我或良心，它是根據父母的形象而建立起來的內化了的權威和力量。超我反映著作為人格成長環境的那個社會的道德規範和行為標準。超我對本我起最嚴厲的抑制作用。[17]

---

[17] 杜聲鋒：《拉康結構主義精神分析學》（台北：遠流出版事業股份有限公司，**1988** 年），頁 **93-94**

以三者關係而論，本我與自我的關係可以用這樣的比喻：本我是一匹馬，自我是騎手；馬提供運動的能量，騎手決定方向；騎手駕馭馬，並部分地滿足馬的慾望。

而進一步探討三者彼此間的關係，可以這樣看待：本我與超我的關係：它們都來自兒童對其性衝動和挑釁衝動的初步同一化，它們兩者都表現出過去的影響，本我多是遺傳的，超我是由父母的影響和社會環境影響而形成的。但兩者一旦形成本我就得受控於超我。

自我與超我的關係：自我主要是由個體的特有經驗決定的，而超我是由社會環境決定的。根據某些精神分析家（如克倫 **Melanie Klein**）的理論，超我形成於前—伊底帕斯階段（**stades，pre-oedipiens**），這就是說，超我幾乎與本我同時形成而先於自我的形成。所以，我們可以說，超我可以先於個體而存在。

總之，自我在超我的指導下，監督和控制著本我的活動。當本我、自我、超我這三部分各司其職，協調運行時，人格才能正常的得到發展。[18] 這是個體的三個層面，或可綜合說，「本我」是本能的、形軀的、激情的、縱慾的；「超我」是體制化的、嚴肅的、理智的；「自我」則是協調本我和超我後，能部分滿足二者，並且適合於在文明社會生存的方式。必須注意到的一點是，以層次而言，超我無疑是最高精神層次，其次是自我，最後則是本我。

[18] 杜聲鋒：《拉康結構主義精神分析學》，頁 **95**。

四、〈形、影、神〉中「本我、自我、超我」之闡釋

將人分成「〈形、影、神」三層面論說，是一項創舉。現代人可以接受自己是有多層面的，甚至可能有多重人格；但在陶淵明時，他竟然就以文學方式表達出這樣的概念，集中而且層次分明的描述自己三個人格層面，透過自己的思索，層層深入的剖析自己的內心矛盾，並用形象且具體的方式，表達自己最後的抉擇，也揭示自己直率自然的性格，讓人不得不欽佩。之前大陸學者張振元，在他的論文中對於「本我、自我、超我」提及：「『本我』實際上就是代表人的生理需要的人格層面，其『自我』實際上就是代表人的現實社會需要的人格層面，其『超我』實際上就是代表人的道德—理想需要的人格層面。」[19]以此說法而論，〈形、影、神〉組詩中的「形」，代表的是「本我」，此無疑義；則「影」應是「自我」，「影」認為人要立善，正是現實社會需要的人格層面；「超我」則符合「神釋」中認為人要委運任化的道德—理想需要的人格層面。

可是在張先生此論文其後論述中提及：「《形贈影》是作者”本我”的抒情，”本我”代表人的生理需要，這是每位作為生命個體的人的最基本的需要，人的七情六欲莫不根植於它。但是由於它代表的是人的低層次的需要，因而它往往受到鄙視和壓抑，在抒情作品

[19] 張振元：〈多層人格抒情的主作—陶淵明《形影神三首》新探〉（《黃河水利職業技術學院學報》第 **11** 卷 **3** 期，**1999** 年 **9** 月），頁 **64-67**。以後提及此論文則不再註解。

中更是得不到起碼的表現。」對「形」和「本我」這樣的說明是合理可以得到認同的。但是其後本論文又說:「《影答形》是作者『超我』人格的抒情。”影”不能簡單的解釋為”影子”，因為在這組詩中佔據作者精神領域的一部份並且高居於其上層的正是這個”影”，所以它實際代表著作者的道德觀念和理想境界。」這則和上述解釋有所爭議。同樣的，論文其後言:「《神釋》是作者”自我”人格的抒情。……”神”顯然也是精神層面的、意識範疇的東西，並且在其中握有”行政”的權力。所以，這裡的”神”應該解釋為”自我”，它代表人的常識和理性方面，反應人的現實社會性需要。」這樣的說法都有些和前文論述矛盾的地方。也就是在這裡對「影」界定為「超我」，而「神」是「自我」，本文正是針對這樣矛盾的情形進行討論。

首先要提出的是，〈形、影、神〉的組詩是東晉時陶淵明所寫，如前文所提，以當時的思索，能將人格的多層面以文學作品抒情的表達已是創舉；而「本我、自我、超我」的理念由西方精神學家佛洛伊德 1923 年提出，以西方精神學的名詞分析或界定古老的東方文學作品，原本就不是能太相應；可能在某些概念上有符合之處，但在實質意義上，或考慮到此為文學作品，或考慮到當時時代背景，或考慮到陶淵明「不求甚解」及「著文章自娛」的創作心態等，都成為不能斷然界定「影、神」就是「自我、超我」的相應表述。這是學者在以西方文學理論闡釋傳統文學作品時不得不留心之處。但我們也應該能肯定，〈形、影、神〉組詩和「本我、自我、超我」的理念確實有些應和之處。在經過上述討論後，或許我們可以做出再進一步的論述。

在本文前已提出：「影」應是「自我」，「影」認為人要立善，正是現實社會需要的人格層面；「超我」則符合「神釋」中認為人要委運任化的道德一理想需要的人格層面。一般傳統上是遵循儒家觀念的，所以現實社會需要的人格層面應是「立善」；可以發現在此點上，張振元先生的界定並不如是，反而認為立善是人的道德一理想需要的人格層面。這是考量點的不同所引起的判讀不同，這都是可以說得通的。如果回歸到先前對自我的闡釋來判讀：「自我」負責處理現實世界的事情，在現實社會中，究竟是要「立善」或是「委運任化」？以儒家社會觀點來說，當然需要「立善」；對自我的闡釋又提及：佛洛伊德認為自我是人格的執行者。而陶淵明最後的作法是「委運任化」，所以二者都不為非。「自我是心理機制通過與外部事實相接解而感生的分化作用後發展起來的，……自我的結構是受制於現實原則的（客觀的、社會性的、理性的和詞語的思維）。」以東晉時期而言，儒家思想仍是主流，雖清談玄言勢力亦大，「立善」應是現實社會普遍原則。「是自我而非本我對特有的人格加以保護，對與現實和他人發生的衝突加以解決，對無法實現的目的與慾望加以克制。」此用來說明最後以「委運任化」作為處世方式亦是妥切的。所以，可以發現，以「影」代表「自我」發聲，是有部分符合，但亦有不妥之處。

前文對「超我」的釋義提及：「超我（super-ego）是人格結構中的管制者，由完美原則支配，屬於人格結構中的道德部份。」如說是「完美原則」，則「神」的主張「委運任化」是最符合的。但如牽扯到「人格結構中的道德部份」，則「影」的「立善」較為妥切。「超我以道德心的形式運作，維持個體的道德感、迴避禁忌。……超我是道德化的自我或良心，它是根據父母的形象而建立起來的內化了的權威和力量。超我反映著作為人格成長環境的那個社會的道德規範和行為標準。超我對本我起最嚴厲的抑制作用。」此點亦符合「影」的「立善」。但以層次而言，在人格的最高層次是「超我」，此和陶淵明的「神釋—委運任化」是相同的層次。

如果我們作表說明，會更清楚。

本我、自我、超我	說明	〈形、影、神〉組詩
本我	代表人的生理需要，這是每位作為生命個體的人的最基本的需要，人的七情六欲莫不根植於它。但是由於它代表的是人的低層次的需要，因而它往往受到鄙視和壓抑，在抒情作品中更是得不到起碼的表現。	形—飲酒
自我	現實社會需要的人格層面	影--立善
	人格的執行者	神—委運任化

	負責處理現實世界的事情	影--立善或神—委運任化
	自我是心理機制通過與外部事實相接解而感生的分化作用後發展起來的，……自我的結構是受制於現實原則的	影--立善
	是自我而非本我對特有的人格加以保護，對與現實和他人發生的衝突加以解決，對無法實現的目的與慾望加以克制。	神—委運任化
超我	由完美原則支配	神—委運任化
	人格結構中的道德部份	影--立善
	超我以道德心的形式運作，維持個體的道德感、迴避禁忌。……超我是道德化的自我或良心，它是根據父母的形象而建立起來的內化了的權威和力量。超我反映著作為人格成長環境的那個社會的道德規範和行為標準。超我對本我起最嚴厲的抑制作用。	影--立善

	精神人格最高層次	神—委運任化

五、結語

陶淵明的〈形、影、神〉並序表現了他的真性情、他的生死觀和人生態度。他用組詩的形式，透過假設的「形」、「影」、「神」三者對話，層層辯析自己對生死的體悟，可說是陶淵明內心世界對生死迷惑最集中的一次辯論，是詩人內心世界的自我較量結果。以文學作品而論，它的表現形式新穎獨特，更難得的是，此作品展現了人格層面的多重與複雜性，這是歷來文學作品所罕見的。如果我們說得酒的陶淵明，是性情中的陶淵明是「形—本我」，代表人生理需要的人格層面—以快樂為原則，這是較無爭議的；立善的，是名教中的陶淵明，屬於「影—自我或超我」，是現實社會需要的人格層面—以現實為原則；委運任化，是自然中的陶淵明是「神—自我或超我」，屬於人的理想需要的人格層面，以自然為原則，它拋棄傳統的生命價值觀。或許這樣的比對會較為合理。

如上所論述，要將「影」或「神」，將其義界於「自我」或「超我」，作一嚴整分割，是有困難而且不必要的，畢竟西方精神理論要完全密切貼合說明傳統文學作品，本就是不可能的事。但的確，經過這樣比對和討論分析，它們能幫助我們更深入的掌握〈形、影、神〉組詩的意義精髓。這也應是運用西方文學理論討論傳統文學作品的重要意義。

引用文獻

（一）專書（本論文四庫全書採用迪志文化公司的文淵閣四庫全書電子版）

晉・陶淵明：《陶淵明集》卷二（四庫全書，集部，別集類）

晉・郭象撰：《莊子注》卷七（四庫全書，子部，道家類）

美國-杜・舒爾茨著，沈德燦等譯：《現代心理學史》（北京：人民教育出版社，**1981** 年）

杜聲鋒：《拉康結構主義精神分析學》（台北：遠流出版事業股份有限公司，**1988** 年）

（二）論文

張振元：〈多層人格抒情的主作—陶淵明《形影神三首》新探〉（《黃河水利職業技術學院學報》第 **11** 卷 **3** 期，**1999** 年 **9** 月）

《詩品》與泛具法的輝映

張娣明
開南大學華語文教學研究所專任助理教授

摘要：

文學史家稱魏晉南北朝 (220-589A.D.)，是文學的自覺時代，一個從醞釀新變到繁榮發展的階段，也是一個詩歌創作趨於個性化、詩人獨特的情性與風格，得以充分展現的階段。魏晉南北朝詩風，為中國多姿多彩的詩風，開啟燦爛的一章，並深刻地影響著魏晉南北朝，乃至於後世的詩歌發展。詩學是詩歌、哲學與歷史的結合，魏晉南北朝詩人們，努力創作詩歌各種風格，體現自覺的詩學意識，也展示魏晉南北朝詩人的主體意識。

鍾嶸(約 468-518A.D.)所著《詩品》，是我國第一部五言詩的詩學專著，其所論者為狹義的詩歌。唐宋之後的詩學史上，出現許多詩話、詞話，鍾嶸《詩品》為其濫觴，地位非常重要。

直到鍾嶸《詩品》問世，詩學才脫離昔日身為傳統人倫教化的工具，鍾嶸《詩品》問世之前，詩學尚未脫離儒家經學附庸地位，鍾嶸《詩品》改變傳統重視美、善合一，以意逆志等批評方法，開創以審美鑑賞為中心的評析方式，具有純文學性質的研究理念。就連對詩歌涵義的要求，鍾嶸也強調「滋味」。若要更進一步從現代的角度去瞭解《詩品》，則可從章法學的角度對照。所以本文將從詩歌滋味與泛具法、詩歌審美經驗與泛具法、詩歌中「怨」、「群」、「情」與泛具法等方面分析《詩品》與泛具法之間輝映的狀況。

關鍵詞：

詩學、詩品、鍾嶸、泛具法、章法修辭、魏晉南北朝詩

一、前言

文學史家稱魏晉南北朝 **(220-589A.D.)**，是文學的自覺時代，一個從醞釀新變到繁榮發展的階段，也是一個詩歌創作趨於個性化、詩人獨特的情性與風格，得以充分展現的階段。魏晉南北朝詩風，為中國多姿多彩的詩風，開啟燦爛的一章，並深刻地影響著魏晉南北朝，乃至於後世的詩歌發展。詩學是詩歌、哲學與歷史的結合，魏晉南北朝詩人們，努力創作詩歌各種風格，體現自覺的詩學意識，也展示魏晉南北朝詩人的主體意識。

鍾嶸（約 **468-518A.D.**）所著《詩品》，是我國第一部五言詩

的詩學專著，其所論者為狹義的詩歌。唐宋之後的詩學史上，出現許多詩話、詞話，鍾嶸《詩品》為其濫觴，地位非常重要。

直到鍾嶸《詩品》問世，詩學才脫離昔日身為傳統人倫教化的工具，鍾嶸《詩品》問世之前，詩學尚未脫離儒家經學附庸地位，鍾嶸《詩品》改變傳統重視美、善合一，以意逆志等批評方法，開創以審美鑑賞為中心的評析方式，具有純文學性質的研究理念。就連對詩歌涵義的要求，鍾嶸也強調「滋味」。若要更進一步從現代的角度去瞭解《詩品》，則可從章法學的角度對照。所以本文將從《詩品》與泛具法作一輝映。若從鍾嶸重視的詩歌滋味、詩歌審美經驗與詩歌中「怨」、「群」、「情」等與泛具法的理論做一對應分析，可以觀察出古今理論的一致性，更能體現出詩歌的韻味所在。

二、詩歌滋味與泛具法

根據《南史・鍾嶸傳》:「鍾嶸(467?-519?)，字仲偉，穎川長社人。晉待中雅七世孫也。父蹈，齊中軍參軍[1]。」紀錄鍾嶸字號，及其家世背景。並且記載「嶸，齊永明中為國子生，明《周易》。衛將軍王儉(452-489)領祭酒，頗賞接之。建武初，為南康王侍郎。」鍾嶸曾為國子生，瞭解《周易》，後受王儉賞識，並做過南康王侍郎。之後又記載:「永元末，除司徒行參軍。」「(梁）衡陽王元簡出守會稽，引為軍朔繼記室，專掌文翰。」以上所載，皆是鍾嶸

1 (唐)李延壽撰:《南史》(臺北市:藝文，1982)

曾任官職。其下尚紀錄：

> 遷西中郎晉安王記室。嶸嘗求譽於沈約，約拒之。及約卒，嶸品古今詩為評，言其優劣，云：『對傳文眾制，五言最優。齊永明中，相王愛文，王元長等皆宗附約。於時謝朓為適，江淹才盡，范雲名輩又微，故稱獨步。故當辭弘於范，意淺於江。』……蓋追宿憾，以此報約也。頃之，卒官[2]。

記載中鍾嶸曾經向沈約(441-513)求譽，被沈約拒絕，等沈約過世，鍾嶸品評古今詩歌，分別詩歌優劣，認為五言詩是詩歌中最有滋味的作品。永明年間，因為帝王愛好文學，許多詩人集結為團體。記載中認為鍾嶸寫作《詩品》，目的為彌補遺憾，報復沈約。依據現存《詩品．序》：

> 齊有王元長者，嘗謂余云：「宮商與二儀俱生，自古詞人不知之。唯顏憲子乃云『律呂音調』，而其實大謬；唯見范曄、謝莊頗識之耳。嘗欲進〈知音論〉，未就。」王元長創其首，謝、沈約揚其波。三賢咸貴公子孫，幼有文辯。於是士流景慕，務為精密，襞積細微，專相凌架。故使文多拘忌，傷其真美。余謂文製，本須諷讀，不可蹇礙，但令清濁通流，口吻調利，斯為足矣。至平上去入，則余病未能；蜂腰、鶴膝，閭里已具[3]。

---

2 (唐)李延壽：《南史》(臺北市：藝文印書館，1982 年)。
3 何文煥：《歷代詩話》(臺北：藝文印書館，1991 年)，頁 9。

南齊時王融(467-493)，曾經對鍾嶸說過：聲調與天地同生，自古以來文人不了解。只有顏延之(384-456)才談論過聲調，但他談的其實是音律，也是大錯。王融只知道范曄(398-445)、謝莊(421-466)，頗能懂得一些。王融曾打算寫一篇知音論，但沒有寫成。根據鍾嶸此段說明，王融首創聲病之說，謝朓(464-499)、沈約推波助瀾。鍾嶸認為三位賢達都是貴族高門子弟，從小就有文思辯才。因此文人學士仰慕追隨，作詩務求聲韻嚴密，繁瑣細緻，如同衣裙上的褶襇，以此相互爭勝，力求超越他人。所以使語言過多拘束避忌，損害詩歌自然之美。鍾嶸認為詩歌本來就要能誦讀，不能晦澀拗口，只須清濁得體、通暢流利，讀起來和諧上口，便已足夠。至於平上去入的要求，鍾嶸自謙恐怕做不到，而「蜂腰鶴膝」，在民間歌謠中也早已存在。鍾嶸並不強調詩歌聲律要刻意營求。

鍾嶸將沈約列為中品，大致所言中肯，而鍾嶸主張詩歌要聲律自然，「蜂腰鶴膝」、「平上去入」、「雙聲疊韻」等聲律狀況，都早已存在，鍾嶸不認為有優劣之分，也不覺得要加以分析，詩歌只要誦讀起來流利通順即可。

關於鍾嶸的身世，曹旭認為：「鍾嶸出自士族還是庶族，近年成了研究者熱門的話題。」近年學界關注鍾嶸的出身，藉此解讀《詩品》。所以曹旭也說：

> 考察他的身世，不僅是《詩品》整體研究中的重要組成部分，可以把握他的社會地位、政治地位，而且是研究他社會地位和文學觀念、階級意識和理念思想，乃至三品論詩

形式間關係前提和出發點[4]。

藉瞭解作者生平背景，以求對作品判讀更精準，繼承孟子(前 385-?)知人論世一貫的文學批評觀。並且藉以說明鍾嶸，以三品論詩形式的心理機制與動機，研究鍾嶸的社會地位與學術背景，是否關係到他品詩理念。

結合《家譜》提供的資料，與《後漢書》、《三國志》、《梁書》、《南史》、《新唐書》諸正史的記載，鍾嶸應是出身士族。據記載，鍾嶸七世祖鍾雅，為晉侍中，護元帝渡江，掌握軍政大權。十一世祖鍾繇，為魏太傅，封定陵侯，尤精書法，隸、楷書聞名於世，與晉代王羲之，並稱鍾王。鍾氏家族，在當時士族，甚具地位。鍾嶸列於《南史》之中，為南北朝時南人，其世家均為太守，知其為南朝士族。

陳師滿銘在〈談詞章的兩種作法──泛寫與具寫〉中說：

> 詞章是用以表情達意的，通常為了要加強表情達意的效果，以觸生更大的感染力或說服力，則非借助於具體的情事、景物或特殊的狀況不可。而專事描述具體的情事、景物或特殊狀況的，我們特稱為具寫法；至於泛泛地敘寫抽象情意或一般狀況的，則稱作泛寫法。[5]

詩歌篇章表達情感，所在多有，直到鍾嶸《詩品》問世，詩學才脫離昔日身為傳統人倫教化的工具，鍾嶸《詩品》問世之前，

[4] 曹旭：《詩品研究》(上海市：上海古籍出版社，1998 年 7 月)。
[5] 收錄於《國文教學論叢續編》，頁 445。

詩學尚未脫離儒家經學附庸地位，鍾嶸《詩品》改變傳統重視美、善合一，以意逆志等批評方法，開創以審美鑑賞為中心的評析方式，具有純文學性質的研究理念。就連對詩歌涵義的要求，鍾嶸也強調「滋味」：

> 夫四言，文約易廣，取效《風》、《騷》，便可多得。每苦文繁而意少，故世罕習焉。五言居文詞之要，是眾作之有滋味者也，故云會於流俗。豈不以指事造形，窮情寫物，最為詳切者耶[6]。(《詩品・序》)

鍾嶸認為：四言詩字數少，容易變成詩句繁多，只要效仿《詩經》、《楚辭》，就可多成，這就是因為當時詩人的四言詩多採用泛寫法。然而世人常常苦於文句繁多，卻詩意淡薄，所以很少學作四言詩。在鍾嶸觀念裡，五言詩居於詩歌重要地位，是各種詩體中最富有滋味的一種，所以他認為符合世俗需要。鍾嶸用反問，表達原因是因為五言詩在敘述事件、摹寫形象，抒寫情性、描繪物體方面，最為詳細準確，這就接近具寫法的概念。他論述五言詩優於四言詩的地方，提出詩歌的「滋味」，從而給五言詩高度的歷史地位，並界說五言詩藝術特性，所以詩歌採用具寫法，可以增加詩歌的滋味。

詩人可能同時選擇某些媒介作為表現情感的素材，如能借助具體的描寫，以及當時狀況與心情，產生詩歌篇章出神入化的渲染力，令讀者拍案叫絕。這些詩作中，有使用具寫法的部分，專

[6] 何文煥：《歷代詩話》(臺北：藝文印書館，1991 年)，頁 7。

門書寫具體的狀況，也有使用泛寫法，以象徵記敘抽象情意或一般狀況的部分，就可以添加滋味。

鍾嶸《詩品》並以「味」的觀念為詩學基礎，建立其詩歌鑑賞理論「滋味說」。所以鍾嶸便以「**五言居文詞之要，是眾作之有滋味者也**」[7]來讚美五言詩，作為詩的特有美學義涵的「滋味」，由此拈出，亦開啟後世以「味」評詩的先聲。此外，書中提到「味」部分，還包括：

> **永嘉時，貴黃老，稍尚虛談，於時篇什，理過其詞，淡乎寡味。**[8]（《詩品・序》）

鍾嶸認為永嘉時代，推崇道家黃老之學，崇尚清談。當時詩篇，玄理湮沒文辭，平淡而少有韻味。這可以作為泛寫法理論的補充，倘若詩歌中完全使用泛寫法，印象概括甚至流於理論，則枯燥缺乏生氣。所以詩歌缺乏「味」，鍾嶸就給予較低評價。又說：

> **幹之以風力，潤之以丹采，使味之者無極，聞之者動心，是詩之至也。**[9]（《詩品•序》）

鍾嶸認為詩歌要以風力為骨幹，用詞采來潤飾，讓欣賞者感到滋味無窮，讓聽到吟誦的人內心感動，才是詩歌的極致。此處替具寫法加上良好的註腳，具寫法的具體內容，可以以風力為骨幹，用詞采來潤飾，讓欣賞者感到滋味無窮。強調詩歌要使讀者感到

---

[7] 何文煥：《歷代詩話》(臺北：藝文印書館，1991 年)，頁 7。
[8] 何文煥：《歷代詩話》(臺北：藝文印書館，1991 年)，頁 7。
[9] 何文煥：《歷代詩話》(臺北：藝文印書館，1991 年)，頁 7。

「滋味」，才能成為上乘之作。鍾嶸認為只有「使味之者無極，聞之者動心」的詩歌，才是「詩之至也」。最好的詩，必定是具有「滋味」的濃郁之作，閱讀以後，必定能令人感受到其中所蘊涵的詩味。然而何謂詩味？王英志對此有確切而詳贍的說法。他說：

> 詩味是指能使讀者或精神上感到愉悅，或感情上引起激動的一種美感力量；有時在此基礎上還可以引起思想的啟示，具有一定的認識作用乃至教育作用。後者與前者往往是統一的，但前者是基礎，關鍵在於能感人。[10]

若在詩歌中使用泛具法時，使讀者精神上感到愉悅，感情上引起激動的美感力量，甚至還可以引起思想的啟示，乃至教育作用，皆可促進詩歌的滋味。王英志並借用黃周星《製曲枝語》中「論曲之妙」的話，來詮釋所謂「能感人」的意義：

> 感人者，喜則欲歌、欲舞，杯則欲泣、欲訴，怒責欲殺、欲割，生趣勃勃，生氣凜凜之謂也。噫，興觀群怨，盡在於斯，豈獨詞曲為然耶？[11]

王英志認為具有詩味的作品，能引發讀者蘊藏在內的真性情，使讀者在閱讀過程中真情流露，而且從中得到新啟迪與領悟，而泛具法的功能也在此。鍾嶸將「滋味」作為衡量作品的重要尺度，有「滋味」的詩，便能讓人領受到涵藏無窮的詩味。鍾嶸也說：

---

[10] 王英志：〈論詩味說〉《古典美學傳統與詩論》（濟南：齊魯魯社，1981年），頁 116。

[11] (清)黃周星：《製曲枝語》(臺北市：新文豐出版社，1989 年)。

詞采蔥蒨，音韻鏗鏘，使人味之，亹亹不倦。[12]（評張協詩）

鍾嶸評張協，置於上品，認為張協詩歌文采富盛美麗，音節鏗鏘有力，使讀者玩味，不覺厭倦。認為詩歌好壞，取決於讀者是否能玩味，一方面與前面說法都同樣提高讀者地位，另一方面仍強調詩歌的「滋味」。他同時也說：

至於「濟濟今日所」，華靡可諷味焉。[13]（評應璩詩）

鍾嶸評中品應璩(190-252A.D.)，認為：至於像應璩「濟濟今日所」如此句子，華麗綺靡，值得品味欣賞。可惜今日此詩已經散佚，僅可觀察出鍾嶸重視詩歌，但詩歌需要能受到讀者誦讀品味，才是優秀作品。

專指描寫具體的情事、景物或特殊狀況的，稱為具寫法；至於泛泛地敘寫抽象情意或一般狀況的，則稱為泛寫法。乍看之下，這似乎與詳寫，略寫頗有類似之處 。泛具法是針對同一事物(景、情、理)兼用泛、具寫法者而言；詳略法則是只在文章中某些事(景、情、理)用詳寫，其他的某事物(景、情、理)又用略寫，以此區分泛具法與詳略法。以上不論是「滋味」、「寡味」、「味」、或「諷味」等辭彙，代表鍾嶸對詩歌非關道德功利的審美評論，也是使用泛具法來評論詩歌。此後「風味」、「餘味」、「韻味」、「真味」、「至味」、「深味」等，以「味」字為評賞中心概念的用語，成為品論詩文的傳統，開展出詩學術語的新頁，一諾千聲，在後

[12] 何文煥：《歷代詩話》(臺北：藝文印書館，1991 年)，頁 11。
[13] 何文煥：《歷代詩話》(臺北：藝文印書館，1991 年)，頁 12。

世的詩話詞話中俯拾皆是。

三、詩歌審美經驗與泛具法

讀者對詩歌的審美心理能力，構成對詩歌審美經驗結構的中心層次，直接與詩歌形式結構與音韻相應對，成為審美需要與所審美的詩歌相聯接，讀詩的人審美經驗發生與實現的功能成為一個系統。鍾嶸的詩學系統，非常重視讀者。讀詩的人審美需要與情感生命相關聯，是生命情感欲求的超越性形式，在詩歌審美經驗結構中處於底層，構成鍾嶸詩學審美經驗的基礎和動力系統，具有激發和喚醒其他表層能力的功能作用。多數優秀詩歌兼用泛寫與具寫，使讀詩者得到審美經驗。讀詩者審美的價值意識，構成審美經驗的最高層次，這是鍾嶸詩學審美需要的理想化形式，典範代表，又是詩歌審美心理經驗的總結與昇華，是鍾融詩學審美經驗的調控系統。可以用下列圖示表達[14]：

[14] 楊思寰：《審美心理學》（臺北：五南圖書出版有限公司，1993 年），頁 108。

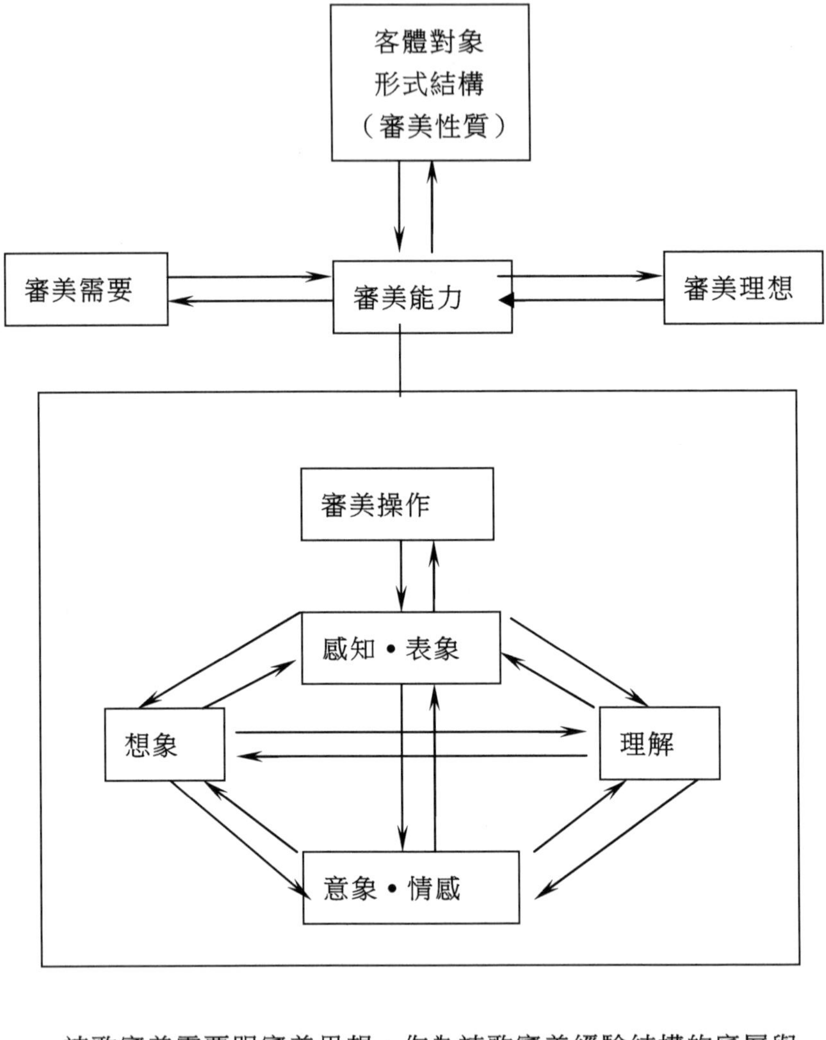

詩歌審美需要跟審美思想，作為詩歌審美經驗結構的底層與上層、動力與先導，都根源於對詩歌的審美欣賞、與創作詩歌經驗，是詩歌審美心理功能活動的凝結物，前者是詩歌的沉積，後

者是詩歌的昇華。詩歌中使用泛具法，對概念陳述的代表作，使用的象徵筆法，皆能引人入勝，產生審美欣賞。鍾嶸一方面從讀詩的人角度，審查詩歌的美感，另一方面從詩人創作的角度，勘查詩歌如何構成美感。詩歌審美需要與審美理想，從審美發生學看，同出一源，分化為兩級，詩歌審美需要，是詩歌審美理想的深層基礎，審美理想是審美需要的典範代表，審美經驗即情感意象，則是閱讀詩歌的根源和中介物。鍾嶸認為讀詩的人與詩人，自然能分辨審美需要，詩歌中蘊含的意象情感，也需要充分展現美感，音節韻律也屬於表現的中介物，只要能生動表現情感，並不需要刻意雕琢，否則將失去自然美感。在實際的詩歌審美活動中，這三個層次、部分、系統——詩歌審美的動力系統（詩歌審美需要）、詩歌審美的功能系統（詩歌審美能力）、詩歌審美的調控系統（詩歌審美意識），組成一個動力結構、圖式，在它們之間具有一種自行調節的動力關係。詩歌審美心理經驗即詩歌情感意象，向感性欲求方面擴滲，便沉積為詩歌審美需要，向理性追求方面發展，便昇華為詩歌審美思想。

四、詩歌中「怨」、「羣」、「情」與泛具法

《詩品序》指出：

動天地，感鬼神，莫近於詩。[15]

繼承《毛詩序》一部分詩學觀點，認為震撼天地，感動鬼神，沒有比詩更好的。而後說「窮賤易安，幽居靡悶」，除去詩歌揭露黑暗現實的鋒利芒刺，使詩歌轉變為自我安慰的心靈調和劑。

(一)《毛詩序》重視詩歌教化構成成分

鍾嶸重視詩歌「群」與「怨」構成要素，雖提到感化與諷諭的社會作用，雖是承孔子(551 或 552B.C.-479B.C.)之說，但鍾嶸主要是強調表現詩人個別的感情，著重於自我意識，不突出加強社會群體方面，教化構成成分並非鍾嶸詩學重點。

相對的，《毛詩序》說：

先王以是經夫婦，成孝敬，厚人倫，美教化，移風俗[16]。

強調詩歌必須為統治階級政治服務，要能經綸人際關係，促成孝敬態度，使人倫敦厚，教化善良風俗。《毛詩序》還說：

情發於聲，聲成文謂之音。治世之音安以樂，其政和；亂世之音怨以怒，其政乖，亡國之音哀以思，其民困。故政得失，動天地，感鬼神，莫近於詩[17]。

認為情感藉聲音發出，聲成為文字歌詞，稱為「音」。治世的音安

[15] 何文煥：《歷代詩話》(臺北：藝文印書館，1991 年)，頁 7。
[16] 鄭玄箋注：《毛詩鄭箋》(臺北縣：學海出版社，2001 年)。
[17] 鄭玄箋注：《毛詩鄭箋》(臺北縣：學海出版社，2001 年)。

和，因為政通人和樂；亂世的音怨恨憤怒，因為政治背離人道；亡國的音哀怨，因為人民困頓。所以能表現政治得失，與感動天地鬼神，最接近原貌的就是詩歌。這裡使詩成為「治世」的工具。《毛詩序》用儒家規範來制約詩歌涵義，繼承《樂記・樂本》與《荀子・樂論》思想，強調詩歌感化作用「動天地」，強調詩歌關乎社會興衰成敗：「亂世之音怨以怒，其政乖；亡國之音哀以思，其民困。」劉勰(約 **466-537A.D.**)也重視詩歌這些涵義，鍾嶸雖也重視這些，但更強調詩歌抒情成分。

《毛詩序》開篇說：

> 〈關雎〉后妃之德也，風之始也，所以天下而正夫婦也。故用之鄉人焉，用之邦國焉。風，風也，教也；風以動之，教以化之[18]。

詮釋〈關雎〉，認為是象徵后妃德行，是〈國風〉的開始，可以端正天下夫婦之德。進一步則用來帶領鄉人與國民。「風」即是諷諭與教化。用風感動人民，用教育化民成俗。此處強調「風」的教化作用。又說「言之者無罪，聞之者足戒，故曰風。」進一步說明風的教育作用，認為說話者無罪，並且足以勸戒聽聞的君王，才算是「風」。「經夫婦，成孝敬，厚人倫，美教化，移風俗」五個內容，則進一步規範教育感化普通人民的具體內容。《毛詩序》把《詩》的內涵，具體歸結為「上以風化下，下以風刺上」，完全遵奉儒家詩教，看待《詩經》，以統治階級為政治服務的實用主義

[18] 鄭玄箋注：《毛詩鄭箋》(臺北縣：學海出版社，**2001** 年)。

觀念，忽視《詩經》審美內涵與抒情意義。

(二) 鍾嶸重視詩歌「群」與「怨」構成要素，強調表現詩人個別的感情，與泛具法不謀而合

反觀之，鍾嶸明確指出，詩歌需有審美意義，打動讀者心靈，使欣賞者反覆品味，獲得咀嚼不盡的美感「滋味」，並激起強烈的審美情感，如此，方為詩歌最高造詣。《詩品•序》說：「**五言居文詞之要，是眾作之有滋味者也**」。[19]又說：「**幹之以風力，潤之以丹彩，使味之者無極，聞之者動心，是詩之至也。**」[20]強調詩歌美感，提出「滋味說」，將詩歌使讀者產生審美情感的涵義，視為詩歌首要意義。

仇小屏《篇章結構類型論》曾說：

> **泛具法應該是文學作品中「因景而明理」、「因事而生情」者，所自然形成的一種章法；而且「事、景、情、理」在單寫時，也可能會出現泛寫；具寫合用的情形**[21]。

與鍾嶸的想法不謀而合。詩歌作品自然的因為景色事物而寫出感情道理，形成作品的泛具法，也自然產生咀嚼不盡的滋味美感，讀者在欣賞時，也是自然產生審美情緒。

[19] 何文煥：《歷代詩話》(臺北：藝文印書館，1991 年)，頁 7。
[20] 何文煥：《歷代詩話》(臺北：藝文印書館，1991 年)，頁 7。
[21]仇小屏：《篇章結構類型論》(臺北市：萬卷樓圖書有限公司)，2000 年，頁 290。

鍾嶸將不平的生活遭遇，與怨憤的思想感情，視為詩歌創作的重要要素。鍾嶸《詩品・序》：

> 若乃春風春鳥，秋月秋蟬，夏雲暑雨，冬月祁寒，斯四候之感諸詩者也。嘉會寄詩以親，離群託詩以怨。至於楚臣去境，漢妾辭宮；或骨橫朔野，或魂逐飛蓬；或負戈外戍，殺氣雄邊；塞客衣單，孀閨淚盡；或士有解佩出朝，一去忘返；女有揚蛾入寵，再盼傾國。凡斯種種，感蕩心靈，非陳詩何以展其義，非長歌何以騁其情？故曰：「《詩》可以群，可以怨。」使窮賤易安，幽居靡悶，莫尚於詩矣。[22]

鍾嶸列出春天的風，春天的鳥，秋天的月，秋天的蟬，夏天的雲，暑天的雨，冬天的嚴寒等現象，是四季節候變化在詩歌中的反映。盛會上可以借詩來表達親愛，離群時靠詩來寄託幽怨。鍾嶸引用以下史事：屈原(339-?B.C.)被放逐離開國都，王昭君辭別漢宮出塞；或者屍骨棄置於塞北，或者魂魄像飛蓬一樣飄泊；或者肩背武器，守衛邊疆，邊關充滿殺氣；塞外遊子衣裳單薄，閨中寡婦淚流已乾；或者有棄官離職士人，一去不復返；也有美女入宮受寵，再次顧盼就傾國傾城。鍾嶸透視詩歌創作，認為凡此種種，都激蕩出詩人的靈感，不書寫詩歌如何能展現詩人情思？不放聲高歌又怎麼能馳騁詩人情懷？種種內容，鍾嶸爲具寫法做出更進一步的詮釋。鍾嶸並引用孔子《論語》，認為詩歌可以使人

[22] 何文煥：《歷代詩話》(臺北：藝文印書館，1991 年)，頁 8。

振奮，也可以表現詩人怨憤之情；詩歌能使窮困低賤的人和悅安樂，也能使幽獨隱居的人沒有憂悶，沒有優於詩歌的，便是泛寫法的統整說明。

（三）詩歌用泛具法，使讀者自然體會，與「詩可以興，可以觀」相合

詩歌用泛寫法描述，使讀者自然的體會到他們對景色事物的看法，因自然成理，反較一般議論文，易於輕鬆接受，的確是自然形成的章法。而多數詩人對象徵處理時，有時運用泛寫，有時則會泛具合用。

《論語・陽貨》：

> 子曰：小子何莫學夫詩？詩可以興，可以觀，可以群，可以怨。邇之事父，遠之事君。多識於鳥獸草木之名。[23]

此語為孔子詩學的重要觀念，孔子認為詩歌要具有興發情感、觀察社會、和諧人群、諷諭表怨等涵意，

孔子對於「詩」的看法，可以說是我國詩學的源頭。不論是周勛初《中國文學批評小史》[24]或郭紹虞《中國文學批評史》[25]都將孔子的言論置於開端。郭紹虞曾言：

---

[23] 劉寶楠：《論語正義》(臺北：文史哲出版社，1990年)，頁689。
[24] 周勛初：《中國文學批評小史》(高雄市：麗文文化事業股份有限公司，1994年7月初版)。
[25] 郭紹虞：《中國文學批評史》(臺北市：文史哲出版社，1988年4月出版)。

> 後人以崇奉儒學之故，遂亦宗其著述；以宗其著述奉為文學模範之故，遂更聯帶信仰其文學觀念：於是這種文學觀念遂成為傳統的勢力而深入於人心。[26]

由於孔子思想對於後世有權威性影響，所以雖然他的言論沒有直接點明並組織其詩學，他零星片段的詩學概念仍然成為我國詩學的萌芽與濫觴，影響著後代的文人。

子曰：「小子何莫學夫詩！詩可以興，可以觀，可以群，可以怨。」[27]（《論語．陽貨》）蔡仁厚在討論此章時言：

> 論語記孔子論詩，以這一章最有綜括性，而『興、觀、群、怨』尤為總綱。[28]

蔡氏固然是從孔子論詩與道德之間的關係出發，但此章確為孔子論詩的重要意見，也可說是孔子論文學的總綱，可由此四者展開孔子對「詩」看法的探析。

（四）詩學「可以群」的意義

觀察「可以群」的實用意義與詩學意義。所謂「群」，孔安國注為「群居相切磋」，可以看出詩對於社會人倫以及與人相處具有作用，所以黃保真等人的《中國文學理論史－－先秦兩漢魏晉南

[26] 郭紹虞：《中國文學批評史》(臺北市：文史哲出版社，1988 年 4 月出版)，頁 11。

[27] 劉寶楠：《論語正義》(臺北：文史哲出版社，1990 年)，頁 689。

[28] 蔡仁厚《孔子的生命境界－－儒學的反思與展開》(臺北市：臺灣學生書局，1998 年)，頁 22。

北朝時期》曾言：

> 文藝的地位是由文藝的政治社會作用決定的，孔子對詩和樂的作用講得更為具體。他說：『不學詩，無以言。』(〈季氏〉) 又說：「誦詩三百，授之以政，不達；使於四方，不能專對； 雖多，亦奚以為？」(〈子路〉)」[29]

當時外交場合需要用詩賦詩，孔子的話正點出這樣的事實，現代有許多學者受到孔子此言的啟發，對於當時用詩賦詩的情況作了許多研究。孔子這些話說明了詩可以用於人與人群居時交際的辭令，以及學詩對在人群中言詞應對的重要性，他在〈陽貨〉中更說：「人而不為周南、召南，其猶正牆面而立也歟？」[30]指出如果不學詩則無法面對人群，如同面對牆壁站立，寸步難行。從詩學意義來看，孔子「可以群」一言揭示了文學可以反映現實生活中群居情形，這樣一個重要概念，何金蘭教授《文學社會學》一書用很長的篇幅介紹高德曼文學理論中的「世界觀」，也就是「集體意識」，並且以此方法進行對東坡詞研究，與孔子此言是不謀而合的，只是孔子顯然要比高德曼在一九七四年提出的理論要早得多。《文學社會學》一書言：

> 文學作品跟這個世界一樣，有其結構緊密性，也有其內在邏輯性，我們總是以某種角度、某種觀點來看、來了解世

[29] 黃保真、成復旺、蔡鍾翔《中國文學理論史－－先秦兩漢魏晉南北朝時期》(臺北市：洪葉文化事業有限公司，1993 年 12 月初版)，頁 19。
[30] 劉寶楠：《論語正義》(臺北：文史哲出版社，1990 年)，頁 690。

> 界；作家也就是被他自己的世界觀所支配，決定他創作時所採取的角度。[31]

可見文學作品中往往有其人文事實，群體與社會現象常常蘊含於文學之中，在分析時就需要將這些要素的性質與客觀意義抽離與理解出來，才能將作者創造的意涵結構，也就是文化創作實質的價值基礎，作一徹底研究。可以說孔子「可以群」觀念是現代文學理論講究分析集體意識的先趨。

(五) 詩學中的「可以怨」

最後從兩個角度來討論孔子「可以怨」。從實用意義來看，詩可以宣洩蘊結於心中的情志，但孔子在〈八佾〉中也說「關雎樂而不淫，哀而不傷。」[32]符合中庸所言「喜怒哀樂……發而皆中節」[33]，可見得孔子認為詩宣洩情志是要適度的。歐陽修(1007-1072A.D.)也說過「肆而不放」，認為把怨發洩出來卻不至於沒有節制，沈德潛(1673-1769A.D.)則說：「詩之為道，可以理性情」，將詩可以調理性情，使之滌清淨化的意義指明。所以詩具有可以適度發洩幽怨、表露自我情感志向、淨化心情的鬱結及諷諭的實用涵義。孔子此言，從詩學角度來看，則提示了詩學是表現思想情感的一種活動。朱光潛《詩論》就言：

---

[31] 何金蘭：《文學社會學》(臺北市：桂冠圖書股份有限公司，1989 年 8 月一版)，頁 97。

[32] 劉寶楠：《論語正義》(臺北：文史哲出版社，1990 年)，頁 116。

[33] 朱熹：《四書集注》(臺北：學海出版社，1991 年)，頁 18。

> 我們心裡先有一種已經成就的情感和思想（實質），本沒有語言而後再用語言把它翻譯出來，使它具有形式。這種翻譯活動通常叫做『表現』[34]

文學有時可以表現出情感思想，而表現的形式是透過語言或文字，常常是因為創作者心裡充滿了情感飽和的意象，從而將其表達出來，成為一件藝術品。鄭師明娳則認為文學表現是存在的感受、衝動，情緒的真實以及精神的創傷。[35]可以看出現代文學理論也與孔子一樣認為文學可以表現顯露出人們的情志與意識，將作者的內在生命、主觀的內在世界、存在自覺、心靈感受等等表達出來。

從孔子對「詩」的看法而言，可以從實用意義與詩學意義兩者來探討。從實用意義來看，誠如朱師榮智言：「**詩三百篇，原為中國最早之詩歌文學總集，孔門則以政治、倫理之眼光視之。**」可以說孔子的詩學是以尚用為主的。雖然正如劉若愚所言：

> 孔子的文學概念主要是實用的，即使他也注意到文學的情感效果和審美特質，這些，對他而言，是次於文學的道德和社會功用的。[36]

但是從前述可知這樣實用主義的詩學觀，深刻地影響我國的詩學，如講求真情實意與社會關懷，而鍾嶸《詩品•序》就直接引用

---

[34] 朱光潛：《詩論》(臺北市：德華出版社，1981 年初版)，頁 91。
[35] 鄭師明娳、林燿德：《時代之風－－當代文學入門》(臺北市：幼獅文化出版社，1991 年初版)頁 11。
[36] 劉若愚：《中國文學理論》，杜國清譯(臺北市：聯經出版事業公司，1981 年初版)，頁 237。

孔子之言說到

> 詩可以群，可以怨，使窮賤易安，幽居靡悶，莫尚於詩矣。[37]

並以此作為詩歌分品的標準之一，可見孔子此言對我國詩學有多麼重要的啟示作用。而鍾嶸詩學繼承此觀點，論述詩歌詩人受外物感動，於是創作詩歌，可以含有「群」、「怨」等構成要件，但未提孔子「興」、「觀」兩者。

（六）鍾嶸指出詩歌的美感力量

鍾嶸認為「非陳詩何以展其義？非長歌何以騁其情？」，如此情況作詩，才能感染人心，才有巨大美感力量，錢鍾書指出：

> 差不多是鍾嶸同時人江淹那兩篇名文—〈別賦〉和〈恨賦〉—的提綱。[38]

錢鍾書將此現象，擴大到賦的創作上。鍾嶸只取孔子詩學的「興觀群怨」，其中之二。「群」，指詩歌蘊含感染群眾、鼓舞人心、與觀察社會的組成內容；「怨」，指詩歌諷刺不良政治，與抒發自己哀怨的結合成分。詩歌使用泛具法描寫清晰，使用具寫法來書寫人與景色事物之間的互動，詩中借景物發論的情況確實存在，然而這並不適合強行歸入情景法中，因為歸入的話，會使得情景法駁雜不純，也就失去將它獨自成為一個章法的意義；從使用泛具

---

[37] 何文煥：《歷代詩話》(臺北：藝文印書館，1991)，頁 8。
[38] 錢鍾書：〈詩可以怨〉,《管錐篇》第四冊（北京：中華書局，1986 年版），頁 1450。

法的詩作觀察，的確與以情景交融的詩作，有著別徑殊途的相異情調，所以，最佳的處理方式是讓它留在泛具法之中，所以使用泛具法，具有群與怨的功能。鍾嶸也列舉種種事例，說明哀怨情感與悲憤遭遇，容易啟動詩歌創作。錢鍾書還指出：

> 鍾嶸不講「興」和「觀」，雖講起「群」，而所舉壓倒多數的事例是「怨」。……〈序〉的結尾又舉了一連串的範作，除掉失傳的篇章和泛指的題材，過半數都是怨詩。[39]

鍾嶸詩學認為，創作「怨」詩的詩人，有對自己個體價值實現的追求，才能通過「怨」來表達自己的審美情感，詩人的「怨」，是由於自我意識的加強。所以《詩品．序》云：

> 五言居文詞之要，是眾作之有滋味者也；故云會於流俗。豈不以指事造形，窮情寫物最為詳切者耶！[40]

鍾嶸認為五言詩之所以最有「滋味」，正是由於在「指事造形」，描繪事物形象，與善於窮盡表現詩人情緒，以及摹寫自然景物上，最能詳其情而切其要。泛具法可大致分為兩個範圍，第一個範圍是「因景而明理」與「因事而生情」。因為「理」、「情」是抽象的，「景」、「事」是具象的，所以兩者結合起來，「一虛一實」的特性與「一條分一總括」是截然不同的；因此，就算「景」、「事」的部分可以條分成目，也不宜理解為凡目法。此種情形在詩歌創作

[39] 錢鍾書：〈詩可以怨〉，《管錐篇》第四冊（北京：中華書局，1986 年版），頁 1450。
[40] 何文煥：《歷代詩話》(臺北：藝文印書館，1991 年)，頁 7。

中，較為明顯，中國詩歌往往虛實共生，虛中有實，實中有虛，較難用條分與總括來條分縷析。及至說：

> 感盪心靈，非陳詩何以展其義？非長歌何以騁其情？[41]

在在表現鍾嶸詩學，十分重視詩歌中「情」的要素，所以他認為「吟詠情性」的詩作，必須充滿感情，並使人感動，才算有「滋味」。鍾嶸認為造成詩人情性搖蕩的原因，乃是因為詩人心靈，受到外界事物的感動激蕩，對於激盪的感情，他曾說「離群托詩以怨」，又說詩「可以怨」，可見文人藉詩篇來抒情，以寄託怨愁的主要用意。鍾嶸特別重視怨情，在《詩品》中所推舉的五言詩，除了「女友揚蛾入寵，再盼傾國」之外，亦多屬以怨情動人、抒發哀怨情思的詩作。

（七）詩歌使用泛具法產生動人的力量

詩人對景色事物的敘寫，有些用泛寫法，「泛泛地敘寫」，有些則是用具寫法，「加強地描述」，泛寫與具寫，在詩作中交互配合，使得這些詩作產生撼動人心的強大力量，讀者若將這些作品一起欣賞，可以領略到更多詩人對萬事萬物的內心想法。

優秀詩作多是因事而生情才寫成的，是為情造文，所以有時會形成「先事後情」(也就是先具後泛)，有些則是先情後事（也就是先泛後具)的結構。無論何種結構，用泛具的手法來描述事物，使之更加形象化，更易令人一唱三嘆；而由此產生的詩情，也才

[41] 何文煥：《歷代詩話》(臺北：藝文印書館，1991年)，頁8。

不會空泛無實。

詩作刻畫時十分實在與明顯，也就是形象非常生動鮮明，但其展現所象徵之意涵時卻是十分隱晦，亦即寬泛與多義，如此的有機結合，便體現出獨闢蹊徑的匠心，表示其善於從他人想像不到之處尋找象徵物的藝術勇氣，故能成就優秀的詩篇，創造出成功的象徵，對後世影響深遠，被後人沿用。《詩歌修辭學》認為：

> 如何才能達到『永無止境』的藝術境界？關鍵就在於所象徵的『觀念』永遠『在形象裡』即在具有獨立審美價值的『象徵物』裡活動著，散發著非語言所能表現的藝術魅力。[42]

詩作中的象徵，正是將所象徵的觀念依附於意象之中，使其在擁有獨立審美價值的意象裡活活潑潑地運轉著，而讀者藉由意象便享受著其觀念散發出非語言所能表現的藝術魅力之甘醇美味與旨趣深遠之幽雅厚實。

五、結語

鍾嶸後續評論詩歌說：

> 古詩：文溫以麗，意遠而悲。[43]

[42] 古遠清、孫光萱：《詩歌修辭學》，(台北市：五南圖書出版有限公司（台灣版）)，1997 年 6 月初版，頁 285。
[43] 何文煥：《歷代詩話》(臺北：藝文印書館，1991 年)，頁 10。

李陵：文多悽愴，怨者之流。[44]

班姬：詞旨清捷，怨深文綺。[45]

曹植：情兼雅怨，體披文質。[46](《詩品・上品》)

鍾嶸評古詩，認為文辭溫雅而典麗，詞意悲涼而蒼遠。他將李陵(?-74B.C.)詩作，歸為大多是悽涼悲愴，屬於哀怨情感的作品。鍾嶸評班婕妤(45-6A.D.)短篇詩作〈團扇〉，詩意明朗有力，幽怨深沉，文辭綺麗，體現出一個普通女人的深刻情懷。他認為曹植詩歌情感中，兼有〈小雅〉式怨刺，文體則文質彬彬。鍾嶸認為這些含有悲怨深情的詩作，皆為上等詩歌。他又評：

王粲：發愀愴之詞，文秀而質羸。[47]

阮籍：言在耳目之內，情寄八荒之表。[48]

左思：文典以怨，頗為精切。[49](《詩品・上品》)

鍾嶸描述王粲寫下詩作，悽愴悲慘，文采秀麗而氣勢羸弱。其次鍾嶸評述阮籍(210-263A.D.)〈詠懷〉組詩，鍾嶸認為這一組作品，可以陶冶性靈，啟發深幽情思。表現上寫得是日常見聞，與一般事物，內心情感卻寄託在極其深遠的地方，這與〈國風〉、〈小雅〉精神相合！鍾嶸對阮籍詩作的評價是：使人忘記自己的鄙俗平

---

[44] 何文煥：《歷代詩話》(臺北：藝文印書館，1991年)，頁10。
[45] 何文煥：《歷代詩話》(臺北：藝文印書館，1991年)，頁10。
[46] 何文煥：《歷代詩話》(臺北：藝文印書館，1991年)，頁10。
[47] 何文煥：《歷代詩話》(臺北：藝文印書館，1991年)，頁10。
[48] 何文煥：《歷代詩話》(臺北：藝文印書館，1991年)，頁10。
[49] 何文煥：《歷代詩話》(臺北：藝文印書館，1991年)，頁11。

凡，朝著高遠宏大的境界努力。詩中頗多感慨的內容。其中旨意十分深遠飄忽，究竟所指為何也難以求索。顏延年為詩做注解時，亦不敢一一落實詩的主題。鍾嶸評左思(約 252-306A.D.)也說他文詞典雅而有憂怨，相當精當切要，表現出諷諭的情致。以上上品詩人與作品，鍾嶸十分重視其中怨情感慨的成分。中品的評論中，鍾嶸也有從此角度述評者：

> 秦嘉：夫妻事既可傷，文亦悽怨。[50]
>
> 劉琨與盧諶：善為悽戾之詞，自有清拔之氣。[51]
>
> 郭泰幾：泰幾「寒女」之製，孤怨宜恨。[52](《詩品．中品》)

鍾嶸指出秦嘉、徐淑夫婦的離別遭遇，既令人傷心，他們的作品卻也因此淒婉哀怨。鍾嶸評劉琨(271-318A.D.)與盧諶(284-350A.D.)：善於寫悽涼悲愴之詞，表現出清勁挺拔之氣。尤其劉琨既具備很好的詩才，又遭遇艱厄的命運，所以善於敘寫喪亡離亂之事，詩中多有感憤怨恨之詞。鍾嶸也論郭泰機〈贈傅咸詩〉，因為郭泰機的孤貧怨嘆，當然會有這種憤恨。鍾嶸提出詩人遭遇會影響作品內容與表現，詩人遭逢苦難，情感悲哀，會寫出具有真心實意的詩歌，將打動讀者，有傑出表現。本文從《詩品》與泛具法作一輝映。可得以下數點結論：

(一) 鍾嶸重視的詩歌滋味與泛具法「因事而生

[50] 何文煥：《歷代詩話》(臺北：藝文印書館，1991 年)，頁 12。
[51] 何文煥：《歷代詩話》(臺北：藝文印書館，1991 年)，頁 12。
[52] 何文煥：《歷代詩話》(臺北：藝文印書館，1991 年)，頁 13。

情」、「因景而明理」的情形互相輝映。

詩歌中，描述景色事物的作品，有時會出現「因事而生情」、「因景而明理」的情形，可以參考張紅雨《寫作美學》中的一段說法：「**敘事詩裡寫作主體不僅情入，有時也身入，這就是抒情詩和敘事詩常常難以分開的道理。**」[53]一首詩內有敘事的成分，也有抒情的成分，那麼就可能出現「事－情」的結構；而「因景而明理」的情況也應作如是觀，泛具結構也就由此產生。因為美感情緒的波動湧現並無法做一截然的規範，它有「通常如此」的規律性，但也有「偶然如此」靈活性。正因運用泛具法，既有靈活性也有規律性，所以才能更貼切表達自身對事物的看法與情感。

（二）鍾嶸重視詩歌審美經驗，認為有怨情的詩歌，多為上品與中品。此點意見同於泛具法的基礎想法。

鍾嶸評論有怨情的詩歌，多為上品與中品，他注意到，表現在詩歌作品中的哀怨悽愴情思，確實最容易令「聞之者動心」。鍾嶸特別讚賞抒情詩作，特別是抒發哀怨之情的詩作。鍾嶸評定為上品的十二位詩人中，讚美其詩作表現怨悱之情的，就多達七家。漢未魏晉六朝政治混亂，充滿苦難與憂患，是詩作淒滄憂憤的原動力。不平之鳴，具有感蕩心靈的力量，這是鍾嶸詩學，認為詩歌在情感色彩方面應具有的組成要素。

[53] 見《寫作美學》頁 157-158。

（三）鍾嶸重視詩歌中「怨」、「群」、「情」等，與泛具法重視的相同，認為可使詩作豐富深刻，境界悠遠

觀察可發現詩作由於泛具法的使用，促使其作品豐富深刻，境界悠遠。童慶炳曾言：

> 語言作為一種符號，給人們以很大的助益，但他的侷限性也是明顯的，他不能表達人們所想的一切。[54]

誠然如此，言語能幫助人們表達思想，但實質上也有其侷限性，人們所想表達出的特殊以及個別之處，未必能完整表示出來。而詩作利用泛具法使得言語更精緻，更能使讀者去品味其中奧妙，往往將形象描繪得栩栩如生、歷歷在目，使人得到具體的形象與情景，而這些形象中飽含率真坦白的情感，使人的心靈受到強烈震盪，在經過咀嚼反思這些作品之後，會發現其含意模糊或朦朧，可有許多意涵，適用於多種場合，彷彿可言有彷彿不可言，似乎可解有似乎不可解，使人感到意味無窮，然而泛具法自身具有完整形象以及投射功能，可以將文字上不完整的組織利用引導，使讀者藉由思考促使其完整，將空白填為充實，如此一來，讀者從此得來的審美體驗，便十分曲折微妙，難以捉摸，不僅詩歌的泛具法是其個人的創作，也成為讀者的再創造。

在《詩品》中，鍾嶸給予曹植詩作極高的評價，論其詩風格

[54] 童慶炳：《中國古代心理詩學與美學》，(台北市：萬卷樓圖書有限公司)，1994 年 8 月初版，頁 87。

為「**情兼雅悲**」[55]，情感需兼有雅正與怨緋之情，卻能抒情適切而不過分激切，所以評左思「**文典以怨，頗為精切，得諷諭之致。**」[56]也是佳作。但是評嵇康(224-263A.D.)則說「**過為峻切，訐值露才**」[57]所以抒發怨情，在鍾嶸的詩學裡，詩人必須含蓄溫厚，婉轉動人，控制情緒不過份氾濫，才能令讀者反覆吟詠，而心有所感。而鍾嶸主張詩歌內涵，除了要具有哀怨情思外，另一方面也強調詩歌，要抒發現實社會中，遭受壓抑破壞，或是理想抱負，無法實現的怨憤無奈之情；一方面則指出作品，應以含蓄蘊藉方式，表現這種悲怨。反觀玄言詩，就是由於「**理過其辭**」[58]，偏重於詮釋老莊哲理，語言枯燥，缺乏深厚豐盈的情感，而「**平典似《道德經》**」[59]，所以「**淡乎寡味**」[60]，非常缺乏詩的「滋味」。

本文從鍾嶸詩學中對詩歌滋味、審美經驗、「怨」、「群」、「情」的想法，去討論與現代章法學中的泛具法，相互輝映之處。發現敘寫「事、景、情、理」時泛寫具寫合用的情形，可以解釋為「抽象」與「具象」關係，它們會分別形成抽象美與具象美，也會互相適應而達成調和美感，詩人對事物的描述，就交叉呈現抽象美與具象美，並達成和諧，使情韻迴盪。詩歌泛具法使得作品自然渾圓，確實是一種完美的藝術形式，如此便確立一種前所未有的審美理想，對後世與影響久遠。

---

[55] 何文煥：《歷代詩話》(臺北：藝文印書館，1991 年)，頁 10。
[56] 何文煥：《歷代詩話》(臺北：藝文印書館，1991 年)，頁 11。
[57] 何文煥：《歷代詩話》(臺北：藝文印書館，1991 年)，頁 12。
[58] 何文煥：《歷代詩話》(臺北：藝文印書館，1991 年)，頁 7。
[59] 何文煥：《歷代詩話》(臺北：藝文印書館，1991 年)，頁 7。
[60] 何文煥：《歷代詩話》(臺北：藝文印書館，1991 年)，頁 7。

印漢程度副詞「sangat」與「很」之結構對比分析

魏愛妮
文藻外語學院華語文教學研究所碩士生

摘要：

由於各種語言在句法上皆有各自的呈現方式，因此導致句法功能之差異。本篇論文從印漢皆有的句法結構為分析目標。印尼語漢語程度副詞「sangat」與「很」基本的句法功能存著明顯之異同：一、修飾形容詞和心理動詞，當修飾此形式「sangat」與「很」位於中心語的前方。二、修飾否定副詞「不」，當修飾否定副詞「不」時，印尼語程度副詞只能位於「不」的前方（很＋不＋中心語），而漢語程度副詞則能位於否定副詞「不」的前後。三、主謂結構，以形容詞和心理動詞為中心語，印尼語程度副詞「sangat」在此結構的呈現方式較自由，若中心語前加「很」等於中心語的程度義加強，若中心語前不帶「sangat」表示中心語的意義比有帶程度副詞「sangat」的中心語之程度義還要低，但也是成立的句子。在特殊結構「…又…」,「sangat」可單獨位於「又」的前方、前後或同時出現，而漢語程度副詞「很」在此結構則得同時出現在「又」的前後。本篇論文從以上幾個結構進行對比、分析兩者在句法之異同，以助於更好的第二語言教學。

關鍵詞：

印尼語、漢語、程度副詞、結構、分析

一、 前言

世界上所有語言成分類別大同小異，如：實詞：名詞、動詞、形容詞等及語義以虛化但具有句法功能的虛詞分為：副詞、連詞、結構助詞等。這些成分在每種語言是主要成分，但在語用和分類的歸屬與形式存著一定的差異。以漢語和印尼語皆有表達程度義的程度副詞為例。印尼語與漢語的語言裡都具有的程度副詞成分，在兩者語言的句法功能基本上是修飾中心語。主要用意是加強中心語的程度義。由於各個語言屬性的差異，從兩種語言的三個平面語法、語義、語用來看，即使印尼語和漢語程度副詞具有共同的成分也有異同的存在。換言之，兩者語言裡都具有程度副詞之成分，且在句法上的功能皆是修飾中心語，但在實際結構形式，程度副詞的功能可不能說完全相似。

在此，筆者試著從印尼語和漢語的程度副詞進行研究。筆者要探討的領域是有關於印尼語與漢語程度副詞在結構上的功能。在此，筆者研究範圍鎖定在於程度副詞其中一個類別「很」與漢語相對的印尼語程度副詞「**sangat**」來進行兩者語言裡具有的主謂結構和特殊結構「…又…」的對比與分析。筆者研究動機是要分析印尼語的程度副詞「**sangat**」和漢語的程度副詞「很」的結構功能。印尼語裡程度副詞「**sangat**」，功能是表示程度，加在中心語前面就表示中心語的程度提高。但是在漢語裡「很」的用法非常頻繁，表示程度的功能相當虛化。據筆者的觀察，程度副詞「**sangat**」與「很」在句法功能有明顯之差異。所以進行此研究，並且探討印尼語與漢語程度副詞「**sangat**」與「很」有何差異？為何有差異？

印漢表示程度量的程度副詞「**sangat**」與「很」在具法上的用法普遍，況且兩者在語法的功能具有一定的用意，亦是成為句法理的重要的角色。上述已說明，兩者程度副詞皆是修飾中心語，但在實際的句法結構的用法存著明顯之差異。在此文章的第四節筆者會將漢語及印尼語皆有的幾個結構進句法對比與以呂叔湘先生對漢語「很」的句法結構的分析為分析題材。

由於印尼學習漢語的人數從解放後日益增加，所以筆者認為學習第二語言學習過程中由於語言體系的不同會產生句法結構上的差異。雖然程度副詞在句法上不是主要的角色，但它卻對整個句法的整體性佔有重要角色。在兩者語言的句法功能又有明顯之差異，故務必進行分析，經過分析才能幫助第二語言習者更理解程度副詞「**sangat**」與「很」在母語和目的語的功能，更能正確的使用它。

在進行第二語言學習當中，母語的干擾是難以避免的事，母語干擾不僅成為習得的負遷移，而且是學習效果的重要因素。為了能達到更好的學習效果，瞭解母語和目標語之間的差異是重要的關鍵。所以把印尼語和漢語程度副詞「**sangat**」與「很」進行分析並且找出兩者在句法及結構上的差異成為研究目的。希望此研究有助於第二語言的教學者或習得者在進行教學或習得當中能移除母語干擾的負遷移。

二、 文獻探討

印尼語程度副詞「**sangat**」與漢語程度副詞「很」是充當謂語的功能。程度副詞「**sangat**」與「很」在主謂結構裡主要是修飾形容詞和心理動詞時，「**sangat**」與「很」在句法功能裡有差異。肖祥忠先生（**2007; 73**）〈漢語印尼語形容詞句法功能及重疊形式比較〉論文提到：

> **漢語印尼語的形容詞在充當謂語時，沒有很大的區別，但有一點需要注意：漢語的絕大多數的形容詞充當謂語時，如果不涉及甲項與乙項的比較或沒有兩兩比較或對照或並舉的語境，一般要強制性地帶上程度副詞「很」，句子才顯**

得完整。[1]

印尼語漢語程度副詞句法結構上的用法有明顯的差異。印尼語程度副詞「**sangat**」修飾形容詞或心理動詞謂語時，用法自由。以形容詞或心理動詞為前提之下的主謂結構，中心語可加可不加程度副詞「**sangat**」，在主謂結構，中心語的前面有帶「**sangat**」，那麼「**sangat** 」的用法單純表示加強中心語的程度義。若在中心語前面沒帶程度副詞「**sangat**」，表示中心語的程度義比有帶「**sangat**」還要弱，而句子完全成立。在形容詞或心理動詞充當謂語時，漢語程度副詞「很」在主謂結構的功能與「**sangat**」不一樣。當形容詞或心理動詞充當謂語時，中心語的前面一定得帶程度副詞「很」，否則無法成為完整的句子。

就如薛揚先生在〈母語為英語的留學生習得程度副詞「很」的偏誤研究〉，對程度副詞「很」的研究解說：在漢語裡，比字句或對比句型的中心語不必受程度副詞的修飾就能成句，但在主謂結構裡當性質性形容詞充當謂語時，中心語的前方就得加程度副詞的修飾。換句話說，在漢語裡的主謂結構，所有句子以性質形容詞作為中心語的句子皆得有程度副詞的修飾，而此類句中的程度副詞不是以本功能的用法出現，而是完整句子的功能。以程度副詞「很」為例，雖然在漢語裡「很」是表示程度高的程度副詞，若放在中心語前方，就是加強中心語為功能。但是主謂結構裡「很」

[1] 肖祥忠〈漢語印尼語形容詞句法功能及重疊形式比較〉，《濟南大學華文學院學報》第三期（**2007.3**），頁 **71-78**。

只是單純的修飾功能，用來完成句子，而不是用來加強中心語義。孫欣在其論文裡〈面向對外漢語教學的程度副詞考察〉把學習漢語中的偏誤，分為幾種類別，其中一個就是遺漏偏誤。在他研究中所收集的 **288** 用力中，有 **141** 個偏誤句遺漏了程度副詞或遺落了程度副詞的修飾，而其研究統計分析結果中，程度副詞「很」的遺漏所佔的比率，比其他程度副詞還要大。[2]這就如上面所述當「很」出現在主謂結構的形容詞中心語前方，它的用意只在於結構的條件，若主謂結構的形容詞中心語，沒有「很」的修飾，那麼該句子就不成立。但是在英語主謂結構裡形容詞的中心語可受可不受程度副詞「很」的修飾，如：**She is beautiful**，**She is very beautiful** 都是成立的句子，與「很」相應的「**very**」的用法與「**sangat**」是一樣。

另外，印尼語漢語的程度副詞「**sangat**」與「很」也能修飾特殊結構「…又…」結構。在此，印尼語和漢語程度副詞在句法上的功能也不一樣。此結構印尼語的程度副詞「很」用法較自由，可謂於「又」的前方或後方，或是單獨出現在「又」的前方。漢語程度副詞「很」在「…又…」的結構用法較固定，「很」一定要出現在「又」的前後才是成立的句子。除了以上兩個結構印漢程度副詞「**sangat**」與「很」修飾否定副詞「不」之外，徐建宏先生（**2006;51**）在〈試論程度副詞的對外漢語教學〉還曾經提到：

---

[2] 孫欣〈面向對外漢語教學的程度副詞考察〉，大連理工大學語言學與應用語言學（**2009**），頁 **5**。

「程度副詞大部分可與「不」組成『程度副詞＋不＋形容詞或動詞』格式。一般來說，只有表示褒義的或稱極意義的形容詞或表示人們所希望的稱極心理活動動詞可以進該結構。表示貶義的或消極意義的形容詞不能進入該結構。[3]

印尼語與漢語程度副詞「**sangat**」與「很」都能和否定副詞「不」組成種句法形式。兩著在此形式的用法一致。印尼語漢語程度副詞位於否定副詞「不」的前方。由於此形式組合成的中心語加上否定副詞「不」的意義是貶義，所以印漢此格式不能帶貶義中心語。無論哪一種形容詞，漢語和印尼語都能受程度副詞的修飾。兩者形容詞在受程度副詞「**sangat**」或「很」比較下，雖然存著相似修飾方式，但兩者在句法上的功能尚有差異的存在。

三、 印尼語程度副詞「sangat」「很」之特性

「**sangat**」本身屬於單音節詞，在句法功能「**sangat**」的用法多元。程度副詞「**sangat**」在句法上還能以其他的程度副詞結合一起出現：一、連黏，由兩個程度副詞連在一起，構成程度義較高的程度副詞，同時修飾一個中心語，如：「**Amat sangat**（極）」與「**sungguh sangat**（極端）」。另一類環形程度副詞，出現在中心語的前面和後面，同時修飾一個中心語，如：「**sangat...sekali**（非

[3] 徐建宏〈試論程度副詞的對外漢語教學〉，《語言文字應用》第二期（**2006**），頁 **S2：49-51**。

常)」。[4]除此之外，「**sangat**」尚可加詞綴構成具有感情色彩的程度副詞。印尼語豐富的詞綴裡一般多只用在動詞、名詞甚至形容詞的詞類。「**sangat**」在多類詞綴裡只能接受後綴「**...lah**」黏濁而成為具有感情色彩的程度副詞，如：「**sangatlah**」。「**sangatlah**」一般較多用在口語表達。「**sangat**」和「**sangatlah**」在句法上的用意不太一樣，「**sangat**」句法上的功能是修飾中心語便與加強中心語的程度義，而「**sangatlah**」在句法功能除了解說中心語的程度義以外，還具有感情色彩及感嘆的用意。以上所說明「**sangat**」在形式上或語法上的功能，其實主要還是在於「**sangat**」成為程度副詞類別的用法。以下我試著把程度副詞「**sangat**」功能在句法上的各個類別的用法列舉出來：

（一）單音節程度副詞「sangat」

在句法功能「**sangat**」是副詞的類別之一，「**sangat**」在句法上的用法和漢語程度副詞「很」相似，皆能修飾中心語。

1. **Dia anak yang 「sangat 」berbakti.**[5]
   他 小孩 的 「很」 孝順
   他是「很」孝順的小孩。
2. **Saya 「sangat」 tidak suka makan seafood.**

---

[4] **Alwi, Hasan.** ***Tata Bahasa Baku Bahasa Indonesia*****, Jakarta: Balai Pustaka, 1998.p.181-182**

[5] 本文所有印尼語句子皆是筆者自己所造。

我 「很」 不 喜歡 吃 海鮮

我「很」不喜歡吃海鮮。

3. **Bapak dan ibu 「sangat」 sayang pada saya.**

爸爸 與 媽媽 「很」 疼 對 我

爸爸媽媽「很」疼我。

4. **Apakah anda sangat tidak suka sama dia?**

是不是 你 「很」 不 喜歡 對 他

你是不是「很」不喜歡他？

以上所舉的例子，「**sangat**」與「很」的用法都很相似，中心語位於程度副詞的後面。印尼語漢語程度副詞從以上所舉的三個句子，我們看的出來印尼程度副詞「**sangat**」以單音節詞的類別出現時與漢語「很」的用法都能修飾心理動詞和形容詞。

（二）連黏程度副詞

連黏程度副詞是兩個副詞連在一起，同時出現在句中並且修飾同一個中心語。印尼語副詞裡有很多連黏副詞，其中程度副詞也存著其現象。連黏程度副詞是由兩個程度義相等的程度副詞構成比「**sangat**」更高程度義的程度副詞「**amat sangat**」。以「**sangat**」和「**amat**」為例，兩者在的程度義同等與「很」相同的程度量，兩者除了可連黏使用，另外亦能單獨修飾中心語。差異在於兩者在句中的語序不同。「**amat**」較多用在口語表達，它與「**sangat**」的程度量同等，在句中位於中心語的後面。

5. Perempuan itu 「amat sangat」 cantik.

小姐　　那個　　「極」　　　漂亮

1. 那位小姐漂亮「極」了。

2. ？那位小姐「極」漂亮。

6. Dia 「amat sangat」 suka berpesiar.

他　　　「極」　　喜歡　旅行

1. 他喜歡旅行「極」了。

2. 他「極」喜歡去旅行。

7. Dia 「amat sangat」 tidak sopan kepada saya.

他　　　「極」　　　不 禮貌　　對　　我

1. 他對我不禮貌「極」了。

2. 他對我「極」不禮貌。

以上三個例子裡顯示印尼語程度副詞與「**sangat**」組合成的連黏程度副詞「**amat sangat**」在與漢語裡相應的程度副詞在功能上的用法有明顯之差異。無論是一般句子或否定句型印尼語程度副詞「**amat sangat**」只能位於中心語的前方。而在漢語裡程度副詞「極」則能位於中心語的前面或後面。由於程度副詞「極」不是在筆者研究範圍內，故未進行深入的研究。但筆者對看過的工具書如：張斌先生（**2000;26**）在《現代漢語虛詞》裡所舉的例子以及呂叔湘先生（**1999；286-287**）《現代漢語八百詞》對程度副詞「極」的解說得知，程度副詞「極」一般位於中心語前面，中心語後方還必須帶賓語。若位於中心語後面，那麼「極」的後方得帶「了」，如例（**5.1**、**6.1**、**7.1**），一般用於口語表達。

（三）環形程度副詞

是兩個程度副量同等的程度副詞構成比「**sangat**」還高程度義的程度副詞，在句中同時修飾同一中心語。程度副詞裡的環形程度副詞是由「**sangat**」與「**sekali**」組成環繞中心語的程度副詞。「**sekali**」也能單獨修飾中心語，與「**sangat**」不同的地方在於句中的語序，「**sekali**」修飾中心語時，位於中心語的後面。但若成為環形程度副詞時，「**sangat...sekali**」修飾中心語的分位是固定的「**sangat**」位於中心語的前面「**sekali**」位於後面。如：

8. **Dia 「sangat」 marah 「sekali」.**
他 「很」 生氣 「很」
他「非常」生氣。

9. **Anak itu「 sangat」 lucu 「sekali」.**
小孩 那個 「很」 可愛 「很」
那個小孩「非常」可愛。

10. **Apakah menurut kamu dia「sangat」 marah「sekali」?**
是不是 覺得 你 他 「很」 生氣 「很」
你覺得他是不是「非常」生氣？

印尼語「**sangat**」組成的環形程度副詞詞「**sangat...sekali**[6]」在漢

---

[6] 印尼語環形程度副詞「**sangat...sekali**」其中的 **sekali**，其意義和用法分為兩種。**Sekali** 在意義上分為兩個意思：一次（為本意）與「很」（為

語的意義譯為「非常」。

由於印尼語與漢語語言體系的差異，導致造字的方式也不同。漢語程度副詞「非常」和印尼語程度副詞「**sangat…sekali**」皆是由兩個音節組成的詞，但在句子的呈現方式不一。漢語「非常」修飾中心語時位於中心語的前面，而「**sangat…sekali**」的呈現方式卻環繞中心語位於中心語的前面和後面。

（四）詞綴程度副詞

詞綴程度副詞是可加詞綴的程度副詞。印尼語裡的詞綴能以程度副詞呈現的詞綴有限，程度副詞「**sangat**」就能加後綴「**lah**」構成「**sangatlah**」。程度副詞「**sangatlah**」在意義上與「**sangat**」沒有甚麼差異，但「**sangat**」和「**sangatlah**」在句法功能就有明顯的差異。「**sangat**」加了後綴「**-lah**」後，在感情色彩與「**sangat**」稍有差異。在一般的句子，我們會用「**sangat**」來加強中心語的程度義，但用「**sangatlah**」的句子，它除了加強中心語的程度義還帶有感情色彩，成為具有感情色彩的句子。

11. …， Sangatlah bahagia.

「很」幸福。

12. …， Sangatlah sedih.

引伸意）。在句法上的功能，前者用於次數或數額有關的句子，而後者能作為程度副詞「很」的用意，且能單獨修飾中心語位於中心語後面，另一方面亦能與「sangat」結合成為環形程度副詞，表示更高一層的程度義。

「很」難過。

13. …，**Sangatlah malu.**

「很」丟臉。

「**sangatlah**」在句子裡的用法具有感情色彩及感嘆的意味，以上三個例子裡多具有遺憾的意義在內，代表說話者心裡有所感觸，也帶有說話者主觀的想法。從「**sangat**」延伸到「**sangatlah**」，呈現著漢語和印尼語「**sangat**」與「很」的差異。

印尼語「**sangat**」在句法上的功能多元，「**sangat**」單音節副詞亦能加後綴（**-lah**），構成具有感情色彩的程度副詞，另外還能與其他同等程度副詞構成表示程度較高的程度副詞。如以上所解釋，其與同等程度副詞「**amat**」連黏在一起成為「**amat sangat**」翻譯為「極」，另外亦能與其他同等程度副詞「**sekali**」成為環形程度副詞「**sangat...sekali**」翻譯為「極端」。印尼語程度副詞「**sangat**」就有上述所說明的功能，也是印尼語程度副詞之特色。

「**sangat**」構成的詞：

Sangat（很） < **sangat sekali** （非常） < **amat sangat** （極） < **sungguh sangat**（極端）

四、印漢程度副「sangat」與「很」詞結構之對比

印尼語漢語程度副詞「**sangat**」與「很」在結構上的用法各有各的條件限制。如，漢語「不...」加程度副詞「很」的否定形式。漢語可把程度副詞「很」加在否定副詞「不」的前面或後面，而在印尼語裡的程度副詞「**sangat**」在與否定副詞「不」的組合卻沒那麼自由。在此部分，印尼語程度副詞「**sangat**」只能放在否定副詞的前面。「**sangat**（很） **tidak**（不）」的形式，而不能出現在否定副詞的後方「**tidak** （不） **sangat**（很）」，這樣的形式在印尼語裡不是正確的形式。因此，為了語言習得的效應，必須分別母語和目標語之差異，且瞭解母語和目標語之間差異有助於更好學習效果。

在印漢兩者皆有的句法結構，筆者從「很」修飾形容詞和動詞表示程度義的結構、程度副詞加否定副詞「不」結構、另外，主謂結構以及特殊結構「…又…」，探討程度副詞在這些結構的呈現方式。現代漢語裡表示程度等級的副詞非常多，故在用法上的表義也分層次。漢語程度副詞「很」是屬於客觀程度副詞，因為在用法上「很」不帶有感情色彩。張斌先生（**2000:25**）在《現代漢語虛詞》提到說：

「客觀程度和主觀程度。所謂客觀程度副詞就是客觀地、單純地表示程度義的副詞，所謂主觀程度副詞就是在表示程度

義的同時，還帶有或強或弱的主觀感情色彩。典型的客觀程度副詞主要有：很、更、極、最、稍、極其、非常、特別、更加、十分、相當、比較、稍微、略微等；典型的主觀程度副詞主要有：太、透、愈、好、多、越、越發、越加、愈加、愈益、多麼、透頂、絕論、何等、何其等。」[7]

漢語程度副詞「很」與印尼語相對的程度副詞「**sangat**」在句法上的功能、用法等方面的比較，兩者的句法功能以及用法皆相似，差異在於形式上。印尼語程度副詞「**sangat**」能與其他同等程度副詞一起在句子裡出現，而漢語程度副詞「很」則只能單獨使用，在句法上無法與其他程度副詞一起出現。雖然從大體來看「**sangat**」與「很」的句法功能皆是修飾程度副詞，但若從形式後結構來看，兩者結合形式或結構的限制時就會顯出明顯的差異。在此，筆者從兩者皆有的幾個結構形式進行「**sangat**」與「很」結構和形式的對比與分析之間的異同。筆者在本文所對比的結構與形式是從呂叔湘先生在《現代漢語八百詞》本書中對「很」分析的幾個形式。呂叔湘先生（**1999;266**）在《現代漢語八百詞》對「很」的分析：

1.用在形容詞前，表示程度高。～好| ～幸福的生活| ～仔細地看了一遍| 表現得～稱極| 情況～嚴重| 在～遠～遠的地方。

[7]張斌《現代漢語虛詞》（上海：華東師範大學出版社，2000），頁 23。

2.用在助動詞或動詞短語前，表示程度高。

3.用在『不…』前。

4.用在四字語前。限於一部份描寫性的和表示態度、情緒、評論的成語。

5.用在『得』後表示程度高。[8]

呂叔湘先生把「很」在句法上的用法分為五類，筆者試著把呂叔湘先生對程度副詞「很」的用法分類其中三個用法，進行印尼語「sangat」與漢語「很」句子裡的用法分析，另外還有主謂結構和特殊結構「…又…」。

（一）用在形容詞前，表示程度高。

無論是印尼語或漢語，一般程度副詞大部分是用來修飾形容詞。

14. Pemandangan yang sangat indah.

風景　　的「很」漂亮

「很」漂亮的風景。

15. Pengarang yang 「sangat 」cerdas.

作家　　的　　「很」　聰明

「很」聰明的作家。

16. Cara yang 「sangat 」sederhana.

[8] 呂叔湘《現代漢語八百詞》（北京：商務印書館 1999），頁 266。

方式　　的　　「很」　簡單

「很」簡單的方式。

以上所舉的例子，印尼語或漢語裡的用法都一致，程度副詞「很」在句子裡位於中心語前面。大致上印尼語與漢語在句法的功能也一樣。

（二）用在助動詞或動詞短語前，表示程度高。

程度副詞「很」在功能上除了修飾形容詞為中心語外，其他主要功能就是修飾心理動詞，如：

17. （1）「**sangat**」　**sedih**

「很」　難過

（2）「**sangat**」　**gembira**

「很」　開心

（3）「**sangat**」**ragu-ragu**

「很」　猶豫

18. （1）**Membantu dengan**　「**sangat**」　**iklas**

幫忙　　地　　「很」　熱心

「很」熱心地幫忙

（2）**Suasana yang**　「**sangat**」　**menengangkan**

氣氛　　的「很」　緊張

「很」緊張的氣氛

（3）**Berlari pulang dengan**「 **sangat**」 **cepat**

跑　回來　地　「很」　快

「很」<u>快</u>地<u>跑</u>回來

19.（**1**）「**sangat**」 **ber-kepribadian**

「很」　有　個性

（**2**）「**sangat**」 **ber-mata seni**

「很」　有 眼睛 藝術

「很」 有藝術眼光

（**3**）「**sangat**」**ber-hati welas-asih**

「很」　有　心　慈悲

「很」有慈悲心

印尼語和漢語程度副詞「**sangat**」與「很」皆能修飾心理動詞和動詞性短語。在修飾心理動詞時，兩者程度副詞都位於中心語前（**17**、**18**）。看例（**19**）：

- 漢語「很」的用法比較屬於形式性的用法，譬如說：「很＋有」，在例（**19**）的句子若把有去掉，成為：「很」個性、「很」藝術眼光、「很」同情心，那麼句子就不成立了。在此部分「很」的後面必須先加「有」才是正確的句子。
- 印尼語裡亦有如漢語那樣的「很＋有」結構，但印尼語裡其形式用法與漢語有所差異。印尼語裡沒有直接用「(**sangat**)很＋（**mempunyai**）有」的形式，但「**sangat**」又不能直接修飾像上述那些中心語，例：**19.1**、**19.2**、**19.3**。像上述類型的中心語「**sangat**」也與漢語相同，必須加「**mempunyai**」，只是漢語直接能在「很」後面加「有」，而在印尼語是用表示「有」的前詞綴 **ber-**來呈現。必須注意的事是，表示「有」的前綴 **ber-**是修飾中心語「**sangat**＋（**ber**＋中心語）」，而不是「(**sangat+ber**）+中心語」。以上述例子，我們可推測一個小結論：漢語在「很＋有」是一種形式，意思為「很」和「有」一起修飾中心語，而在印尼語裡「**sangat**＋**mempunyai**」在句法上的功能與漢語的「很＋有」不完全相似，因為在印尼語裡，「有」是用前綴來代替，並且代表「**mempunyai**」的前綴「**ber-**」是先修飾中心語，然後一起受程度副詞「**sangat**」的修飾。所以兩者在「很＋有」的形式呈現方式為：

印尼語：「**sangat**＋（**ber-**＋中心語)」，漢語：「(很＋有」＋中心語」。

（三）與否定副詞「不」的搭配

在現在漢語裡程度副詞「很」可以直接修飾否定詞，呂叔湘先生對現代漢語程度副詞的分類，除了上述兩項，其他還有將否定詞『不…』置於句子前的用法。呂叔湘先生（**1999;268**)《現代漢語八百詞》，指出：

> 「『不很...』表示程度減弱，與『很不...』不同。很不好（＝很壞）｜不很好（＝有點兒壞，但還可以）｜很不好受（＝

很難受）｜不很好受（＝有點兒難受）」[9]

呂叔湘先生在本書中提到的是「很」位於「不...」的前面，但在呂叔湘先生實際的例子提供給我們參考，除了「很」可位於「不...」的前面之外，尚可位於「不」的後面。「不＋很＋形容詞」形式與「很＋不＋形容詞」形式，兩者在句法上的性質一樣，但是在用法上就有差異，因為「很」在「不」的前或後影響句子的意義。儘管，程度副詞大部分可與「不」組成「程度副詞＋不＋形容詞/動詞」形式，能加強否定程度。但是，當漢語「很」與否定副詞[不]同時出現在句中，且形成「很＋不＋形容詞」形式時，該形式有一定的搭配條件，能進入到「程度副詞＋不＋形容詞/動詞」形式的形容詞或動詞是表示褒義的詞。[10]

如：

(1)「很＋不＋形容詞/動詞」形式

20. 「很」不快樂 .... 「很」難過

「sangat」tidak bahagia **「sangat」sedih**

21.「很」不細心 .... 「很」粗心

「Sangat」 tidak hati-hati **「sangat」gegabah**

(2)「不＋很＋形容詞/動詞」形式

---

[9]呂叔湘《現代漢語八百詞》（北京：商務印書館，1999）頁 268。

[10]徐建宏〈程度副詞「很」與「太」的用法辯析〉,《哲學社會科學版》第二期（2005.3），卷 33，頁：63-65。

22. 不「很」快樂…………………………… 有點難過

（x）**Tidak sangat senang** **ada sedikit sedih**

sedikit sedih

23. 不「很」細心…………………………… 有點粗心

（x）**Tidak sangat hati-hati** **adasedikit gegabah**

sedikit gegabah

印尼語漢語的否定副詞皆能受程度副詞「**sangat**」與「很」的修飾。以「很＋不＋形容詞/動詞」為例，在句法上的用法皆相同，像是（**21**）的例子，漢語「很」不快樂的意思是很難過，印尼語也一樣，「**sangat**」 **tidak bahagia** 等於「**sangat**」 **sedih**。由於在此形式是以否定副詞為中心，一般來說不能修飾貶義的中心語。另外，第二的例子（**22**）「不＋很＋形容詞/動詞」漢語可以這麼用，而且中心語不限於褒義，貶義形容詞或心理動詞亦可成為被修飾的成分。而印尼語句法裡程度副詞「**sangat**」不可以位於「不」的後面，所以印尼語程度副詞不能用在此形式，印尼語上述舉的例子都是不成立的句子。

（四）主謂結構

主謂結構是在各種語言基本的結構。以程度副詞為例的主謂結構多半都分在於修飾形容

為中心語其他成分是修飾心理動詞。

24.Dia gembira

a.他 快樂

b.他「很」快樂

25. Dia orang baik

a.他 人 好

b.他人「很」好

26. Rumah itu cantik

a.房子 那個 漂亮

b.那個房子「很」漂亮

印尼語程度副詞「**sangat**」與漢語程度副詞「很」在主謂結構的句法功能有很大的差異。漢語程度副詞「很」在主謂結構的功能很特殊。朱德熙先生（**1982**）在《語法講義》曾經提過說：每個程度副詞在句法功能都是表示中心語的程度義，不一樣的程度副詞修飾中心語時，所表達的程度義也各不相同，所以每個程度副詞在句法功能上也沒有完全相同。以漢語程度副詞「很」為例。「很」在主謂結構的句法功能，可說已成為重要成分或句子無法缺少的成分。換言之，程度副詞「很」在句法上的功能不單只成為修飾中心語的功能及表達程度義罷了。在中心語是形容詞或心理動詞做謂語的主謂結構「很」一定要出現在中心語前，而「很」在句中的功能未必加強中心語程度義。主謂結構，若中心語前面沒加「很」的修飾就不是成立句子（例 **24a**、**25a**、**26a**）。對結構的要求，肖祥忠先生（**2007.3;73**）〈漢語印尼語形容詞句法功能及重疊形式比較〉，在論文裡也曾提到說：假如，主謂結構裡謂語是形容詞或心理動詞，而沒有帶程度副詞「很」，那麼句子的意義就會不一樣，甚至變成相反的意義。以（例 **24a**、**25a**、**26a**）為例，（例 **24a**、**25a**、**26a**）中心語前不加「很」（例 **24a**）的意義就會變成（他不快樂）、（例 **25a**＝他人壞）、（例 **26a**＝那個房子不漂亮）。但筆者認為，肖祥忠先生在論文所言：「說話者話裡有話，即所謂的言外之意。」，較恰當用在口語表達方面，筆者認為所產生相反的意義，因為說話者在說話時要帶有感嘆語氣才會表示出相反的意義，而在書面形式完全看不出來。所以我們只能把（例 **24a**、**25a**、**26a**）看為不成立的句子。印尼語主謂結構卻沒有此問題，印尼語的主謂結構，程度副詞的用法自由。換言之，在印尼語的主謂結構，當形容詞或心理動詞做謂語時，中心語的前面不加「**sangat**」也是成立的句子。在印尼語裡程度副詞「**sangat**」的句法功能較單純，主要修飾中心語，而修飾的用意在於加強中心語的程度義。若句子裡的中心語前面帶有程度副詞「**sangat**」的成分，那麼程度副詞的作用是加強中心語的程度義。

印尼語漢語程度副詞「很」在主謂結構句法上的功能有很大的差異。由於印尼語在主謂結構的句法功能只是程度副詞罷了，主要的功能是修飾中心語及加強中心語的程度義，所以中心語前方有帶或沒帶「**sangat**」是表示中心的程度義有差。漢語在此部分的則都得帶「很」，因此對印尼語為母語的學習者在形容詞性或心理動詞的謂語在主謂結構容易產生錯誤，故必須與學生說明「很」在此結構的用法。

（五）特殊結構：「…又…」

漢語印尼語皆有「…又…」此特殊結構 ，當「…又…」結構所帶的中心語是形容詞性或心理動詞時，兩者在接受程度副詞「很」的修飾各不相同。

27. Dia 「sangat」 cantik lagi tinggi .

他　「很」　漂亮　又　高。

他「很」漂亮又「很」高。

28. Rumah itu 「sangat」 besar lagi 「sangat」 megah.

房子　那個　「很」　大　又　「很」　豪華

那個房子「很」大又「很」豪華。

上述舉的例子，印尼語漢語程度副詞在「…又…」結構的呈現方式也不一樣。例（**27**）印尼語在此結構「**sangat**」能單獨出現在句中位於「又」的前方，而漢語譯文卻不成立。例（**28**）「**sangat**」與「很」一起出現在「又」的前後方，印尼語句子成立，漢語皆是成立。以上述所舉的例子與說明得知，在「…又…」結構，印尼程度副詞可出現在「又」的前面「很…又…」，除此之外亦可同時出現於「又」的前後面「很…又很…」。而漢語在此結構「很」務必出現在「又」的前後面「很…又很…」

從上述五個結構形式進行對印尼語程度副詞「**sangat**」與漢語程度副詞「很」的對比與分析，得知兩者語言的程度副詞「**sangat**」與「很」在多種結構的呈現方式存著不可忽視的差異。雖然程度副詞「很」在漢語不是主要成分，但「很」在漢語句法確有很重要的句法功能，在印尼語程度副詞「**sangat**」亦是如此。以上描述的對比得知我們就算兩種語言裡都有的成分，在句法上的功能未必一樣。所以進行對比母語和目標語是重要的工作。

五、結語

印尼語漢語兩者程度副詞「**sangat**」與「很」在句法結構的功能具有相同的部分和相異的部分。每種語言在共同具有的成分在句法功能一定有所差，因而對進行第二語言教學或第二語言習得當中是個難點。瞭解母語和目標語之間的差異能避免錯誤的產生，對於印尼語為母語的學習者程度副詞「**sangat**」與「很」整體來說看似沒有什麼差異，皆用來修飾中心語，但各種語言皆有各不同的語言特徵，如在主謂結構部分，「**sangat**」與「很」都能修飾，但是印尼語裡，當中心語前有或沒有受程度副詞「**sangat**」的修飾，是表示中心的程度義有差。而，在漢語裡，「很」是主為結構的條件。換言之，若中心語前方有帶「**sangat**」那麼該中心語的程度義就比沒帶「**sangat**」的中心語還要高。這也就表明印尼語在主謂結構的中心語前方，可帶或可不帶程度副詞。而在主謂結構中的中心語務必有程度副詞的修飾，才是完整的句子。於是印尼主謂結構中心語的程度義，除了可從不同程度義的程度副詞來表明。此外，以「**sangat**」為例，中心語前方有或沒有該程度副詞的存在，也能表明中心語的程度義。漢語的中心語只能用不同程度義的程度副詞來表明其程度義，而「很」只是該結構條件，沒有程度義的表明。

初期第二語言習得者很難避免母語的負遷移導致的干擾及學習錯誤，若我們能掌握好目標語和母語之間之差異，那麼我們就會得到更好學習效果。於是上述印尼語與漢語程度副詞在結構上的對比分析，希望分析的結果有助於以印尼語為母語的習得者達到更佳的學習效果，對第二語言教學者有更好的教學策略。

參考文獻

呂叔湘 **1999**《現代漢語八百詞》，北京：商務印書館。

肖祥忠 **2007**〈漢語印尼語形容詞句法功能及重疊形式比較〉，《濟南大學華文學院學報》**3**：頁 **71-78**。

胡云晚 **2005**〈程度副詞「非常」的有關偏誤分析〉，《湖南大學學報》第 **19** 卷，第二期，頁：**78-82**

徐建宏 **2005**〈程度副詞「很」與「太」的用法辯析〉，《哲學社會科學版》，卷 **33**，第二期，頁：**63-65**。

徐建宏 **2006**〈試論程度副詞的對外漢語教學〉，《語言文字應用》**S2**：頁 **49-51**。

孫欣 **2009**〈面向對外漢語教學的程度副詞考察〉，大連理工大學語言學與應用語言學，頁 **5**。

張斌、張誼生 **2000**《現代漢語虛詞》，上海：華東師範大學出版社。

張穎〈程度副詞「很」與「非常」差異探微〉，《北方論壇》，第六期，頁：**57-61**。

薛揚、劉錦城 **2008**〈母語為英語的留學生習得程度副詞"很"的偏誤研究〉，《黑龍江科技信息》**3**：**198**。

Alwi, Hasan. 1998 . *Tata Bahasa Baku Bahasa Indonesia*, Jakarta: Balai Pustaka.

Mulyadi. 2008.*Struktur Frasa Adjektival Dalam Bahasa Indonesia*. Jurnal Ilmiah Bahasa Dan Sastra, Vol: IV, p.22-30.

穿越時空進入四度空間的文學

邱燮友
東吳大學中文系兼任教授

一、緒論

有時候我們獨自一人或是一群人，一邊工作，一邊行吟，用歌聲探測山林，田野，草原，海山，勞者自歌，用歌聲，穿越時空，穿透四度空間，從真實世界 進入虛渺空間。如同千年前唐李白在〈春夜宴桃李園序〉中開端所云；『夫天地者，萬物之逆旅；光陰者，百代之過客。』[1]時空交錯，萬物在世間如同進住旅社，人與萬物在光流中，只是過客。對歷史空間，現實世界，以及未來空間，從四度空間，來到三度空間，然後又回到四度空間，因此有『浮生若夢』之感，感受既深，才能激發千古的浩歎，引來後世無限的共鳴。

[1] 唐李白《李太白全集》卷二十七〈春夜宴從弟桃花源序〉北京，中華書局，頁 1265。

二、第四度空間的含義與文學的關係

二十世紀末葉以來，多少學者注意時空的轉化，對文學的趨向，人文生活中的空間性，把以前給予歷史和時間，或社會背景的重視，紛紛轉化到空間來。以前重視點，線，面，三度空間的寫實文學，轉化到愛因斯坦所詮釋的點、線、面構成的立體第三度空間，乘上時間，便成了無限遼闊的第四度空間。因此，造成了描寫四度空間的文學，大量產生。

空間的探討，本屬於物理學和哲學的問題，但人類處於時，空的轉化，便會考慮到文學作品，也會以第四度空間，在題材上的運用，與主題的開創，有息息相關的作用。例如魏晉南北朝（**220~589**）時代玄學的流行，便有北朝〈木蘭詩〉[2]和陶淵明（**365~427**）《後搜神記》中的〈桃花源記〉[3]。〈木蘭詩〉中的木蘭，是一個代父從軍的女子，詩中云;『同行十二載，不知木蘭是女郎。』這可能嗎？除非木蘭是變性人，再不然同行的夥伴是白痴。它應屬於虛擬的人物和故事；而〈桃花源記〉，記載武陵人誤入桃源，桃源中的世界『先人避秦，來此絕境，逐與外界隔絕，而不知有魏有晉；』而且桃源中，人民過著看『黃髮垂髫，並怡然自得』的快樂生活，後來武陵漁夫離開桃花源之後，詣太守，太守也派人前往尋找桃花源，但未到桃花源便猝然遽逝，於是後世遂無問

---

2 南宋郭茂倩《樂府詩集》卷二十五，橫吹曲辭，台北，里仁書局，頁 **373**。

3 晉陶淵明《新譯陶淵明集》卷六，台北，三民書局，頁 **341**。

津焉。因此陶淵明的『桃花源記』是一篇屬於志怪的作品。〈木蘭詩〉和〈桃花源記〉都是屬於虛擬世界的故事，應屬於第四度空間的文學。

三、第四度空間文學設計架構與類別

讀華東師範大學出版朱立元主編《當代西方文藝理論》，其中十九這一節，討論「空間理論」，認為科學家所指的空間多為城市空間和社會空間，如果在文學上，寫實主義的文學空間，多為城市空間或社會空間，是屬於第三度空間的範疇。在該書的結論中指出：

> 文學與空間理論的關係，不復是前者再現後者，文學自身不可能置身局外，指點江山，反之文本必然投身於空間之中，本身成為多元開放的空間經驗的一個有機部份。要之，文學與空間就不是互不相干的兩種知識秩序，所謂前者高揚想像，後者注意事實。[4]

就其結論而言，科學家所指的空間，多為真實的，屬於眼前所見到的第三度空間；然而文學所描寫的空間，除寫實主義所寫的第三度空間外，還有高揚想像空間的作品，那便屬於描寫第四度空

[4] 今人朱立元主編《當代西方文藝理論》，19，空間理論，華東師範大學出版社，2005 年 4 月二版。

間的作品。

去年(1009)我在第四屆辭章章法學學術研討會中，提出一篇〈白居易長恨歌的章法結構〉[5]，其中論及〈長恨歌〉中最後一段，玄宗派「臨卬道上鴻都客，能以精誠致魂魄」。讓四川的道士到東海仙山尋找楊貴妃的魂魄，便是詩歌中對第四度空間文學的開拓。

其實四度空間是高深莫測的奧秘，如何窺測其奧秘，從描寫四度空間的文學是極具無限的創意。今就第四度空間文學的設計與架構，分若干類別加以探述：

（一）神話與預言文學

神話是民族的夢，由某些民族共同創作出來的故事，然後流傳各地，經過數代的傳誦，才被寫定，紀錄在古籍中。寓言則是某個作家，收集一小故事，借這些故事，有所托興，用以寄託某些思想或人生哲學。這些都是憑想像 所創造出來的文學，而且對後代文學具有深遠的影響。

尤其是古代神話，例如盤古開天闢地、女媧補天、夸父追日、嫦娥奔月、精衛填海、愚公移山等[6]。這些第四度空間的作品，都能給予後代新的啟示或新的詮釋，例如女媧補天，《紅樓夢》的開端[7]，用這則神話做楔子，指青埂峯下，當年因女媧補天，留下一

---

[5]《章法論叢》第四輯，拙著〈白居易長恨歌的章法結構〉，第四屆辭章章法學學術研討會論文集，台北，萬卷樓，2010 年 8 月初版，頁 460–473。

[6] 今人袁柯《中國古代神話》，台北，商務書局。

[7] 曹雪芹《紅樓夢》第一回，甄士隱夢幻識通靈，賈雨村風塵懷閨秀。香港，鴻文書局，頁 1–7。

塊頑石，無才以補天，後受日月精華而成人形，便是《紅樓夢》中的石兄－賈寶玉，石兄用雨露灌溉絳珠仙草，後來她要用眼淚報答石兄的灌溉之恩，它便是林黛玉，這則神話便演變成「情天難補」的《情僧錄》或《石頭記》。他如《幼學瓊林》謂：「自不量力猶如夸父追日。」今人將夸父追日視為人類追求理想的悲劇。如白萩的一首現代詩〈雁〉，雁在奧藍無底的天空，追逐往後退縮的地平線，在追逐中死亡，但新的雁，依然排起隊伍，繼續前人的腳步繼續追逐。

至於寓言，最有號召力的作品，應是《莊子》和《列子》[8]，《莊子》的寓言，可稱寓言之祖。他的寓言託喻人生的哲學，以無為為宗旨，如庖丁解牛，目無全牛，游刃有餘，是〈養生主〉中的寓言；又如〈逍遙遊〉中鯤化為鵬，蟪蛄不知春秋，夏蟲不可以語冰，大椿彭祖，此大年小年之分別，能順乎自然，不辨大小、美醜、得失，以無用為大用，均是莊子寓言的作品，已是數千年常用的成語，成為人生哲學的準則。從無到有，從有到無，所謂『方生方死，方死方生』，起站是終站，終站是另一個起站，這些作品，便是從四第空間，進入三度空間，又從三度空間，回到四度空間去。因此虛無是永恆，四度空間，便是無窮無盡的空間。

（二）游仙和志怪文學

[8] 《老子道德經》、《沖虛至德真經》、《南華真經》，台北，商務印書館《四部叢刊》初編，子部。第一輯。

秦漢(**246B.C.－220A.D.**)時代，游仙觀念盛行，秦始皇派徐福帶領五百童男童女，到東海蓬萊仙島，去求長生不老之藥。又為自己建造生塋，始有臨潼兵馬俑的出土，漢景帝的裸俑，漢武帝的圖讖、五行服食求仙的主張，以及長沙馬王堆女屍的出土，殉葬之物多達兩千多件，中山靖王和竇綰的金縷衣、銀縷衣等，都是追求死後的富貴。東漢末葉，帝王服食而早夭的現象，比比皆是，難怪〈古詩十九首〉中有「服食求神仙，多被藥所誤。不如飲美酒，被服紈與素」的句子。魏晉南北朝的志怪筆記，如干寶的《搜神記》，顏之推的《冤魂志》，吳均的《續齊諧記》等，它們用災異神變的故事，來附會政治現象，或用鬼神靈異之說，來推斷人們的吉凶禍福。又如屈原的〈遠遊〉，司馬相如的〈大人賦〉，都是寫神仙世界，這些都是屬於第四度空間的文學，帶來無限想像的空間。

(三) 虛幻和虛擬文學

魔幻世界和虛擬世界進入文學的題材和主題，是歷久彌新的趨勢，例如西方《哈里波特》的風靡，《阿凡達》的崛起；在東方，如施耐庵的《西遊記》，民間流傳的《白蛇傳》，金庸的武俠小說，以及今日網路流行的虛擬世界，何嘗不是第四度空間文學的開發，甚至包括今日流行的漫畫，都是青少年所沉醉、流連忘返的虛擬文學。

(四)懷古和情色文學

揭開歷史的帷幕，發現歷史比真實更美。將以往身歷的故事，作為借古諷今，或以史為鑑，以史感懷抒憤，這是懷古文學的真諦。懷古文學是把消失或消逝的四度空間尋回，加以反思，作為現世三度空間的教訓。例如前生、今生、來生；或過去、現在、未來，只有「今生」和「現在」，是屬於第三度空間的存在，其餘均屬於第四度空間的範疇。

懷古的文學作品，以李商隱、杜牧的懷古詩為稱著，如李商隱的〈賈生〉、〈隋宮〉，杜牧的〈金谷園〉、〈赤壁〉、〈泊秦淮〉等[9]，均是膾炙人口的詩篇。尤其是劉禹錫的〈金陵懷古五題〉，以及蘇東坡的〈念奴嬌－赤壁懷古〉[10]。都是四度空間懷古文學的代表作。「大江東去，浪淘盡，千古風雲人物。」其中大時空的結合，難怪王國維的《人間詞話》，要盛讚東坡的詞：「東坡之詞曠，稼軒之詞豪。」又云：「讀東坡、稼軒詞，須觀其雅量高致，有伯夷、柳下惠之風。」[11]東坡的詩詞，都是大開大合，尤其大時間與大空間的結合，造成遼闊、無限大的境界，這也是第四度空間文學的一大特色。

其次，情色文學，往往借夢來包裝增加它的神秘和魅力。如戰國時代宋玉的〈高唐賦〉，三國曹植的〈洛神賦〉，曹植的〈洛

[9] 清曹寅等編《全唐詩》李商隱、杜牧詩。北京，中華書局；台北，明倫出版社。

[10] 今人唐圭璋輯《全宋詞》，第一冊，蘇軾，台北，中央輿地出版，民國五十九年七月初版，頁 282。

[11] 近人王國維《新譯人間詞話》，卷一，44 則，台北，三民書局，民國八十三年三月初版，頁 69–71。

神賦〉或名〈感甄賦〉[12]，是否與甄后有關，很難考證，但陳思王借朝京師，返回封地，經洛水之上，車煩馬殆，於是稅駕於洛水之濱，夢見洛水之神宓妃，神往意會，尤其寫洛神之美：「穠纖得中，修短合度。」真美女也。當她渡水而來，則是：「淩波微步，羅襪生塵。」更是煙霧騰飛，從水面走來，如同仙女下凡，雲霧繞繚，非凡人也。而宋玉的〈高唐賦〉，更是夢幻綺麗，他推薦楚頃襄王，會見巫山神女於陽臺之上，如今「雲雨巫山」已成與情色有關的成語。其後魏晉南北朝的宮體詩，唐人的閨怨詩，日據時代，臺灣詩社的《香草箋》，便是宮體的延續。當時臺灣詩人借賞名花吟風月，是避日人的耳目，延續中華文化的命脈，另有一番障眼的弦外之音。其他如明代淩濛初的《拍案驚奇》清代曹雪芹的《紅樓夢》，何嘗不是滲雜情色文學以吸引讀者。因此我將情色文學，也視為第四度空間文學的領域。

四、結論

二十世紀以後，自然科學和科技文明，獲得突飛猛進的發展。然而文學也得到自然科學和科技之賜，由平日寫實的文學，發展到第四度空間的文學，人類發揮高度的想像力，延伸出無限創意的文學。本文僅就文學發展的歷史軌道，再往前探討新文學的趨向 歸納出神話與寓言、游仙與志怪、虛幻與虛擬、懷古與情色等

[12] 梁蕭統《昭明文選》第十九卷，情賦，正文社出版，頁 445–453。

八大類文學，都與第四度空間的文學有息息相關的所在。由於人生的歷煉，生死的無常，激發出穿越第四度空間的新文學，跳脫出原有三度空間的寫實文學，給文學帶來創新的力量和希望。

論釋語言葛藤反轉（Chiasmus）現象

戴維揚
玄奘大學應外系客座教授

一、 前言

章法四大律：秩序、變化、聯貫、統一，其中「變化」千變萬化、幻化多變，最富變化。参差排列組合其一可依循條理規律分明層次井然的「樹狀分佈」，其二也可經由「移位」、「轉位」與「包孕」之作用，而造成「順逆交錯」的效果（陳滿銘，**2005**）。篇章邏輯與內容義旨交叉互動也可分為「角度轉換」與「潛顯呼應」兩層面加以剖析正反辯證可收「蘊義於無窮之效果」（陳滿銘，**2010**）。其間迴盪反覆的奇言怪句，最最引人矚目。這種現象錢鍾書（**2007**）稱為「先呼後應，有起必承，而應承之次序與起呼之次序適反，其例不勝舉」，攀衍引伸為古希臘之“丫叉句法”（**chiasmus**）（《管錐編》卷一，**115**）。《圍城》名句「城裏人儘想出城，城外人儘想進城」即是一例。「名分雖乖，而事理未允，不忠不順，卻天與民歸」，錢鍾書舉西諺 **"When lawful's awful, treason's reason"**為例註引「逆來順受」物極必反的例子，說明一些「變易」、「反復」、「微妙玄通，深不可識」的非常理。亦即常理呈現在中規中矩如樹狀的「系統論述」，在天然、自然、必然或視為當然或「可然」(**probability**)，或「或然」(**possibility**)之外，也可另類「非常理」地展現在特殊富變化如葛藤反轉的「現象闡釋」(羅淵，**2008**)。那些含混糢糊的渺然，或驚鴻一瞥的偶然，或驚艷的突然以及朝思暮想驚奇驟然驚見「驀然」但見那人正在燈火闌珊處的豁然開通。最難煎熬的可能是駭然間夢想的「應然」與實際的「實然」海山般的落差。本文期盼聚焦在葛藤反轉現象中，理出一些條理論述與辯證。

錢鍾書將廣義「丫叉法(**chiasmus**)」(《管錐編》卷三，**1382-1385**)可運用詞組如反正、矛盾、渾沌呈現，也可用在「倒裝奇句」、「正諾如反」、「物極必反」，展現另類組構的「錯綜流動」，詩家另稱「迴鸞舞鳳格」，皆「有意矯避平板」無奇。形構詞句能「錯互以成對照」，「以博其趣」，又可「長短奇偶錯落交遞，幾泯間架之跡」，因而他「聊復舉例」，其中除了早先他舉《詩經．關雎》(《管錐編》卷一，**115**)，再舉《焦仲卿妻》:「君當作磐石，妾當作蒲葦；蒲葦紉如絲，磐石無轉移」，描述男女「交往」的葛藤反轉丫叉現象。另舉《恨賦》:「春草暮兮秋風驚，秋風罷兮春草生」，探及時序「交替」反轉循環的丫叉現象。他另特舉諸葛亮《出師表》，謀篇布局，不僅數句片段，甚至通篇皆以對比、對照、對仗的多重交錯葛藤丫叉筆法。另舉「知之不言，言之不知」，絕對的交叉互換，類如王羲之《雜帖》:「石脾入水，即乾，出水便顯；獨活，有風不動，無風自搖，天下物理，豈可以意求，惟上聖乃能窮理。」這類神交、靈契，凡人只能「出於神的旨意，我就默然不語。」

語文反轉現象可規律順向地向上提昇為「黃金交叉」；也可逆向地向下沉淪或歸零呈「死亡交叉」；最難能可貴的在一片死寂之餘仍能展現一線一絲的新生命、新希望，能夠反敗為勝或否極泰來，如柳宗元的「千山鳥飛絕，萬徑人蹤滅，孤舟簑笠翁，獨釣寒江雪」。由「初聞涕淚滿衣裳」轉向「漫卷詩書喜欲狂」，再下連連驚喜「白日放歌須縱酒，青春作伴好還鄉。即從巴峽穿巫峽，便下襄陽向洛陽。」(杜甫，〈聞官軍收河南河北〉)，逍遙地淋漓盡致，一瀉千里。白居易的長詩呈現交叉反轉現象:《長恨歌》以「三千寵愛在一身」的榮景急轉直下連環轉陷溺，流為結句(局):「此恨綿綿無絕期」；雖然其間類如《琵琶行》以開場其間，歷經灑脫地默認「相逢何必曾相識」，也期望/巴望著下輩子「在天願為比翼鳥，在地願為連理枝」。中文詩詞採用相當多「看空」的死亡交叉，其中以「黃鶴人去不復返。白雲千載空悠悠。」流落到「湮波江上使人愁」(崔顥，《黃鶴樓》) 最令人神傷；可惜，鮮少呈現西方奉為圭臬的「鳳凰浴火重生」那樣積極正向的驚奇驚豔。

語文除了可呈現大量具連續性又規律富秩序、聯貫、統一頗依規律系統，也可大量衍生併出「離散無限」(**discrete infinity**)，以及無窮地包孕在自身裡面，生成更複雜的語言單位的「遞迴性(**recursiveness, Chomsky, 2000**)」，至於繁多又嘈雜的「眾聲喧嘩」

就只好任憑它無法掌控、無奈感嘆或無言以對。

錢鍾書（**1989**）將這類「正反轉化」的「Ｙ叉現象」廣泛地運用在人世間常見的「平常現象」如水能載舟也能覆舟，「海峽兩岸」的大陸和台灣，彼此的消長也如是，「語言」可興邦也可喪邦；可為「彼此了解、和解的是語言，而正是語言也常使人彼此誤解以至冤仇不解」。

二、《老子》「反者，道之動」

（一）圓形（橢圓形）/旋轉循環

錢鍾書引 **Hegel**（黑格爾）「矛盾乃一切事物之究竟動力與生機（**die Wurzel aller Bewegung und Lebendigkeit**），而歸納結論辯證法可象以圓形，端末銜接（**als einen in sich geschlungen Kreis**），其往（**ein Vorwärts**）亦即其還（**ein Rückwärts**），曰道真（**das Wahre**）見諸反覆而返復（**die entgegensetzende Verdopplung**）。曰是性運行如圓之旋（**ein Kreis, der in sich zurückgeht**）。」（《管錐編》，卷二，**691**）其靜止狀態為圓型結構，旋轉的動態則呈螺旋狀。《老子》的「反者，道之動」，反常呈返，正向為「回反（返）」，負向為「違反」。

王更生（**2004**）將《文心雕龍．原道》其中「道沿聖以垂文，聖因文以明道」解成△（三角型）的循環圖；呂有勝（**2010**）再將「文之為德也大矣」、「文與天地並生」參與推動運作而成雙螺旋邏輯結構圖。仇小屏（2010）論《古文關鍵》發現一連串的「對舉現象」皆可呈「圓形結構」，形成「呼應不絕的內部運動，因此充分體現出文章為一有機體」。

（二）「正言若反」

錢鍾書（2007）解《老子》首句「道可道，非常道。名可名，非常名。」衍伸為「文可文，非常文」亦即「可文」即指「奇言怪語」。無奇不書，常以圓型循環迴盪，他再以德文闡釋語言文字「衹是繞不可言傳者而盤旋」（**ein Herumgehen um das Unaussprechliche**），並引 **Plato**（柏拉圖）「早謂言語文字薄劣」（**the inadequacy of language**）描述幾不可言的形狀（**a form that is unutterable**），亦即 **Goethe**（歌德）認為事物之真質殊性非筆舌能傳。能言常「多類非而是」或「多類是而非」的 **paradox** 或「模稜兩可」（**ambiguity**），所以《老子》一書常用反復所言，「以反求覆」才能形成連鎖反覆循環，鑄成古今輝映的千古名言。陳滿銘（**2005**）也指出：透過《老子》『反者道之動』（四十章），「夫物芸芸，各復歸其根」（十六章）與《周易・序卦》「既濟」而「未濟」之說，將順逆向結構不僅前後連接在一起，更形成循環，提升不已的螺旋結構，形成連鎖反映在宇宙之間可如日光反射變化多端的 **heliogram** 或類如 **DNA** 的雙螺旋（**in a form of double helix**）。如此「相反相成」、循環不已，說的就是「變化」，而「變化」的結果，就是「返回」至「道」的本身，這可說是「變化」

中有「秩序」、「秩序」中有「變化」的雙向雙螺旋循環，可「相反相成」、「返本復初」；也可平行並行、相倚相成，繼續衍生，如「道生一，一生二，二生三，三生萬物」的順向衍生，「反者道之動，弱者道之用，天下萬物，生於有，有生於無。」（四十章）。有無相反又相生造成千變萬化的大千小千世界。

修辭學經常運用詞義互相矛盾，對立或互相對待的詞組，構成「約定俗成」，鮮明突出文字倍增說服力的「正反對比」或「比照相宜」，如我們和這一切「古老又青春的東西異常水乳相融」。（引自陳蘭香，**2008**）

回文以相反的詞語「回環往復」，才能留下連環反應，迴腸盪氣如「長相知，才能不相疑；不相疑，才能長相知」（曹禺）《王昭君》。至於對比透過對立，更引人矚目。如臧克家《有的人》：「有的人活著，他已經死了；有的人死了，他還活著……的人騎在別人的頭上；呵，我多偉大！有的人俯下身子給人當牛馬。」（引自邢福義、汪國勝主編，**2008**）。

（三）不可言說

《老子》全書透露「道」的本體是「渾沌未明」、不可言說」、「神秘玄妙」的妙境，「玄之又玄，眾妙之門」、「惚兮恍兮」、「無狀之狀，無象之象」等等捉摸不定的狀態（鄒川雄，**1997**）。這類渾沌旋轉常耐人尋味個中妙境。

錢鍾書引用德國詩人 **Schlegel** 指出「詩歌結構必作圓勢（**Der**

Gang der modernen Poesie muss cyklisch d.h.cyklisierend sein），其行如環，自身回轉……」近人論小說、散文之善於謀篇者，線索皆近圓形或橢圓形 （**a circle or ellipses**），結局與開場復合（**the conclusion reuniting with the beginning**），或以端末鉤接，類蛇之自銜其尾（**le serpent qui se remord la queue**）。名之曰「蟠蛇章法」（**la composition-serpent**）。其結語期盼獲臻「文章亦宛轉回復，首尾俱應」。小說結構也另可呈現王基倫初論的「草蛇灰線」，若隱若現，虛實相間，或如神龍見首不見尾的「化龍」現象，或常呈山蛇勢。

葛藤現象也有一種難以形狀的「恍惚」狀態。《老子》所言「道之為物惟恍惟惚。惚兮恍兮，其中有象。恍兮惚兮，其中有物。窈兮恍兮，其中有象。恍兮惚兮，其中有物。窈兮冥兮，其中有精。其精甚真，其中有信。」（二十一章）。文學作品酷耽探討這類善隱變化莫測的幽玄妙境，狀如 **James Joyce** 的**"stream of consciousness"**（意識流）。

陳滿銘（**2005**）綜論隱緯：「自古以來，辭章講含蓄『意在言外』,『不著一字，盡得風流』，因此主旨全隱於篇章，便比比皆是。」張牙舞爪或一語道破，大剎風景。有些文字只求意會神契，不求明晰、分析，就像用刀斷水水更流，以劍切風風自風。斷而未斷，風流依舊。辛棄疾感嘆「無人會，登臨意」，那種「水隨天去秋無際」的惆悵；感傷「人世竟誰雄，……但覺平生湖海，除了醉吟風月，此外自無功」。萬劫不復的遺憾，不盡流露在其詩詞中。蘇東坡感嘆「天下何處無芳草」之餘，不禁玩了一下 **chiasmus** 的四句：

「牆裡鞦韆牆外道，牆外行人牆裡佳人笑。笑漸不聞聲漸悄，多情卻被無情惱」的無緣、無情、無奈。比諸「虛無主義」(**Nihilism**)的主張，如 **Nietzsche**（尼采）企圖打破循環的理論（**to break through its circular reasoning**，見 **Kristeva, 1984**），達到一種「無」的狀態（**a form of negativity-*Kinesis***），或如西方世界打破一再的輪迴，跳至涅盤，呈現那種絕情絕斷的死寂；另類呈現中土文人耦斷絲連、纏綿悱惻的惆悵。

（四）模稜兩可

中文詞構可以使用雙否定「不」、「不」並不表”**neither…nor** 反而”表”**both…and**”，如黃清連評陳寅恪的「不古不今之變」、「不舊不新之學」、「不中不西之學」，解為「亦古亦今」、「亦舊亦新」、「亦中亦西」。類如成玄英疏《莊子‧大宗師》:「朝徹而能見獨」，曰:「夫至道凝然，妙絕言象，非無非有，不古不今，獨來獨往，絕待絕對。睹斯勝境，謂之見獨。」另，成玄英疏「無古今而後能入於不死不生。」曰:「古今，會也。夫時有古今之異，法有生死之殊者，此蓋迷途倒置之見也。時既運運新新、無今無古，故法亦不去不來、無死無生者也。」誠為「法無定法」極佳詮釋。

案：羅志田謂:「此解很像陳寅恪心中之所寄。」而成玄英的疏所謂「不古不今，獨來獨往」，正凸顯「無古今」乃「見獨」之後的境界。並謂:「二者相連，最接近先生的一貫抱負和對『獨立精神』的追求。而『時既運運新新，無今無古；故法亦不去不來，無死無生。』陳寅恪於〈讀哀江南賦〉中提到以古典述今事，其

境界往往可達『同異俱冥，今古合流之幻覺化境也』」。（引自王震邦，2006）

另陳寅恪在〈天師道與濱海地域之關係〉一文中，引《真誥》語，有「不今不古，能大能細。」自然能高能低、縱橫天地之間而自得，由小可見大，由大可見小。遊移在兩端，而能「執兩用中」是儒家處事料理之常道。（引自王震邦，2006）

三、巔倒眾生的文字與文學

（一）反切「聲」「韻」

早在公元 **600** 年陸法言等學者交滙在人文薈萃的長安共同著作出版《切韻》，其方式為音韻的 **chiasmus**，亦即將兩個字，前者留「聲」（頭韻 **on set rhyme**）去「韻」（尾韻 **coda rhyme**），後者去「聲」（頭韻）留「韻」（尾韻），如此交义重組，以定該詞彙應發的聲韻。從此以後千百年中國人讀唸吟誦漢字就有了一定的準則。

例如六朝人所謂「反語」，如「東田」的反語便是「童顛」之類（余英時在其《陳寅恪晚年詩文釋證》頁 **174** 參引趙翼《廿二史箚記》卷十二「六朝多反語作讖」條）。（余英時（**1998**），《陳寅恪晚年詩文釋證》，台北：東大圖書。）這類文史互證，顯隱交融在魏晉南北朝有如反切遊戲把玩的更加淋漓盡致。如「維揚」

切成王；再將揚維切成儀，於是產生新的姓與名「王儀」，再把王儀反切變回「維」，儀王反切為「揚」，於是又變回原來的名字「維揚」。

英文經常將兩字綁在一起成為新詞如將牛津（**Oxford**）去尾加劍橋（**Cambridge**）去頭，新詞為 **Oxbridge**（牛劍），然而沒那種文字遊戲，反切為劍牛。

（二）巔倒文字

人類單純的邏輯（**logic**）期望文字（**logos**）能夠「反之亦然」（**vice versa**），可惜不如意事常十之八九，而出現「反之不然」。譬如我愛她，可是她不盡然會產生「她愛我」。至於「我怕太太」，反向念為「太太怕我」，左右倒置無傷大雅，反增打情罵俏的情趣。檢視當代英文的 **vice** 可當代替、代理、副手。上下左右反轉，有時差異不大，有時立判生死如**"He killed her."**，換成**"She killed him."**。這種你死我活的絕對相反的 **chiasmus** 太絕情。生死是不可互換的「不可逆性」，其推論結果是「反之不然」。至於文字遊戲的雙關語（**Pun**）的代表作，如 **James Joyce** 在其中篇 **"The Dead"** 描述男女在大雪溫室中翻雲吐霧雲雨巫山之後隱現窗上的文字類如飄飄欲仙的神仙（**god**），亦如性致勃勃的熱狗（**dog**），兩樣情境雖大異其趣，卻耐人尋味，回味無窮。然而另篇小說 **"Araby"** 小男孩朝暮膜拜的「女神」，近看竟是「神女」，留下無奈神傷的落寞是萬劫不復的困境。消逝的青春也是「不可逆性」。

古今中外也有些詞彙因為時代變遷而其意涵剛巧對換，如季旭昇（**2009**）發現原先詞構「盜」小器皿，對換為動干戈的大「賊」，或許因黃巾賊而倒改為「大盜」「小賊」。原供奉往生者為「享」，今生者為「饗」，然而後世卻用「饗」往生者；反之活著的人「享」用大餐。原詞構（**morphological form**）前為「齒」，而後口腔的為「牙」，今則對換為：前門「牙」，後智「齒」；原「囊」與「橐」而今日的囊字還在使用，而「橐」字則消失了。語言文字隨著時代的變遷，多所變化，難能可貴的是辭意剛巧對換、對調，贏得頗/略、多/少、加/減的驚奇。綜觀滄海桑田的變化，令人驚奇、驚訝、驚嘆連連。

英文在 **Shakespeare**（莎翁）時代，**nice** 有負面含意，現則人人喜愛 **nice**，不喜歡 **vice**。原 **cool** 詞義為中性的涼意，現今 **cool**（酷）則極為新新人類所酷愛。

（三）《詩經》的葛藤反轉現象

《詩經》為了描述纏綿悱惻的糾葛情愫大量運用「重章疊詠」的「互文、翻疊、層遞」，即綿綿又反返層增遞進地迴盪如〈唐風．葛生〉前二章：

葛生蒙楚，蘞蔓于野。予美亡此，誰與？獨處！

葛生蒙棘，蘞蔓于域。予美亡此，誰與？獨息！

或如〈邶風．旄兵〉：前二行

旄兵之葛兮，何誕之節兮？叔兮伯兮，何多日也？

何其處也？必有與也。何其久也？必有以也。

反覆吟咏連綿不盡，一唱三嘆，有時顯得失之：瑣細、瑣碎。再檢視〈鄭風・有女同車〉：

有女同車，顏如舜華。將翱將翔，佩玉瓊琚。彼美孟姜，洵美且都。

有女同行，顏如舜英。將翱將翔，佩玉將將。彼美孟姜，德音不忘。

有女如此，令人傾慕，一往情深，難以自已；若能轉移心意，提昇到追求學問，追求理想，然後寫出千古傳唱的美詩美文，更能「膾炙人口，傳誦不衰」(莊雅州，2010)。

（四）O. Henry, Chiasmus 的結局

美國短篇小說之王 **O. Henry** 的小說結局經常設計為匪夷所思，異於言表的驚奇結局（**surprising ending**），如 **"The Gift of the Magi"**，男方賣錶買梳，女孩賣髮買鍊，交換心肝，結果嫣然互笑著彼此的「缺」「陷」。有些遺憾尚可彌補，如女孩的「長」髮；有些只能還諸天地，如男的錶一去不回頭。再如 **"The Ramson of Red Chief"**為了綁架印地安頑童以索求「贖金」，結果適得其反，徒付金幣「贖」過。再引最引人深思的**"The Last Leaf"**〈最後一葉（夜）〉，老藝術家最後一夜以自己的生命在風雨交加的雪夜完成一畢生最終的「傑（劫）作」，結束一生。那一葉、那一夜反轉了兩位藝術家的生命（**life**）與藝術（**art**）。老藝術家以他短暫的一生（一夜）換來相當長久（**long**）留存的藝術，而這一篇短文「喚醒」了多少人追求新生求生與藝術大愛，那些心窩裡交織成美好的夢想。

（五）戲劇反串角色

戲劇人生，結緣解緣，扮演角色，常好反串。類如男兒身的梅蘭芳反串青衣/花旦；王海波女兒身却反串為小生/老生。在莎翁時代因為梨園戲場不許女角，只好尋找未成年的小男孩反串女生。在戲劇中也經常「貍貓換太子」造成陰錯陽差的戲劇效果；至於「麻雀變鳳凰」在戲裡戲外總是古今中外多少少女/男的美夢。人生戲劇，緣起緣滅，角色反轉，禍福相生，顛倒鴛鴦，無常戲劇，人生無常，戲劇一場，交錯成一串串 **chiasmus** 的一生。

四、反正、正反的經典反轉

（一）分別二元的知識架構

《聖經》自始就將「知識」(**Knowledge**)以「二元對立」(**binary oppositions**)的方式分別為「分別善惡」的知識果。由此衍生為好/壞、真/假、美/醜、起/落、神/人等二元對立，又合二為一的矛盾又弔詭的合一。自此人類先天(先於經驗，**a *priori*** 康德的先驗論)就具有二元「對立/統一」的「知識結構」。亦即人類已失「無善無惡」的天真樂園，人世間總是「是非之地」，如何趨善/是/利，而避惡/非/弊就是一生一連串二擇一(**either/or**)的抉擇。

《聖經》有如《老子》，「正言若反」的例子比比皆是，如「那在後的將要在前，在前的將要在後了。」(馬太福音二十：**16**)「凡要救自己生命的，必喪掉生命，凡為我和福音喪掉生命的，必救了生命。人就是賺得全世界，賠上自己的生命，有甚麼益處呢。人還能拿甚麼換生命呢。」（馬可福音八：**35-37**）「凡有的，還要加給他更多，沒有的，連他所有的也要奪過來。（路加福音十九：**26**）。耶穌總語帶玄機地以比喻說：「因為天國的奧祕，只叫你們知道，不叫他們知道。……我用比喻對他們講，是因他們看也看不見，聽也聽不見，也不明白，因為這百姓油蒙了心，耳朵發沉，眼睛閉著。」（馬太福音十三：**10-16**）「你們中間若有人在這世界自以為有智慧，倒不如變作愚拙，好成為智慧的。」（哥林多前書三：**18**）。鄒川雄（**1997**）特別提出《新約聖經》保羅身處「靈/肉」之間的衝突緊張的「張力狀態」，極為生動地吶喊「我真的是苦啊！誰能救我脫離這取死的身體呢？」「就是我肉體之中沒有良善，因為立志為善由得我，只是行出來由不得我。」（羅馬書七：**18**，**24**）

（二）映襯成趣的修辭法則

《聖經》總愛以對比透顯公理的對應及對照，人世間的一切也經常以矛盾差異統合在一起辯證以便辨識。許馨云（**2010**）研究報告「耶穌在證道時，為了使聽眾門徒自行思考判斷，並且加深印象，也使用很多映襯法。」

映襯大多呈現 **chiasmus** 現象，又可分為三大類型：**1.** 反襯：對於一種事物，使用恰恰與這類事物的現象或本質相反的形容詞或副詞加以描寫；**2.** 對襯：對兩種不同的人、事、物，用兩種不同的觀點加以形容描述；**3.** 雙襯：對同一個人、事、物，用兩種不同的觀點加以形容描述。

1.反襯

「狐狸有洞，天空的飛鳥有窩，人子卻沒有枕頭的地方。」（馬太福音 **8：19-20**）。此 **chiasmus** 的句子前兩句描述人世間動物的「有」；反襯天神在地上的「無」。更顯天國非在人世間擁有些許物質的世界。再如〈士師記〉基甸先要求「羊毛有露水，別的地方是乾的。」神蹟顯現後，又再要求反之亦然，果然「獨羊毛是乾的，別的地方都有露水。」這種雙重保證更顯人心的惴惴不安

2.對襯

聖經從人類開始吃了「分別善惡的知識果」之後，是非成敗美醜禍福總呈現對襯狀態，如英諺：「一人當成肉，他人視為毒」（**"One man's meat, other's poison."**）。耶穌的對襯比喻：「凡要救自己生命的，必喪掉生命；凡為我喪掉生命的，必得着生命。」（馬太福音 **16: 24-25**）。「凡人在人面前認我的，我在我天上的父面前也必認他；凡在人面前不認我的，我在我天上的父面前也不認他。」（馬太福音 **10: 32-33**）

3.雙襯

「那殺身體，不能殺靈魂的，不要怕他們；惟有能把身體和靈魂都滅在地獄裡的，正要怕他。」（馬太福音 **10: 28**）

「為什麼看見你弟兄眼中有刺，卻不想自己眼中有樑木呢？你自己眼中有樑木，怎能對你弟兄說：容我去掉你眼中的刺呢？你這假冒為善的人！先去掉自己眼中的樑木，然後才能看得清楚，去掉你弟兄眼中的刺。」（馬太福音 **7:1-5**）

伍、Chomsky（喬姆斯基）X-bar theory（解去分岔語意圖型）

（一）普世雙軌（螺旋）的自然/人為法則/法規

中西修辭學皆首重「道法自然」以及「人法天」，**Aristotle**（亞里斯多德）認為「法」可分為 **1.**人為的法律如國法、家規；**2.**普世的自然法則（**the law of nature**）。如適當地使用眾人智慧的結晶「格言」（**maxims**）可當成「普世真理」（**as a universal truth**）的共識典範。正如 **Chomsky**（**1972**）提出人類先天就賦於認知共同的法則，亦即人同此心，心同此理。**Chomsky**（**2002**）在其著作《論自然與語文》重申「語文基本結構本質上是統一的形式，而這是從內在而非來自外在」（**"The basic structure of language is essentially uniform and is coming from inside, not from outside."**），亦即這是人類與生俱來「基因天賜」（**"the genetic endowment"**）。深層結構內在統一的「語文結構」（**the structure of language**）和無數排列組合而成的表層「結構群」。皆可呈現語文雙結構的「緊張關係」（**a tension**）；語文也可能呈現另類的似是而非，似非而是的「模稜兩可」（**paradox**）。亦即人文的法則是根據自然正向、順向法則；然而也可反其道的突變交錯、迴旋或創新。《易經》是依「規律的數理邏輯」定出太極（**1**）生兩儀（**2**）再衍生為 **8** 卦 **64** 卦的數理邏輯（由 **1** 生 **2** 再衍生 2^3為 **8**，2^4的 **4** 冪次方為 **64**）再繼續不斷的衍生為「天行健，君子以自強不息」而為人生哲理的律則。陳滿銘（**2004**）將之歸納為多、**2**、一（**0**）以及 **0**、**1**、**2**、多的雙向雙螺旋律動。（戴維揚，**2010**）若依 **Chomsky** 的「極簡主義」可簡約為電腦數據 **digital** 的概念歸零為 **0** 與 **1**（**0→1→0**），有無相生相返（反）的「無窮變化（**discrete infinity**」。

（二）Chomsky（喬姆斯基）

Chomsky 試圖就人類先天先驗賦有「語文習得機制/元件」（**Language Acquisition Device**，簡稱 **LAD**），因而產生「深層結構」（**Deep structure**）「普世語法」（**Universal Grammar**，簡稱 **UG**），因而能夠了解彼此之間呈現在「表層結構」（**surface structures**）的語文「能力」（**competence**），「表現」（**performance**）。其「衍生式語法」（**generative grammar**）和「變換律語法」（**transformational grammar**）已成為詮釋語文現象的新「典範」（**paradigm**）。甚至運用於將變化莫測的分岔「語意關係」（**semantic relations**）或是「概念結構」（**conceptual structures**）都可交叉轉化、簡化為線型關係或是數學公式，如 **XP→X′→X…**（**X=[+N，±V]or[+V，±N]**）。從雙重槓（**double bars**）的詞組簡化為單槓（**bar**）去殊異前置詞（**specifiers**），留下核心（**head; core**）

的詞心，新（心意）的 **X** 也可秩序反轉，如日文動詞在後受詞在前，而中英文動詞大多在受詞之前。或如法文單字形容詞大都在名詞之後，英文反之。其深層結構的意涵皆可意會到表層結構反轉的內涵。表層的語文和深層的語意都可運用公式陳列，如「正言若反」為「＋≒－」或語詞反轉 **AB→BA**，一目了然；字序反轉為 **X-bar theory** 的語言轉向，可澄清和定位在存在雜繁世界的交錯點上。**Chomsky** 圖像式地呈現「樹狀型」的規律分叉如下圖：

Syntax（句法）[深層結構]

↓

S-structure[表層結構]

PF （phonetic form） [語音型式]　L （logic form） [邏輯形式]

Chomsky （1995）主張語文「極簡主義化」（**minimalistic**）就是就深層結構裡，人類的思維是可互通、可逆的具有核心普世共通的價值意義，人類可溝通現象，還可雙向/多向逆轉也可互通，甚至於可往復迴盪，留連往返地連結、糾結、盤結於紅塵滾滾的大小千世界。

陸、後現代/後結構主義論述

（一）Derrida（德希達）解構先建的「結構主義」

Jacques Derrida 挑戰 **18** 世紀 **Kant** 所宣稱的「人類具有內建責任感」對「更高的道德律」（**the higher moral laws**）具有一種尊崇敬畏的心，這就是「道德」（**morality**）的基礎。**Derrida** 繼存在主義的 **Jean Paul Sartre**（沙特）質疑這種道德律的「本質」（**essence**），進而提出「去 **logos**」,「去中心」的 **delogolization**，而趨向「雙重行為的『自由』與『壓力』的邀請」（**the "double act" of the invitation**），主張有些人類行為反應是沒有通則，也無規律導向（**without a general and rule-governed response**），有些抉擇也是無法則、無意義的、隨興的另類無厘頭的另類「論述」（**discourse**），有別於 **Aristotle** 的「哲學論述」（**philosophical discourse**）。因而拋棄 **Kant** 理性實踐的道德觀而另建構近代的「暴力」（**violence**）「美學」（**esthetics**），類如毛澤東主張「造反有理」的瘋狂殺人行為，以及無數的「暴力影片」所呈現「暴力美學」，或如 **Derrida** 在 **1966** 年的成名作，以遊戲（**play**）心態論述語言「結構/解構」。**Derrida** 晚年的演講〈什麼是有高度的翻譯〉，英譯 **"What is a"relevant"translation?"** 主張提升高度可「調合」（**season**）、「解救」（**relieve**）低層次的人為困境，如莎劇《威尼斯商人》**Portia** 企望提昇 **sympathy** 的愛的層級，以「質」來提昇「量」的斤斤計較。因為聖經解「愛」（**agape**，**äɤαπη**）為「不計較」，因而大愛就可消解斤斤計較的「一磅肉」，奈（0.1^{-9}）克（毫（0.1^{-6}）髮）不差的「量」的層次。

（二）Roland Barthes（羅蘭・巴特）的解構論述

Barthes（**1970**）出版分析 **Balzac** 的故事 **Sarrasine** 成書 ***S/Z***，打破傳統二分法的「敘事結構分析」。戲謔地批判「以一攝多」、「一以貫之」的理論架構，他以不同的食物比喻不同的典範轉移。他認為傳統多以具有果仁（核）的文本分析，從中心找出核心價值。然而他認為另一種食物如洋蔥，層層蔥皮（也就是不同層次、結構）相疊累積，而其塊體最終卻不含任何中心、硬核、秘密、任何不可化約之原則。其外皮所包裹的，也只是其表面的套裝並無「表層」與「深層」的二分。為此，他取消了「統一」，他把他新創的論述比喻好像倒吃/順吃/隨意啃吃節節高的甘蔗，隨著不同部位，品嚐出不同的甜味。因而他打破固定的「結構」（**structure**），走向動態的「建構歷程」（**structuration**）、由整體作品（**work**）走向片片（篇篇）看似零碎的「文本」（**texts**）、由「意義」（**sense**）走向「意義的生成」（**significance**）。亦即走回 **Plato** 的洞見，認為吾人只能略窺真實的真理的一角，或所見、能見只能曇花一現或鏡花水月的倒影，人間的「論述」（**discourse**）可能只是一種「遊戲」（法文 **jeu**）；一種欲止還行的懸拓（**suspense**），有時「無聲」勝「有聲」、勝過 **Aristotle** 主張的能言善辯（**persuasion**）或滔滔不絕的「雄辯」（**oration**）。主張語言常是強勢挪用（**appropriation**），衝破了對照之牆，消除了硬幣正反、通常的二分法（二元性）。

謎樣的人生常是無厘頭，不見樹也不見林（橫生枝節或糾繞盤曲）的「荒涼」、「荒繆」、「荒唐」。一頭霧水底洞見女性如 **valva**（門扉）的 **vulva**（女陰），類如老子的「玄牝之門」，恍惚見不到 **Aristotle** 定義嚴謹的「結構」，只「洞見」隨興地「建構歷程」（**structuration**）。為此「所有的佈局序列不久都要結束了，敘事也行將消失。」雖然勉強型成「樹狀結構」，時常橫生組合關係和縱向亂序排列，交叉或交錯（屠友祥譯著， **2004**）。類如後現代的「亂中有序」，此花（華、嘩）絮已非 **Aristotle** 所規劃的「井然有序」的「序」，其組合已是後現代 **Bakhtin**（巴赫金）所呈現的「眾聲喧嘩」（**heteroglossia**）在多層次、多層面交雜翻騰的「喧嘩社會」（**heterogeneous society**）。或如化學變化的交叉耦合的 **chiasmus** 新組合現象。就語文現象，現當代的語體經常混雜夾著論夾敘夾喻夾議，鮮少清簡樸素的教條式說教（周振甫， **2005**）。

（三）M. M. Bakhtin（巴赫丁，1895-1975）修辭論述

Bakhtin（**1934-35**）定稿《長篇小說話語》將歐洲小說修辭的兩條路線（魏炫譯，**2002**），將「共時」（**synchronic**）的橫向架構轉向「歷時」（**diachronic**，或譯「通時的縱軸，甚至糾結縱橫統一論述，稱之為「時空體」將「時間形式」疊合在空間優勢的「空間形式」或稱「時間的空間化」，亦即「時間系列與空間系列交叉」。

Bakhtin 另則又將「對話」（**dialogue**）和「獨白」（**monologue**）也混雜一起。他認為所謂的「獨白」其實也孕含「對話」的隱性因子，具象的小說世界也蘊含了哲學哲理的「普遍性」和「抽象

意義」。「內容」和「形式」或「結構」常是互動、互相指涉。他認為只有在天地混沌中，《舊約聖經》創世紀開始上帝用「語言」（**logos**）創造井然有序的世界，到《新約聖經》約翰福音 **1:1** 太初有「道」（**logos**）那時的世界已經經歷創世紀巴比塔（**The Tower of Babel**）語文混成混雜的「狂歡」的「眾聲喧嘩」。他認為蘇俄小說家 **Dostoevski** 的小說就利用一種特殊的「修辭手法」（**rhetoric device**）呈現出「欲擒故縱」（**occupation**），時而對話、時而獨白，亦莊亦諧的「莊諧體」描述、敘述亦真亦幻的小說世界，將現實世界的「摹擬」（**imitation**）轉化為現當代藝術世界多層次的「再現」（**representation**）或幻現（**fantasy**）。

（四）蕪蔓葛藤/花葉茂盛

詩歌描述縹緲夢幻濃的化不開的戀情類如鄭愁予的〈戀〉：

傳說：
宇宙是個透藍的瓶子，
則你的夢是花，
我的遐想是葉……
我們並比著出雲，
人間不復仰及，
則彩虹是垂落的莞蔓，
銀河是遺下的枝子。

陳滿銘（**2010**）將其中的「花」、「葉」視為「位置是較高的」

樹狀條理分理的現象；相對地「稍低一點」層次屬於葛藤現象如「垂落的莞蔓」和「遺下的枝子」，屬於「纖麗縹緲，引人憐愛」的戀情，相當難以格式框定，猶荒野蔓生的葨藤或像「彩虹」雖然華麗且難以掌握，只能遐想，只能心戀。

柒、結論

（一）多元多向歧異反轉

「龍生龍，鳳生鳳，老鼠的兒子會打洞」這種順向邏輯「演繹」（**deductive procedure**），常視為當然，而未關注另類的歧異「變化」。如反轉自然關係而呈現「歹竹出好筍」的異象，比較容易引起驚奇、驚訝、驚嘆。「造反有理」、「坦白無罪」的怪力亂象，掀起腥風血雨的文革。然而反轉也可走迴旋「柔弱美學」，如《老子》的扮豬吃老虎，如水「以柔克剛」，「上善若水，水善力萬物而不爭。」（八章）「天下柔弱，莫過乎水。而攻堅強者，莫之能勝，其無以易之，故柔勝剛，弱勝強。」（七十八章），以天下至柔的水，「以無有入無間」莫之能禦。《聖經》以聖靈如火，也可無所不摧雜質，鍊淨成真金。《老子》從負面的「無」到「有」，而「負陰抱陽，沖氣已為和」「致虛極，守靜篤，萬物並作，吾以觀其復。」（十六章）達到「無為而無不為」；基督教從正面積極地「惟喜愛耶和華的律法，晝夜思想，這人便為有福了！......凡他所做的盡都順利」（詩篇 **1；2-3**）。當然在馬太福音的「登山寶訓」（俗稱八福）一切皆可反轉，都要賜給那些「虛心的人有福了」、「哀慟的」、「溫柔的」、「飢渴慕義的」、「憐憫人的」「清心的」、「使人和睦的」、「為義受逼迫的」都有福。亦即「謙受益、滿招損」的「正言若反」。皆呈語文反轉現象。

然而近代文人騷客比較酷愛「酷兒」（**weird**）那些離奇古怪、匪夷所思的人獸事物，如法國詩人 **Charles Baudelaire**（波特烈爾）的《惡之華》（***Les Fleurs du Mal***）描述給〈一位失之交臂的婦女〉（**A une passante**），如驟然丟失在我們視線風塵一眸的麗人，耽陷在濃縮衝動/崇拜/夢想/夢饜/期待/燃燒……五（無）味雜陳，迴腸盪氣、雲巫般的底蘊（**Clouds of meaning**）。**Derrida**（德希達）以一種不確定的態度，進行反向的否定和正面的解構，就以他的〈無底的棋盤〉為歧異永無獲勝遊戲說（**jeu**），類似 **Wittgenstein**（維根斯坦）的「語文遊戲」（**language game**），或如 **Joyce** 的「戲仿」（**parody**）人生。甚至落入「套套邏輯（**tautology**）」，整套邏輯指涉另一種「套套邏輯」，常無法跳脫沙特 ***No Exit*** 地獄禁錮，或 **Derrida** 的無窮地解構「道」（**delogolization**），又無法留存（**retention**）任何的「意向」（**intention**）或「預存」（**pretention**）的綿延，那一切的一切盡都惘然。（陳友志，**2004**）。這類「欲解還結」的糾結悵然夾雜憾然無結的人生。

底層結構的「本體論」（**ontology**）的「論述」（**discourse**）常不經常地透顯/隱藏著不同方法集現表層結構的「認識論」（**epistemology**）的表現方式，常見為 **simile**（明喻）、**metaphor**

（暗喻）以及 **parable**（訓喻或譯轉喻）。

《老子》好用「若」字的 **simile** 描述/詮釋，類似（**similitude**）或「逼真觀」（**verisimilitude**）。就正言「若」反，四字一詞的套語，比比皆是，特愛以「大」帶頭的「大智若愚」、「大白若辱」、「大巧若拙、大辯若訥」、「大成若缺」、「大盈若盅」、「大直若屈」（四十五章）以及不帶「若」字的「大方無隅」、「大音希聲」、「大象無形」（四十一章）或不以「大」起頭的「明道若昧，進道若退」（四十一章）。莊子沿用「大」起頭的四言句，而更絕地一再地運用「大道不稱」、「大辯不言」、「大仁不仁」、「大廉不嗛」、「大勇不忮」《莊子・齊物》。

《聖經》在前述登山八福，就直接以 **metaphor** 表現多向可逆思維模式，也許顯得比較有張力而定位為「張力型思維」（鄒川雄，**1977**），至於將《老子》視為「和諧型思維」，也許只表現在外在的表象，內在動力仍是柔弱「勝」剛強，反敗為勝，暫屈後伸直的 **ephemeral epigram**，終極反轉的迴旋圖。《聖經》另採明講，凡謙卑居下的必升為高。《聖經》在新約另選大量使用 **parable**（訓喻）用一譬喻描述大自然的一種「現象」來另指精神/靈界的一種「反轉現象」（**chiasmus**）。另可以就英文字母 **S** 為曲線反轉，**Z** 為直線反轉，**Roland Barthes**（**1970**）出版一本書名為雙反轉的 ***S/Z***；語文大量綁住（**binding theory**）正反雙向的反轉現象。若「正言若反」的四字一套詞，也可用四句七言律詩如蘇東坡的「多情卻被無情惱」，當然也可像 **O. Henry** 以小說方式呈現，或如莎翁，或像 **Brecht** 或 **Beckett** 以戲劇方式顛倒人生或人生顛倒。至於近代中國崛起，因而產生新的思潮概念如 **Chindia**、**Chinwan**、**Chinrica** 又是政經世界，各各國國之間的 **chiasmus**。

（二）《莊子》論述方圓之間

《南華真經注疏》在論及「大道不稱」、「大辯不言」、「大仁不仁」、「大廉不嗛」、「大勇不忮」接著反轉對應詮釋「道昭而不道」、「言辯而不及」、「仁常而不成」、「廉清而不信」、「勇忮而不成」，結論是「五者圓而幾向方矣。」（成玄英疏郭象注）

「猶如慕方而學圓圓，愛飛而好游泳」，亦即逆向思維、旁敲側擊，執柯伐柯，一心周延地追尋圓滿的境界，雖不「圓」（圓滿）亦不「遠」，可達莊子所要的「圓而幾向方」，已經接近方正，幾近（**approximalely**）圓滿。莊子認為「故知止其所不知，至矣！」成玄英疏為「故知止其分，學之造極也。」能夠盡心盡力盡意又能反覆思維，然後定出自己能力所及的範圍再時時想去突破、創新。「孰知不言之辯，不道之道！」莊子已認定為「若有能知，此之謂天府。」所以追求「圓」滿，其行有「方」，就能「圓」動，又能「方」靜（止），達到天（圓）地（方）的天地人（方圓）三合一最高境界。因而以「矩」定「方」，以「規」畫「圓」，人世間萬事皆有「（圓）規（方）矩」的準則（principles）；但也容許少許片刻的糊塗「葛藤」（parameters）的 chiasmus（反轉）。

参考書目

（一）中文

莊　子 （1998；唐）。南華真經注疏。（晉）郭象注；（唐）成玄英疏。北京：中華書局。

王震邦 （2009）。

石毓智 （2009）。語法系統的運作機制—來自中樞神經系統的啟發。語言研究，29（4），15-21。

刑福義、汪國勝 （2008）。現代漢語語法修辭。北京：高等教育出版。

余國藩 （2008）。人文學科何以不是刻學？—從比較的角度自亞里士多德的觀點談起。Anthony Yu 英文原著。蔡淑菁譯。漢學研究通訊，27（2），1-13。

李英哲 （2001）。漢語歷時共時語法論集。北京：語言文化大學。

李先焜 （2006 ）。語言符號與邏輯。湖北：人民。

李軍 （ 2005 ）。語用修辭探索。廣州市：廣東教育出版社。

季旭昇 （2009） 談幾組詞義對換的詞。2009 華語文與華文化教育國際研討會論文集。新竹；玄奘大學 209-217。

周振甫 （2005）。周振甫講古代文論。南京：江蘇教育出版社。

泰瑞．伊果頓 （1993）。文學理論導讀。（吳新發譯）。台北市：書林。

陳有志 （2004）。胡塞爾現象學中的語言性及其現代思潮。戴維揚主編《人文研究語語文教育》。台北：台灣師大。

陳蘭香 （2008）。漢語詞語修辭。北京：中國社會科學出版社。

陳滿銘 （2005） 篇章結構學。台北；萬卷樓

陳滿銘 （2007）。多二一（0）螺旋結構論：以哲學文學美學為研究範圍。臺北：文津。

陳滿銘 （2004）。篇章辭章學（上）（下）。福州：海豐。

陳滿銘 （2009a）。篇章風格教學之新嘗試─以剛柔成分之多寡與比例切入作探討。載於戴維揚、余金龍（主編），漢學研究與華語文教學（41-54 頁）。台北市：萬卷樓。

陳滿銘 （2009b）。論篇章內容與行事之關係─以多二一（0）螺旋結構切入作考察。國文天地，25（5），69-76。

陳滿銘 （2010）。論篇章邏輯與內容義旨。章法論叢。第四輯。台北：萬卷樓。

張韌弦 （ 2008 ）。形式語用學導論。上海：復旦大學。

鄒川雄 （1997）。和諧型思維與張力型思維：《老子》與《聖經》思維方式之比較。梁國樞主編《中國人的思維方式》。台北：桂冠。

傅惠鈞 （2009）。錢鍾書漢書修辭史研究的方法論思考。古漢語研究，84（3），51-55。

葉斯泊森 （1984）。語法哲學。（傅一勤譯）。台北市：台灣學生書局。

蔡曙山。語言、邏輯與認知修辭學。清華大學。

錢鍾書 （2007）。管錐編。增訂版。北京；三聯書店

錢鍾書 （1989）。錢鍾書作品集。台北：書林。

戴維揚 （1996）。從二元對立 vs.合而為一到協商式的文化教學。

文訊雜誌，42-43。

戴維揚（1981）。論儒家經典西譯與基督教聖經中譯。教學與研究，3，241-278。

戴維揚（2002）。文化交融與英語文教學。載於戴維揚（主編），文化研究與英語文教學。37-56。台北：台師大。

戴維揚（2008）。華語文已成為新興強勢國際語文。English Career，42-47。

戴維揚（2009）。開闢中文系國際交流的新天地。國文天地，24（8），86-87。

戴維揚、方淑華（2004）。就語言流變追根溯源閩台漢語。載於戴維揚（主編），人文研究與語文教育，15-42，台北：台灣師大。

戴維揚（2010）。就腦功能論述結構的創新典範轉移。章法論叢。第四輯。台北：萬卷樓。

譚學純、朱玲（2001）。廣義修辭學。

羅淵（2008）。中國修辭學研究轉型論綱。北京：中國社會科學。

（二）英文

Arnold, M. C. （1869, 1994）. *Culture and anarchy*. New Haven: Yale University Press.

Brown, H. D. （2007）. *Teaching by principles: An interactive approach to language pedagogy. 3rd ed*. White Plains: Pearson Education.

Chomsky, N. （1965）. *Aspects of theory of syntax*. Cambridge: MIT Press.

Chomsky, N. （1981）. *Lectures on government and binding*. Foris.

Chomsky, N. （1995）. *The minimalist program*. Cambridge: MIT Press.

Chomsky, N. （2000）. *New horizons in the study of language and mind.* Cambridge: Cambridge University Press.

Eagleton, T. （1983）. *Literary theory: An introduction.* Oxford: Blackwell Publishers.

Huang, J. C. T., Li, A., &Li, Y. （2009）. *The syntax of Chinese.* Cambridge: Cambridge University Press.

Jakobson, R. （1987）. *Language in literature.* USA: Belknap Harvard.

Jossey, B. （2008）. *The Jossey-Bass reader on the brain and learning.* San Francisco: John Wiley & Sons.

Koob, A. （2009）. *The root of thought: Unlocking Glia*. New York: FT Press.

Kristeva, J. （1984）.*Revolution in poetic language*. New York: Columbia University Press.

Larsen-Freeman, D. & Cameron, L. （2008）. *Complex systems and applied linguistics.* New York: Oxford.

Man, P. de. （1971）. *Blindness and insight in contemporary criticism.* New York: Oxford.

Radford, A., Atkinson, M., Britain, D., Clahsen, H., &Spencer, A.（1999）. *Linguistics: An introduction.* Cambridge: Cambridge University Press.

Ricoeur, P.（1996）. *Between rhetoric and poetics. Essays on Aristotle's rhetoric.* Ed. Rorty, A. O. Berkeley: University of California Press. 324-384.

Rhys, R. W.（2004）. *Aristotle rhetoric.* NY: Dover.

Saussure, F. de（1959）. *Course in general linguistics.* New York: Philosophical Library.

Selden, R., Widdowson, P., & Brooker, P.（1997）. *A reader's guide to contemporary literary theory.* England: Prentice Hall.

Smolensky, P., & Legendre, G.（2006）. *The harmonic mind.* Vol.1. Cambridge: MIT Press.

Xing, J. Z.（2006）. *Teaching and learning Chinese as a foreign language: A pedagogical grammar.* Hong Kong: Hong Kong University Press.

從文字學與文學角度探討詩經重章疊詠藝術

莊雅州
元智大學中國語文學系資深客座教授

摘要：

重章疊詠是《詩經》章法結構及語言藝術的一大特色，本論文旨在從文字學與文學角度探討《詩經》重章疊詠的藝術，俾對《詩經》的欣賞與研究有所裨益。

在材料方面，以《詩經》三百〇五篇原典為主，以古今《詩經》的重要注釋及研究成果為輔，對相關詩作進行作品結構及文學語言的分析，並歸納其類型及藝術特色。

全文共分六節：一、緒論：說明重章疊詠的定義及起源。二、《詩經》重章疊詠的類型：分完全重章、不完全重章、部分複沓。三、《詩經》重章疊詠的技巧：在語言文字學方面有重複、易字、換韻；在文學方面有對稱、互文、翻疊、層遞。四、《詩經》重章疊詠的特色：如集中風雅、篇章簡短、回環往復、靈活變化、餘韻無窮。五、《詩經》重章疊詠的效果：利於傳唱、裨於理解、強化主題、加強抒情、聯繫內容、提升意境。六、結論。

關鍵詞：

詩經　重章疊詠　文字學　文學

一、緒論

無論就章法結構而言，或就語言藝術而言，重章疊詠都是《詩經》最顯著而重要的特色之一。

重章一詞，首見於唐・孔穎達《毛詩正義》，疊詠一詞，首見於清・姚際恆《詩經通論》[1]。前者側重於形式，後者側重於方式[2]。兩者析言固然有別，渾言則不分。大抵上，凡是詩篇中有兩章以上，其字句、結構相類似，思想、情感也大同小異，只是更換一、兩個字或幾個字，一再反覆詠唱，就叫作重章疊詠。也可以叫複疊、複沓、連環詩或重章疊唱、重奏復沓、重複回沓。

《詩經》所以會採取重章疊唱，與其音樂文學的本質有密切關係。古代詩、樂、舞同出一源，三者形式雖然不同，共通之處就是具有節奏，無論語言、聲音、動作莫不有其自然規律的重複。

---

1 孔穎達說：「詩本畜志發憤，情寄於辭，故有意不盡，重章以申殷勤。」見《毛詩正義》卷一，頁 34，臺北：藝文印書館《十三經注疏》本，1993 年。姚際恆說：「惟此疊詠，故為風體……風詩多疊詠體。」見《詩經通論》，頁 22，臺北：河洛圖書出版社，1978 年。

2 朱孟庭《詩經重章藝術》，頁 11，臺北：秀威資訊科技公司，2007 年 1 月。

詩是一種語言藝術，平仄、押韻的迴環往復，情意的回應與重複，都是一種節奏，但為了使詩的表達極盡聲情之美，所以在詩、樂、舞三者逐漸各自發展之後，仍然乞靈於節奏感最為強烈的音樂，使作品的表現更能抑揚頓挫，一唱三歎，這種情形正如舞之不能離樂一樣。音樂有聲樂、器樂之分，顧頡剛先生認為不配樂的歌謠無取乎往復重沓，只有樂章因奏樂關係，一定要往復重沓好幾遍；魏建功先生則認為重奏復沓是歌謠表現最要緊的方法之一。他們的說法都有近代的歌謠為證[3]，雖然針鋒相對，但都承認《詩經》的重章疊詠與音樂關係十分密切，所以余培林先生說：「《詩三百篇》章節多複疊，當是受音樂的影響；而詩文的長短，詩義的斷續，當也與音樂有關。」[4]孫克強、張小平先生也說：「音樂曲調的重複回沓……在旋律、節奏、重音、力度等各方面形成一種和諧的對應關係，從而獲得一唱三歎、餘音繚繞的音樂藝術效果。」[5]他們所說，是一點兒也不錯的。

二、詩經重章疊詠的類型

《詩經》305 篇，分章者有 271 篇，其分章與重章疊詠的關係，

---

[3] 顧頡剛〈從詩經中整理出歌謠的意見〉、〈論詩經所錄全為樂歌〉，魏建功〈歌謠表現法之最要緊者——重奏復沓〉，見《古史辨》第三冊下編，頁 589-592，608-657，592-608，臺北：藍燈出版公司，1993 年 8 月。

[4] 余培林〈三百篇分章歧異考辨〉，《國文學報》第 20 期，頁 1，1991 年 6 月。

[5] 孫克強、張小平《教化百科——詩經與中國文化》，頁 197，開封：河南大學出版社，1995 年 6 月。

糜文開、黃振民、王錫三等先生都有詳細的分析與統計[6]，但能兼顧風雅頌分章與重章疊詠的類型者則為朱孟庭先生的《詩經重章藝術》，她將《詩經》的重章疊詠分成三大類 **11** 小類，綱舉目張，最為醒目[7]。今僅就三大類各舉一例說明如下：

（一）完全重章

在包含二章或二章以上的詩作中，全詩各章均以複疊的形式，有的是通篇同一詩章複疊，有的則是一篇之中有兩種重章，如〈召南・小星〉：

> 嘒彼小星，三五在東。肅肅宵征，夙夜在公，實命不同。
>
> 嘒彼小星，維參與昴。肅肅宵征，抱衾與裯，實命不猶。

全詩二章，每章五句。一、三句重複疊詠，二、四、五句變換疊詠。在《詩經》分章的 **271** 篇作品中，完全重章共 **130** 篇，佔了 **48%**，為數最多。

（二）不完全重章

---

[6] 糜文開〈詩經的基本形式及其變化〉謂《詩經》**305** 篇中三章連環詩 **108** 篇，非三章連環詩 **120** 篇，共 **228** 篇，見《詩經欣賞與研究》，頁 **484-494**，臺北：三民書局，**1964** 年 **5** 月。黃振民〈詩經篇章結構形式之研究〉，謂《詩經》由完全疊詠之章組成者 **130** 篇，由疊詠之章與獨立之章混合組成者 **74** 篇，合計 **204** 篇。見《詩經研究》，頁 **391-395**。王錫三〈論詩經以聲為用的複沓結構〉謂《詩經》二至五章詩複沓者 **174** 首，六章以上詩複沓者 **3** 首，合計 **177** 首，見《第二屆詩經國際學術研討會論文集》，頁 **262-269**，北京：語文出版社，**1996** 年 **8** 月。各家統計雖有參差，但均肯定重章疊詠是《詩經》的基本形式，也是重要特徵之一。

[7] 同注 **2**，頁 **42-60**，**225-228**。

並非全篇各章均複疊，而是數章複疊、數章獨立，或各章部份複疊、部分不複疊，或二者混合之，如〈小雅・漸漸之石〉：

漸漸之石，維其高矣。山川悠遠，維其勞矣。武人東征，不皇朝矣。漸漸之石，維其卒矣。山川悠遠，曷其沒矣。武人東征，不皇出矣。有豕白蹢，烝涉波矣。月離于畢，俾滂沱矣。武人東征，不皇他矣。

全詩三章，一、二章複疊，三章則僅四、五句與前二章複疊。在《詩經》分章的 **271** 篇作品中，不完全重章之疊詠共 **55** 篇，佔 **20.3**%。

（三）部分複疊

零散見於詩篇中的重複疊詠句及變換疊詠句，如〈邶風・旄丘〉：

旄丘之葛兮，何誕之節兮？叔兮伯兮，何多日也？
何其處也？必有與也。何其久也？必有以也。
狐裘蒙戎，匪車不東。叔兮伯兮，靡所與同。
瑣兮尾兮，流離之子。叔兮伯兮，褎如充耳。

全詩四章，一、三、四章之第三句重複疊詠「叔兮伯兮」，第二章一、二句與三、四句變換疊詠。在《詩經》分章的 **271** 篇作品中，部分複疊共 **54** 篇，佔 **19.9%**。

以上三類合計 **239** 篇，佔《詩經》分章 **271** 篇作品中的 **88.2%**，而未重章疊詠的僅有 **32** 篇 **11.8%**，可見重章疊詠確實為《詩經》主要而顯著的表達形式與創作方式。

三、詩經重章疊詠的技巧

詩是音樂文學，也是語言的藝術，重章疊詠與音樂、文學、語言文字均有密切關係，但詩樂早已失傳，所以要探討《詩經》重章疊詠的寫作技巧，只能從語言文字學與文學兩方面著手：

（一）在語言文字學方面

1. 重複

重複又稱重疊，把相同的字詞、句子甚至段落一再使用就是重複。重複可以強調語意、和諧節奏，是文學創作的重要規律之一。在各種重複中，與重章疊詠關係最密切的應屬相同句的重複使用。根據裴普賢先生《詩經相同句及其影響》一書的研究，《詩經》中的相同句多達 **265** 組，出現在各篇中計 **616** 篇次，平均每篇擁有相同句兩句而有餘。最短的是「揚之水」(〈王風・揚之水〉)等三字句，最長的是「是以有譽處兮」(〈小雅・蓼蕭〉)等六字句。相同句在篇中的位置，有篇首、篇中、篇末；章首、章中、章末及半章與隔句的不同[8]。裴氏對《詩經》的相同句作了地毯式的探

[8] 裴普賢《詩經相同句及其影響》，頁 **131-132**，臺北：三民書局，**1974** 年 **9** 月。

討，至為詳盡。朱孟庭先生在其研究基礎上將重複疊詠分為：(1)間隔重複，(2)單句重複（又分重于章首、重于章中、重于章末），(3)連續重複（又分章首連續、章中連續、章末連續、交錯重複）[9]，層次更為分明。

2. 易字

所謂易字，是在具有相同句數、整齊句式的對應詩句上，變換了其中的某一字、某一詞或某一句；而這些變換的部分之間，無論語義、節奏、思想、情感仍多相同或相近，可以承接或互補。朱孟庭先生將變換疊詠分為換字疊詠、換詞疊詠、換句疊詠、交錯字句四類[10]，例如〈鄭風・有女同車〉：

> 有女同車，顏如舜華。將翺將翔，佩玉瓊琚。彼美孟姜，洵美且都。有女同行，顏如舜英。將翺將翔，佩玉將將。彼美孟姜，德音不忘。

全詩分為二章，每章六句。第一句「車」易為「行」，第二句「華」易為「英」，第四句「瓊琚」易為「將將」，都屬於字詞的抽換；第六句「洵美且都」易為「德音不忘」則屬於換句疊詠，句意已有所變化。

3. 換韻

[9] 同注 2，頁 21-35。
[10] 同注 2，頁 35-42。

《詩經》是中國韻文之祖，除了〈周頌〉八篇因為聲響緩慢而悠長，舞蹈動作舒緩而從容，不押韻之外，其餘 98%的詩作都叶韻[11]。所謂叶韻，是把同一個音色的音節，亦即同一個韻的字每隔若干字之後重複出現。不僅能使作品產生一種迴環的音樂美，同時也便於誦讀，易於記憶。不同的韻表示不同的情意、不同的段落，所以《詩經》除了少數篇章如〈陳風・月出〉三章一韻到底之外，換韻就成了重章疊詠的重要手段。例如〈唐風・葛生〉前二章：

> 葛生蒙楚，蘞蔓于野。予美亡此，誰與？獨處！
> 葛生蒙棘，蘞蔓于域。予美亡此，誰與？獨息！

首章楚、野、處押陰聲魚部（ɑ）韻，口腔暢通無阻，有獨立荒野，四顧茫茫之意。次章棘、域、息換押入聲職部（ək）韻，舌根堵塞，聲音短促，蓋悼亡悲情，哽咽難以成聲了。此二章有重複，有易字，有換韻，重複見其同，易字與換韻則是同中有異，三者交相為用，充分發揮中國語言文字的美妙。

（二）在文學方面

1. 對稱

對稱是以一條線為中軸，左右兩邊均等，給人一種均衡、雅致的韻律般的美感。這種美感普遍存在於萬事萬物之中，如日月

[11] 夏傳才《詩經語言藝術新編》，頁 69-70，北京：語文出版社，1998 年 1 月。

疊壁、植物的花葉、動物的眼睛、礦物的晶體，甚至於自己的形體莫非如此。所以對稱成為美學的一條重要規律，舉凡音樂、美術、建築、舞蹈、戲劇等都經常加以運用，文學中的韻文、駢文、對聯等運用亦廣。《詩經》中的重章疊詠也是一種對稱結構，只要是兩章以上，無論章數多少，都可採行，正如幾何圖形的兩軌形、三角形、正方形、五角星形、六邊形都可形成對稱一般。例如〈邶風・北門〉：

> 出自北門，憂心殷殷。終窶且貧，莫知我艱。已焉哉！天實為之，謂之何哉！王事適我，政事一埤益我。我入自外，室人交徧讁我。已焉哉！天實為之，謂之何哉！王事敦我，政事一埤遺我。我入自外，室人交徧摧我。已焉哉！天實為之，謂之何哉！

全詩分為三章，二、三章均為七句，各句字數同為 **4**、**6**、**4**、**6**、**3**、**4**、**4**，結構相同，只是略易幾字，並由錫部（**ek**）韻換成文（**ən**）微（**əi**）部通韻而已。首章亦七句，前四句雖與後二章前四句不相對稱，但末三句則與後二章末三句完全相同，使全詩結構既緊湊，又有變化，也是得力於對稱。

2. 互文

對稱在求形式的整齊畫一，求同之中，如果不加以變化，則容易流於板滯累贅，所以在易字、換韻之際，需要注意上下、左右、正反、先後、深淺、輕重、主次、繁省之分，其變化的技巧極多，如互文、翻疊、層遞皆是較為常見者。所謂互文，是上下文字都只講出部分意思，須合在一起，互相補充，才能看出完整的文義。又稱互辭、互言、參互、互說、互文相足、互文見義。《詩經》由於語言簡樸，為節省文字、變化字面，所以互文使用的頻率相當高。詩篇中互省互補的詞句可能涉及單句、對句或同一首詩中的數章[12]。其中與重章疊詠關係密切的是章與章之間的互文，例如〈小雅‧蓼莪〉五、六章：

南山烈烈，飄風發發。民莫不穀，我獨何害？
南山律律，飄風弗弗。民莫不穀，我獨不卒！

此兩章末二句的意思，是說一般人沒有不幸福美滿的，我為何遭到這種禍害，無法終養父母。第五章只言遭到禍害，未提及禍害的原因；第六章只言未能終養父母，未提及未能終養的後果，須兩章參看，始完整表現出昊天罔極的痛苦。

3. 翻疊

黃永武先生說：「翻疊是運用翻筆產生新意，使原意翻上一層，在形式上是兩個相反的意思，結合在一起，反覆成趣。」[13]詩篇後一章在前一章的意義之上，又加上一層新的意義，可以產生深淺、親疏、輕重的層次感。如果由淺而深，由疏而親，由輕而

[12] 何慎怡〈詩經互文修辭手法〉，頁 675-684，《第四屆詩經國際學術研討會論文集》，北京：學苑出版社，2000 年 7 月。
[13] 黃永武《中國詩學——鑑賞篇》，頁 130，臺北：巨流圖書公司，1992 年 5 月十刷。

重，就叫上疊；反之，即為下疊[14]。例如〈鄭風・子衿〉前二章：

青青子衿，悠悠我心。縱我不往，子寧不嗣音？
青青子佩，悠悠我思。縱我不往，子寧不來？

此為女子思其所歡之詩。由於久候情人不至，此女子在揣想對方爽約的原因時，先是抱怨對方為何不捎個音訊過來，繼而責怪對方為何不親自前來。親臨比起捎信是更親、更重的動作，也是更深的情感，這樣的心理變遷，顯示女子的疑慮、埋怨和思念都更加深刻了。同時，「子寧不嗣音」翻疊為「子寧不來」，伸縮文身，由五字恢復為四字，長句、短句交替使用，寓變化於整齊規律之中，這也是使詩句變得更為生動活潑的一種方法。

4. 層遞

沈謙先生說：「說話行文時，針對至少三種以上的事物，依大小、輕重、本末、先後等一定的比例，依序層層遞進的修辭方式，是為層遞。」他將層遞分為單式層遞（又分前進式、後退式）、複式層遞（又分反復式、並立式、雙遞式）兩大類[15]，說法最為清晰。翻疊只具備兩種事物，而遞進則至少須有三種以上的事物，層次更為複雜，意思當然也更為深入。例如〈魏風・碩鼠〉：

碩鼠碩鼠，無食我黍！三歲貫女，莫我肯顧。逝將去女，

[14] 同注 2，頁 62-69。
[15] 沈謙《修辭學》，頁 507-523，臺北：國立空中大學，2000 年 7 月修訂再版。

適彼樂土。樂土樂土，爰得我所！碩鼠碩鼠，無食我麥！三歲貫女，莫我肯德。逝將去女，適彼樂國。樂國樂國，爰得我直！碩鼠碩鼠，無食我苗！三歲貫女，莫我肯勞。逝將去女，適彼樂郊。樂郊樂郊，誰之永號！

此詩純用比體，諷刺賦稅過重的暴政，逕將貪得無厭的在上位者比為大老鼠。首章斥責碩鼠不該竊食秋收的黍稷，次章呵斥不該糟蹋夏長的麥子，最後更痛斥碩鼠竟然將春生的禾苗也摧殘殆盡了。黍稷在古代是一般人的主食，麥子是較為珍貴難得的糧食，禾苗則根本是尚未長大卻是希望所託的作物。碩鼠食髓知味，肆意摧殘，從普通的主食到珍貴的糧食，甚至連尚未成熟的作物都不放過，詩人怒火逐層遞進，不斷深入，真是苛政猛於虎！

四、詩經重章疊詠的特色

重章疊詠是《詩經》的主要寫作技巧之一，對楚辭、漢賦、古詩、樂府詩、民歌都曾產生廣泛的影響，但從律詩、絕句盛行之後，受到格律的限制，就不再使用這種寫作技巧，由於後繼乏人，《詩經》重章疊詠的特色就顯得彌足珍貴了。

（一）集中風雅

在《詩經》當中，重章疊詠多集中於〈國風〉與〈小雅〉之中，〈大雅〉及〈三頌〉則極為罕見。根據王錫三先生的統計，《詩經》305 篇，複沓 177 篇占 55%，其中〈國風〉160 篇，131 篇複沓占 82%；〈小雅〉74 篇，41 篇複沓占 56%；〈大雅〉31 篇，只有 3 篇複沓占 10%；〈三頌〉40 篇，複沓者僅有 2 篇占 5%[16]。朱孟庭先生的統計則重章疊詠者〈國風〉147 篇占 92%，〈小雅〉68 篇占 92%，〈大雅〉20 篇占 65%，〈三頌〉4 篇占 10%，合計 239 篇占 78%[17]。二家統計相差 62 篇 23%，由於前者為短篇論文，既無複沓類型，更無複沓篇目，與後者迥然不同，故難以較論。其出入關鍵，可能是對於部分複疊是否應納入重章疊詠的看法有所不同的緣故吧！不過，對於重章疊詠集中於〈國風〉與〈小雅〉，王錫三先生倒是有較詳細的討論，他認為〈三頌〉多為合樂伴舞的祭祀詩，聲音緩慢，以不分章不疊句的一章形式為典型。〈大雅〉為西周時代作品，音樂特點為廣大、肅穆、疏遠、典重，且多長篇，語言古奧典重，句法韻律較少變化，所以篇章形式絕少複沓；而〈小雅〉則為東周時代的作品，篇章短小，語言清新活潑，句法韻律靈活和諧，與〈國風〉接近，由於吸收了民歌的音樂特色，所以多用複沓形式。〈國風〉為 15 個地區的民間音樂，只有篇章短小，並不斷地進行重章疊句，反覆吟咏，才便於傳習，便於記憶，這也是〈國風〉多複沓形式的主要原因。他將這些現象歸納為「以聲為用」的不同[18]，無疑是相當正確的。

（二）篇章簡短

[16] 同注 6，王錫三〈論詩經以聲為用的複沓結構〉，頁 262-269。
[17] 同注 2，頁 226-228。
[18] 同注 16。

漢・許慎《說文解字》云：「章，樂竟為一章，从音、十，十，數之終也。」[19]《詩經》本為音樂文學，故其分章，與音樂有絕對關係。全書凡 **305** 篇，總章數 **1141** 章，各篇章數多寡不一，不分章者 **34** 篇，分二章者 **40** 篇，分三章者 **111** 篇，分四章者 **47** 篇，分五章者 **16** 篇；六章以上至十六章者合計 **57** 篇，為數不多[20]。其中一章詩皆不複沓，二章詩複沓者為 **35** 篇，三章詩為 **97** 篇，四章詩為 **33** 篇，五章詩為 **9** 篇，複沓比例數占 **81%**；六章以上詩複沓者僅有 **3** 篇，複沓比例僅占 **9%**[21]。可見複沓諸詩篇章簡短者居多，而這些短詩又多見於〈國風〉與〈小雅〉，王錫三先生認為〈國風〉本為民間音樂，〈小雅〉則受其影響，兩者泰半為抒情作品，篇幅本即不長，由於演唱的需要，將一些短詩的節奏和韻律加以藝術處理，使其演唱時間延長，造成一種回環往復，一唱三歎，既和諧又動聽的藝術效果，這恐怕是短篇詩歌多用複沓的原因吧！至於六章以上長詩，多見於〈大雅〉及〈商頌〉、〈魯頌〉，不是敘事詩就是祭祀詩，與民間音樂的抒情作品性質不同，故無取乎複沓[22]。至於〈周頌〉，全為單章的祭祀詩，雖然篇章簡短，但內容簡單、肅穆，聲情遲緩、凝重，故亦不必講求一唱三歎的音樂效果。此在上文言之已瞭，不復贅。

---

[19] 段玉裁《說文解字注》三篇上 **103** 頁，臺北：洪業文化事業公司，**2005** 年 **9** 月增修一版三刷。

[20] 同注 **6**，王錫三〈論詩經以聲為用的複沓結構〉，頁 **269**。糜文開、朱孟庭的統計大致相同，見〈詩經的基本形式及其變化〉，頁 **482-483**，《詩經重章藝術》，頁 **19**。

[21] 同注 **6**，王錫三〈論詩經以聲為用的複沓結構〉，頁 **269**。

[22] 同上注，頁 **268**。

（三）回環往復

集中〈風〉、〈雅〉，篇章簡短是重章疊詠呈現在《詩經》裡的現象，若純粹就重章疊詠本身而言，則其特色為回環往復、靈活變化及餘韻無窮。其中回環往復更是重章疊詠的核心特色，無論是章法結構或語言藝術，是思想情感或音樂效果，這類篇章總是無往不復，一唱三歎，此在緒論早已再三言之，此處僅稍舉實例加以印證。如〈周南・葛覃〉三章疊詠，分別展現三幅畫境，首章是黃鳥和鳴的幽谷，次章女主角在谷中、家中奔波勞作，三章是女主角向保姆透露歸寧父母的心聲。段落分明，章法綿密，如果只有一章，是無法表現這種跳躍相接的情節的。又如〈小雅・鼓鐘〉，四章疊詠，描寫一支大型鐘鼓樂隊的演奏，全詩以鐘鼓為主，引領琴、瑟、笙、磬、雅、南、籥各種樂器爭相鳴響，金聲玉振，熱鬧非凡。以最精鍊的文字表現豐富而生動的內容，真能充分發揮詩的語言的妙用。再如〈鄭風・將仲子〉三章疊詠，以杞、桑、檀為仲介，將初戀少女徘徊於父母兄弟與情人之間的心理矛盾刻畫得入木三分。另外〈周南・芣苢〉以「采采芣苢」為主旋律，以「薄言采之」等六句加以應和，只有「采」、「有」、「掇」、「捋」、「袺」、「襭」六個動詞不斷變化，其餘完全重疊，但節奏明快，韻律優美，彷彿在聆賞拉威爾（M. Ravel）的〈波雷露舞曲〉，以不同的樂器反覆演奏同樣的旋律，在音量上逐漸增強，給人的感覺不是單調乏味，而是不如此再三迴環，不足以酣暢表達節奏、旋律、和聲之美。

（四）靈活變化

《詩經》純出天籟，一切順乎自然，雖以四言為主，而一至八字句亦所在多有[23]；雖以韻文為主，但不押韻者閒亦有之，而且韻例多達數十種[24]。同樣的，重章疊詠在《詩經》中絕不是簡單而呆板的重複，而是在類型、字句、韻律、思想情感各方面都極盡靈活變化之能事。如《詩經》的重章疊詠有三大類 **11** 小類，面貌極多，通常為二章聯詠、三章疊詠居多，但如〈周南・關雎〉之第二章和第四、五章跳格疊詠則屬僅見[25]。又如〈唐風・葛生〉四章「夏之日，冬之夜」與五章「冬之夜，夏之日」，語序一經顛倒，更生時光流轉，日復一日，年復一年之感，而喪偶之痛也因而永無終期。再如〈召南・草蟲〉首章一、二、四、七句（蟲、螽、忡、降）押侵部（**əm**）韻，二章二、四、七句（蕨、惙、說）押月部（**ɑt**）韻，三章亦二、四、七句（薇、悲、夷）脂（**ə**）微（**əi**）部通押，首章與二、三章韻腳位置有所區別，這是因為首章第一句以「喓喓草蟲」起興，與二、三章以「陟彼南山」直敷其事有

---

23 同注 **11**，頁 **23-29**。

24 王力《詩經韻讀・楚辭韻讀》，頁 **35-99**，北京：中國人民大學出版社，**2004** 年 **11** 月。本文所言《詩經》韻及擬音皆依此書。

25 周嘯天主編《詩經楚辭鑒賞辭典》，頁 **6**，成都：四川辭書出版社，**1990** 年 **3** 月，本文詩例之分析多參考此書及下列各書：高葆光《詩經新評價》，臺中：中央書局，**1969** 年 **1** 月。朱守亮《詩經評釋》，臺北：學生書局，**1984** 年。程俊英主編《詩經賞析集》，成都：巴蜀書社，**1989** 年 **2** 月。金啟華、朱一清、程自信主編《詩經鑒賞辭典》，合肥：安徽文藝出版社，**1990** 年 **2** 月。程俊英、蔣見元《詩經注析》，北京：中華書局，**1991** 年 **10** 月。余培林《詩經正詁》，臺北：三民書局，**2005** 年 **2** 月修訂二版。趙逵夫等《詩經三百篇鑒賞辭典》，上海：上海辭書出版社，**2007** 年 **8** 月。

所不同的緣故。另如〈周南・桃夭〉賀人嫁女，三章疊詠，首章「灼灼其華」寫眼前的新娘美貌，二章「有蕡其實」和三章「其葉蓁蓁」則為遙祝將來子孫滿堂、福蔭無窮之辭，透過時間的推移及對桃樹形狀變化的描摹，將詩意拓展得更為寬廣，而婚禮熱烈的場景也推到了高潮。

（五）餘韻無窮

詩是語言的黃金，貴乎凝鍊生動，韻味雋永。《詩經》的重章疊詠不止在反覆吟詠的過程中，讓我們得到一唱三歎，擊節稱賞的快感，在掩卷之後，也常有言有盡而意無窮的美感。清・方玉潤說：「〈蒹葭〉三章只一意，特換韻耳。其實首章已成絕唱，古人作詩，多一意化為三疊，所謂一唱三嘆，佳者多有餘音，此則興盡首章，不可不知也。」[26]對於此一觀點，王厚懷先生曾有專文加以反駁，認為〈蒹葭〉首章雖然已成絕唱，但若無後兩章詩的逐層加深，絕不能是好詩[27]。其實，三百篇重章疊詠者不止意思層層加深者比比皆是，就連言近旨遠，餘音繞樑者也不在少數。例如〈衛風・伯兮〉三、四章疊詠，抒發思婦的愁思，至「願言思伯，使我心痗。」戛然而止，這位閨中少婦的結局如何？她日夜思念的丈夫將來真能衣錦榮歸嗎？會不會喋血沙場，拋骨異鄉呢？留給讀者無窮想像的空間。又如〈鄘風・柏舟〉二章疊詠，寫送別之情，但送別背景，已渺茫難求，詩中的意象只有一再重

26 方玉潤《詩經原始》，北京：中華書局，1986 年 2 月。

27 王厚懷〈蒹葭三章只一意特換韻辨〉，頁 31-33，《黃岡師範學院學報》28 卷 1 期，2008 年 2 月。

現的飄飄遠去的小舟，其餘全是空白，卻為讀者的聯想留下更多的空間，抒發的情感也具有更大的概括性。再如〈小雅・我行其野〉三章疊詠，描寫一位棄婦在空曠的荒野踽踽獨行，茫茫無所歸，留給讀者的是無限的同情、惆悵和遺憾。

五、詩經重章疊詠的效果

重章疊詠所以能成為《詩經》的一大特色，固然有其時代背景與形成因素，但也是由於其本身在創作與欣賞方面具有許多美好的效果，所以才會使得詩人樂此不疲，蔚然成風。而在比《詩經》更自由的新詩成為詩壇主流之後，也常可見到一唱三歎的作品出現，如余光中先生的〈民歌〉、〈搖搖民謠〉、〈鄉愁四韻〉、〈踢踢踏〉、〈在多風的夜晚〉，瘂弦先生的〈斑鳩〉、〈歌〉、〈山神〉、〈巴比倫〉、〈希臘〉、〈庭院〉皆是顯著的例子[28]。所以重章疊詠在今日仍然是值得探討的問題：

（一）利於傳唱

古代書寫工具不便，文盲比例又高，許多著作，往往依賴口耳相傳，到了後世才著於竹帛。韻文，尤其是民謠，有整齊的形式、鏗鏘的韻腳，原本就便於背誦，如果再配合音樂的伴奏、篇

[28] 余光中《余光中經典作品》，頁 157、161、163、185、226，北京：當代世界出版社，2007 年 9 月；瘂弦《深淵》，頁 8、17、40、89、98、197，臺北：晨鐘出版社，1970 年 10 月。

章的複沓，那就更能傳唱不衰，廣為流傳，《詩經》中所有重章疊詠的作品，無論是短篇的〈衛風・河廣〉、〈王風・采葛〉，或長篇的〈豳風・東山〉、〈小雅・南山有臺〉，各章的結構和用詞大同小異，其含意也相似或相近，整齊之中有所變化，使人印象深刻，既易於記憶吟誦，又便於反覆咏唱，配合管弦，更是洋洋盈耳。即使在詩樂分離之後，這些作品仍然易讀易誦，廣為人們所喜愛。

（二）裨於理解

詩是語言的藝術，語言本身有模糊性、歧義性，以致有言不盡意的問題，詩用字特別精簡，又講究婉轉含蓄，往往含而不顯，藏而不露，以期得到不著一字，盡得風流的效果，因此詩意艱澀費解者更是俯拾皆是，此即所謂「詩無達詁」。不過，重章疊詠的作品，每一章節除少數詞語略作更換外，基本的語義、句法都是相同或相近的，如果此章字詞有疑義，也許可以從其他相應的章節找到解決的線索。例如〈秦風・終南〉次章：「終南何有？有紀有堂。」紀、堂語義難解，清・王引之根據上章「終南何有？有條有梅。」認定條、梅既是植物，紀、堂也應相同，紀讀為杞，堂讀為棠，都是叚借字，他的說法怡然理順，就是一個有名的例子[29]。此外，呂珍玉先生有〈詩經疊章相對詞句訓詁問題探討〉論文[30]，朱孟庭先生《詩經重章藝術》結論亦有「訓詁效用」專項[31]，

[29] 王引之《經義述聞》卷 5，頁 138，臺北：廣文書局，1963 年 5 月。
[30] 呂珍玉〈詩經疊章相對詞句訓詁問題探討〉，頁 67-74，《東海中文學報》12 期，1998 年 12 月。
[31] 同注 2，頁 236-241。

皆可參考。

（三）強化主題

主題是文學作品裡的中心思想，是一篇作品的靈魂，也是作者寫作的目的，凝聚了作者的思想情感，表現了作者對客觀事物的深刻認識。它原本是音樂術語，指音樂的核心主旋律，往往再三出現，才能凸顯其重要性。《詩經》中的重章疊詠就具有這種作用，如〈邶風・北風〉前二章反覆渲染北風的凜冽、雪勢的密集，強調逃離暴政的意志。又如〈小雅・鴻雁〉三章疊詠，都以哀鴻遍野起興，逐層發展，連屬而下，既深化了主題，也增強了詩歌的藝術張力。再如〈衛風・淇奧〉分三章，由外而內，反覆吟咏，突出了君子的形象，使讀者印象更為深刻。另如〈小雅・鹿鳴〉寫君臣宴會的歡樂，三章都以鹿鳴起興，以管弦繁會、觥籌交錯營造了和諧而熱烈的氣氛，最後才點出希望群臣為國效勞的主題。

（四）加強抒情

思想、情感、想像是文學主要的內容，而詩是情感的藝術，以抒情為主，不宜說理。無論親情、愛情、友情、鄉情，都是詩永遠表現不完的題材，有了深摯的情感，詩的創作才有動力，詩的欣賞才有魅力。抒情的手法極多，重章疊詠正是其中重要的一環。例如〈王風・采葛〉分三章寫相思情感，一日不見，如三月，如三秋，如三歲，每章只更易一字，而把懷念情人愈來愈強烈的情感生動地展現出來。又如〈召南・殷其雷〉分三章，在反覆咏唱中加深表達妻子對丈夫的思念之情，展示了女主角抱怨、理解、讚歎、期望等多種情感交織起伏的複雜心態。再如〈小雅・菀柳〉前兩章反覆詠歎，宣洩詩人對暴君憤懣之情，比擬中有雙關，呼告中有托諷，採用了各種不同的修辭技巧。另如〈豳風・東山〉四章前四句都反覆詠歎「我徂東山，慆慆不歸。我來自東，零雨其濛」，烘托出悲涼濃郁的氣氛，配合各章的內容，創造出感人至深的意境，而不覺其重複累贅。

（五）聯繫內容

詩篇分章，既表現了音樂的段落，也呈現了作品的章法結構。文章貴乎段落分明，詩篇的重章疊詠表面上好像混淆了結構與段落，其實各章同中有異，彼此或有層次的不同，或有互相補充、彼此聯繫的妙用，除非板滯累贅，否則對詩篇的結構只有正面的助益，絕無任何妨礙。例如〈召南・鵲巢〉三章分詠婚禮的親迎、迎回、禮成三個過程，而鳩住鵲巢分別用「居」、「方」、「盈」三字，有一種數量上遞進的關係。又如〈魏風・伐檀〉三章復沓，除換韻反覆詠歎，有力地表達伐木者對剝削者的反抗情緒外，還在內容上有逐段補充的作用。再如〈唐風・揚之水〉三章都以揚之水起興，並以此引起人物，暗示當時的形勢與政局頗為微妙，而詩的情節也層層推進，到最後才點出將有政變發生的真相，自有詩意的內在邏輯存在。

（六）提升意境

意境是指文學作品中和諧、廣闊的自然和生活圖景，滲透著作者含蓄、豐富的情思而形成的能誘發讀者想像和思索的藝術境界[32]。它主要是用意象作基本元素，以聲色之美去渲染它，烘托它，以思想、情感、想像去使其飛揚。重章疊詠是一種反覆渲染，再三烘托的技巧，對於意境的提升自然有所裨益。如〈鄭風・有女同車〉短短兩章，首章寫女子面貌姣好，儀態大方，次章則進而讚嘆女子品德高潔，升華到更高的精神境界，怎能不令人傾慕，難以自己呢？又如〈周南・漢廣〉、〈秦風・蒹葭〉，更是一種可望而不可即，知其不可而求之的境界。全詩迷離惝怳，再三咏歎，將它們視為對美女的一往情深，固已清空一氣，淒婉欲絕，但若視為對美好理想的執著追求，無畏失敗，那又是更為高遠、更為悲壯的心靈境界。千百年來，它們所以膾炙人口，傳誦不衰，實在是有其道理的。

六、結論

綜合以上論述，可以發現重章疊詠無論就章法結構或語言藝術而言，都是《詩經》的一大特色。它源自詩樂的密切關係，也是語言文字與文學的自然發展。透過語言文字的重複、易字、換韻，文學的對稱、互文、翻疊、層遞等手段，成就了許多一唱三嘆，令人低廻的佳作。在《詩經》中，其類型有完全重章、不完全重章、部分複沓等多彩多姿的面貌；同時，展現了集中風雅、篇章簡短、回環往復、靈活變化、餘韻無窮等特色。由於它具有

[32] 姚鶴鳴《文學概論精講》，頁 135，北京：北京大學出版社，2001 年 12 月。

利於傳唱、裨於理解、強化主題、加強抒情、聯繫內容、提升意境等效果，所在才會使得先秦詩人樂此不疲，蔚然成風，並對後代產生深遠的影響。雖然在格律詩盛行的時代，它長期沉寂，幾成絕響，但在崇尚自由的新詩成為詩壇主流的今日，它又為部分詩人所採用，創作了不少具有民謠風的作品。因此，無論研究古典或現代，重章疊詠在今日還是有其時代價值。

「互動式情境模擬的任務寫作教學」對於以華語為第二語言的學習者的幫助
—以在越南的學習者為例

羅茂元
文藻外語學院華語文教學研究所碩士生

摘要：

對於學習華語為第二語言的學生來說，語言的實用性是主要考量，因此互動交際的情境十分重要，尤其是強調整體能力表現的寫作教學，現場情境的應用能力應是第一要務。本文即擬研發互動情境模擬的任務寫作教學，分階段由淺入深地研擬一套互動情境式的應用文書信寫作教學方法，配合寫作教材的課程內容，逐漸增加寫作任務的要求，以期學生能在互動情境中自然且深入地培養寫作能力。在實際作法上，本文以胡志明市工業大學的越籍學生為對象，將越南學習中文的學生分成兩組，分別使用「互動情境式」的實驗組和沒有使用「互動情境式」的對照組，觀察兩組學生最後寫出來的應用文有何差別。本文發現有真實的書信對象能讓學生身歷其境，在通信的過程中，一方面能在實境的模擬中呈現整體寫作能力，並且提高寫作興趣且更有效率地完成任務，一方面也可以由整體而局部，在往返互動的情感與訊息的交流中，省視語法和詞彙上的錯誤並自行修正，但因受限於華語程度的不足，無法藉由同伴的幫助學習新的單字、用法、句型。

關鍵詞：

互動式情境、華語寫作教學、越南學生、行動研究

一、前言

對於學習華語的外籍生來說，用華語寫作是一項相當困難的任務，在思考寫作任務應使用的單字或句型時，通常會在細節上犯下錯誤。此時，學生只能靠教師的改錯修正自己的錯誤，再以後設的方式監控修正自己的錯誤，真正能自行改正者少之又少。事實上，即使老師能夠在課堂上進行寫作的教學指導，由於時間有限，學生能個別獲得指導的機會和次數並不少。而能夠經由課堂中少數幾次訂正機會，就能修正自己錯誤的學生則更好。因此，

如果能尋求不同的教學型態，透過該種教學型態的實施，就能夠增加學生檢視同樣錯誤的機會，進而提升習作自我修正的意識與速度。因此，在傳統的寫作教學以單向為主的方式之外，有必要另闢他徑，互動式雙向寫作的實施，即屬其中之作。陳懷萱與林金錫指出[1]，互動式寫作的學習方式對學員本身而言，是鼓勵也是刺激，當學生看到別人的成果時，學生可以有意識地看出自己學習表現之不足，進而在互動中鞭策自己，或看到自己明顯的進步。

因此，為了幫助外籍學生熟悉華語寫作，筆者在此提出以互動式情境模擬的任務寫作教學，將單向的寫作改為雙向的模擬互動，一方面希望能增加學生檢視自己錯誤的自覺與機會，進而提升自我修正的學習能力與速度。所謂的情境學習，就徐新逸[2]的觀點有四大要素：

1.課程內容與學習者的生活經驗相仿；

2.要有高度複雜巨觀的學習環境；

3.提供學習者學徒式的學習環境；

4.由學習者主動解決問題。

因此，互動式情境模擬的任務寫作教學，依照以上四種要素設計本次實驗，製造一個與學習者的生活經驗相仿真實的虛擬環境，讓學生處在這樣的學徒式的學習環境，讓學習者在整個文化情境中不斷的互動、溝通與妥協，而最後了解它的意義(楊家興，**1989**)，也藉由同伴之間的通信，建立高度複雜巨觀的學習環境，

---

[1] 見陳懷萱與林金錫，《運用網路互動進行華語文寫作學習之探討》，全球華文網路教育研討會，頁 **6**。

[2] 見徐新逸，《情境學習對教學革新之回應》，**16-24**。

並要求學習者主動提出問題，從課本、同伴及教師上找到答案。此行動研究設計，希望能夠幫助學生完成以下四點：

1.真實的模擬情境能夠幫助學生更有效的達成任務。

2.互動式的寫作能夠提高學生寫作的興趣。

3.藉由閱讀同儕的文章，學生能夠學到自己不熟悉的單字、用法或句型。

4.檢視同儕的錯誤和接受同儕的改正能夠提升改錯的速度。

研究方法方面，本文以行動研究法為研究方法。所謂的「行動研究」顧名思義就是將「行動」和「研究」結合起來（黃政傑，1999）。行動研究（action research）是在 1940 年代由 Kurt Lewin 及 Stephen M. Corey 等人所倡導之，它是一種研究的方法，強調實務工作者的實際行動與研究的結合（吳明清，1991；王文科，1999；陳惠邦，1998；Atweh,Kemmis, & Weeks,1998），亦即強調研究的實務層面，較少涉及理論依據。研究對象方面，參加本研究之學生為六名 CEFRA1 基礎級的華語學習者，依據 CEFR，A1 基礎級的特點為能了解並使用熟悉的日常用語和詞彙，滿足具體的需求。能介紹自己及他人，並能針對個人細節，例如住在哪裡、認識何人以及擁有什麼事物等問題作出問答。能在對方說話緩慢而且清晰，並隨時準備提供協助的前提下，作簡單的互動。在具體作為上，本論文將學生分成實驗組與對照組，實驗組的學生編為兩兩一組，並模擬的假設情境下，要求兩人有書信的往來，並在限定的情況下寫信給對方並完成指定的任務，再依照對方的內容回信。透過模擬真實的互動情境，改變以往學生單一的寫作教學方向，從互動式的寫作模式中建立新的寫作教學方式。期許本寫作教學在未來可以幫助更多華語學習者提升對寫作的興趣，並在寫作的同時有所自覺，能自已發現、解釋自己的錯誤，並加修正，有效提升華語的寫作能力。

二、互動式情境任務寫作教學

（一）行動研究背景

本次進行寫作教學的班級是越南胡志明市工業大學的暑期初階華語班，由於是小班教學，因此僅有六名越南籍學生，該六名學生皆能用英語交談及寫作，平時上課的學習教材為《漢語會話301句．第一冊》，此教材針對入門級的華語學習者編定，教材的偏重聽說能力的培養，並無特定寫作教學的單元。班上雖然人數不多，但仍然可以以本次互動式情境模擬的任務寫作的教學實驗設計為教學核心。在具體的教學實施上，本研究將安排學生分成兩組：「實驗組」和「對照組」。兩組共同的寫作內容係以學過的單字、句型為基礎，文體為應用文的信件體例，模擬真實的網友信件交流。在實驗組方面，實驗組共有兩組，每組兩人，小組成員將對方當做自己的網友，並進行網路信件交流（用手寫並非打字）。例如：假設實驗組有甲乙兩人，甲乙分別寫信給對方，寫完之後將信件交換，閱讀對方的信件並互相檢視錯誤，接著回信給對方再檢視對方的回信及錯誤。而對照組兩人，個人自成一組，沒有夥伴的互動，而是直接寫信給自己想像的網友，再扮演成虛擬網友，依照自己前一封信件內容回信。除此之外，由於學生的華語程度不高，只能識別簡單的漢字，因此無法以漢字直接書寫，所以改以漢語拼音寫作（以下簡稱漢拼）。

(二)任務寫作教學的實施

1.寫作教學的實施原則

劉世劍[3]指出文章寫作的教學上應該要求由簡而繁，才是最自然也最有效的途徑。因此以初學者而言，一開始應該先練習內容單純、結構單一、表述簡單的文章，在逐漸練習結構較複雜、內容較充實和表達較多元的文章。**CEFR** 的 **A1** 初階寫作能力包括了能寫簡短、簡單的明信片，例如寄送節日的問候。能填寫表格中的個人細節，例如，在旅館的登錄表格，填寫我的名字、國籍及住址。[4]在此項研究中，學生為華語初學者，以漢拼寫作是頭一遭，所以寫作能力也是 **A1** 基礎等級。因此，本文的教學內容鎖定在初級的應用文寫作，在該級別中採取由易而難的方式編寫任務型寫作教學內容。一開始的任務主題只會要求學生寫簡單的詢問句及問候句，在之後的教學中會漸漸增加難度，期待學生回答問題時能說明原因，進而能夠說明細節以表達自己的情緒。每次上課都會由基礎至複雜，講解不同的應用文注意事項，從格式到敬祝語，

[3] 見劉世劍，《文章寫作學》，頁 **95**。
[4] 見莊永山等譯，《歐洲共同語文參考架構》，頁 **24**。

而使用這些文字可以讓應用文的加充實、完整。

2.互動式情境模擬的任務寫作教學流程

本論文互動式情境模擬的任務寫作教學流程共分七階段，茲繪圖以明其情形如下：

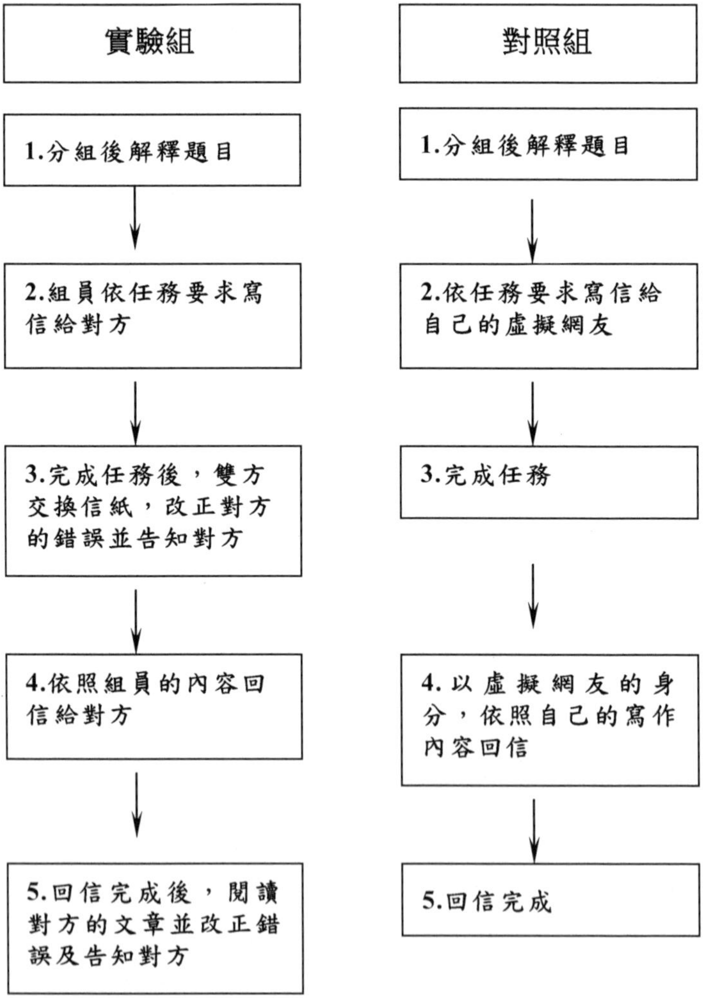
實驗組
1.分組後解釋題目
2.組員依任務要求寫信給對方
3.完成任務後，雙方交換信紙，改正對方的錯誤並告知對方
4.依照組員的內容回信給對方
5.回信完成後，閱讀對方的文章並改正錯誤及告知對方
對照組
1.分組後解釋題目
2.依任務要求寫信給自己的虛擬網友
3.完成任務
4.以虛擬網友的身分，依照自己的寫作內容回信
5.回信完成

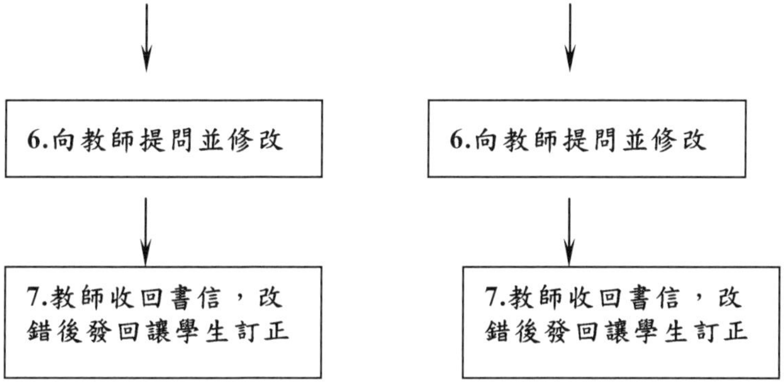

在此教學流程中，我們發現學生藉由他人發現自己的錯誤的機會多達三次，除了原本教師的改錯以外，寫作同伴提供了兩次發現錯誤的機會。雖然寫作同伴無法提供完全正確的改正，但是身為同樣等級的語言學習者，犯的錯誤大同小異，藉此同伴互相提醒、反覆糾正同樣的錯誤，可以大大提升改錯的速度。

3.互動式情境模擬的任務寫作教學內容

本次寫作教學分為四次，教學時間從 **2010** 年 **8/16-8/19**，教學實施地點為該校圖書館內會議室，每次為一小時。茲以表格說明教學的大概內容於下：

實驗組和對照組教學內容		
	講解	任務主題

第一次	分別講解實驗組和對照組的寫作流程。 講解書信格式： 首行空格 署名 稱呼	學生用自己的網路帳號寫信給網友，詢問對方的姓名。
第二次	教學生使用信件問候語： 收到你的信很高興。 你的身體好嗎？	詢問對方的狀況：家裡住幾口人、對方的年齡、對方喜歡什麼、住哪裡等等…。
第三次	教學生使用敬祝語： 祝你 身體健康 祝你 天天開心	詢問對方假日常做什麼，並邀請對方一起出去。
第四次	將前三次的學到的格式整合，完整運用在信件寫作上。	向對方敘述自己有趣的經過，並表達自己開心或興奮的情緒。

(三)行動研究預期達到成果

本寫作教學使用的文體是基礎的應用文，從結構的層面來看，至少要求學生應滿足基本的格式，應具備署名、文章內容、稱呼，此外還能加上敬祝與或客套問候語為佳。由於是基礎級，因此信件內容並不要求複雜的篇章結構，而以學生能完成應用文的任務為原則。學生寫作的材料是以本身的華語能力為基礎，搭配個人的生活經驗。實驗組和對照組之間不同的是，實驗組的同學會依照對方的來信，而有不同的書信內容，對照組的同學，需要發揮想像力，假想自己為虛擬網友，自己編撰書信內容。文面上的層面，則要求學生能夠正確使用標點符號、正確的文體格式及正確的漢語拼音。以下四點是本行動研究欲觀察的四個細項：

1.真實的模擬情境能夠幫助學生更有效的達成任務。

在這個層面看來，觀察重點為雙向性的互動寫作，是否能夠提供學生更好的的情境，所以能夠直覺式地、自然地回答問題，完成任務。可以從學生寫作時構思的速度和任務的達成度為觀察方向。

2.互動式的寫作能夠提高學生寫作的興趣

這個要點要觀察的是不同組別的學生對於寫作的態度有何不同。實驗組的學生不但可以在模擬真實的情境下寫作，有時候也可以依照自己的喜愛、或是對於同伴的了解發問，提升寫作的興趣。

3.藉由閱讀同儕的文章，學生能夠學到自己不熟悉的單字、用法或句型。

觀察實驗組的同學是否能夠發現同伴使用自己不熟悉或是不會的單字、用法或句型，並將它們用在下次的寫作裡。

4.檢視同儕的錯誤和接受同儕的改正能夠提升改錯

的速度。

檢視實驗組的同學互相改錯的情形，在發現自己的錯誤後是否能夠提升改錯的速度。錯誤的部份可以分成漢語拼音、語法、標點符號的用法。此外，文章的格式、敬祝語、問候語也會納入觀察的項目，

(四)凸顯同伴在實驗組的功效

為了區別同伴和教師的幫助，在寫作的過程中，教師除了最後的發問時間和定正考卷以外，是不能幫助學生的。不論是實驗組還是對照組，都可以在寫作過程中翻閱課本。這個動作不但可以讓學生自己查閱自己不熟悉的知識，還可以在發現錯誤時檢視自己的錯誤。不同的是實驗組的同伴可以在交換信件時，互相檢視自己的錯誤。這樣一來，不僅自己可以做後設的監控，還可以有同伴的提醒；但同樣的也可能會有情意干擾的現象產生，如果同伴的提醒超出界線，反而會造成對方寫作的壓力或阻礙。

(五)以漢語拼音寫作

漢字對於外籍學習者往往是最頭痛的課題，尤其對初階的學習者來說，能夠識字已經需要很多的練習，更別提要用漢字書寫。如果要求初階學生者使用漢字書寫必須採用下列替代方案：**1.**使用電腦打字 **2.**用漢語拼音書寫。在本實驗中要求學生完全使用漢字書寫是不可能的，只能從兩種替代方案挑選第二種代替。一方面因為教學場地不具備電腦設備，另一方面也因為學生識字的能力

不足，此外，識字能力在本次實驗沒列入觀察項目。

對於初階使用者來說，使用漢語拼音書寫而不使用電腦打字幫助較大。首先，初階學習者在聲調和辭彙的聯繫並不穩固，使用漢語拼音書寫可以發現學習者本身和同伴犯下的漢拼錯誤，進而改正自己過去使用上的錯誤，並加強聲調和辭彙的聯繫。其二，學生的識字能力不強，使用電腦打字會讓學生在選字和識字上耗費大多時間，而忽略了完成任務的首要目標。另外，選字的錯誤也會讓同伴在閱讀上產生極大的困難。因此，在這次的研究中，學生採用漢語拼音書寫的方式進行寫作。

(六)資料蒐集

在本行動研究中，為了記錄和澄清一些教學現場發現的現象，採用了敘述性紀錄(narrative records)和事後訪談的方式。敘述性紀錄即是筆者在學生進行寫作的時候，依照觀察事項所進行的紀錄；另外，在事後詢問學生對於這次寫作教學的看法。最重要的是，對學生的信件進行分析。結合以上三項資料蒐集，期望能夠客觀解釋觀察重點，並協助此實驗的改進。

三、 行動研究實施的觀察及說明

（一）構思及任務達成度的表現

本行動研究旨在建立一個真實模擬的情境，幫助學生更有效率達成任務。所謂效率，即是速度和完整性，因此本行動研究觀察的首要焦點，即是分別檢視實驗組和對照組的構思的速度和任務的達成度。分別觀察對照組 **D1** 和實驗組 **2** 的文章如下：

1、對照組

(1)D1 碧順寫信給他的虛擬網友 XXX：

你好！

你身體好嗎？你的工作忙嗎？上個星期六和星期日我不上課。我有放假。你可以和我去 Vung Tau 游泳嗎？你和我先游泳，再吃飯，然後你和我旅行，最後我們去咖啡店喝咖啡看月亮。好嗎？

很高興收到你的信

天天開心

碧順

(2)碧順以虛擬網友 **XXX** 的身分回信給自己：

你好！

我很好。我很高興收到你的信。我上個星期六和星期日不忙。我們可以去 Vung Tao 旅行。

我們什麼時候走？我們去幾點？你要一起去嗎？我來你家去一起嗎？

天天開心

XXX

2、實驗組 2：以下是 S3(氏切)和 S4(氏幸)的信件。

(1)S3 寫給 S4：

氏幸：

你好！我很高興收到你的信。

你身體怎麼樣。

星期六，星期日晚上，你做什麼？

星期六晚上，我要到你的家玩怎麼樣？然後我們去吃飯，好嗎？

氏切

(2)S4 回信給 S3

氏切：

你好！我很高興收到你的信。我身體很好。星期日晚上我去商店買東西。我很高興星期六晚上你去我的家玩。然後我們去吃名菜和喝咖啡。

祝你身體健康

氏幸

(3)S4 寫信給 S3：

氏切：

你好！我很高興收到你的信。你身體怎麼樣？

你爸爸、媽媽的身體好嗎？

星期六、星期日你做什麼？星期日晚上我不忙，我們去看電影怎麼樣？

祝你天天開心

阮氏幸

(4)S3 回信給 S4

氏幸：

你好！我很高興收到你的信。我身體很好，我爸爸、媽媽的身體都很好。你身體好嗎？這個星期六早上，我上課，下午和晚上我工作不忙，我在家休息。這個星期日早上，我也上課，下午我和我媽媽去超市買東西，晚上，我工作不忙，我們可以去看電影。你到我的家然後我們一起去。

祝你身體健康

氏切

3、構思及任務達成度的教學觀察及分析

由以上對照組 1 和實驗組 2 的對比，研究者透過教學現場的實際觀察及結果表現，發現兩組在構思速度和任務達成度的不同

情形大概如下：

(1) 構思的速度

對照組 1 的 D1 在擬稿寫給 XXX 時，並沒有花去太多的時間，和其他實驗組的同學耗費的時間相去不遠。但是 D1 假想自己為 XXX 時，反而不知道怎麼回信給自己。因為受限於想像空間的不足，構思的速度減慢，無法單獨建立虛擬的情境。實驗組的同學構思的時間不長，主要花時間在查閱單字、漢拼和句型，寫作的狀況相當流暢。

(2) 任務的達成度

第三次的寫作的任務主題是詢問對方假日常做什麼，並邀請對方一起出去。對照組 1 的 D1 的信件具備了客套的問候語也邀請對方一起出去，文末還有敬祝語，看似充實，但卻不完整。信件裡並未詢問對方假日常做什麼，因此的任務主題的達成度並不完全。反觀實驗組的 S3 和 S4 雖然文章不長，但都完整達成了任務主題

（二）學習者的興趣表現

對於學習華語的外籍生來說，華語寫作本來就是一件很難的事，能夠提高學生用華語寫作的興趣對學生的幫助極大，因此本研究期望互動式的模擬情境能提高學生寫作的興趣。如果要看出

是否對寫作有興趣的話，應該參照一個開放性的主題，除了觀察學生是否達成任務外，特別要注意的是細節多不多，說服力強不強。除此之外，在實驗結束後，對同學訪談的結果也是納入參考的重要項目。

第四次的任務寫作的題目屬於開放式的題目，有別於之前的詢問句型，學生必須敘述自己有趣的經過，並表達自己開心或興奮的情緒。這樣的題目可以看出學生是否能夠掌握題目的重點，並積極完成任務。如果對於寫作沒有興趣、只想虛應的故事的人就會草草交卷；反觀積極想完成任務的人，會提供足夠並具有說服力的內容來表達自己的情緒。以下即以本題為對象加以觀察，就學習成果及實地訪談切入觀容學習者的興趣表現。首先是對照組一的 **D1** 和實驗組 **2** 的 **S3** 和 **S4** 的寫作表現：

1、對照組

(1)寫信給虛擬網友 **XXX**

你好！

你身體好嗎？你的工作忙嗎？我很好，我想和你說。昨天下課我和我的朋友先去海鮮店吃海鮮。再我們去咖啡店喝咖啡聽音樂。然後我的朋友來。我很開心因為我想我的老師認識我的朋友。我的老師很帥。我的朋友很漂亮。

天天開心

碧順

(2)以 **XXX** 的身分回信給自己

你好！

我很好。我高興收到你的信。我想認識你的老師和你的朋友。我也想去海鮮店吃海鮮，我們一起海鮮店怎麼樣？

XXX

2、實驗組

(1)S3 寫信給 **S4**

氏幸：

你好！我很高興收到你的信。你身體怎麼樣？我開心。我昨天晚上認識新的朋友了。他是我朋友的朋友。她姓阮，她叫明幸。她也是老師。她真的很漂亮。我很高興，因為她唱歌給我聽。她唱的好極了。昨天晚上你做什麼？

祝你天天開心

式切

(2)S4 回信給 **S3**：

式切：

你好！我很高興收到你的信。

我身體很好，你呢？

我很高興如果你介紹你的朋友給我。

昨天晚上我和同學和老師一起去 Dam Sen(蓮花)公園玩和喝咖啡和聽音樂。

我們很高興。

這星期日我和你一起去喝咖啡怎麼樣？

祝你天天開心

氏幸

(3)S4 寫信給 S3

式切：

你好！我很高興收到你的信。你身體怎麼樣？

昨天下課然後我和同學跟老師在飯店吃海鮮。海鮮很好吃。然後我們去 Dam Sen(蓮花)公園玩兒和喝咖啡和聽音樂。Dam Sen 公園很看，咖啡很好，音樂好極了。我們很開心。這個星期日晚上我和你去喝咖啡怎麼樣？

祝你天天開心

氏幸

(4)S3 回信給 S4

氏幸：

你好！我很高興收到你的信。你身體好嗎？昨天我不去吃飯和喝咖啡跟你和老師，我很不快樂。這個星期日晚上我工作很忙，我不一起你去喝咖啡。

祝你身體健康

式切

3、學習者興趣的教學觀察及分析

(1)信件的觀察

從這兩組觀察，兩者皆達成任務，敘述的細節也都差不多。值得特別一提的是，實驗組的同學之間的互動較強，**S3** 和 **S4** 寫信給對方時都在文末加上詢問句，牽引兩者之間的關係，不是單純的完成任務，像是真心想維繫和網友的情誼。

(2)學生的訪談

寫作結束後，我分別問每一組對於這樣的寫作方式的看法，實驗組的同學皆表示有趣，互動式的寫作較能幫助他們進入狀況。對照組的同學則表示有時會受限想像力的限制，無法盡情投入寫作，享受模擬情境的愉快寫作經驗。

(三)藉由閱讀同儕的文章，學生能夠學到自己不熟悉的單字、用法或句型

觀察實驗組的同學是否能夠發現同伴使用自己不熟悉或是不會的單字、用法或句型，並將它們用在下次的寫作裡。在這次的寫作教學，以兩組實驗組的文章為藍本，觀察到的結果有兩個。

其一：前三次的任務主題內容簡單的詢問句，因為主題的限制性太大，所以學生的文句並無太大出入，大致與課本上的基礎單字、用法、句型無異。其二：以第四次的開放性的主題來看，學生雖然需要表達有很多不同的想法，也因為能力的不足，所以使用的單字、用法或句型也都大同小異。

寫作結束後，訪問實驗組的學生是否能從同伴的文章學到自己不熟悉的單字、用法或句型，學生一致表示受限於能力的不足，所以沒看到不熟悉的單字、用法和句型，自然也沒辦法藉此途徑學習。

（四）學習者自我修正的表現

本行動研究藉由安排同學兩兩一組，希望除了教師的訂正外，學習者能夠互相幫助，以達到自我修正的效果。學習者自我修正的表現包括了檢視同儕的錯誤和接受同儕的改正能夠提升改錯的速度兩方面，茲說明其內容如下。

檢視實驗組的同學互相改錯的情形，在發現自己的錯誤後是否能夠提升改錯的速度。錯誤的部份可以分成漢語拼音、語法的用法。此外，文章的格式、敬祝語、問候語、標點符號也會納入觀察的項目，此項目將觀察實驗組及對照組中，學生的單一錯誤是否得到更改，並且記錄此錯誤受到同伴或是老師改錯的次數，由此判斷同學的改錯是否有用。

1、漢拼錯誤的自我修正表現

實驗組			
	漢拼的錯誤		
學生代號	錯誤→正確的漢拼	同伴改錯次數	教師改錯次數
S2	kē sōng → kè sōng 克松 Cāo xīng→ gāo xìng 高興 Jiāo→jiào 叫 jià→ jiā 家	2 2 1 1	1 0 0 0
S3	zuò→ zhù 住	1	0

對照組		
	漢拼的錯誤	
學生代號	錯誤→正確的漢拼	教師改錯次數
D1	yè → yě 也	2
D2	wárn→wánr 玩兒 qū → qù 去	3(改正後，學生仍犯錯) 2(改正後，學生仍犯錯)

2、語法錯誤的自我修正表現

實驗組			
	語法的錯誤		
學生代號	錯誤→正確的語法	同伴改錯次數	教師改錯次數

S2	結尾疑問詞嗎	**1**	**0**
S3	語序錯誤	**1**	**1**

對照組		
	語法的錯誤	
學生代號	錯誤→正確的語法	教師改錯次數
D1	「怎麼樣」的句型使用	**2**(改正講解後，學生並未完全熟悉此句型)

在實驗組的觀察中，同伴的改錯雖然受限於華語的能力，所以改錯的範圍也受到了限制，但是從上列的觀察發現，在學生基礎能力的範圍內犯的錯誤是有效的。在對照組中發現，教師的改錯次數有時也多達兩次到三次，但學生借由此途徑改正自己錯誤的成功率較低，藉此了解，同儕的改正加上教師的改正確實比只有教師的改正幫助更大。

就文章的格式、敬祝語、問候語、標點符號這些觀察的項目來看，我發現學生對於敬祝語和問候語的使用非常熟悉，原因可能有二：**1.**每篇信件都使用到了敬祝語和問候語，熟能生巧。**2.**越南的書寫體例也有類似的用法，上手容易。

標點符號的使用大部分也沒問題，只是有些越南書信使用上的習慣與華語書信不同，學生一時不容易改過。

例：

稱呼	越南書信用法	華文書信用法
	李先生您好！	李先生您好：

格式的部份也有相同的毛病，學生有各自的寫作習慣，在過度專注於文句的使用上，就忘了正視的格式使用，而使用自己習慣的方式。最大的問題是首行不空格和每句皆成段。

因為觀察的時間不夠長，有些起初發現錯誤的漢拼，在之後的寫作裡，受限於題材的緣故不再出現，如果寫作課程次數再多一點，想必觀察成效會更好。舉例來說，**S2** 的在第二次的寫作裡將 **xǐ huān** 寫成 **xǐhoan**，但是之後的題目沒出現過喜歡，就沒辦法觀察到這個錯誤是否被改過來，也沒辦法追蹤到往後的穩固度。

四、 結論與反思

互動式情境模擬的任務寫作教學的確可以幫助學生增加改錯的機會和速度，但本次寫作教學的時間太少，所以對於學生改錯後的穩固程度無法追蹤。如果能增加教學次數在分別觀察學生在各方面的表現，也許都會有所不同。另外，這次寫作教學的班級為基礎班，因此使用的文句非常簡單且大同小異，所以無法利用同伴的寫作關係學習自己不熟悉的單字、句型和用法。程度在進階以上的學生也許能夠利用這點，增進彼此的實力。

本次實驗觀察的成果，發現實驗組的學生的確受到真實的模擬情境的幫助，所以更有效的達成任務，而互動式的寫作同時也提高學生寫作的興趣。此外，藉由這樣的方式，同伴之間可以互相幫助彼此改正簡單的錯誤，提升改錯的錯誤。

重要參考文獻：

李再和**(2010)**，《章法在國小五年級作文教學之應用—以凡目法、今昔法、正反法為例》，高雄：高雄師範大學國文學系碩士論文。

林政華**(1999)**，《文章寫作與教學》，台北：富春文化公司。

徐新逸**(1998)**，《情境學習對教學革新之回應》，研習資訊，十五卷一期。

莊永山等譯**(2007)**，《歐洲共同語文參考架構》，高雄師範大學：莊永山。

郭建勛**(2007)**，《大學基礎寫作》，長沙：湖南大學出版社。

陳懷萱、林金錫**(2003)**，《運用網路互動進行華語文寫作學習之探討》，全球華文網路教育研討會。

劉世劍**(1995)**，《文章寫作學》，高雄市：麗文文化事業機構。

蔡清田**(2000)**，《教育行動研究》，台北：五南圖書出版有限公司。

脈絡中的學習
——談章法結構在第二語言華語閱讀教學中的應用

林雪鈴
文藻外語學院應用華語文系助理教授

摘要：

本文首先分析第二語言華語閱讀教學實施的現況，探討章法結構在其課型與分級安排中的適切性，並透過認知心理理論，確立章法結構在建立知識體系方面的重要性，其後循此為基礎，提出關於具體實施作法及教學模式選擇的建議。認為交互式閱讀教學法對於章法基模的打造有所助益，而由於篇章邏輯結構，為以視覺接收之具體的語言脈絡，其與對話聽覺的認知心理運作不同。在文章中被示現、且不受時間控制的脈絡系統，可以作為反覆運作練習的資糧，使學習者能將工作記憶的操作經驗轉換至長期記憶的知識庫中。知識庫的充實同時也幫助其他語文能力的運用，例如口說或寫作。因此章法概念的融入，能使華語教學成為有脈絡的學習。

關鍵詞：

章法、華語教學、閱讀教學、交互式教學法

一、前言

閱讀（reading）是什麼？學者的定義有所不同，然而將閱讀視為一個雙向的、建構意義的過程，而非過去所認知的片面訊息接收，已成為普遍的共識。此一觀念的轉變，同時影響了關於閱讀的教學。例如在學者古德曼（**Kenneth S. Goodman**）提出讀者動態建構閱讀理論後，教學界也隨即興起了全語言教學的風潮。受其說影響，過去從下而上（**Bottom-up models**），也就是從字詞逐一接收到全文組織的認知模式被打破了，反過來，從上而下（**Top-down models**），讀者依其能力在心中建構出一篇與閱讀文本平行的文章，不斷與目標文本進行交易，直到意義合理建構出來的認知模式受到大眾的認可[1]，而後進一步有上下交互認知模式（**Interactive models**）、圖式模式（**Schema Model**）、閱讀能力模

[1] **Kenneth S. Goodman** 著、洪月女譯，《談閱讀》（台北：心理出版社，**1998**），頁 **2**：「事實上，你們每個人在與這篇出版文章進行交易時，會在心中建構出一篇與它相平行的文章--一篇屬於你自己的文章--而且你所理解的是這篇自己所建構的文章。你的閱讀與我的寫作同樣是主動而且建構性的歷程。」

式（Componential Model）等理論的提出[2]。此後，隨著閱讀觀念的轉變，教師在進行閱讀教學時，開始注重協助學生自主建構篇章意義，而盡量不直接的灌輸以固化的定型思維、預期的學習標的，以維護語言作為自然真實之社會互動的完整性。

循著古德曼的理論來看，如果在閱讀的過程中，「讀者所讀懂的意義，來自於帶到文章中的意義」[3]，那麼，閱讀者又應該具備什麼樣的能力，使其能成功的將意義帶進來？這便涉及到閱讀理解的領域。

閱讀理解可分為：「字義理解」、「推論理解」與「理解監控」。[4]讀者具備了字義提取、推論分析、認知監控等能力，使其能成功完成閱讀理解。此外，也有些因素必須同時具足，方不阻礙認知理解的進行，這些因素包括了：注意力、視覺、記憶、先備知識等。其中的先備知識，又稱為先前知識，依據顏若映〈先前知識在閱讀理解上之認知研究〉一文的歸納，先備知識包括了：內容知識（content knowledge）、文章結構知識（knowledge about text

[2] Richard E. Mayer 著，林清山譯，《教育心理學--認知取向》（台北：遠流出版公司，1997 三版），頁 281：「在 1960 年代認知心理學再度盛行，亦再度帶來有關閱讀心理學研究的興趣。在過去數十年間，學者提出許多模式來描述人們了解文字語言的歷程。回顧所有被提出的模式顯然超出本書之範圍，但我們仍應指出它們可以歸納為三個主要的類別：1.從下而上模式……2.從上而下模式……3.交互模式……。」周小兵、張世濤、干紅梅著，《漢語閱讀教學理論與方法》（北京：北京大學出版社，2008），頁 12-15 則歸納出自下而上、自上而下、交互模式、圖式理論、能力成分模式等模式理論。

[3] Kenneth S. Goodman 著、洪月女譯，《談閱讀》，頁 4。

[4] 據王瓊珠，《故事結構教學與分享閱讀（第二版）》（台北：心理出版社，2010），頁 8-10。

structure）、策略性知識（**strategic knowledge**）三種類型。[5]其中文章結構知識，指「有關文章組織的知識」，其實便是章法結構的概念。缺乏了關於章法結構的先備知識，將影響到閱讀理解的成功與否，由此可知其重要性。

過去章法結構在國語文教學中已受到重視，但是在獨立的閱讀教學中，或者針對第二語言學習者的教學中，則討論較少。特別第二語言華語教學是一個新興的領域，如何透過第二語言學習理論的研究成果，確認章法結構在教與學雙方面的關鍵影響力，是一個值得著力的課題。

本文擬先檢討章法在現行第二語言教學中的位置，分析其適切性。再透過閱讀的認知心理分析，凸顯章法在國語文閱讀教學或二語閱讀教學中對於建立知識體系的重要性。最後提出具體的實施作法與關於教學模式選擇的建議，帶出「透過交互式閱讀教學法，協助第二語言華語學習者建立章法基模」的結論。

二、章法結構在現行第二語言閱讀教學中的位置

[5] 顏若映，〈先前知識在閱讀理解上之認知研究〉，《教育與心理研究》第十六期（**1993.6**），頁 **385-412**。顏若映另一篇論文指出閱讀理解所需的先備知識，除了內容知識、結構知識、策略知識外，還包括了後設認知知識（**metacognitive knowledge**）。見顏若映〈教科書內容設計與閱讀理解之認知研究〉，《教育與心理研究》第十五期（**1992.8**），頁 **101-128**。

第二語言的華語閱讀教學，普遍規劃為兩種課型，其一為「精讀課」，其二為「泛讀課」。而在教學階段的劃分上，又有初級閱讀、中級閱讀、高級閱讀之別。

根據徐子亮、吳仁甫《實用對外漢語教學法》的歸納，精讀課包括了語音教學、詞彙教學、語法教學、篇段教學四個項目，內容著重在語言知識的傳授與訓練，其目的為「為主體對字、詞、句的編碼提供細緻而周密的線索，促進外界的刺激資訊輸入頭腦記憶庫，充實語言網路結構」；而泛讀課則著重在傳授聯想、預期、猜測、跳躍等閱讀技巧，著重在提高閱讀能力及語言知識的應用。[6]

在學習階段劃分方面，依據金立鑫〈閱讀教學的層次、目標和方法〉一文的分析，初級閱讀教學的核心為「從詞到句」，任務包括：擴大詞彙量、理解句子命題、理解句子情態語調與語氣；中級閱讀教學的核心為「從句到篇」，任務包括：進階詞彙教學、理解篇章結構，使學生能具備撰寫內容提要、分析素材與主題的關係、指出全篇結構層次等能力；高階閱讀的核心為「從有形到無形」，亦即對超越有形文本之附加意義的理解，包括了言外之意、文化思想、風格意境等。[7]

而前述將閱讀課分為精讀課與泛讀課的說法雖然普遍，但是在實際的實施上，卻通常不會獨立分類設置，而是統稱為閱讀課，

---

[6] 徐子亮、吳仁甫，《實用對外漢語教學法》（台北：新學林，2008），頁158-159。

[7] 金立鑫，〈閱讀教學的層次、目標和方法〉，周小兵、宋永波主編，《對外漢語閱讀研究》（北京：北京大學出版社，2005），頁112-128。

或分為初、中、高級閱讀課，由教師依教學目標規劃進行精讀或泛讀之教學。其中，泛讀課的執行，通常著落在中、高級閱讀課階段。

例如：彭志平《漢語閱讀課教學法》分析各階段閱讀課的差別[8]，指出初級階段為「學生初步掌握了漢語語音、簡單的句型語法並繼續學習漢語基本語法的學習階段」，其前期主要在於訓練漢字讀寫、詞語識記等，後期才逐漸過渡向句群、語段、篇章的閱讀理解。從中看來，這些課程的設計全在精讀課的範疇中。而在中級階段，則開始觸及了「語段、篇章閱讀理解訓練和閱讀技巧訓練」，高階閱讀則又包括了「不同需求的專項閱讀、瞭解各類文章的篇章結構及特點、掌握篇章中顯現及潛在的意思」等項目，這些已經進入了泛讀課的範疇，開始講求閱讀策略的傳授及閱讀技巧的訓練。

另外，從漢辦所公布的教學大綱中，也可以較清楚的看出：泛讀訓練落在中高級階段的現象。漢辦教學大綱分為聽、說、讀、寫四項技能，其中在「讀」的方面，初級階段的教學目標為學生能讀出比較準確的讀音、能掌握文章主要內容等；中階教學目標包括各類型的篇章閱讀、學生必須具備跨越障礙、查找信息等能力；高階的教學目標，學生需能具備速讀、跳讀、猜測等閱讀策略，從中看來，中高級閱讀確實包含了較多的泛讀課成分。

從以上的介紹可知在第二語言華語教學中閱讀課型的分類及

[8] 彭志平，《漢語閱讀課教學法》（北京：北京語言大學出版社，**2007**），頁 **4-5**。

其分級情形，也可瞭解到精讀與泛讀雖有明確區別，卻不會單獨成課，而是在初、中、高各階段閱讀課中融會實施的情形。大致而言，初級閱讀課較著重精讀，中高級則除了精讀，還帶入泛讀的訓練。

值得探討的是，目前許多關於泛讀課的定義，並不盡周全。泛讀課其實並不應侷限在閱讀策略的傳授、閱讀技巧的訓練，而是應該要包含更多學生自由自主閱讀的空間。

自由自主閱讀 **free voluntary reading**，簡稱為 **FVR**。主要提倡者為 **Stephen D. Krashen**。**Krashen** 在其論著《閱讀的力量—從研究中獲得的啟示》中指出，自由自主閱讀意指：純粹因為想閱讀而閱讀，不需寫報告、不用回答問題、不必勉強讀完一本書。其引據研究結果，提出「其他刺激語言發展以及提升識字力的方式，都不若 **FTR** 來得有效」的說法。相關實驗同時也實施在包含新加坡、南非、斯里蘭卡、日本等以英語為第二外語的學生上，結果發現學生在閱讀理解力、字彙、口語能力、文法、聽力、寫作等方面的學習成效，遠優於傳統教學組。至於當實驗實施在第二語言中文的學習上，也同樣出現了正向的關係。[9]

Stephen D. Krashen 是建立第二語言學習理論的重要學者，根據這些研究基礎，他因此大力倡導在第二語言教學中，應該融入更多自由自主閱讀的成分，認為「當第二語言的學習者因樂趣而閱讀時，他們的能力便從初階的『一般會話』進階到更高層次，

[9] **Stephen D. Krashen** 著、李玉梅譯，《閱讀的力量—從研究中獲得的啟示》，（台北：心理出版社，**2009**），頁 **1-9**。

能使用第二語言從事更多不同目的的工作……當第二語言學習者因樂趣而閱讀時，他們不需上課、不需老師、不需學習，甚至不需與人對話，也能持續讓外語能力進步。」[10]

雖然泛讀課不等於自由自主閱讀，但是目前對泛讀課的定義應該稍加修正，跳脫侷限於訓練閱讀技巧的思維，而納入更多自由自主閱讀的設計。

再從[美]**Neil J. Anderson**《第二語言閱讀教學探索—問題與策略》對精讀課與泛讀課的區分來看：

> 精讀可以被定義為最大限度應用一篇課文培養閱讀理解技能。所有的精讀課堂活動都是為清楚明確教授閱讀理解技能而設計的。通過這些教學活動，學生最終可以把課上所學的策略和技能應用到自己課下的閱讀活動中去。**Aebersold** 和 **Field**（**1997**）指出，這種閱讀的全部著眼點在課文本身。泛讀可以被定義為，為了求得大意上的理解而進行的大量閱讀。典型的泛讀往往是結合了其他的教學活動，閱讀只是學生課堂活動的一部分。[11]

[10] **Stephen D. Krashen** 著、李玉梅譯，《閱讀的力量—從研究中獲得的啟示》，頁 **142**。

[11] [美]安德森 **Neil J. Anderson** 著、北京師範大學「認知神經科學與學習」國家重點實驗室腦與第二語言學習研究中心譯，《第二語言閱讀教學探索—問題與策略》**Exploring Second Language Reading Issues and Strategies**（北京：北京師範大學出版社，**2009**），頁 **44-45**。

Anderson 亦主張泛讀課不僅不應侷限在速讀、跳讀、猜測等閱讀技巧的刻意訓練上，也不應侷限在課文、教室、師生關係的限制中，而應該讓學生有更多自由自主的參與。**Neil J. Anderson** 同時引用了 **Day** 和 **Bamford**（**1998**）所描述的「成功泛讀教學十特點」，其中像是「學生有權選擇他們想讀的閱讀材料，而且有權否定那些他們不感興趣的材料」、「閱讀是獨立的活動，應該很少有或沒有讀後練習」、「閱讀材料的難度應該控制在學生的語言能力範圍之內」、「閱讀應該是學生按照自己的進度獨立進行的默讀。在課外，學生有自由選擇什麼時候即在哪裡進行閱讀」、「教師應向學生解釋教學方法，密切觀察學生的閱讀過程」等觀念均很實用[12]，應該儘早被引入華語泛讀課的定義中，進行適當的修正。

從以上的介紹與討論，可以更清楚的掌握第二語言華語閱讀教學實施的現況。而章法結構在當前的類型與分級中，又扮演什麼樣的角色呢？

以課型而言，關於篇章結構的掌握，規劃在精讀課的「篇段教學」中；以階段分級而言，則主要落在中級閱讀「從句到篇」的結構分析中，並少部分擴及高級閱讀對語體風格的掌握[13]。

---

12 [美]安德森 **Neil J. Anderson** 著，《第二語言閱讀教學探索—問題與策略》，頁 **45**。

13 金立鑫，〈閱讀教學的層次、目標和方法〉，收入周小兵、宋永波主編，《對外漢語閱讀研究》，頁 **126**：「超語篇的語體風格，也是高級階段閱讀教學的任務之一。語體風格是許許多多因素共同作用的結果，其中涉及的因素至少有韻律節奏、用詞的色調和情感、用詞的語體色彩、句式的長短、句型、象聲詞、段落結構組織、助詞運用、副詞運用和形容詞運用等。所有這些要素的數量關係構成了一個文本的語體風格。」

這樣的劃分，有不夠周全的地方。關於篇章結構的教學，不應限縮在精讀課中，在泛讀課中也應該賦予重要角色，因為章法作為先備知識的重要一環，固然是精讀課「打造語言知識體系」的重要著力點，如何在泛讀課中藉由自主運用，使章法知識轉換為學生可操作的技能，更是閱讀教學應該強化的重點。

至於在分階教學方面，在初級閱讀階段，便應融入章法結構的觀念。即使學習者因為詞彙量、語法知識不足，難以掌握抽象的邏輯結構，章法知識的預先建立，還是會帶來很大的學習好處。這一點在下一節中，將透過認知心理分析加以討論，並藉以凸顯章法帶入閱讀教學的重要性。

三、從認知心理談章法帶入教學的重要性

章法，亦即篇章的邏輯組織。如陳滿銘先生〈論章法的哲學基礎〉所言：「章法所探討的是篇章之條理，亦即聯句成節（句群）、聯節成段、聯段成篇的邏輯組織。」[14]章法也就是語言的組織脈絡。語言脈絡在閱讀中的重要性，可以透過閱讀認知歷程來探討。

根據 **Robert J. Sternbergy**《認知心理學》一書的分析：

> 在學習閱讀的過程中，閱讀的生手必須熟練兩種基本的知覺歷程：詞彙歷程及理解歷程。詞彙歷程（lexical

[14] 陳滿銘，〈論章法的哲學基礎〉，《國文學報》32 期（2002），頁 87-126。

> processes）涉及辨識字母及單詞；它們也涉及激發記憶中有關於這些詞的訊息。理解歷程（comprehension processes）涉及對文章作整體的解讀。[15]

由此可知閱讀包含了「詞彙」與「理解」兩個歷程，也就是前文所提到的「識字」與「理解」兩種閱讀成分。而透過認知心理加以進一步細究，又可析分為：注意力、視覺知覺、轉換語音碼、記憶的收錄儲存與提取、語意編碼、知識組織等細部運作過程。這其中任何一個環節的失敗，都將影響閱讀的成功進行。

Robert J. Sternbergy 同時也指出閱讀理解所需具備的幾種能力，包括了：

> （1）觸接詞義，不論是從記憶中提取，或是從脈絡中導出；（2）從閱讀材料的要旨衍生意義；（3）形成模擬閱讀材料所描述之情境的心理模型；以及（4）依據我們閱讀的脈絡和我們意欲使用材料內容的方式，從材料中選取關鍵訊息。[16]

這些能力的發揮，可以說無一不需要對章法，亦即語言結構脈絡的掌握。例如第一點詞義的取得，牽涉到語法分析及對篇章結構的認識，如《認知心理學》所言：「藉著我們對篇章結構的知識，我們可以從篇章中的句子導出一些單看該句時不明顯的意義」

---

[15] **Robert J. Sternberg** 著，李玉琇、蔣文祁合譯，《認知心理學》（台北：雙葉書廊，**2006**），頁 **403**。

[16] **Robert J. Sternberg** 著，李玉琇、蔣文祁合譯，《認知心理學》，頁 **442**。

[17]，第二點要旨的掌握，更需要透過對文章結構的瞭解，方能進行整合、摘要等運作；至於閱讀所需的心理模型中，亦早有多數學者提出，結構圖式（章法基模）是重要的一環，這一點將在後續加以討論；而在選取關鍵訊息部分，更是仰賴讀者對篇章脈絡之瞭解，方能執行的閱讀技能。

由閱讀能力的具備無一不與結構脈絡相關，可知章法知識的具備在閱讀歷程的執行中，具有高度的重要性。因此在閱讀教學中不僅應該帶入相關概念，還應該積極訓練學生自主掌握篇章組織的能力。

再從古德曼 **Kenneth S. Goodman** 的閱讀理論來看章法結構的重要性。古德曼認為所謂的理解（**make sense**）文章，只是建構意義（**construct meanimg**）的一個較通俗的講法。其認為閱讀是動態的、建構性的，在閱讀的活動中，讀者根據作者在文章中所提供的訊息、以及自己帶到文章裡來的訊息，在心中建構建構出一篇「讀者自己的文章」，並且不斷的與所讀到的進行交易、修正，最後達成閱讀。整個閱讀的過程可以說是建構意義的歷程，最終建構出的意義，必然與作者的不同，而不同的讀者也不會有相同的結果。[18]

在這整個建構的歷程中，讀者不斷重複視覺、感知、語法和語義的循環。有關閱讀的模式，大致被分為：由下而上（**Bottom-up Model**）、由上而下（**Top-Down Model**）、交互模式（**Interactive**

---

[17] **Robert J. Sternberg** 著，李玉琇、蔣文祁合譯，《認知心理學》，頁 **437**。
[18] 以上依據 **Kenneth S. Goodman**，《談閱讀》，頁 **2-3**。

Model)、圖式理論(**Schema Theory**)、能力成分模式(**Componential Model**)等[19]。其中從下而上指的是「讀者先注意一堆語言信號（字母、詞素、音節、詞彙、片語、文法線索、言談標記等），然後利用處理語言信號的機制（**linguistic data-processing mechanisms**），把這些信號加以解析到意思明朗為止。」[20]而從上而下則與之相反，強調鳥瞰式的閱讀，讀者並不去確讀每一個字詞，而是跳讀，半讀半猜（預測-確認），快速往下看，除非發生了理解的困難，才會倒回去重看。而這一種閱讀模式的提出者，正是 **Goodman**。

在 **Goodman** 的主張中，由於「文章的結構和意義都是由讀者來建構，如果有不對勁的地方，讀者重新建構他們腦中的文章以求意義通順」[21]，因此在此一主張中，讀者對章法結構的仰賴度，更勝於從下而上的模式。如果讀者欠缺熟練建構句、段、篇結構的能力，將無法有效率的進行閱讀。

因此，從認知心理對閱讀歷程的解析來看，章法結構確為影響閱讀的重要關鍵。在精讀課的實施中，除了針對語音、詞彙、語法的練習，章法結構的知識，也應該成為訓練的一環。如前所述，精讀課的宗旨在於「為主體對字、詞、句的編碼提供細緻而周密的線索，促進外界的刺激資訊輸入頭腦記憶庫，充實語言網

---

19 依據周小兵、張世濤、干紅梅，《漢語閱讀教學理論與方法》，頁 **11-16**

20 道格拉斯·布朗 **H. Douglas Brown** 著，施玉惠、楊懿麗、梁彩玲譯，《原則導向教學法：教學互動的終極指南》(台北：台灣培生教育，**2003**)，頁 **372**。

21 **Kenneth S. Goodman**，《談閱讀》，頁 **158**。

路結構」[22]，有關章法的知識，應該也是必須打造的語言網絡結構之一。

過去在傳統的華語文教學中，比較傾向於將章法結構作為一種事實或資料性的知識，也就是「陳述性的知識」（**declarative knowledge**）來傳授，而不是使學生能按照一定程序來操作並自動化的「程序性的知識」（**procedural knowledge**）。例如：學生都能記得〈醉翁亭記〉所使用的章法是逐步聚焦的「剝筍法」，但看到相似的篇章結構時，卻未必能指出來。其原因在於教學的側重，使學生缺乏充足的章法知識，以及自主建構出各類型篇章結構的能力。

如前文所提及，章法結構是影響閱讀理解結果的重要先備知識。如今從閱讀歷程的分析，更可確認章法對讀者建構意義能力的影響。如何使學生具備充分的章法知識，並具備分析章法結構的閱讀技能，成為閱讀教學研究的重要課題。在相關做法中，「建立章法基模」是具有良好效益的方式。茲論述如下。

四、章法基模（結構圖式）的建立

基模（**schema**），也稱為圖式，一般認為現代圖式理論中的「圖式」概念，是英國心理學家 **F. C. Bartlett** 於 **1932** 年所提出，意

[22] 徐子亮、吳仁甫，《實用對外漢語教學法》，頁 **158**。

指「用於表徵知識的心理架構，包含了互有關聯且構成有意義組織的一組概念」[23]。

周小兵、張世濤、干紅梅《漢語閱讀教學理論與方法》指出：圖式也可說是「人腦中已經存在的知識系統。當人遇到新事物的時候，只有把它們跟已有的知識系統（圖式）聯繫起來，才能理解這些新事物」，圖式的類別，包括了：事件圖式、場景圖式、角色圖式、範疇圖式等，其作用為：「在閱讀過程中，讀者依靠圖式這種預測作用進行推理，以添補語篇信息本身的某些空白，進而達到對語篇的理解」。[24]

由此可知，圖式可以說是讀者所先備的知識系統，是讀者進行閱讀理解、建構意義的基礎。如果欠缺語言、結構、事件、場景等各方面的知識系統，便會直接到影響理解的結果，因此產生無法閱讀、誤讀、效能低下等情形。相關圖式的缺乏對閱讀造成的影響，在第二語言的學習者身上亦特別明顯。已有諸多研究成果加以探討。其中以英語教學領域最為豐富。

在相關的研究成果中，對與閱讀能力有關的圖式，分類不一，有的分為：內容圖式與形式圖式，其中形式圖式包含了語言圖式（包括詞彙、語法等知識）以及語篇圖式（包括體裁、結構等），內容圖式又分為主題知識與文化知識，如：薛榮〈閱讀過程的認

[23] **Robert J. Sternberg** 著，李玉琇、蔣文祁合譯，《認知心理學》，頁 **315**，引 **Bartlett**，**1932**；**Brewer**，**1999**。

[24] 周小兵、張世濤、干紅梅，《漢語閱讀教學理論與方法》，頁 **14-15**。

知解讀：圖式理論及其在閱讀教學的中的應用〉[25]；有的則將結構的部分獨立出來，區分為語言圖式、內容圖式、結構圖式的說法，如：李景豔、盧世偉〈圖式理論與英語閱讀教學〉[26]。

無論是哪一種分類法，都顯示在與閱讀有關的圖式建立中，結構圖式是重要的基礎。至於在具體的教學實施中，有益於打造結構圖式的積極作法，至少包含了：

（一）在閱讀課文的選擇與編撰上，有系統的編排與多種章法形式。如依其難易、相關程度，有序的編排。

（二）伴隨有系統之課文編排，進行相關章法結構知識的傳授。

（三）將章法結構形成為課程中一獨立、固定的單元，使學生習慣將掌握章法結構，作為閱讀進行的步驟。

（四）在閱讀作業的設計中，除了測驗學生對章法「陳述性知識的回憶」，如：指出某篇使用什麼章法，也應多包括「系列回憶作業」，如：依序指出首段至末段的結構，或「再認作業」，如：在是非題、選擇題中指認學過的結構，以及「涉及程序性知識的作業」，如：依照學習過的章法分析技巧，分析出新閱讀篇章的結構。[27]

（五）採用學生能自主運用結構圖式、提升閱讀技巧的教學方法，如故事結構教學、交互教學法等。

---

25 《江蘇外語教學研究》，2008 年第 1 期，頁 46-47。

26 《長春工程學院學報》，第三期，2001。

27 測量記憶的作業類型，依 Robert J. Sternberg《認知心理學》中的分類，頁 182-183。

顏若映在〈教科書內容設計與閱讀理解之認知研究〉一文中提出對有助於閱讀理解之教科書的內容設計建議為：

> 1.教科書在內容設計上，需協助讀者能啟動合適的基模。若讀者無合適基模，作者要協助讀者利用相關的基模以建構合適的基模，如此才能有效增進閱讀理解。/ 2.教科書內容設計應與讀者所具備之文體基模與內容基模有關。在文章結構方面，編撰者應利用基本結構、故事文法、標示方式、及重複使用特殊結構來協助讀者建構合適的文體基模。/ 3.教科書編寫時應注意連貫性，包括整體連貫性與局部連貫性二部分。……[28]

這些建議，與前述打造章法基模，應強化課文設計編排、實施方式的建議不謀而合。

而當相關的教學，實施於第二語言學習者時，由於他們並非既有的結構圖式不足，而是出於語言的隔閡、不同語言結構章法習慣的差異等，而使圖式的運用發生不足或困難。依據維高斯基的學習理論，在第一語言中所既有的知識，能夠被移轉到第二語言的系統中。因此提供一個互動的、自主建構的情境，應該對讀者運用既有的章法知識，協助第二語言閱讀學習，有較強的幫助。

在諸多的教學法中，「交互式閱讀教學法」最能為第二語言學習者提供這樣的情境。

---

[28] 《教育與心理研究》15 期，1992，頁 124。

五、「交互式閱讀教學法」的運用

「交互教學法」(**reciprocal teaching**)，由 **Palincsar** 與 **Brown** 於 **1984** 年，依據「潛在發展區」(**zone of proximal develoment**)[29]、「專家鷹架」（**expert scaffolding**）[30]、「預期教學」（**proleptic teaching**）[31]等理論所發展出來，是一種有助於提升閱讀理解能力的教學法。

其核心概念為維高斯基 **Vygotsky** 的認知發展理論。李咏吟《認知教學：理論與策略》指出：

> 由於維高斯基教育的功能在於透過特殊的社會語言以提升心智發展，因此，在學校情境中出現師生間和學生間的對話變得相當重要，交互教學即是根據維式的觀點所發展

[29] 潛在發展區，又稱為「側近發展區」，意指「「個體獨立解釋問題的實際發展層次，與他如果透過成人的輔助或與更有經驗者互動之下的潛在發展層次，兩者之間的距離。」李咏吟，《認知教學：理論與策略》（台北：心理出版社，**1998**），頁 **23**。

[30] 專家鷹架理論主張：「兒童內在的心理能力之成長有賴成人的協助，而這種協助應該建立在學習者當時的認知組織特質上。當兒童停留在某一認知層次時，如果成人能有系統的引導或給予關鍵性的指點，則兒童較易超越原來的認知層次。」李咏吟，《認知教學：理論與策略》，頁 **25**。因此，成人若能在兒童原有的認知基礎上，施以結構性的引導，那麼兒童便能在有組織之活動參與中，透過鷹架之助，往上進一步成長。

[31] 預期教學，又稱為期望教學、預擬期教學，指對學生發展能力的預期，主張學生可透過社會情境的提供、專家鷹架的支持，在團體互動中表現出更高層次的能力。

出來的社會教學模式（socioinstructional approach），其目的是協助老師去利用會作學習的對話，以增進學生閱讀理解的自我調整運思。[32]

其中提到了交互教學法對情境互動的仰賴。整體而言，交互教學法是十分強調群體互動、對話討論的教學法，認為教師在掌握學習者目前程度、可發展程度的前提下，可建構出一有組織的、利於學習的社會情境。學生在老師的引導下，藉由互動討論，達成心智的建構成長。在教學活動中，教師最初扮演專家鷹架的角色，引導示範，而當學生熟悉運作方式後，教師便可逐步退出，由學生間彼此互動學習。

交互式閱讀教學法的實施內容為：教師示範並引導學生使用「摘要」、「提問」、「澄清」、「預測」四種閱讀策略，其後師生或學生間透過彼此合作互動，共同完成對文本的閱讀理解。前文曾述及閱讀是一個動態的建構性歷程，不同的讀者會運用不同的閱讀技巧、將不同的意義帶進文章裡。此種教學法的好處即在於避免由教師的角度主控閱讀結果。交互教學法強調同儕互助，由於同儕間程度相近，因此較具有相近的閱讀難點與思考方式。在討論的過程中，透過彼此間思維歷程的外顯與激盪，能夠促進閱讀技巧的提升與思考廣度的增加。特別是閱讀策略的引導運用，有利於促進學生發展閱讀理解的後設認知監控。

過去此一教學法，過去經常被使用在閱讀障礙、閱讀理解困

32 李咏吟，《認知教學：理論與策略》，頁 28。

難、學習成就低落、身心障礙、偏遠地區....的孩童上，相關的實驗研究成果極為豐碩，例如有：何嘉雯、李芃娟〈交互教學法對國小閱讀理解困難學生教學成效之研究〉[33]，李麗貞、王淑惠〈交互教學法對國小學習障礙學生閱讀理解成效之研究〉[34]等。經過大量的實驗成果證實，交互教學法的實施對於提升閱讀理解能力，有良好的成效。

將此種閱讀教學法實施於第二語言學習者，相關的研究探討並不充分，但由理論上可得到支持。如 **Krashen** 認為「第二語言流利度在於習得，而不在於學習」，語言系統必須透過潛意識直覺的方式來建構，而不是有意識的學習，方能獲致流利溝通的結果；[35]又，**Michael Long** 以 **Krashen** 的理論為基礎，建立「互動假說」，提出「可理解語言輸入是修正過互動的產物」、「互動與輸入是習得過程的兩大要素」、「會話與其他任何形式的溝通互動是發展語言規則的基石」等論點[36]。這些都是支持透過社會互動習得第二語言的主張。

將交互教學法實施於第二語言學習者，也已經有初步的實驗研究成果。如 **Fung, I. Y. Y.; Wilkinson, I. A. G., & Moore, D. W.**

---

33 《特殊教育與復健學報》，國立台南師範學院特殊教育學系，**2003**，**11** 期，頁 **101-125**。

34 《東台灣特殊教育學報》，國立東華大學特殊教育系.特殊教育中心，**2008**，**10** 期，頁 **71-92**。

35 道格拉斯·布朗 **H. Douglas Brown** 著，林俊宏、李延輝、羅云廷、賴慈芸譯，《第二語教學最高指導原則》（台北：台灣培生教育，**2007**），頁 **351**。

36 道格拉斯·布朗 **H. Douglas Brown** 著，《第二語教學最高指導原則》，頁 **363**。

於 **2003** 年發表的研究。[37]他們運用交互教學法對第二語言學習者進行增進閱讀理解策略教學，並且在初期允許學生透過母語互動，再逐步轉移到第二語言。結果發現透過母語在交互閱讀教學所獲得的背景知識、理解策略，成功的幫助了第二語言的閱讀理解，也印證了其據以支持實驗的 **Vygotsky** 理論：外語學習者會將原本擁有的語言知識轉換到新的語言系統中。因此交互閱讀教學法，是一種引介第一語言知識至第二語言的良好教學法。

而當其運用於建立章法基模（結構圖式）時，可透過摘要、預測、提問、澄清等閱讀策略的運用，將學習者既有的章法概念引導進華語閱讀中，並逐步輸入章法知識，建立基模，達成增益華語閱讀理解能力的結果。

具體的實施方式，初步分為下列四型：

	各段落標示	各段落不標示
課前預示章法結構	**A**	**C**
課前不預示章法結構	**B**	**D**

A.「課前預示章法結構，逐段標示」。此法可用於初期的教學，提供多樣式的章法類型，以建立結構圖式。可鼓勵學生多運用「提問」、「澄清」策略，討論作者為何如此謀篇。

37 **Fung, I. Y. Y.; Wilkinson, I. A. G., & Moore, D. W. (2003). L1-assisted reciprocal teaching to improve ESL students' comprehension of English expository text. Learning & Instruction, 13 (1), 1- 31.**

B.「課前不預示章法結構，逐段標示」。此法著重在賦予學生運用所知的章法知識，自主建構，判斷章法類型的空間。可鼓勵學生多運用「預測」策略，提出自己對文章架構發展、章法類型的判斷。

C.「課前預示章法結構，各段落不標示」。此法由學生通讀全文後，討論架構如何形成。可鼓勵學生運用「摘要」策略，掌握各段旨要。

D.「課前不預示章法結構，各段亦不標示」。由學生在互動討論中，完成對章法的判斷。可鼓勵學生交錯運用四種策略，並加以分享。

而在教學實施的過程中，為了避免第二語言學習者負擔過重或無法順利溝通，可將相同母語背景的學生規劃為一組，允許參雜母語交談，然而當老師介入引導時，則需以華語回應。如此在同一組中，華語程度較好的同學便可帶領同儕學習。雖然是以華語進行師生互動，但由於先前的討論已有共同基礎，程度較落後的同學，當能掌握討論脈絡，也可減低理解困難。

將章法結構融入交互教學法，最大的優勢在於：不同的讀者，對文章意義內容的理解建構雖然分歧，但章法結構的組成卻是同一的。章法結構為交互式閱讀教學帶來穩固的架構、對話的主題，第二語言華語學習者，不僅可藉由此學習歷程建立結構圖式、學習閱讀理解策略，還能在互動交談中，提升會話能力，拓展知識體系。從事華語教學的教師，應可多予嘗試。

六、結 論

章法為篇章的邏輯結構，在閱讀的歷程中，讀者必須具備關於章法結構的先備知識，以及透過推論分析掌握章法結構的能力，方能進行良好的閱讀理解。因此，在閱讀教學中，如何充實學生的章法知識及掌握結構的能力，成為重要的課題。而對以華語為第二語言的學習者來說，章法結構知識的建立對於打造語言系統，更具有重要性。

篇章邏輯結構，為以視覺接收之具體的語言脈絡，其與對話聽覺的認知心理運作不同。在文章中被示現、且不受時間控制的脈絡系統，可以作為反覆運作練習的資糧，使學習者能將工作記憶的操作經驗轉換至長期記憶的知識庫中。知識庫的充實同時也幫助其他語文能力的運用，例如口說或寫作。這是因為透過閱讀，讀者在語言脈絡中進行視覺、感知、語意、語法的循環，反覆提取記憶、建構意義，因此使圖式的鍊結更為綿密，語言知識系統趨向於豐富、穩固、精熟。可以說，從閱讀中所發展出的語言能力，超越閱讀本身。

第二語言的學習者，尤其需要的便是知識體系的打造，以及第一語言知識的引渡轉移，這些均需要一個提供結構系統的橋樑。章法的學習不僅協助建立結構圖式，還幫助了閱讀能力的提升，透過二語學習者廣泛的或深化的閱讀，語言能力也將持續得到潛移默化的提升。

基於章法教學的良好效益，除了精讀課的篇段分析、泛讀課的策略訓練，章法結構的教學，應可作為獨立的要項。透過交互教學法之類具有良好效能的教學法，積極建立二語學習者之章法基模。對章法概念的重視，使教學成為有脈絡的學習，而學習者二語知識體系的打造，也因此能舉步即在大道中。

主要徵引文獻

1. **H. Douglas Brown** 道格拉斯·布朗著，林俊宏、李延輝、羅云廷、賴慈芸譯，《第二語教學最高指導原則》，台北：台灣培生教育，**2007**。
2. **H. Douglas Brown** 道格拉斯·布朗著，施玉惠、楊懿麗、梁彩玲譯，《原則導向教學法：教學互動的終極指南》，台北：台灣培生教育，**2003**。
3. **Kenneth S. Goodman** 著、洪月女譯，《談閱讀》，台北：心理出版社，**1998**。
4. **Neil J. Anderson** 安德森著、北京師範大學「認知神經科學與學習」國家重點實驗室腦與第二語言學習研究中心譯，《第二語言閱讀教學探索—問題與策略》**Exploring Second Language Reading Issues and Strategies**，北京：北京師範大學出版社，**2009**。
5. **Robert J. Sternberg** 著，李玉琇、蔣文祁合譯，《認知心理學》，

台北：雙葉書廊，**2006**。

6. **Stephen D. Krashen** 著、李玉梅譯，《閱讀的力量－從研究中獲得的啟示》，，台北：心理出版社，**2009**。

7. 王瓊珠，《故事結構教學與分享閱讀（第二版）》，台北：心理出版社，**2010**。

8. 李咏吟，《認知教學：理論與策略》，台北：心理出版社，**1998**。

9. 周小兵、宋永波主編，《對外漢語閱讀研究》，北京：北京大學出版社，**2005**。

10. 周小兵、張世濤、干紅梅著，《漢語閱讀教學理論與方法》，北京：北京大學出版社，**2008**。

11. 徐子亮、吳仁甫，《實用對外漢語教學法》，台北：新學林，**2008**。

12. 彭志平，《漢語閱讀課教學法》，北京：北京語言大學出版社，**2007**。

13. 陳滿銘，〈論章法的哲學基礎〉，《國文學報》**32** 期（**2002**）。

14. 顏若映，〈先前知識在閱讀理解上之認知研究〉，《教育與心理研究》第十六期（**1993.6**）。

15. 顏若映，〈教科書內容設計與閱讀理解之認知研究〉，《教育與心理研究》第十五期（**1992.8**）。

幾組章法專詞的試譯及其跨語言問題探討

許長謨
成功大學中文系副教授

一、前言

學術的開拓，依賴的是眾志成城的努力。充實而分化，累積而成就出一串串文明的果實。西哲自「哲學」始，以自然科學為基底，走出今日人類社會的榮景。由學術而研究而應用，相因相成，枝盛葉茂。

以語言學為例，整個學門的壯大，既有世界數千種語言做後盾，復有數千年文學、文字為基石，自然有堅強的體質。而箇中的分枝學科，如語音、音韻、語法或語義等，也因各有不同的進境而豐富了巨大而有機的語言學結構。

許多學科，有其放諸四海皆準的普遍性，如修辭學、應用語言學等；但也有許多學科具有其特殊性，須先仰賴原壤而後才能慢慢拓展於它方，一些語言學較邊陲的學科，如風格學、韻律學或語用學等，隨著社會需要、文化差異或科技工具的進步而各有發展的際遇。上述三門學科，至今仍有許多本體核心、組織結構或方法論等問題有待突破。但從事研究者偌多，學派及所屬期刊出版物，都提供研究者後續的支持力量。未來或許未必都能成為顯學，卻是人類知識理想追求的學術座標之一。

近百年來，許多人文社會學科，都受到普遍性和特殊性問題的糾葛。許多普遍性和特殊性都是由語文的本質出發，匯聚了時間長河流貫的文化內涵而成。舉漢語「訓詁學」為例，此學科以「訓詁工作」為學科，一般而言，其學科內容不難了解，但若要做個適切的現代定義卻不容易。[1]一方面定義者對其未來的學科發展取向和期待各有不同；一方面也是這一般獨隸於「中文」的學科如何比對於當代/西方的學科知識，實有其難度。筆者比對國內各中文系對所開設的「訓詁學」英譯名，就可以知道其分歧性。如：

Philology：清華

Scholium：中正、中興、元智、竹教大

Chinese Scholium：中教大、屏教大

Chinese Semantics：文化、淡江、銘傳、靜宜

Semantics：高師大、華梵、彰師大、臺南大、臺大、臺師大

Historical Semantics：市北教大、東海、政大、逢甲、臺北大、輔仁

Historical Chinese Semantics：玄奘

Chinese Semasiology：慈濟

---

[1] 可參考陳新雄 1999，《訓詁學（上）》。台北：學生。

Semasiology of the Chinese Language：世新、東吳

Textual Criticism：東華

Exegetics：中山、明道

Critical Interpretation of Ancient Texts：中央

The Learning of *Xungu*：暨南

NA：花教大

由上觀之，國內多數中文系是以「**Semantics**（語義學）」或「**Semasiology**（語義符號學）」為其對譯的主體，究其實，語義學和「訓詁學」範圍雖有小部分重疊，但仍大有差異。

清華中文系譯「**Philology**（傳統語文學）」失之寬鬆；中正、中興、元智等譯「**Scholium**（評注學）」最接近C但難以和現代學科接軌。東華譯「**Textual Criticism**（文章校勘）」、中山和明道翻「**Exegetics**（經卷學）」或中央譯**Critical Interpretation of Ancient Texts**（古文批評詮釋）」也都各取一隅而不盡本意。這反映出漢語自有其特殊性，若要和西學對應，本就是個難題。但學術是公器，不因限於一時一地，而有其普遍性，何況在這追求國際化的現代，難以迴避與國際接軌的問題，因此吾人仍應努力嘗試對這「特殊性」做更多的闡發，以彌縫兩者的歧異，從而找到適切的對應。

「章法」絕對是漢語語文長河的一脈，傳統的零碎認知，如何粹鍊而整合成一門新學科，是陳滿銘教授努力的方向，多年耕耘澆灌有成，如今匯聚的學門力量沛然可期，但同樣面對如何與西學對應的問題。本文試圖指陳章法學幾個專門關鍵詞語的英譯問題，希望能撞擊出一些發想，或有助於章法學與現有既存西方

學科接軌的可能。

二、章法學在語言結構中可能的對應關係

（一）章法 versus 「textuality」

西方語言學一向重視結構。語言結構中有成分，也有層次。語言結構的層次由「型態素」（**Morpheme**）開始[2]，而「詞」、「詞組」、「短語」、「句子」、「複句」、段落而篇章。不論何種層次的組成，都須依照「縱向聚合」（**Paradigmatic**）和「橫向組合」（**Syntagmatic**）」的結合。[3]事實上，當前語言學的研究重點，多止於「複句」之前。「複句」之上，屬段落、篇章的部分，則拆入「語用學」或「話語分析」（**Discourse Analysis**）中論述。

而在語言教學或論語言表達時，還有一個叫「語篇」「**textuality**」的重要觀念，依據 **David Crystal** 所編的「**A Dictionary of Linguistics And Phonetics**」中，「**textuality**」是和幾個相關的詞語「**textual**（篇章）」「**texture**（語篇）」「**extlinguistics**（篇章性/篇章語言學）」一起定義的。

茲引沈家煊所譯之文字[4]做說明：

---

[2] 中文譯語多將 **Morpheme** 譯為「詞素」、「語素」。

[3] 有關漢語語言結構之闡述，可參見許長謨，**2010**，《漢語語言結構義證》。(台北：里仁)一書。

[4] *Cf.* "**A Dictionary of Linguistics And Phonetics**" **Oxford: Blackwell Publishing, 2003(5th ed.). p. 461**；譯本見《現代語言學詞典》(沈家

text （-ual, （-ity）, -ure, -linguistics）

篇章，語篇（篇章的，篇章性，篇章語言學）

語言學和語言學的一個前理論術語，指為分析和描寫目的而記錄下來的一段語言。需著重指出的是，篇章不僅指結集的書面材料也指口說材料（後者經某種轉寫），例如會話、獨白、儀式講話等等。語義學有時用篇章意義（**textual meaning**）指分出的一類意義，即影響一個句子理解的那些來自句子所在篇章其他部分的因素；例如一個劇本或一部小說的某一處出現的一個句子或詞，其意義只有參照前文才能理解。

近年來，篇章研究已成為稱作篇章語言學（**textlinguistics**）（特別在歐洲）的語言學分支的定義特徵，「篇章」在其中有重要的理論地位。篇章被視為一類語言單位，有其可定義的信遞功能，受連貫、銜接、信息度這類原則的支配，這些特點可用來從形式上定義起鑑別作用的篇章性（**textuality** 或 **texture**）的組構成分。根據這些原則篇章可分為各種類型，如路標、新聞報導、詩歌、對話等。篇章研究與話語分析名目下的研究有相當部分的重疊，有的語言學家認為兩者沒有什麼區別。但名稱的用法很不一致。有的語言學家區分「篇章」和「話語」兩個概念，前者指有形的「產物」，後者指表達和理解的動態過程，其功能和運作方式的研究除用語言學的方法外還可用心理語言學和社會語言學的方法。一種類似的區分是視「篇章」為適用於表層結構的概念，而「話語」為適用於深層結構的概念。

煊所譯；北京：商務，**2000) p. 358-359.**

但也有人持相反觀點，「篇章」定義為一個抽象概念，而「話語」是這個抽象概念的實現。除這些理論區別外，還有一種傾向是視篇章為獨白，通常是書面的，而且很簡短（例如 no through road「此路不通」)，而一般視話語為對話，通常是口說的，而且較長。

這樣的定義有許多面向值得擷取：

1. 「語篇」是「語言學的一個前理論術語」，可稱為「篇章語言學」，可視為「語言學分支的定義特徵」。
2. 篇章不僅指「結集的書面材料」，也指「口說材料…如會話、獨白、儀式講話等等」。即「影響一個句子理解的那些來自句子所在篇章其他部分的因素；例如…一個句子或詞，其意義只有參照前文才能理解。」
3. 「篇章」和「話語」兩個概念雖然有所區分，且定義互有參雜，但兩者在名目下的研究有相當多的重疊。

這樣的定義若用以檢視「章法」，則有一些須釐清之處。陳滿銘教授對「章法」的定義如下[5]：「章法處理的是篇章中內容材料的邏輯關係」。若再加入其他的閱讀心得，則有幾點比較點可討論。如：

1. 「Textuality」是「語言學的一個前理論術語」，而「章法學」

[5] 筆者未對文獻材料有充分的掌握，曾見陳教授《章法學綜論》(台北：萬卷樓，**2003**，p. 17)提及此定義。

是否也是屬於「語言學」的理論。若非，則西方可有相當的學科？若是，則兩者有何差異？

2. 「Textuality」所處理的對象兼及「書面材料」和「口說材料」；而在「章法學」中幾乎都屬「書面材料」的例證。在「口說材料」日益重要的當下，「章法學」的因應態度又如何？

3. 「Textuality」注意到「篇章」和「話語」兩種概念有分有合，但皆屬研究範圍。若「章法學」也重視，則兩者的差異性（尤其在「法」的部份）應該如何調整？

若對照網路英文「維基百科」的「**Textuality**」[6]的說明，也主張它同時屬語言學及文學理論，也都連結著「結構主義」及「後結構主義」[7]。

然而，當我們討論到「邏輯關係」時，不免就會牽扯到「真值」的應然。[8]西方哲學自休謨（**David Hume**）提出「實然/應然」的概念爭辯[9]後，「**Be/Ought**「的問題已成哲學的重要課題。西方

---

6 **http://en.wikipedia.org/wiki/Textuality**

7 原文為：**Textuality is a concept in linguistics and literary theory that refers to the attributes that distinguish the text (a technical term indicating any communicative content under analysis) as an object of study in those fields. It is associated in both fields with structuralism and post-structuralism**

8 陳滿銘教授曾也將章法解釋為「是綴句成節、段，聯節、段成篇的一種組織方式。」。見陳教授著《文章結構分析—以中學國文課文為例》(台北：萬卷樓，1999)序言。

9 參考 **David Hume, A treatise of Human Nature (Oxford: Oxford University Press, 2002), p. 469, 651.**

語言學雖也了解語言哲學所謂的「規範」（**Prescriptive**）意義，但整體而言，語言科學仍較重視可驗證的「描述」（**Descriptive**）意義。「章法學」重視「辭章之法」，問題是若「辭章無法」，是否就沒文學的價值？進而無研究的價值？

（二）章法 versus 「cohesion/coherence「

若如前述的假設：「章法」可置於西方語言學的脈絡中比較討論，則「結構」的問題是一個很好的匯聚點。陳滿銘教授曾於其《篇章結構學》一書第三章〈篇章結構的邏輯內涵〉中論及章法類型的規律有「秩序律、變化律、連貫律、統一律」等四種。[10] 這是較上層的結構意義。陳教授以如下的圖表呈現其關連性：[11]

[10] 參見陳滿銘教授《篇章結構學》(台北：萬卷樓，**2005**), pp..134-71.

[11] 詳圖可參見陳滿銘教授《篇章結構學》(台北：萬卷樓，**2005**), pp..48.

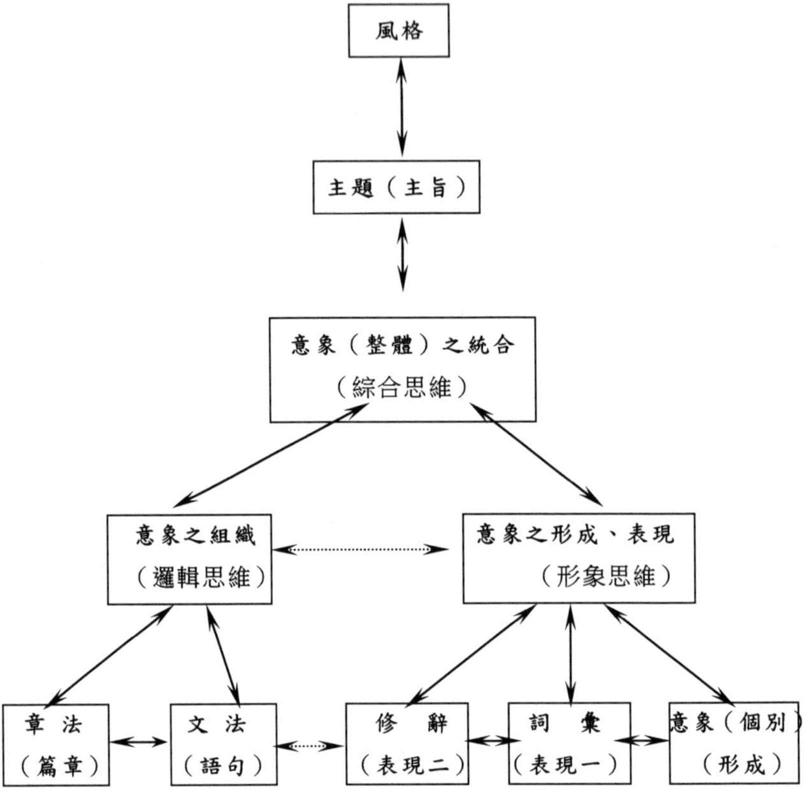

在現代語言學中，以「語言表達」或「話語分析」（**Discourse Analysis**）的角度來看，上圖似乎隱隱約約對應著語言學的結構層次：依照「縱向聚合」（**Paradigmatic**）和「橫向組合」（**Syntagmatic**）」的經緯，落實到「詞」、「詞組」、「短語」、「句子」、「複句」、段落而篇章的層面。也就是「**cohesion/coherence**「的意涵。這樣隱約的對應值得章法學學者做比較。

對「cohesion/coherence「兩個鄰近詞的中譯，可謂是言人人殊，一團混亂，於此不贅論其差別。吾人借用沈家煊所譯，**David Crystal** 所著之「**A Dictionary of Linguistics And Phonetics**「（現代語言學詞典）[12]的定義：

coherence 連貫

一般意義上的這個詞應用於話語分析，指話語組織的一條主要的假設原則，用來解釋一席口頭或書面語言（篇章，話語）底層的功能聯繫或一致性。它牽涉到研究這樣一些因素：語言使用者對世界的知識，作出的推理，持有的假設，以及利用言語行為進行信息傳遞的方式。這種意義上的連貫通常與銜接相對，後者指語言形式在表層結構分析層面上句法或語義的連接方式。

cohesion （cohesive （ness））

（1） 粘聚（粘聚的，粘聚性）

語法常用此術語指作為語法單位的詞的一個定義特性。按粘聚標準，正常言語不能在詞內插入新成分，它們只能插在詞的邊界處。這一標準的可替換名稱是「不間斷性」。…

（2） 銜接（銜接的，銜接性）

有些語言學家用來指構式中大於語素的單位捆綁在一起這一特性，例如「冠詞＋名詞」。按這種用法，任何

[12] 參見沈家煊譯《現代語言學詞典》(北京：商務，2000) p. 64.

詞組只要充當一個較大單位的組構成分就可以說它是內部銜接的。...銜接通常與篇章的底層連貫相區別。

Crystal 在解釋「**cohesion**「詞條時也同時說明：在韓禮德（**M. A. K. Halliday, 1925-**）的語法分析中[13]，「**cohesion**「（銜接）是一個重要概念，即指將句子或話語較大單位的不同部分聯繫起來的話段或篇章的表層結構特徵，例如代名詞、冠詞和某些副詞的相互參照功能。

這兩個可能同源的近義詞，在字母排序都是先「**coherence**」而後「**cohesion**」。但事實上以詞義衍伸的角度來看，應該是先「**cohesion**（**-sion**）」而後「**coherence**（**-ence**）」。詞義的理解上，「**cohesion**「較屬於具體的「粘聚/銜接」；而「**coherence**「較偏重在抽象層面的「連貫性」上。外語語文教學中，前者強調實際語詞的連接，不容錯用；而後者偏重在表達結構的邏輯性與合理性。

M.A.K. Halliday 曾確定「**cohesion**」在詞語運用部份，和「**coherence**」有密切相關，兩者都有三個重要的照應點要時時注意：**Anaphoric reference**（前照應）、**Cataphoric reference**（後照應）及 **Exophoric reference**（文外照應）。

因此，篇章表達分析時，「**cohesion**」多關顧在「字詞選用」或「句子成份運用」上，如連詞介詞、轉折詞、助詞或定語、狀語之修飾成分。如語義的「搭配」（**Collocation**）或語義成分的「限制」（**Restraint**）等。進一步，在前後文句或段落表達時，注意

13 **Halliday, M. A. K. 1994, *An introduction to functional grammar*, (2nd Edition), London: Edward Arnold.**

「coherence」的連貫概念，使表達合理、結構正確。這應是「章法」的功力了。然若依照陳教授上所製之結構圖而論，則在「cohesion/coherence」兩者的層次較難顯現，實有賴章法學學者再留意再補充。

參、章法學類型劃分及其相關問題

章法學所開創的諸多價值，或可歸約為兩端：一為學科本體論體系（Ontology）及學科方法論（Methodology）的確立；另一則為應用方法（Applied Linguistics）所開發出的諸多類型。以下分就這兩端探析其相關的對應問題。

陳教授所揭櫫的「多 ←→ 二 ←→ 一（0）」螺旋結構」[14]。及與此密不可分的相關還有：「陰陽二元」與「移位、轉位、包孕」兩組概念。這三組相因相成的核心，可說是章法學的本體，頗能契應於中國哲學的精神。但若比類於西方哲學本體論（Ontology）的論「元」，如「多元論」（Polyism）、「三元論」（Tri-ism）、「二元論」（Dualism）或「一元論」（Monism）等，所謂「多、二、一（0）」的模式，似仍有稍見模稜而不確定的游離性。

戴維揚教授曾於〈結構論述的典範轉移〉一文[15]中，引用 Kant 的說法，將人類所有的學問分為十二類大「範疇」（Category）中。

[14] 參見陳滿銘教授《篇章結構學》(台北：萬卷樓，2005)第五章：篇章「多、二、一（0）」的邏輯結構」。

[15] 文收入中華章法學會編，《章法論叢(第四輯)》(台北：萬卷樓，2010)。

即：「量」（**Quantity**）的數據、「質」（**Quality**）的密度、「關係」（**Relation**）的維續及「形態」（**Modality**）的考量。在這理性而全面的「架構」（**Frameworks**）中，用以分析人、事、物的「時空格式」（**Forms of Time and Space**）將可再細分為各類的「結構」（**Structures**）及最基礎的「基模」（**Schema/Schemata**）。戴文之圖如下：

Kant's Table of Judgments

I

Quantity（量）

Universal 全稱的（普世的）

Particular 偏稱的（特殊的）

Singular 單稱的（單一的）

II

Quality（質）

Affirmative 肯定的

Negative 否定的

無限的（無定的）

III

Relations（關係）

Categorical無言的(範疇的）

Hypothetical 假言的假設

Disjunctive 選言的不關聯

IV

Modality（形態）

Problematic 或然的（有問題的）

Assertoric 實然的（確實的）

Apodictic 必然的

章法學若意圖將所有文章做完全的歸納分析，該也有類似完整的結構觀才是。

依此結構觀的本體而往下開展，章法學會諸賢已開發出約四十餘種「章法」。據陳教授的說法，分為「對比結構」和「調和結構」兩大類。[16]然「對比結構」和「調和結構」的分類，在觀念上如何劃分和釐清，該有更清楚的說明。因為「章法」選擇了詞義兩端（**Extremities**）做分類，在上表中即應對應到四大類「範疇」，許多「範疇」在文本閱讀時當下做判別，牽涉到的「判準」（**Criterion**）的差異，就會有「格式」的不同。即：有些「章法」初看是 **A** 法，但文意詮釋略有偏差，則會成為 **C** 法。如「對比結構」的「親與疏」和「調和結構」的「近與遠」;「對比結構」的「貴與賤」和「調和結構」的「大與小」等等。而四十多類的「章法」中，若能加以詳細定義，將是英譯的好基礎。

由於這些相對詞語，有來自一般義，如大小、遠近或今昔等，在運用時不難望文見義；但更有一些詞語，來自於引申義，如底圖、凡目或敲擊等，則需要借助準確的定義方不致混淆。而若將這些詞語英譯（或譯成其他外文），問題更多，最好能將一些引申義還原為一般定義，否則歧解更多。

肆、章法學類型專詞試譯之斟酌

章法分析，在技術層面非借助四十組章法詞語不可。但一些詞語千年以來已被人做為一般詞語使用，在新興科目的專詞上，

---

[16] 參考陳滿銘〈章法四律與邏輯思維〉，文見《國文學報》第 **34** 期(臺北臺灣師大，**2003.12**)，**pp.. 87-118.**

該不該變化詞構，煞費心思。以「語用學」為例，一些語用專詞也是來自普通名詞，如「**Implication**」(含義/弦外之音)一詞使用已極普遍，但卻是「語用學」的核心精神之一，因此語用學家則另創「**Implicature**」一詞來取代之使成為語用學的特殊表達。而遇到一些「原則」時，也不用自然科學的「**Rule**（法則）」，而用較不嚴謹的「**Principle**（原則）」，如 **H. P. Grice 1975** 在其「**Logic and Conversation**」一書中先談及「**Cooperative Principle**（交談合作原則）」就是這種妥協的構想，隨之而出現的「**Principle**」則以 **Brown** 與 **Levinson** 的「面子原則(**Face Principle**)」和 **Geoffrey Leech** 的「禮貌原則（**Politeness Principle**）」最有名[17]。在今天語文科學中，使用詞語，幾乎都已在「修辭學」或「傳統文學」的領域中出現過，因此，當我們意圖尋找適用於「章法學」專用的翻譯，看來只有：特殊構詞法、圖限法和縮略法（運用縮略型態）三種差可比擬，而三者各有其侷限。

「特殊構詞法」是將譯妥之英譯詞組做迥異而一般習慣的特殊構詞法。英文是「屈折語」(**Inflectional Language**)，因此可利用「屈折型態」(**Inflectional Morph**）對詞尾做變化[18]。如上之「**Implicature**」就是種方式。但其缺點在於如何使詞尾一致化是的困難的工程，且被確定的詞語會遇到「認同化」(**Identification**）及「拼字法」(**Orthography**）的爭執。

「圖限法」則在「章法詞」譯妥後，將該詞外框或底線加上

17 「原則(**Principle**)」以下若再有分類則稱「準則(**Maxim**)」。

18 理論上在詞首或詞間做變化也可以，但較不容易辨識與原詞的相似性，也影響字母排序。

標記，使之醒目而不與一般詞語同。中文表達時，常在代表字外加框，如：遠、凡、底等，就是類似的作法。但這樣的方法仍存有其困難，即英文的拼字字母較多且長，容易造成編排的累贅和視覺的差比。

「縮略法」則直接運用英文詞組的縮略（**Abbreviation**）或首字母省略法（**Acronym**）。如上面所談到的語用學三個原則，可將其轉化做如以下之安排：

- 交談合作原則（**Cooperative Principle**）:「**PofC**」
- 面子原則（**Face Principle**）:「**PofF**「
- 禮貌原則（**Politeness Principle**）:「**PofP**」

這樣的方法，較符合字母編排原則，也有其方便性和辨識性。但首先須做好每個章法專名的翻譯，且偶而還須牽就彼此，不要有所重複。能在二十種分類內較好安排，過多，**26** 個字母必然難負荷。當然，漢語拼音的首字母縮略也可取代這方法，但這便宜行事的做法會造成日後「國際化」更大的阻礙。有遠識者不應如此主張。

吾人選擇較重要的 **10** 組章法專名做上述三法的表列。英譯的結果只是試驗，可視為引玉磚而已，期待大家更多的補充：

	英譯	特殊構詞法	圖限法	縮略法	縮略法(拼音)
今昔法 II/III	Tense Principle（Present/Past）	TensiP	PT	TP	JX
遠近法 II/?	Distance P.（Far/Near）	DistanP	PD	DP	YJ

底圖法?/I	Setoff P. (Background/Focus)	SetoffP	PS	SP	DT
虛實法 II/III	Reality P. (Real/Virtual)	RealiP	PR	RP	XS
賓主法 II/?	Material P. (Assistance/Main)	MateriP	PM	MP	BZ
正反法 I/I	Aspect P. (Positive/Negative)	AspecP	PA	AP	ZF
敲擊法（II）/?	Indication P. (Direct/Indirect)	IndicatiP	PI	IP	QJ
立破法 I/?	Treatise P. (Thesis-Antithesis)	SynthesiP	PT	TP	LP
因果法 II/?	Causality P. (Cause/Effect)	CausaliP	PC	CP	YG
凡目法 II/II	Expression P. (Generalize/Itemize)	ExpressiP	PE	EP	FM

章法範疇號稱已開發出四十餘類。而對這些章法的定義則多由散見於陳滿銘教授、仇小屏教授著作，或其他學者之資料，並無完整的書面定義之資料。本文上所選用的十種是一般公認較重要的，由於手中缺乏直接的定義，因此，對譯時就容易會有不正確處。

再者，在章法分類上，所見陳教授僅分兩大類[19]：

I 「對比結構」有「貴與賤、親與疏、正與反、抑與揚、立與破、眾與寡、詳與略、張與弛」；

II「調和結構」有「今與昔，遠與近、大與小、高與低、淺與深、賓與主、虛與實、平與側、凡與目、縱與收、因與果」。

而筆者尚見有人分三大類者[20]：**I.** 對比類章法；**II.** 調和類章法；**III.** 中性類章法等。實際上，不論分兩類或三類，許多章法難免仍有糾纏不盡之憾。這也是無解之題，但透過語際間的對譯，應該有助於釐清問題。而四十幾類章法中，也必定存有一些相互重疊的贅冗。通過語際對譯的工作，或許正可發揮清理、整併的工作，讓章法學更具法而成章。

伍、結語

仇小屏（**2005**）在《篇章結構類型論》提及：「作家在創作之時，將作品內容依著美的規律呈現出來，就會在外表上形成形式，結構就是形式很重要的一個成分；那麼，相對地，也可以用結構為憑藉，逆溯追索作品深藏的意蘊。」旨哉斯言！章法的分析既理性又感性，自宜有天下更多人來分享。而學術之體系架構，也

[19] 參考陳滿銘〈章法四律與邏輯思維〉，文見《國文學報》第 **34** 期(臺北臺灣師大，**2003.12**)，**pp.. 87-118.**

[20] 如孫建友、羅素梅〈論毛澤東詩詞的辭章藝術〉。文見《中文》(**2008** 第 **6** 卷第 **1** 期)**pp.. 22-31.**

有賴更多人來修葺增築，使之可大可久。

在語言學研究的路途中，較注意的是語法—指的多是邏輯和結構規則的組成—重心也多放在詞彙和短語的自然語言中。而這些規則猶須昇級到篇章（或話語），才能補足語音學、音韻學、語義語用學等層次組合和聚合的互動關係。

本文草淺提出幾個英譯詞的問題，也論及一些對章法學相關應解而還未決的疑惑。拋磚引玉，尚祈斧正。

重要參考書目

Chen, F. J. 2006 Contrastive Research & Crosslinguistic Influence. Taipei: Crane.

Fromkin, Victoria. & Rodman, Robert. An Introduction to Language, 6th edit. Orlando: Harcourt Brace College Publishers.

Halliday, M. A. K. 1994, *An introduction to functional grammar*, (2nd Edition) , London: Edward Arnold.

Jacob L. Mey, 2001, Pragmatics: An Introduction, Second Edition, Oxford: Blackwell. (PA)

Leech, Geoffrey N. 1974. Semantics. Harmondsworth, Penguin.

Li, Charles & Sandra Thompson. 1982. A Reference Grammar of Chinese. Los Angeles: University of California Press.

Norman, Jerry 1988: Chinese. Cambridge: Cambridge University Press.

Saussure, Ferdinand de. 1995iv (1913) . Cours de linguistique generale. Paris: Payot.

仇小屏，**1998**，《文章章法論》。台北：萬卷樓。

仇小屏，**2000**，《篇章結構類型論》。台北：萬卷樓。

邢福義編，**1999**，《漢語法特點面面觀》。北京：北京語言文化大學。

許長謨，**2010**，《漢語語言結構義證》。台北：里仁。

陳俊光，**2007**，《對比分析與教學應用》。台北：文鶴。

陳新雄，**1999**，《訓詁學（上）》。台北：學生。

陳滿銘，**1999**，《文章結構分析—以中學國文課文為例》。台北：萬卷樓。

陳滿銘，**2005**，《篇章結構學》。台北：萬卷樓。

戴維揚，**2010**，〈結構論述的典範轉移〉。**in** 中華章法學會編《章法論叢（第四輯）》。台北：萬卷樓。

辭章學閱讀策略之理論與實踐

——以鄭愁予二詩為例

黃淑貞

慈濟大學東方語文學系助理教授

摘要：

所謂「閱讀理解」能力，就是從書本上提取視覺訊息和理解文章意義之能力，故西方學者提出各種「閱讀策略」幫助讀者有效理解文章意義。相對於拼音系統，辭章學亦提出一套有意識的、具體的、整體的，屬於中國語文之閱讀策略，來增進文章理解活動，它包含「意象」、「詞彙」、「修辭」、「語法」、「章法」、「主題」、「文體」、「風格」等內涵。古代評論家對於文學閱讀（鑑賞）理解策略之注意相當早，論述也相當豐碩，只是一直未能界定它之範圍、內容、原則、形成體系；故本論文試圖運用辭章學體系所建立的、以「文本」為基礎之閱讀策略，閱讀、鑑賞鄭愁予二詩，以印證辭章學作為中國語文閱讀策略之價值性、實踐性與可行性。

關鍵詞：

辭章學、閱讀策略、鄭愁予詩、文本

一、前言

Rayner、Pollatek（1989）的研究指出，所謂「閱讀」，就是從文章中提取意義的過程；「閱讀理解能力」（reading comprehension ability），就是從書本上提取視覺訊息和理解文章意義的能力，故西方學者提出各種「閱讀策略」（reading strategy），幫助學生有效理解文章意義。如 Robinson（1941）提出的瀏覽（survey）、問題（question）、細讀（read）、背誦（recite）、復習（review）等 SQ3R 法；Stauffer（1969）提出的預測（predict）、細讀（read）、查驗（prove）等引導閱讀與思考活動（Directed Reading and Thinking Activity）三步驟；Eanet 等人（Eanet & Manzo,1976；Eanet,1978）主張的閱讀（read）、編碼（encode）、註解（annotate）、審思（ponder）等 REAP 法；Frederiksen 等人（1982；Just & Carpenter,1987；Thibadeau, Just & Carpenter, 1982）針對不同閱讀階段的需求所提出的解碼（decoding）、文意理解（literal comprehension）、推論理解（inferential comprehension）、理解監控（comprehension monitoring）；Pressley

等人（1989）從認知觀點提出的摘要（summarize）、心像法（mental imagery）、故事文法（story grammar）、產生問題（generate questions）、回答問題（answer questions）、活化先備知識（activation prior knowledge）等。[1]

鑑於中國語文與西方拼音系統有其本質上之差異，陳滿銘〈語文能力與辭章研究〉試圖提出一套有意識的、具體的、整體的，包含「意象」、「詞彙」、「修辭」、「語法」、「章法」、「主題」、「文體」、「風格」等內涵之閱讀策略，[2]增進中國語文之理解。本文即運用辭章學體系所建立的、以「文本」為基礎的閱讀策略，閱讀、鑑賞鄭愁予二詩，以印證辭章學作為中國語文的閱讀策略的可實踐性。

二、辭章學閱讀策略之理論基礎

「閱讀」，是透過文中的各種材料、各種表現手法，由「象」而「意」地凸出主旨、風格的「再創造」的完整過程；[3]故古代評論家對於文學閱讀（鑑賞）理解策略的注意相當早，也提出許多

[1] Richard E. Mayer 著、林清山譯：《教育心理學—認知取向》，臺北：遠流出版社，1990 年，頁 276-349；E. D. Gagné, C.W. Yekovich & F. R. Yekovich 著、岳修平譯：《教學心理學—學習的認知基礎》，臺北：遠流出版社，1998 年，頁 370-419。

[2] 陳滿銘：〈語文能力與辭章研究〉，臺灣師大《國文學報》第 36 期，2004 年，頁 80。

[3] 陳滿銘：《章法學論粹》，臺北：萬卷樓圖書公司，2002 年，頁 81。

相關見解。如孟子「以意逆志」[4]、「知人論世」[5]等觀點，以及古代詩詞文、小說、戲曲的評點等，只是一直未能確定它的範圍、內容、原則及形成體系。

劉勰《文心雕龍・知音》：「夫綴文者情動而辭發，觀文者披文以入情。」若就「披文以入情」的閱讀過程而言，讀者要如何經由對藝術形象的解剖，以體會隱於詞外之「情」、「理」，鑑別文學藝術之美？[6]關於此，劉勰《文心雕龍・知音》提出「圓照之象」、「務先博觀」、「無私於輕重，不偏於憎愛」、「平理若衡，照辭如鏡」的閱讀主張。為達成這一閱讀境界，又提出「一觀位體，二觀置辭，三觀通變，四觀奇正，五觀事義，六觀宮商」等「六觀」說，明確指出讀者可從這六種途徑、這六種策略，去理解文學作品的優劣。

「觀位體」，指讀者宜從作者用以抒寫「情理」（即「主題」）的「體裁」與「風格」著手；「觀置辭」，指讀者宜根據作者「情動而辭發」的內容，觀察其文辭之「結構」與「安排」（屬「語法」與「章法」）；「觀通變」，指讀者宜思量作品「修辭」是

4 《孟子・萬章上》:「故說《詩》者，不以文害辭，不以辭害志；以意逆志，是為得之。」

5《孟子·萬章下》:「頌其詩，讀其書，不知其人可乎？是以論其世也，是尚友也。」

6「綴文者」指創作者，「觀文者」指欣賞者；「情動而辭發」與「披文以入情」正好是兩個相反的過程，創作是由內容到形式，欣賞是由形式到內容。宋張戒《歲寒堂詩話》:「情在詞外曰隱，狀溢目前曰秀。」文學創作是將作者內在的「情」，通過外在的「景」而表現出來；文學鑑賞，則是先由感受外在的「景」，即「狀溢目前」之「景」，去體會隱於詞外之「情」。見張少康：《古典文藝美學論稿》，臺北：淑馨出版社，**1989**年，頁 **122-126**。

否「資於故實」、「酌於新聲」；「觀奇正」，指讀者宜觀察作品是否具「奇正雖反，必兼解以俱通」的表現手法（屬「章法」）；「觀事義」，指讀者宜考察作品「據事以類義，援古以證今」（即「意象」）等事材物材的運用是否充實；「觀宮商」，指讀者宜推敲作品是否具聲律性、音樂性（屬「詞彙」與「修辭」）。若能確實掌握這六種策略與方法，便可收「沿波討源，雖幽必顯」之閱讀化境。[7]

由此可知，自劉勰《文心雕龍》以來，實已初步具備了以意象、詞彙、修辭、語法、章法、主題、文體、風格等為內涵的中國語文的閱讀策略。此後學者所提出的閱讀策略，也大都不脫離這一個範疇。如呂祖謙（**1137-1181**）《古文關鍵・總看文字法》談論如何鍛鍊字句、如何安排佈局；楊慎（**1488-1559**）《升菴詩話・卷八》論「彩色字」；謝榛（**1495-1575**）《四溟詩話・卷三》論字（詞）的修辭；李騰芳（**1573-1633**）《文字法三十五則》論述意、格、句、字等三十五法；葉燮（**1627-1703**）《原詩》、賀貽孫（約 **1637** 在世）《詩筏》等，論的也是字（詞）、句的鍛鍊。至於李東陽（**1447-1516**）《麓堂詩話》、王世貞（**1526-1590**）《藝

[7] 為了確實達成閱讀、鑑賞的效果，劉勰又在〈煉字〉強調「詞彙」的重要性，指出字（詞）的動聽在於音節的和諧，字（詞）的美觀在於字形的勻稱。〈章句〉則是從結構上指明字、句、章、篇四者之間，層層相隸屬的關係，提出四者不可偏廢的觀點。從〈明詩〉到〈書記〉，劉勰也分別對詩、樂府、賦、頌、贊、祝、盟、銘、箴等三十多種文體進行總結；〈體性〉從更高的層面上歸納存乎所有文體之中的風格類型，也道明相互之間的關係。見吳禮權：《中國修辭哲學史》，臺北：臺灣商務印書館，**1995** 年，頁 **90-104**。

苑卮言》、王驥德（約 1540-1623）《曲律・論章法》、李漁（1611-1680）《笠翁偶集・詞曲部・結構第一》、唐彪（生卒不詳）《讀書作文譜》等，注重「照映埋伏」、「開場」、「收煞」，注重貫串、銜接、照應，強調的是章法結構的「自然之妙」。[8]

自 30 年代至 60 年代到 90 年代，也有許多修辭學著作採取了用詞、造句、謀篇等的體系。如以董魯安《修辭學》（1926）等為代表所構建起來的「用字、用詞、造句、謀篇」的「由小到大」的體系，與以金兆梓《實用國文修辭學》（1932）為代表所構建起來的「謀篇、裁章、煉句、遣詞、藻飾」的「由大到小」的體系。張志公《修辭概要》（1954）是對古代文章學理論、對董魯安及金兆梓所建立體系的繼承與發展，建構了包括用詞、造句、修飾（辭格）、篇章、風格等幾大部分的體系。至於台灣的黃慶萱、董季棠、黃麗貞、沈謙、張春榮等修辭學者，他們所談論的修辭學也大都超出了「語言本位」之外，融入文章學、文學創作、文學批評、鑑賞的理論與方法。[9]因此，張志公《漢語修辭學論集》（1996）明白指出，這些研究實已進入「大修辭學」之領域，可統稱為「辭章學」：「辭章之學，可以說是一門富於民族特點的探討語言藝術的學問。它包含我們現在一般理解的『修辭學』的內容，但是比『修辭學』的範圍廣，綜合性大，更符合我們語言

8 吳禮權：《中國修辭哲學史》，頁 220。

9 宗廷虎、吳禮權：《20 世紀中國修辭學（上卷）》，北京：中國人民大學出版社，2008 年，頁 20-51。

文字的特點和運用語言的傳統經驗。」[10]陳滿銘則正式確定其範圍、內容、原則及體系，明指其包含了「意象」（狹義）、「詞彙」、「修辭」、「語法」、「章法」、「主題」、「文體」、「風格」等內涵。[11]

劉勰《文心雕龍・神思》稱「意象」為「馭文之首術，謀篇之大端」，黃永武《中國詩學・設計篇》（1999）認為「意象」是作者的意識與外界的物象相交會，經過觀察、審思與美的釀造，成為有意境的景象。[12]韋勒克（Wellek）、華倫（Warren）《文學論》（1987）則稱之為過去的感覺或已被知解的經驗在心靈上再生或記憶的「心靈現象」。[13]通常一篇文章，是由多種個別意象組合而成，故 Pressley 等人（1989）從認知觀點提出「心像法」（mental imagery）的閱讀策略，幫助學生理解形成文章內容的心像。

張志公《中學語言教學研究》（2001）以為，「詞彙」是語言的建築材料，是語言中詞（固定詞組）的集合體；語言的基礎是「詞彙」，語言的性能（交際工具、資訊傳遞工具，思維工具）

10 張志公：《漢語修辭學論集》，北京：人民教育出版社，1996 年，頁 18。
11 陳滿銘：《章法學論粹》，臺北：萬卷樓圖書公司，2002 年，頁 19-55。
12 黃永武：《中國詩學・設計篇》，臺北：巨流圖書公司，1999 年，頁 3。
13 它可分為視覺的、味覺的、嗅覺的，還有熱的、壓力的（筋肉感覺的、平面輪廓的、感情移入的）等。另外，龐德把「意象」定義為「瞬間的知覺與情緒之複合的表現」，一種「本不相同的觀念之聯合」。墨利則把「直喻」與「隱喻」合併為修辭學上之「形式的分類」，而以「意象」一詞概括之。見韋勒克、華倫著，王夢鷗、許國衡譯：《文學論》，臺北：志文出版社，1987 年，頁 303。

無不是靠「詞彙」來實現，[14]可見「詞彙」在一篇文章中自有其基礎性與重要性，能有效促進閱讀理解（**Anderson & Freebody,1981**）。[15]**Pressley**（**2000**）認為「閱讀理解」具有兩種層次：一是「詞彙層次」的理解，一為「文章層次」的理解。「詞彙層次」的理解，在閱讀歷程中是屬於較低層次的理解，強調的是詞彙的解碼和詞彙的數量，理解發生在讀者能將書面的字母轉譯成字音、瞭解字義；因此，讀者若能具備「解碼技巧」（**LaBerge & Samuels, 1974**），再加上充分的詞彙量，便能產生理解。

至於「文章層次」的理解，屬較高層次的歷程，強調的是句子、段落、整篇文章的理解；故 **Pressley** 以為讀者不僅要具備充分的詞彙知識，還要有足夠的「先備知識」，才能產生理解。而這一「先備知識」，理應包括了 **Pressley** 等人（**1989**）所提出的「故事文法」（**story grammar**），**Forrest Pressley** 和 **Gagne**（**1985**）所提出的「文意理解」，**Dole** 等人（**1991**）所提出的「文章結構」（**text structure**）、「作者意圖」（**intention**）、「主題」（**theme**），以及 **Mayer** 等（**1987**）所提出的「文體」。它們也就相當於辭章學內涵中的「語法」、「章法」、「主題」、「文體」，以及西方學者論述較少的「修辭」與「風格」等策略。

黃慶萱《修辭學》（**2002**）指出，修辭的內容本質，就是「作者的意象」，指文藝構思運作中形成的藝術形象，它著眼於個別

---

14 胡裕樹：《現代漢語》，臺北：新文豐出版社，**1992** 年，頁 **242-232**；張志公：《中學語言教學研究》，廣州：廣東教育出版社，**2001** 年，頁 **29-30**。

15 **Richard E. Mayer** 著、林清山譯：《教育心理學—認知取向》，頁 **299**。

意象之表現。[16]「語法」研究的是「語句組織的規律」，包括「詞的內部結構」及「積辭成句的規則」，它所關涉的是個別概念之組合。[17]高明（1975）以為，閱讀、欣賞文學的人，若不懂得「文法」與「修辭」，只「知其然」而「不知其所以然」，總有一種「看不透」、「說不出」的苦惱。因此，要理解好文章的「妥切」在那裡、「美妙」在那裡，就必須借重「文法」與「修辭」的智識，才能予以看透，才能予以說明。[18]

「文章結構」策略，一直被認為是閱讀理解的要素，可幫助閱讀者組織資料，作更有效的理解與記憶，如 Meyer 等人（1975,1987；Meyer, Brandt & Blath,1980）即將文章結構大分為五種「頂層結構」（top-level structuring）：共變（covariance）、比較（comparison）、聚集（collection）、描述（description）與反應（response）。「文章結構」是文章中重要概念的內在聯結，是文章組織化的架構，有邏輯性的關連和適合的概念順序；它也是讀者理解文句、段落與文章的基礎，能有效呈現不同型態的文本中的基礎規律；故 Brown & Smiley（1978）、Taylor（1980）認為可透過建立網狀組織（networking）、摘要頂層結構、基模訓練（schema training）等，教導學生文章結構的學習策略。[19]至

---

[16] 陳望道：《修辭學發凡》，臺北：文史哲出版社，1989 年，頁 5-13；黃慶萱：《修辭學》，臺北：三民書局，2002 年，頁 5。
[17] 楊如雪：《文法 ABC》，臺北：萬卷樓圖書公司，1998 年，頁 2。
[18] 黃慶萱：《修辭學》，高明序，頁 2
[19] Richard E. Mayer 著、林清山譯：《教育心理學—認知取向》，頁 204-217。

於中國語文的「文章結構」策略，即所謂的「章法」；若能掌握這個「人心之理」來閱讀文章，即可使文學作品經由結構分析而條理化，進而準確掌握其主旨。[20]

陳鵬翔《主題學理論與實踐》（2001）的研究指出，廣義的「主題學」涵蓋文學作品中的母題、材料（包括人物、事件、場面等）、意象、情理等諸方面，是一個範疇較大的指稱；其中也含括「個別主題」的研究，它探索的是作家理念或意圖（intention）的表現。[21]所謂「個別主題」的研究，即單就一篇文章分析其所呈現的「情語」與「理語」、「主旨」（含綱領）等；因此，「主題」落到一篇文章裡，主要指「主旨」（含綱領）與廣義之「意象」[22]。文學的功用，原為表現作者的情感，傳達作者的思想，故唯有「情理設位」（《文心雕龍》），「主旨」確立，才能寫真景物、真感情，也才有真境界。

就中國語文而言，「文體」的「文」專指文學中的「散文」而言，「散文」在「舊派文體論」是與駢文、韻文相對的文體，在「新派文體論」則是與新詩、小說、戲劇並列的一種文學。「舊派文體論」的分類法眾多，各家說法也不相同；至於現在所通行

[20] 陳滿銘：《章法學新裁》，臺北：萬卷樓圖書公司，2001 年，頁 319-419。

[21] 陳鵬翔：《主題學理論與實踐－抽象與想像力的衍化》，臺北：萬卷樓圖書公司，2001 年，頁 231-261。

[22] 「意象」是合「意」與「象」而成，有狹義與廣義之別。狹義者指區別，屬於局部，往往合「意」與「象」為一來稱呼；廣義者指全篇，屬於整體，可析分為「意」與「象」。「意」，指的是一篇文章之核心主旨「情」或「理」；「象」，指的是一篇文章之外圍成分的「景」、「事」、「物」。見陳滿銘：〈從意象看辭章之內涵〉，《國文天地》（19 卷 5 期），2003 年 10 月，頁 97-103。

的記敘（含描寫）、論說、抒情、應用等四類，則是受了「新派文體論」的影響。[23]

「風格」是一種審美風貌的展現，它既是作者個人「才、氣、學、識」所展現的風姿，也是讀者透過主、客觀對於文章所體悟的風貌格調。就一篇作品而言，有內容與形式（藝術）風格的不同。以內容來說，所關涉的是主題（主旨、意象）；以形式（藝術）而言，則與語法、修辭、章法等有關。因此，一篇文章的風格，是結合內容與形式（藝術）所產生的抽象力量。[24]

由以上所述可知，將包含了「意象」、「詞彙」、「修辭」、「語法」、「章法」、「主題」、「文體」、「風格」等內涵的辭章學，視為一套有意識的、具體的、整體的「閱讀策略」，對中國語文展開基礎研究，自有其合理性與重要性。

三、辭章學閱讀策略之實踐

文章的「閱讀活動」，是寫作思維走向的逆運轉，是從文章的語言文字出發，沿著句、段、章、篇依次前進，逐級理解其情意，辨識其體式、風格。「觀文者披文以入情」（《文心雕龍》），文章的「閱讀活動」從感知語言符號系統起步，「口誦耳聞其音，目察其

23 蔣伯潛：《文體論纂要》，臺北：中正書局，1979 年，頁 1－12。
24 陳滿銘：〈章法風格中剛柔成分的量化〉，《國文天地》19 卷 6 期（2003 年 11 月），頁 86。

形，心通其義」（魯迅〈自文字至文章〉），全方位領受文字系統的音韻氣勢、組織形式與表裡含義，然後才能有所真知，才能挖掘出文章的深層義、象徵義、言外義、哲理義，形成一條「得意」的「閱讀鏈」。[25]底下即以鄭愁予二詩為例，以印證辭章學作為中國語文的閱讀策略的可實踐性。

（一）鄭愁予〈小小的島〉

鄭愁予本名文韜，1933 年生於軍人家庭，幼年隨父轉戰大江南北，山川文物既入秉異之懷，乃跌蕩成宛轉的詩篇。後又於基隆港口工作多年，於是台灣的風物情感塑成他的藝術背景，台灣鄉土的意識在詩中落實為山岳、海灣與村莊。[26]楊牧稱他是「用良好的中國文字寫作」的詩人，形象準確，聲籟華美，善以最傳統的「意象」撥見最現代的敏感，用語豐富，字句多有來歷復又多義，在平凡之中鋪陳出不凡的聯想與想像；更深知「形式『決定』內容之妙」，故鄭愁予最可觀的詩，仍要在明快的語言裡找，尤以早期的字句安排最勝同儕。[27]如作於 1953 年的〈小小的島〉：

> 你住的小小的島我正思念
> 那兒屬於熱帶，屬於青青的國度
> 淺沙上，老是棲息著五色的魚群

[25] 曾祥芹：《現代文章學引論》，北京：中國文聯，2001 年，頁 153-157。
[26] 鄭愁予：《鄭愁予詩集》，臺北：洪範，1989 年，作者簡介的部分。
[27] 楊牧〈鄭愁予傳奇〉，收入鄭愁予：《鄭愁予詩選集》，臺北：志文出版社，1997 年，頁 11-42。

小鳥跳響在枝上，如琴鍵的起落

那兒的山崖都愛凝望，披垂著長藤如髮
那兒的草地都善等待，鋪綴著野花如菓盤
那兒浴你的陽光是藍的，海風是綠的
則你的健康是鬱鬱的，愛情是徐徐的

雲的幽默與隱隱的雷笑
林叢的舞樂與冷冷的流歌
你住的那小小的島我難描繪
難繪那兒的午寐有輕輕的地震

如果，我去了，將帶著我的笛杖
那時我是牧童而你是小羊
要不，我去了，我便化做螢火蟲
以我的一生為你點盞燈

楊牧以為此詩是少年「愛戀」中的歌詠，頌美思念的人所住的小島，比川端康成「無意中他看到駒子一雙小小的腳，踩著與鈴聲緩急相彷彿的碎步，從遠遠的鈴聲響著不止的那邊走來」的意象還要生動，甚至使以海洋詩知名的覃子豪望之興歎。[28]全詩在美景描繪中寄託深摯的情感，首行「你住的小小的島」這一個賓

[28] 同上註，頁 21。

語，是情思所在，特以倒裝句法提置於首，造成懸疑落合的效果，既凸顯了「主角」的地位，又在句法上求得新奇變化之美。

第二行以下，條分縷析「我正思念」的小小島的怡人景色。「那兒屬於熱帶，屬於青青的國度」，點出小小島的氣候、地理位置及特色。「屬於熱帶」，故觸目所及皆是「青青」之色，皆是「五色的魚群」與枝頭跳躍的小鳥。詩人心裁別出，以「跳響」來形容鳥兒跳躍的靈宕多姿，以「琴鍵的起落」來比喻如樂音一般的鳥鳴，情思細緻，知覺精敏；加上又有美麗繽紛的色彩點綴其間，怎能不動人心眼而啟遙念之思。

第二節，詩人繼以擬人手法，描摹「愛凝望」、「善等待」的山崖與草地，呼應了「青青的國度」，也鮮明塑造出翹首企盼的情人形象來。「披垂著長藤如髮」、「鋪綴著野花如菓盤」，形色已極其繽紛，又特意將定語「髮」及「菓盤」安置於「長藤」、「野花」等中心語之後，以見譬喻之精巧，予人溫婉柔媚之感。海風起於碧波，陽光來自藍天，故詩人說「那兒浴你的陽光是藍的，海風是綠的」，具有了可供撫觸的色彩形象。而沐浴在藍色陽光與綠色海風之中的「你的健康」，自然是「鬱鬱的」亮麗，「愛情」自也是「徐徐的」舒恬。洋溢著想像的筆調，令思念之情若現若隱，反復纏綿。

詩行至第三節，除了擬人手法，又增添了「雷笑」、「舞樂」、「流歌」等聲響之美。形容午寐隱隱的雷響為「輕輕的地震」，透過移覺把聽覺印象轉換為觸覺，呈現一種迷離幽隱的意緒；再嵌上「隱隱」、「冷冷」、「小小」、「輕輕」等疊字形容詞及「那兒」

等類疊句型的反復出現，連結成不息的彈性與節奏，帶來赫然有力的情感，[29]把「我難描繪」的愛情整個流洩出來，打動讀者的心靈。

末節，詩人採示現法，把未來說得彷佛已發生在眼前一般，以「牧童」與「螢火蟲」自喻，道出詩人心底願以笛杖護衛著「你」這一隻「小羊」，願以「一生」為你「點燈」的想望，溫柔而且深情。這一意象，也見於 **1952** 年的〈小溪〉:「當我小寐，你是我夢的路……夢見女郎偎著小羊，草原有雪花飄過／而且，那時，我是一隻布穀」。

鄭愁予早期的詩風，清俊逸麗，尤以浪漫、奔放及獨特的語言意象交織而成的抒情詩，最令人傾倒。〈小小的島〉有人認為是作者抒發對寶島臺灣（一說綠島）的眷戀之情，但若從情詩的角度來欣賞，似乎更覺美麗。先從意象（狹義）之形成來看，全詩圍繞著「熱帶」的「國度」、「小島」這一條線索寫起，羅織了枝、藤、草、花、林、魚、鳥、羊、螢火蟲等動植物材，熱帶、陽光、風、雲、雷、震等天文氣象物材，島、國、沙、水等地理物材，髮、琴鍵、盤、笛、杖、燈等人工性物材，以及你、我、牧童等角色性物材，形成了紛呈凝煉的「意象群」，以凸出「思念」之意。其中，「藤」與「島」這二個意象，曾再次出現於〈水手刀〉(**1954**)：「春藤一樣熱帶的情絲／揮一揮手即斷了／揮沉了處子般的款擺著綠的島」。連結的意象群不同，所傳達的風情自然也不相同。

[29] 黃慶萱：《修辭學》，**2002** 年，頁 **591**。

鄭愁予一向善於「單線意象」的經營與發展，也自有其設事遣詞的常軌。從詞彙之表現來看，除了單音節詞，尚有重疊詞，如「小小的、青青的、鬱鬱的、徐徐的、隱隱的、冷冷的、輕輕的」的運用，令這股思念之情纖巧得可以捧在心底。「那兒、熱帶、國度、魚群、琴鍵、小鳥、山崖、凝望、長藤、草地、野花、陽光、海風、愛情、林叢、流歌、午寐、地震、笛杖、牧童、小羊、一生」等偏正式複詞，深具形容描摹之功；而「思念、棲息、起落、等待、健康、舞樂、描繪」等並列式複詞，「跳響、披垂、化做」等動補式複詞及二一結構多音節詞「螢火蟲」（第一、二層結構皆為主從式），也都恰如其分地承載、表出所有的「意」與「象」。

要閱讀、欣賞好文章的美妙、妥切，就得借重「文法」與「修辭」的智識；故就修辭而言，明色（「青青」、「五色」、「藍的」、「綠的」）、隱色（「長藤」、「野花」）、黑白（「琴鍵」）等色彩摹寫，對意象的視覺效果，有著強烈的顯示功能，最能喚起情感的亮度與彩度，所造成的氣氛也格外靈動、格外美。[30]《禮記・學記》:「不學博依，不能安詩。」故詩人喻鳥鳴如琴音、喻青藤如髮、喻野花如菓盤、喻己為牧童為螢火蟲、喻你為小羊，又擬山崖、草地、雲、雷為人，使其懷擁思念者獨有的愛凝望、善等待、幽默、淺笑等種種情態，為全詩鋪墊了愛戀的氛圍；甚而使陽光可浴、愛情可觸（徐徐的），再配上倒裝、移覺、類疊、示現等修辭法，思念至此已是徹底的形象化了。

---

[30] 黃永武：《詩與美》，臺北：洪範書店，1987 年，頁 21。

在形、音、義的詞彙分解和節、段、篇的義旨探究之間，作好語句的剖析以為接榫有其重要性。[31]故就文法而言 ,首行，詩人特意將「你住的小小的島」(「主語（你）＋述語（住）＋助詞（的）＋賓語（小小的島）」的主謂式造句結構）這一個「賓語」安置於句首，以強調「我正思念」的對象，形成由「賓語（你住的小小的島）＋主語（我）＋副語（正）＋述語（思念）」所構成的敘事繁句。第二行，為「主語（那兒）＋述語（屬於）＋賓語（熱帶）」和「(主語承上省略）述語（屬於）＋賓語（青青的國度）」組合成的加合關係複句，由大而小地將思念的鏡頭，從「熱帶」、「國度」逐步進逼至「你」所住的「小小的島」，並賦予它生機勃發的「青青的」顏色。不唯如此，第三行，承上文「熱帶」而出現的表處所次賓語「淺沙上」，又帶引讀者的目光凝注於「(主語「那兒」承上省略）＋頻率副語（老是）＋述語（棲息著）＋賓語（五色的魚群）」這一敘事句中的五色魚群身上，再經由「五色」這一形容性加語對「魚群」這一端語的點染，洋溢一種繽紛的、絢麗的氣息。更運用準判斷繁句「主語（小鳥跳響在枝上）＋準繫詞（如）＋斷語（琴鍵的起落）」所連繫的明喻法，賦予這一小小的島有了美麗的樂音。「小鳥跳響在枝上」這一「主語」(「主語（小鳥）＋述語（跳響）＋處所補詞（在枝上）」的主謂式造句結構），其語序本應為「在枝上跳響的小鳥」，而且這一樂音不僅是來自於鳥「鳴」，也是來自於鳥的「跳」響。詩人藉由一個「跳」字，化

[31] 楊如雪：《文法 ABC》，臺北：萬卷樓圖書公司，1998 年，陳滿銘序，頁 1。

靜態描繪為動態，又與人的手在「琴鍵」上「起落」的舞動情狀自然地連結在一起，想像、取譬俱美。

第二節首行，是「主語（那兒的山崖）＋副語（都）＋述語（愛）＋賓語（凝望）」＋「（主語承上省略）述語（披垂著）＋兼語（長藤）＋準繫詞（如）＋賓語（髮）」的加合關係複句，將個別意象排列組合起來。第二行與首行形成對偶句式，也是「主語（那兒的草地）＋副語（都）＋述語（善）＋賓語（等待）」、「（主語承上省略）述語（鋪綴著）＋兼語（野花）＋準繫詞（如）＋賓語（菓盤）」的加合關係複句。「那兒的山崖」、「那兒的草地」這兩個「主語」，以領屬性加語「那兒」呼應首節「熱帶的」、「青青的國度」等詞，順勢帶出「披垂」的「長藤」及「鋪綴」的「野花」，引領讀者的視線在一高（山崖）一低（草地）之間流轉。「凝望」、「等待」二詞在此，已轉為名詞性單位，賦「山崖」、「草地」以情人的形象。至於三、四行，則是形成因果關係複句。第三行的平行關係複句（「處所補詞（那兒）＋主語（浴你的陽光）＋繫詞（是）＋賓語（藍的）」＋「主語（海風）＋繫詞（是）＋賓語（綠的）」）是因，第四行的平行關係複句（「連詞（則）＋主語（你的健康）＋繫詞（是）＋賓語（鬱鬱的）」＋「主語（愛情）＋繫詞（是）＋賓語（徐徐的）」）是果。「浴你的陽光」這一個「主語」，以形容性加語「浴你」來描摹「陽光」這一端語，同「海風」予人一種肌膚碰觸的親密感。

第三節，前二行皆是以連詞「與」所連結起來的「名詞性單位（雲的幽默，林叢的舞樂）＋名詞性單位（隱隱的雷笑，冷冷的流歌）」並列結構，充分展現了新詩這一體裁特有的自由性。第三行，一如首節首行，詩人特意將「你住的那小小的島」這一個「賓語」安置於句首，以強調「我難描繪」的對象，形成由「賓語（你住的那小小的島）＋主語（我）＋副語（難）＋述語（描繪）」所構成的敘事繁句。第四行，頂真格之運用，使得上下文句的意識流貫穿起來，主語（我）承上省略，形成「副語（難）＋述語（繪）＋兼語（那兒的午寐）＋述語（有）＋賓語（輕輕的地震）」的遞繫式句型。「那兒的午寐」是主從結構，以領屬性加語「那兒」與二、三節緊扣相連，一同指向「你住的那小小的島」。「輕輕的地震」這一主從結構，以形容性加語「輕輕的」呼應此節首行的「隱隱的」，以端語「地震」呼應「雷笑」，詞彙的運用和各節義旨之間，接榫精確。

第四節轉為設想之筆，首行以「連詞（如果）＋主語（我）＋述語（去）＋助詞（了）」＋「副語（將）＋述語（帶著）＋賓語（我的笛杖）」的假設關係複句，將各個意象連結在一起；第二行，為了對「笛杖」、「牧童」、「小羊」之間的屬性及內涵作進一步的說明，詩人連結了兩個判斷簡句，形成「時間副語（那時）＋主語（我）＋繫詞（是）＋斷語（牧童）」＋「連詞（而）＋主語（你）＋繫詞（是）＋斷語（小羊）」的平行關係複句。繼而以補充關係複句，連結了「副語（要不）＋主語（我）＋述語（去）＋助詞（了）」＋「主語（我）＋副語（便）＋述語（化做）＋賓語（螢火蟲）」這一時間關係複句，及「介詞（以）＋憑藉補詞（我的一生）＋介詞（為）＋關切補詞（你）＋述語（點）＋賓語（盞燈）」這一敘事簡句，再次傳達願化身為螢火蟲的深情想望。

若就章法而言，首行從思念的「你」起筆，再以「我」的想望作結，形成「先凡後目」結構：

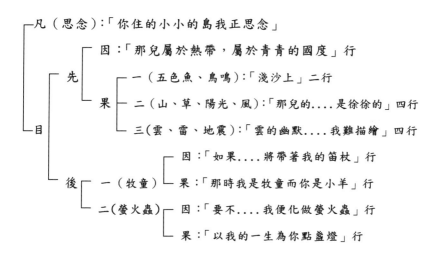

- 凡（思念）：「你住的小小的島我正思念」
- 目
  - 先
    - 因：「那兒屬於熱帶，屬於青青的國度」行
    - 果
      - 一（五色魚、鳥鳴）：「淺沙上」二行
      - 二（山、草、陽光、風）：「那兒的....是徐徐的」四行
      - 三（雲、雷、地震）：「雲的幽默....我難描繪」四行
  - 後
    - 一（牧童）
      - 因：「如果....將帶著我的笛杖」行
      - 果：「那時我是牧童而你是小羊」行
    - 二（螢火蟲）
      - 因：「要不....我便化做螢火蟲」行
      - 果：「以我的一生為你點盞燈」行

王秀雄《美術心理學》指出，藝術作品「是以主要的力動性主題為中心，加以組織，然後其運動必須貫徹到全領域裡」。[32]這個「力動性主題」若落到文學作品上，就是「情意」，就是核心「主旨」。由於一篇作品大都是由多種意象要素構成，故必須著眼於主要結構所塑造的主節奏、主旋律，以安排各種「次節奏」。主（核心）結構的韻律，也大幅地支配了整篇作品的美感。就章法結構而言，與「主要情意（主旨）」關係密切的就是「主結構」，

[32] 王秀雄：《美術心理學‧創作、視覺與造形心理》，臺北：三信出版社，1975年，頁208-321。

與「主要情意（主旨）」關係較疏離的各種輔助結構就是「次結構」。然後根據結構的主（核心）、次（輔助），辨別它們與主要情意的關係，進而掌握主結構的移位、轉位，以及由此而產生的或柔或剛、或隱性或顯性的節奏，如此就可以尋得主（核心）結構的韻律。[33]首行的「思念」即全詩主旨，故第一層的「先凡後目」（順移）為「核心結構」，第二層的「先先後後」（順移）、第三層的「先因後果」（順移）和「先一後二」（順移）、第四層的「一二三」（順移）和「先因後果」（順移）等，就是「次結構」。

相較於可從材料與材料之間所形成的對比或調和關係加以判斷、掌握的「顯性節奏」，這種由章法單元、結構單元所形成的「隱性節奏」，在字面上是看不出來的，必須深入到文章的底蘊，理清其組織、脈絡，才能加以掌握。一般而言，一篇作品大都會形成兩層或兩層以上的結構單元，然後由局部而整體，層層串聯而形成一篇的韻律、風格；閱讀時必然也會從整體上來觀照全文，從全篇的觀點來掌握整體的節奏。由於〈小小的島〉這首詩所形成的幾為順向「移位」（凡→目，因→果，先→後）結構，其力勢變化和緩，令全詩展現出「輕風揚波，細瀾微瀫，如抽如織」（《魏叔子文集．文瀫敘》），偏於調和性的舒緩愉悅的審美風格。

（二）鄭愁予〈下午〉

〈下午〉作於 **1957** 年：

[33] 陳滿銘：《章法學綜論》，臺北：萬卷樓圖書公司，**2003** 年，頁 **271-272**。

啄木鳥不停的啄著，如過橋人的鞋聲

整個的下午，啄木鳥啄著

小山的影，已移過小河的對岸

我們也坐過整個的下午，也蹀著

若是過橋的鞋聲，當已遠去

遠到夕陽的居處，啊，我們

我們將投宿，在天上，在沒有星星的那面

起首二行，是一個寓意深刻的比喻，啄木聲與鞋聲，兼具動感與聲響之美。啄木鳥古稱「斲木」，好食樹中蠹蟲。晉・郭璞《爾雅・釋鳥》注：「斲木，口如錐，長數寸，常斲樹食蟲，因名云。」[34]在〈卑亞南蕃社・南湖大山輯之二〉詩中，鄭愁予也曾運用這一個意象：「因我已是這種年齡／啄木鳥立在我臂上的年齡」。啄木鳥立在臂膀，表示木已朽壞，詩人取啄木鳥這一個意象，隱然寄有「逝者如斯夫，不舍晝夜」，年歲漸去的意味。再由啄木鳥的「啄」，與過橋人的「鞋聲」聯想在一起，令單一而空洞的聲調，響徹了「整個的下午」，然後於寂寥之中再生發一種詩的興味來。

隨著陽光挪移的腳步，小山的影，漸漸移到小河的對岸了。不直言時間的流逝，而以「影」「移」過對岸委婉道出，是修辭上的婉曲，也是詩心的靈巧。「坐過整個的下午」本是靜態的形式，詩人卻言「也蹀著」，把抽象的時間轉化成迴繞在耳畔的橐橐鞋響，順勢連結起下行的「若是過橋的鞋聲」。「當已遠去」，當啄木

[34] 〔清〕阮元：《十三經注疏・爾雅・釋鳥》，臺北：藝文印書館，頁 **186**。

聲、鞋聲都已「遠到夕陽的居處」，一日的時光也就來到了盡頭。面對韶光流逝如此之疾，善感的心靈怎能不發出感歎？由歎詞「啊」單獨組成的「呼歎小句」，傳達了詩人強烈的情感色彩。「我們／我們.....」頂真格之運用，又使上下文句的意識流貫穿起來；最後，在充滿仰望與遐想的驚嘆聲中，詩人極力放縱「想像」這一個神性的視力，以旁人不復仰及的神來之筆，得出「我們將投宿，在天上，在沒有星星的那面」這一個絕佳的意象，充滿了「浪子意識的變奏」[35]，令詩意的氛圍蕩漾到最高潮。

鄭愁予在「夢土上」時代（**1950-1953**），詩的形象明白，意義爽朗，有時雖因形象發展一波三折，似有趨於隱晦之勢，但通常到最後一行出現時，總是雲撥日見，完美可懂。「夢土上」以後的作品，也大抵是前期風韻的迂迴展開，變化不多，[36]本詩即屬此類。詩人結合了啄木鳥、山、影、河、夕陽、星、天、下午、橋等自然及人工性物材，人、我們等角色性人物，意象的巧妙運用，化靜為動，令原本無聲又無息的光陰腳步，敲出叩叩叩的聲響；而不停、啄著、過橋、踱著、移過、坐過、遠去、遠到等現實類事材，以及「我們將投宿在天上，在沒有星星的那面」這一個虛構類事材的運用，既描寫了某一個流逝的下午時光，也流蕩笪重光〈畫筌〉所說「空本難圖，實景清而空景現；神無可繪，真境逼而神境生」的意境來。

從詞彙之表現來看，除了單音節詞、帶詞綴「我們」、重疊詞

[35] 鄭愁予：《鄭愁予詩選集》，頁 **13**。
[36] 鄭愁予：《鄭愁予詩選集》，頁 **29**。

「星星」及二一結構多音節詞「啄木鳥」(第一層為主從式、第二層為動賓式),「鞋聲、整個、下午、小山、小河、對岸、夕陽、居處、那面、投宿、天上」等偏正式複合詞,以形容性或領屬性加語,達成修飾、描摹端語的作用;「啄著、移過、坐過、踱著」等動補式複合詞,以「著」、「過」等具有時態性質的補語,限制、補充前面的動詞,以表時間向前流去的動勢。鄭愁予的詩,一向以語言、節奏、氣氛取勝,全詩雖無一句情語或理語,但因善於羅織意象,詞彙的表現亦準確,往往予人無限的驚嘆。

就修辭而言,詩人巧藉過橋的鞋聲和鳥啄木頭聲之間的類似點,鋪上一層聲音節奏的底色,推展詩情。又不直說本意,借「山影」、「夕陽的居處」從側面道出「時光」、「日落」,使情餘言外,引導讀者自行尋繹,既感意味深長,詩裡的圖象又有了真實的聲色光影。「遠去/遠到.....」、「我們/我們.....」頂真手法的運用,也令流蕩其間的意識及語言獲得和諧的「統調」(**tone unity**)。末行,投宿在「沒有星星的那面」的懸想示現法,使現實中不實際存在的景象放映在讀者的眼前。「啄著」、「踱著」、「移過」、「坐過」、「整個」、「我們」等類疊,又富有叶韻的作用,應和著鞋聲與啄木聲,使並不實際存在的聲響呈現於語言文字,讓這一份午后心情顯得綿密又浪漫!

就文法而言,首行由「本體(**啄木鳥不停的啄著**)」、「喻詞(**如**)」、「喻體(**過橋人的鞋聲**)」構成的明喻法,是透過「主語(**啄木鳥不停的啄著**)」+「準繫詞(**如**)」+「斷語(**過橋人的鞋聲**)」的準判斷句連結在一起。「啄木鳥不停的啄著」這一個「主語」，是「主語（啄木鳥）」＋「狀態副詞（不停的）」＋「述語（啄著）」的主謂式造句結構；「過橋人的鞋聲」這一個「斷語」，以形容性附加語「過橋人的」來描摹「鞋聲」這一端語，呼應「不停的」這一個動態意象，足見詩人對詞彙掌握的精敏度。

第二行，詩人特意將表時間的次賓語「整個的下午」提置在前，形成「時間補詞（整個的下午）」＋「主語（啄木鳥）」＋「述語（啄著）」的敘事簡句。「整個的下午」這一補詞，以形容性加語「整個的」來凸顯流逝「下午」（端語）的完整性。第三行，是由「主語（小山的影）」＋「時間副語（已）」＋「述語（移過）」＋「賓語（小河的對岸）」組構成的敘事簡句；「主語」、「賓語」這二個主從式結構，各以形容性加語「小山」、「小河」來描摹後面的端語「影」、「對岸」，流光之短、速，彷彿一舉足即可輕巧越過。第四行是加合關係複句，連結起「我們也坐過整個的下午」(「主語（我們）」＋「助詞（也）」＋「述語（坐過）」＋「時間補語（整個的下午）」) 這一現實類事材，和「也踱著」(「助詞（也）」＋「述語（踱著）」；主語（我們）承上省略）這一虛構、想像的聲響，令表時間流逝的啄木聲、鞋聲再度緊密聯繫在一起，足見詩人意象經營之用心。第五行，承上行的詩意而來，藉由「連詞（若是）」＋「主語（過橋的鞋聲）」＋「副語（當已）」＋「述語（遠去）」構成的敘事簡句，陳述時間的遠去。第六行「遠到夕陽的居處」一句的「主語」，承上省略，是「述語（遠到）」＋「處所補詞（夕陽的居處）」的敘事簡句。至於第六行的「我們」這一「主語」，則利用頂真手法的連結，順勢成為第七句的主語，形成「主語（我們）」+「副語（將）」+「述語（投宿）」+「處所補詞（在天上，在沒有星星的那面）」的敘事簡句。在每一詩行間，詩人均添加一至二個「逗號」來調節句讀的節奏，頗能彰顯新詩這一體裁特有的自由的音樂性。

若再就詩的結構而言，首二行從聽覺起筆，鳥聲、鞋聲交織成全詩的「底」色，凸出山影、河岸及我們這一些「圖景」，最後再以想像之筆盪開詩意作結，形成「先底後圖」結構：

底（鳥聲、鞋聲）：「啄木鳥不停的啄著」二行
圖
　先：「小山的影，已移過小河的對岸」二行
　後
　　因（夕陽西下）：「若是過橋的....到夕陽的居處」
　　果（投宿）：「啊，我們....沒有星星的那面」

圖底法，本是構成視覺藝術格式塔特點的基本規律，被運用於造型藝術，[37]後來又被辭章章法所援引，用以分析文章作法。「圖」，有聚焦的功能；「底」是背景，可對焦點起烘托的作用，[38]因而淡淡幾筆，就把某一個下午的畫面深刻地凸顯了出來。由於此詩中並沒有出現情語或理語，寄託主旨於言外，所以第一層的「先底後圖」（逆移）就是「核心結構」，第二層的「先先後後」（順移）和第三層的「先因後果」（順移）就是「次結構」。而〈下午〉這首小詩所形成的順（因→果，先→後）、逆（底→圖）「移位」結

[37] 王秀雄：《美術心理學》，頁 122-126。

[38] 陳滿銘：〈論幾種特殊的章法〉，臺灣師大《國文學報》31 期，2002 年，頁 192。

構，其力勢變化較為沉靜、和緩，呈現的是偏於調和性的陰柔風格，故張默稱美它「風格獨特，情味綿緲」[39]。

四、結語

葉聖陶《作文論》（1924）、《葉聖陶語文教育論集》（1981）一再指出，「閱讀」是「寫作」的基礎，閱讀理解能力的提高，有助於語文的理解與欣賞。朱自清在夏丏尊、葉聖陶《文心》（1934）序言中也指出，一般讀者往往易忽略詞彙的擴展、字句的修飾、篇章的組織、聲調的變化等；若要提高閱讀水準，朱自清、葉聖陶《國文教學》（1945）認為得從辨別詞義、句式、條理（章法）、體裁等基本內涵著手。[40]而這與辭章學所提出的意象、詞彙、修辭、語法、章法、主題、文體、風格等閱讀策略，實是一致。

說、寫的過程，是「意成辭」的過程；聽、讀的過程，是「辭成意」的過程；文本，則是「辭意相成」的有機體。故張志公《漢語辭章學論集》（1996）明指，語文教學要以作為「承載體」的「文本」為對象，對「文本」進行分析、理解的架橋工作。[41]而運用辭章學內涵作為中國語文的閱讀策略，無論是以此來探析長於形象描繪，表現手法十足現代化，字句多有來歷復又多義的鄭愁予詩，或其他文學作品，都具有甚高的價值性與可行性。

[39] 張默：《小詩選讀》，臺北：爾雅出版社，1988 年，頁 83-84。
[40] 宗廷虎、吳禮權《20 世紀中國修辭學（上卷）》，頁 233。
[41] 張志公：《漢語修辭學論集》，頁 18。

重要參考文獻

（一）中文專著（依姓氏筆畫排序）

王秀雄：《美術心理學・創作、視覺與造形心理》，臺北：三信出版社，1975 年。吳禮權：《中國修辭哲學史》，臺北：臺灣商務印書館，1995 年。

宗廷虎、吳禮權：《20 世紀中國修辭學（上卷）》，北京：中國人民大學出版社，2008 年。

胡裕樹：《現代漢語》，臺北：新文豐出版社，1992 年。

韋勒克、華倫著，王夢鷗、許國衡譯：《文學論》，臺北：志文出版社，1987 年。張少康：《古典文藝美學論稿》，臺北：淑馨出版社，1989 年。

張志公：《中學語言教學研究》，廣州：廣東教育出版社，2001 年。

張志公：《漢語修辭學論集》，北京：人民教育出版社，1996 年，頁 18。

張默：《小詩選讀》，臺北：爾雅出版社，1988 年。

陳望道：《修辭學發凡》，臺北：文史哲出版社，1989 年。

陳滿銘：〈從意象看辭章之內涵〉，《國文天地》（19 卷 5 期），2003 年 10 月。

陳滿銘：〈章法風格中剛柔成分的量化〉，《國文天地》19 卷 6 期（2003 年 11 月）。陳滿銘：〈語文能力與辭章研究〉，臺灣師大《國文學報》第 36 期，2004 年。
陳滿銘：〈論幾種特殊的章法〉，臺灣師大《國文學報》31 期，2002 年。
陳滿銘：《章法學新裁》，臺北：萬卷樓圖書公司，2001 年。
陳滿銘：《章法學論粹》，臺北：萬卷樓圖書公司，2002 年。
陳滿銘：《章法學綜論》，臺北：萬卷樓圖書公司，2003 年。
陳鵬翔：《主題學理論與實踐－抽象與想像力的衍化》，臺北：萬卷樓圖書公司，2001 年。
曾祥芹：《現代文章學引論》，北京：中國文聯，2001 年。
黃永武：《中國詩學・設計篇》，臺北：巨流圖書公司，1999 年。
黃永武：《詩與美》，臺北：洪範書店，1987 年。
黃慶萱：《修辭學》，臺北：三民書局，2002 年。
楊如雪：《文法 ABC》，臺北：萬卷樓圖書公司，1998 年。
蔣伯潛：《文體論纂要》，臺北：中正書局，1979 年。
鄭愁予：《鄭愁予詩集》，臺北：洪範，1989 年。
鄭愁予：《鄭愁予詩選集》，臺北：志文出版社，1997 年。

（二）外文譯著（依英文字母排序）

E. D. Gagné, C.W. Yekovich & F. R. Yekovich 著、岳修平譯《教學心理學—學習的認知基礎》，臺北：遠流出版社，1998。
Richard E. Mayer 著、林清山譯：《教育心理學—認知取向》，臺北：遠流出版社，1990 年。

論科技論文摘要「標點符號」之運用

仇小屏
成功大學中文系副教授

摘要：

章法、文法與標點符號，都屬於邏輯思維的範疇，只不過章法、文法是隱性的，而標點符號則是顯性的，因此章法、文法與標點符號之間的呼應與配合，是相當值得討論的課題。本論文以刊登於《CHEMISTRY》中的四篇科技論文摘要為考察對象，發現常用於科技論文摘要寫作的標點符號為頓號、逗號、分號、句號、冒號，接著運用文法、章法知識切入，分析出寫作邏輯結構表，藉以探究標點符號的運用與邏輯之關聯。結果發現：運用標點符號時，首要考量為邏輯段之層級，次要考量為邏輯之種類，而且因為科技論文摘要的寫作邏輯相對單純，因此所用到的標點符號種類也較少。

關鍵詞：

標點符號、章法、文法、邏輯、摘要、科技論文

一、　前言

「摘要」是科技論文的眉目，肩負著「學術行銷」[1]的責任，其重要性可想而知。而科技論文最注重的是精確傳達研究成果，「摘要」自然也不例外，因此其組詞成句、組句成段、組段成篇的邏輯必然要非常合理明確。而寫作邏輯雖然是內蘊的，但是也會藉著連詞、連語、連句、連段[2]、標點符號[3]……等手段，讓邏輯一定程度地顯現出來，使得讀者較易掌握。在這種種手段之中，「標點符號」是相當值得注意的一種。

在語文中，處理「組詞成句」邏輯的是文法，處理「組句成段、組段成篇」邏輯的是章法[4]，也可以這麼說：章法、文法與標

1 參見楊晉龍〈摘要寫作析論〉,《實用中文寫作學》頁 284。

2 陳滿銘〈談詞章聯絡照應的幾種技巧〉,《國文教學論叢》將「聯詞」、「聯語」、「關聯句子」、「關聯節段」稱為「基本的聯絡」，並加以說明。見頁 409-426。

3 標點符號除了可以標誌邏輯關係之外，也有表情作用（譬如問號、驚嘆號），不過本論文只討論標誌邏輯關係的功能。

4 參見陳滿銘《篇章結構學》:「『邏輯思維』涉及了『運材』、『佈局』與『構詞』等問題，而主要以此為研究對象的，就字句言，即文法學；就篇章言，就是章法學。」頁 12。

點符號，都屬於邏輯思維的範疇，只不過章法、文法是隱性的，而標點符號則是顯性的；而且，因為標點符號雖然有時也標誌著一個句子中，文法成分的截斷與銜接，但是在大部分的情況下，標誌的是句與句、段與段的截斷與銜接，因此標點符號應與章法關聯更為密切。

所以，章法、文法與標點符號之間的呼應與配合，就是相當值得討論的課題了。本論文以刊登於《**CHEMISTRY**》（**2007,Vol.65,No.3**）中的四篇科技論文摘要為考察對象，發現常用於科技論文摘要寫作的標點符號為頓號、逗號、分號、句號、冒號，並進而分析其寫作邏輯，繪出結構表，以便進行討論。

二、 寫作邏輯分析之呈現與說明

因為本論文重點為標點符號，所以在摘要本文的每個標點符號後，都以【】符號，標誌出其序號（但是標誌出中英文對照的括號，以及標誌出分子式的・號，因為與全篇寫作邏輯的關係並不十分密切，所以未列入標點符號的計算中）。而且為了便於閱讀，先呈現只分析第一、二層結構的「總邏輯結構表」，並且，將此總邏輯結構表所劃分之次邏輯段（用英文字母 **A**、**B**、**C**、**D**、**E** 標誌），在文本中用兩種不同色塊交錯標誌；其次則詳細呈現每個次邏輯段的「分邏輯結構表」，分析範圍為每個句子之間的組合邏輯。除此之外，每篇摘要分析之後皆有說明，說明時先述優點、次述缺點。

（一）陳君怡、呂世源〈鈦的陽極處理與應用〉摘要（pp.225）：

二氧化鈦因為具有良好的化學穩定性，【1】並且具有可以吸收紫外光作為光觸媒的特性，【2】所以可以應用在許多不同的領域。【3】由於利用陽極處理法製備二氧化鈦具有許多優點，【4】如製成相對較簡易便利、【5】能夠節省成本；【6】或是製備出的二氧化鈦具有大面積規則性、【7】具有奈米孔洞結構，【8】所以近年來受到相當多的學者矚目並逐漸嶄露頭角。【9】本文從簡介鈦的陽極處理的製程參數，【10】即電解液的選用，【11】開始導入主題。【12】藉由調控孔洞尺寸，【13】管壁厚度與長度，【14】可以製備出各種的二氧化鈦奈米管，【15】可以達到應用上的不同需求。【16】再來簡單介紹二氧化鈦的膜面顯色機制，【17】以及陽極氧化鈦的反應機制。【18】在充分了解鈦的陽極處理製程與機制原理後，【19】在文中亦會介紹陽極氧化鈦的改質，【20】與其相關的應用。【21】例如二氧化鈦奈米管可作為氫氣的感測元件，【22】其卓越的電催化性質，【23】可將其組裝成電極，【24】參與水的分解反應或是有機物的分解，【25】亦可應用於甲醇氧化；【26】另外也可用於染料敏化太陽能電池。【27】

其「總邏輯結構表」如下：

- 底（背景）
  - 本（特性）……………………………【1】～【3】（A）
  - 末（陽極處理法）………………………【4】～【9】（B）
- 圖（內容）
  - 本（製程）…………………………【10】～【16】（C）
  - 中（反應）…………………………【17】～【18】（D）
  - 末（應用）…………………………【19】～【27】（E）

其「分邏輯結構表」如下：

A

- 因
  - 並列一………………………………………………………【1】
  - 並列二………………………………………………………【2】
- 果……………………………………………………………【3】

B

- 因
  - 凡………………………………………………………【4】
  - 目
    - 並列一…………………………………………………【5】【6】
    - 並列二…………………………………………………【7】【8】
- 果……………………………………………………………【9】

C

- 全
  - 主
    - 主……【10】
    - 補……【11】
  - 謂……【12】
- 偏
  - 因
    - 修飾語
      - 並列一……【13】
      - 並列二……【14】
    - 謂語……【15】
  - 果……【16】

D

- 並列一……【17】
- 並列二……【18】

E

- 全
  - 修飾語……【19】
  - 主謂
    - 賓 1……【20】
    - 賓 2……【21】
- 偏
  - 並列一
    - 因……【22】
    - 果
      - 因
        - 主……【23】
        - 謂……【24】
      - 果
        - 並列一……【25】
        - 並列二……【26】
  - 並列二……【27】

說明：其一，分隔 A、B、C、D、E 四個邏輯段的標點符號皆為句號（【3】、【9】、【16】、【18】），而 E 邏輯段因為篇幅較多，所以也用句號（【21】）隔開次邏輯段（「全」與「偏」），此皆為合理之安排。其二，【6】為分號，標誌出前後乃並列結構，亦為合理之安排。其三，【13】為誤用，因為前後為並列的兩個文法成分，而非句子或句群，所以應用頓號。其二，【26】雖然無誤，但是所聯結的兩個並列成分份量差太多，顯得頭重腳輕，所以須在文字上做調整，而且對應論文內容，兩個並列成分的順序應該對調。

（二）黃國政、高振裕、周更生〈奈米鐵微粒的合成與應用〉摘要（pp.237）

本文回顧了文獻中常見的化學法製備奈米鐵微粒製程，【1】包括了熱分解法與化學還原法。【2】化學還原法使用的還原劑有 N2H4 ．H2O 與 NaBH4，【3】此兩種還原劑不同點在於 NaBH4 還原力較強，【4】但不易得到結晶良好之奈米鐵微粒，【5】而 N2H4 ．H2O 的還原力較弱，【6】但所獲得之奈米鐵微粒結晶較明顯。【7】此外，【8】我們本身的研究顯示了添加 PdCl2 作為成核劑，【9】並以 PAA(polyacrylic acid)作為分散劑，【10】可以製備出均勻分散且均一粒徑之 6nm 鐵微粒。【11】

在奈米鐵的應用方面，【12】本文也介紹了兩部份極具潛力之方向，【13】第一部分為目前文獻中常見的環境處理應用，【14】而第二部份為我們本身的研究，【15】即奈米鐵微粒作為鐵電極之應用。【16】我們的研究發現，【17】奈米鐵作為鐵電極之活性材料，【18】與微米級鐵微粒之鐵電極做比較，【19】奈米鐵電極的第一次放電容量明顯高出許多。【20】由微結構分析得知，【21】這是因為奈米鐵微粒具備較高的比表面積所致。【22】然而奈米鐵電極之放電容量會隨著充放電循環而快速減少，【23】分析發現這是因為在充放電過程中，【24】奈米鐵微粒有溶解與再結晶現象產生，【25】導致奈米鐵粒子迅速長大而造成比表面績減少的影響。【26】吾人需要繼續研究以延遲或避免此依程序之發生，【27】以改善奈米鐵電極的在充放電中的表現。【28】

其「總邏輯結構表」如下：

- 本（合成）
  - 平（兩種方法）………………【1】～【2】（A）
  - 側（還原法）…………………【3】～【11】（B）
- 末（應用）
  - 平（兩種方向）………………【12】～【16】（C）
  - 側（鐵電極）…………………【17】～【28】（D）

其「分邏輯結構表」如下：

A

- 全……………………………………………………【1】
- 偏……………………………………………………【2】

B

- 正
  - 凡 ……【3】
  - 目
    - 並列一
      - 優 ……【4】
      - 缺 ……【5】
    - 並列二
      - 優 ……【6】
      - 缺 ……【7】
- 補
  - 點 ……【8】
  - 染
    - 因
      - 並列一 ……【9】
      - 並列二 ……【10】
    - 果 ……【11】

C

- 點 ……【12】
- 染
  - 凡 ……【13】
  - 目
    - 賓 ……【14】
    - 主
      - 全 ……【15】
      - 偏 ……【16】

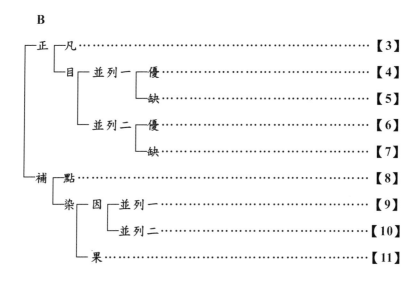

D

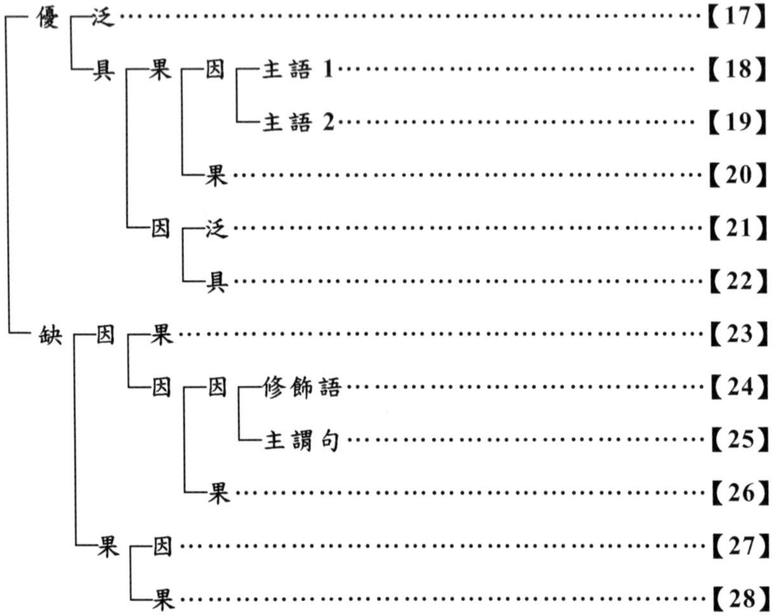

說明：其一，在第一層結構（**A**、**B** 和 **C**、**D** 邏輯段）之間分段，雖然合理，但是摘要一般不分段，因此也可以考慮不分段。其二，在 **A**、**B**、**C**、**D** 邏輯段之間用句號隔開（**【2】**、**【11】**、**【16】**），而 **D** 邏輯段篇幅較多，因此在次邏輯段（「優」和「缺」）之間也用句號隔開（**【22】**），此皆為合理之安排。其三，因為**【20】**、**【26】**所隸屬的邏輯段（**【18】**～**【20】**、**【24】**～**【26】**）層級較低，所以不宜用句號，宜改用逗號，以標誌出邏輯段的層次，**【20】**之後最好再加一連接詞「而」。其四，**【13】**前、後為總提分應的關連，因此宜改用冒號。

（三）周博敏、林卓皞、鄭閔魁、簡靜香〈產氣莢膜梭菌唾液酸酶 NanI 的催化功能結構之結晶以及 X 光原子繞射解析〉摘要（pp.247）：

唾液酸酶(sialidase)可以催化並移除醣蛋白、【1】醣酯和寡糖末端的唾液酸(sialic acids)。【2】它們存在於細菌、【3】病毒和寄生生物裡，【4】可以調節細胞表面的醣化作用(glycosylation)並與各種細胞催化物作用，【5】因此與微生物的發病原理和營養系統，【6】甚至在哺乳類細胞中都扮演著重要角色。【7】產氣莢膜梭(Clostridium perfringen)可以藉由空氣傳播，【8】使人感染壞疽以及腹膜炎，【9】它擁有三種唾液酸酶：【10】NanH、【11】NanI 和 NanJ，【12】分子量分別為 42、【13】77 和 129kDa，【14】而在莢膜梭菌的感染及營養途徑中，【15】它會分泌其中兩種比較大的酵素。【16】為了研究這唾液酸酶的結構，【17】所以試圖先得到 77kDa NanI 的結晶。【18】但這個完整的蛋白卻是十分容易被降解，【19】而得到一個較穩定的 55kDa 催化功能區塊蛋白。【20】因此在大腸桿菌內表現這個功能區塊蛋白並培養出具有 P212121 空間群的結晶，【21】其晶胞參數 a=66.8、【22】b=69.5、【23】c=68.8. Å，【24】結晶繞射可達到 3.92Å。【25】

其「總邏輯結構表」如下：

- 底（背景）
  - 全（唾液酸酶）……………………【1】～【7】（A）
  - 偏（產氣莢膜梭菌）……………【6】～【16】（B）
- 圖（內容）……………………………………【17】～【25】（C）

其「分邏輯結構表」如下：

A

- 因
  - 泛……………………………………………………【1】【2】
  - 具
    - 因…………………………………………………【3】【4】
    - 果…………………………………………………【5】
- 果
  - 淺……………………………………………………【6】
  - 深……………………………………………………【7】

B

- 果
  - 修飾語………………………………………………【8】
  - 謂語…………………………………………………【9】
- 因
  - 泛
    - 凡…………………………………………………【10】
    - 目…………………………………………………【11】【12】
  - 具
    - 本…………………………………………………【13】~【14】
    - 末
      - 修飾語…………………………………………【15】
      - 謂語……………………………………………【16】

C

- 敲
  - 因……【17】
  - 果……【18】
- 擊
  - 因
    - 因……【19】
    - 果……【20】
  - 果
    - 泛……【21】
    - 具
      - 並列一……【22】~【24】
      - 並列二……【25】

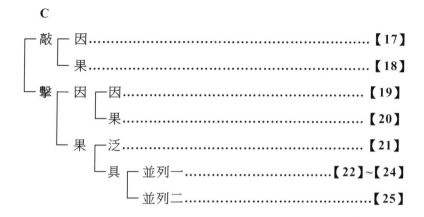

說明：其一，A、B、C 三個邏輯段之間用句號隔開（【7】、【16】），而 C 邏輯段篇幅較多，因此在次邏輯段（「敲」和「擊」）之間也用句號隔開（【18】），此皆為合理之安排。其二，並列的文法成分用頓號隔開（【1】、【3】、【11】、【13】、【22】、【23】），此為合理之安排。其三，【10】前、後為總提分應之邏輯，所以運用冒號，此為合理之安排。其四，因為【2】、【20】所隸屬的邏輯段（【1】~【5】、【19】~【20】）層級較低，所以不宜用句號，宜改用逗號，【20】之後的連詞「因此」宜改為「接著」。

（四）賴俊吉、傅淑玲、林照雄、梁峰賓、孫仲銘〈穿心蓮內酯的化學分子修飾和其生物活性〉摘要（pp.253）：

穿心蓮是廣泛被用來治病的藥用植物，【1】而穿心蓮內酯(andrographolide)是其主要的成分之一。【2】穿心蓮內酯被研究出具有抗癌，【3】治療糖尿病的活性，【4】探討其修飾的合成方法和研究修飾過後化合物結構與活性的關係，【5】甚至於探討活性的作用機轉均是重要的研究方向。【6】本文整理了數篇近年來探討穿心蓮內酯及其衍生物在抑制 α-glucosidase 活性及抗癌作用的文章，【7】值得注意的是，【8】在將穿心蓮內酯分子中的部分官能基加以修飾後，【9】有些衍生物具有比穿心蓮內酯更高的生物活性。【10】

其「總邏輯結構表」如下：

底（背景）
- 泛（穿心蓮）…………【1】～【2】（A）
- 具（穿心蓮內酯）……【3】～【6】（B）

圖（內容）
- 全（各種特性）………………【7】（C）
- 偏（有些衍生物）…【8】～【10】（D）

其「分邏輯結構表」如下：

A

全……………………………………………………………【1】

偏……………………………………………………………【2】

B

因
- 並列一…………………………………………………【3】
- 並列二…………………………………………………【4】

果
- 淺………………………………………………………【5】
- 深………………………………………………………【6】

D

┌ 泛……………………………………………………………【8】
└ 具 ┌ 修飾語………………………………………………【9】
　　 └ 謂語…………………………………………………【10】

說明：其一，在 **A**、**B**、**C** 邏輯段間，用句號隔開（**【2】**、**【6】**），此為合理之安排。其二，**【3】** 前、後是並列的文法成分，並非句子（句群），因此宜改成頓號。

三、　標點符號運用之綜合探討

綜合前面的探究，關於標點符號之運用，可以得出以下幾點結論：

（一）首要考量為邏輯段之層級：此四篇摘要中，第一、二層邏輯段（亦即用英文字母 A、B、C、D、E 標誌者）皆用句號隔開；而且第一至三篇摘要的 E、D、C 邏輯段，因為篇幅較多，所以又用一個句號隔開第三層邏輯段。反之，第二篇之**【20】**、**【26】**，第三篇之**【2】**、**【20】** 皆為句號，但是因為所隸屬之邏輯段層級較低，所以皆宜改為逗號。

（二）次要考量為邏輯之種類：「底圖」邏輯、「因果」邏輯、「本末」邏輯、「泛具」邏輯、「偏全」邏輯、「點染」

邏輯、「賓主」邏輯、「先後」邏輯……均用逗號；有些「凡目」邏輯特別表現出「總提分應」特色者，宜用分號；「並列」邏輯則須視為「文法成分」或「句子（句群）」而定，前者宜用頓號，後者宜用分號。

（三）所用到的標點符號種類不多：此四篇摘要中，出現的標點符號只有五種：頓號、逗號、分號、句號、冒號，種類顯然偏少。不過，相對來講，科技論文摘要中所出現的寫作邏輯也只有十種左右，如範圍縮小到常出現的邏輯，種類大概更只有五種左右（如「底圖」邏輯、「因果」邏輯、「本末」邏輯、「凡目」邏輯、「並列」邏輯），相對於目前所發現的四十餘種邏輯來說，也是相對較少。也許可以如此推論：科技論文摘要首重清晰地說明、議論，並不重視佈局的變化[5]，因此所用到的寫作邏輯相對單純，所以，自然而然地，所出現的標點符號種類也相對較少。

四、 結語

本論文就四篇科技論文摘要加以分析，探究其標點符號之運用，發現運用標點符號時，首要考量為邏輯段之層級，次要考量

[5] 參見仇小屏〈論科技論文「摘要」之篇章寫作邏輯〉，《章法論叢（第三輯）》頁 458-499。

為邏輯之種類，而且因為科技論文摘要的寫作邏輯相對單純，因此所用到的標點符號種類也較少。

運用「標點符號」，為彰顯寫作邏輯的重要手段。不管就寫作或閱讀來說，都可藉由掌握「標點符號」之運用，來掌握寫作邏輯，並進而有助於意旨的表出或理解。因此，從「邏輯」角度探究「標點符號」，更能彰顯出的「標點符號」功能與價值。

參考文獻

陳滿銘，《國文教學論叢》，臺北：國文天地雜誌社，**1991.7**。
陳滿銘，《篇章結構學》，臺北：萬卷樓圖書有限公司，**2005.5**。
張高評主編，《實用中文寫作學》，台北：里仁書局，**2004.12**。
中華章法學會主編，《章法論叢（第三輯）》，台北：萬卷樓圖書有限公司，**2009.7**。

由小說〈醜郎君怕嬌偏得艷〉與傳奇《奈何天》之「結構」看李漁戲曲創作之途徑

高美華
成功大學中文系副教授

摘要：

李漁（1611-1680），字謫凡、號笠翁，生於明萬曆 39 年，卒於清康熙 19 年。終身以創作為人生旨趣，小說、戲曲是他寄寓「四期三戒」的人生實踐，也是他生命應時應機的抉擇。小說、戲曲創作是他獨一無二的事業，二者之間也存在著牽扯不斷的關係，學者對於這方面的研究方興未艾。本文透過〈醜郎君怕嬌偏得艷〉與《奈何天》的結構分析，探索李漁的創作理念和途徑，釐清他在《閒情偶寄》中的結構觀念與格局結構所指涉的意涵。

李漁《閒情偶寄・詞曲部》結構第一，包括戒諷刺、立主腦、脫窠臼、密針線、減頭緒、戒荒唐、審虛實等項，格局第六包含家門、衝場、出腳色、小收煞、大收煞、填詞餘論等項。他所謂的結構，包括情節結構（結構第一屬之），與文體結構（格局第六屬之），本文所分析的結構，兼顧此二者。藉由其小說〈醜郎君怕嬌偏得艷〉和戲曲《奈何天》的結構分析，釐清李漁的結構觀念和格局結構，證得李漁的小說和戲曲創作，同一機杼，都是建立在他的結構觀念上，以傳奇求新變的內蘊和濟世樂人的目的為歸趨，但因文體結構不同，加上他以「稗官為傳奇藍本」的創作途徑，所以小說完成後，配合傳奇的格局再度創作，而完成傳奇劇本，以致二者在主題旨趣上有著不同的呈現。

〈醜郎君怕嬌偏得艷〉是一人一事，敘述醜郎君得艷的經過，旨在勸婦女以三位佳人為借鏡，對丈夫莫求全責備；再勸丈夫當惜福，像闕里侯一般供養佳人，後來必得美報。總之，是示人處常之道，嫁了要安心，娶了要惜福。《奈何天》則是多人一事，演述闕不全和眾佳人奈何不得天，闕忠補就缺陷天的過程。其間三位佳人甚至丫鬟宜春，各有各的無奈，各有各的舉措，奈何不了的天，由神眾和變形使者補全了；而闕忠也在補就主人缺陷天的同時，建功立業，補全了自己身為人僕無可奈何的天。闕不全因忠厚肯納忠言，終能在眾人與諸神的努力下，福貴齊至，寄寓著「貌隨心改」的旨趣，補就了「缺陷天」。

關鍵詞：

李漁、閒情偶寄、傳奇、結構、格局

一、前言

李漁（1611-1680），字謫凡、號笠翁，生於明萬曆 39 年，卒於清康熙 19 年[1]。終身以創作為人生旨趣，小說、戲曲是他寄寓「四期三戒」[2]的人生實踐，也是他生命應時應機的抉擇。誠如杜濬序《十二樓》述笠翁所言云：「吾於詩文非不究心，而得志愉快，終不敢以小說為末技。[3]」孫楷第認為：笠翁承明季士夫遺風，但其小說取材與創作態度，不同於明代文人依傍前人、聊抒幽憤、以此自娛而已。他說李漁是以小說作為獨一無二的事業：

> 乃若笠翁諸作，冥心搜索，率出己意；間有所本，什不一二。又自命山人，草芥纓紱，其視傳奇小說殆為唯一無二之事業。[4]

李漁為文，從科舉制義到史論古文、詩詞歌賦、話本小說等文體，無不精到通透。他對創作的看法是：

---

[1] 據蕭欣橋〈李漁全集序〉，《李漁全集第一卷》p.1，杭州：浙江古籍出版社，1992 年 10 月。

[2] 《閒情偶寄》凡例七則，即：期點綴太平、期崇尚儉樸、期規正風俗、期警惕人心、戒剽竊陳言、戒網羅舊籍、戒支離補湊。《李漁全集・第三卷》p.1-4 杭州：浙江古籍出版社，1992 年 10 月。

[3] 杜濬《十二樓・序》，《李漁全集第九卷》p.7，杭州：浙江古籍出版社，1992 年 10 月。

[4] 孫楷第〈李笠翁著無聲戲及連城璧解題〉，《李漁全集十五》p.6602-6603，台北：成文出版社，民國 59 年。

心之所至，筆亦至焉，是人之所能為也；若夫筆之所至，心亦至焉，則人不能盡主之矣。且有心不欲然，而筆使之然，若有鬼物主持其間者，此等文字，尚可謂之有意乎哉？文章一道，實實通神，非欺人語。千古奇文，非人為之，神為之、鬼為之也，人則鬼神所附者耳。[5]

以文章為通神之作，非得創作三昧者不能言，這已臻神而明之的最高境界。所以說他是專業的文學創作家，並不為過，而小說與戲曲是他最具影響力的作品罷了。

由於講唱與戲曲同源，從唐人篇幅短小的傳奇到明清的短篇小說都稱為傳奇，元陶宗儀云：「稗官廢而傳奇作，傳奇作而戲曲繼。金季國初，樂府猶宋詞流，傳奇猶宋戲曲之變，世傳謂之雜劇。[6]」其後宋元南戲、宋金諸宮調、元雜劇、明清南曲戲文也多稱為傳奇；傳奇一名，混淆已久，既是小說，也是戲曲。李漁認為：

古人呼劇本為傳奇者，因其事甚奇特，未經人見而傳之，是以得名，可見非奇不傳。[7]

---

5 李漁《閒情偶寄・詞曲部》〈格局第六・填詞餘論〉評金聖嘆語，《李漁全集・第三卷》p.65， 杭州：浙江古籍出版社，1992 年 10 月。

6 元陶宗儀《南村輟耕錄》卷二十七〈雜劇曲名〉，p.332，台北：木鐸出版社，1982.5。

7 李漁《閒情偶寄・詞曲部》〈結構第一・脫窠臼〉，《李漁全集・第三卷》p.9 杭州：浙江古籍出版社，1992 年 10 月。

這是以敘事的觀點看待劇本，所以只要故事精采奇特，就是傳奇。唐傳奇用文字表述故事，說唱話本配合曲子詞講唱故事，南北劇曲以樂曲套式表演故事；小說戲曲的分野，只是載體的不同，故事情節的要求是一致的。就像徐大軍《話本與戲曲關係研究》所說：

> **本土觀念中，戲曲與小說的分野並非是在文體觀念上的辨別，而只是注目於二者對故事的表達媒介上一曲唱或言說、曲詞或散文。[8]**

直到西方文體觀念引入後，戲曲才擺脫出小說的藩籬。小說是敘事體，戲曲是代言體。南曲戲文則經過北曲化、文士化、水磨化[9]而成為崑劇，傳奇成了此類長篇戲曲劇本的專有名詞[10]。

李漁創作十種曲，是崑曲、是傳奇。他強調結構的重要，列結構於詞曲部的第一項，說：「**填詞首重音律，而予獨先結構者，以音律有書可考，其理彰明較著。**」他認為元人《中原音韻》、《嘯餘》、《九宮》等譜一出，引商刻羽，已有成法可守，是元人所長，但不足以涵括傳奇劇本的創作，他說：

---

8 徐大軍《話本與戲曲關係研究》**p.11**，台北新文豐，**2004**。

9 曾永義〈從崑腔說到崑劇〉:「南戲經過了北曲化、文士化而為『新傳奇』，或簡稱為傳奇。」曾永義《從腔調說到崑劇》**p.249**，台北：國家出版社，**2002.12**。

10 郭英德：「就內涵或本質而言，傳奇是一種劇本體制規範化和音樂體制格律化的長篇戲曲劇本。」郭英德《明清文人傳奇研究》**p.4-5**，北京：北京師範大學出版社，**1992**。

> 然傳奇一事也，其中義理分為三項：曲也，白也，穿插聯絡之關目也。元人所長者止居其一，曲是也，白與關目皆其所短。吾於元人，但守其詞中繩墨而已矣。[11]

可見他所重視的是「穿插聯絡之關目」和「賓白[12]」，也就是「情節架構」和「賓白對話」。他以「稗官為傳奇藍本[13]」，就是將小說的情節架構作為劇本的雛形。他的小說稱為《無聲戲》[14]，又將小說進一部改編為劇本，在無聲戲小說目次中，有三回回目下註明「此回有傳奇即出」或「此回有傳奇嗣出」[15]，現存劇本《笠翁十種曲》有四種改編自他的小說[16]，就是最有力的證明。

針對李漁小說與戲曲做對應研究的論文，方興未艾，李漁戲

---

[11] 李漁《閒情偶寄・詞曲部》〈結構第一・密針線〉,《李漁全集・第三卷》p.12， 杭州：浙江古籍出版社，1992 年 10 月。

[12] 李漁重視賓白，認為「賓白一道，當與曲文等視」，《閒情偶寄・詞曲部》〈賓白第四〉,《李漁全集・第三卷》p.45 杭州：浙江古籍出版社，1992 年 10 月。

[13] 孫楷第〈李笠翁與十二樓－亞東圖書館重印十二樓序〉，提及《合錦回文傳》第二卷後有署名「素軒」的評語：「稗官為傳奇藍本。傳奇，有生、旦，不能無淨、丑。故文中科諢處，不過借筆成趣。觀者勿疑其有所指刺也；若疑其有所指刺，則作者嘗設大誓於天矣。」認為素軒或許就是笠翁。《李漁全集十五》，p.6654-6655，台北・成文出版社，民國 59 年。

[14] 張東炘《李漁戲曲三論》對於李漁小說中的戲劇性成分有詳細的敘述，p.10-16，台灣大學戲劇系碩士論文，1998.1。

[15] 《李漁全集第八卷》〈無聲戲小說目次〉，p.3，杭州：浙江古籍出版社，1992 年 10 月。

[16] 《奈何天》改編自《無聲戲・第一回》〈醜郎君怕嬌偏得艷〉、《比目魚》改編自《連城璧・第一回》〈譚楚玉戲裡傳情，劉藐姑曲終死節〉、《凰求鳳》改編自《連城璧・第九回》〈寡婦設計贅新郎，眾美齊心奪才子〉、《巧團圓》改編自《十二樓》之〈生我樓〉。

曲與小說的觀念，是小說觀點的戲曲？還是戲曲觀點的小說？學者多以敘事學角度切入，或論其單音與複調[17]，或以李漁的結構理論檢視他的小說與戲曲作品[18]，或以稗官為傳奇藍本分析他的小說與戲曲創作的關係[19]。本文則擬就〈醜郎君怕嬌偏得艷〉和戲曲《奈何天》的結構分析，比對李漁小說和戲曲創作的關係。

李漁《閒情偶寄・詞曲部》[20]結構第一，包括戒諷刺、立主腦、脫窠臼、密針線、減頭緒、戒荒唐、審虛實等項，格局第六包含家門、衝場、出腳色、小收煞、大收煞、填詞餘論等項。他所謂的結構，包括情節結構（結構第一屬之），與文體結構（格局第六屬之），本文所分析的結構，兼顧此二者，希望藉由其小說和戲曲的作品結構，釐清李漁的結構和格局的觀念，進而闡明其小說與戲曲何以有千絲萬縷、牽扯不斷的關係。

二、〈醜郎君怕嬌偏得艷〉結構分析

[17] 如：汪詩珮〈從小說閱讀到戲曲觀看－李漁《比目魚》的改寫策略〉，中正大學「文本・觀看學術研討會」，2009.9.19。

[18] 如：黃瑛〈《奈何天》：從小說到傳奇〉，社會科學論壇，2009-1(下)，p.118-125。

[19] 如：劉幼嫻〈談李漁以稗官爲傳奇藍本的創作理念－以小說〈生我樓〉與傳奇《巧團圓》爲例〉，興大人文學報第四十一期，p.117-150，2008年9月。

[20] 《閒情偶寄》本文所用版本為《李漁全集・第三卷》杭州：浙江古籍出版社，1992年10月。以下引用同此，不再標示。

〈醜郎君怕嬌偏得艷〉[21]是李漁《無聲戲》的第一回，約一萬七千餘字，其體製為話本短篇小說。話本是說書人說話的底本，是以一人的敘述表演為主，為吸引聽眾，先用一段「得勝頭回」，引起聽講動機，通常是藉由相關的議論或傳說開啟話頭。接著說故事本體，最後再作一段評論或結語，透過娛樂寄寓教化的作用。

（一）入話

李漁此篇先用一首詩，作為入話。詩云：

> 天公局法亂如麻，十對夫妻九配差。常使嬌鶯栖老樹，慣教頑石伴奇花。合歡床上眠仇侶，交頸幃中帶軟枷。只有鴛鴦無錯配，不須夢裡抱琵琶。

首先點出世間常態：婚姻錯配。既然是十對夫妻九配差，那日子如何好過？於是李漁加一段「啞子愁、終身病，有苦難言，有醫難治」的議論，抒發此恨，寬慰人心。然後透過死而復還的人說出一段故事：閻王升殿，判一個極惡之人罰做絕標致的婦人，嫁一個極醜的丈夫，使他心志不遂，禁錮終身。舉這個故事後，說明薄命是因、紅顏是果的道理，一反眾人以紅顏為因、薄命為果的認知；然後勸婦人未嫁之先，攬鏡自照，不要偷覷妄想嫁個才貌俱全的丈夫，預作一番心理準備，打從心裡除罪，就不致有失

[21] 見《李漁全集・第八卷》《無聲戲・第一回》p.5-33，杭州：浙江古籍出版社，1992 年 10 月。以下引文同此，不再標示。

落與痛苦的磨難。這是他傳授的「**紅顏薄命**」四字金丹。最後還強調：「**做這回小說的人，就是婦人科的國手了。**」明白點出金針度人，濟世救世的用心。

這開講的一段，始於律詩、經一番議論、再用故事舉證，最後點明作者用「四字金丹」救人的苦心。從以上「**話出於閻王之口，入於判官之耳，死去的病人還魂說鬼、沒有見證**」的故事，進一步「**再把一樁事實演做正文**」，以虛入實，引人入勝。

（二）正文

為清楚呈現其正文的故事脈絡，此處借用「魚骨圖」[22]分析法。「魚骨圖」中的「魚頭」表示某一特定狀況或是問題（如：故事的名稱、特別的情結或段落），「魚骨」則是形成該狀況或問題的原因；繪製「魚骨圖」時，先要在「魚頭」的部分寫下故事主題或是特別情節，再透過自己對故事的分析，以恰當的方式（如：段落、人物、場景），在「魚骨」主幹上，依照故事敘述的順序，以上下交互前進的方式，畫出「魚大骨」，然後再進一步檢視每根「魚大骨」裡所具有的細節，並逐步畫出「魚中骨」，若魚中骨裡還有更細部的結構，則可再更近一步畫出「魚小骨」[23]。原圖魚頭方向在右邊，本文為編排方便，使魚頭朝上，對於故事的主軸，

---

[22] 「魚骨圖」又稱為「石川圖」、「因果圖」，是用圖解展示一定事件的各種原因的方法。在六十年代，由現代管理學先驅日本東京大學教授石川馨所創的思考法。詳(http://wiki.mbalib.com/)智庫百科。

[23] 陳文之〈創意圖像與實用中文〉，《實用中文教學觀摩座談會》p.27，成功大學中文系、中華大學通識教育中心主辦，2010.3.30。

也較能一目了然。

醜郎君怕嬌偏得艷

↑

平分三臬、洪福齊天

↑ ———婚後巧計招安

婚夜—終就範—盡歡 ———— ↑

↑ ———進士返家，覆水難收，甘心嫁醜

↑ ———鬧尋死逃過初夜，暫住書房月餘

親自相親、嚇死周氏、誤娶吳氏 — ↑

↑ ———袁進士之妾

第三次婚姻

↑ ———婚後三日，逃禪閉關

初夜—強勸酒—立威 ——— ↑

↑ ———何運判之女

媒謀、倩人相親 —— ↑

第二次婚姻

↑ ———婚後一月，書房潛修

初夜—吹滅燈—摸索 ——— ↑

↑ ———鄒長史之女

從小議定婚事 ——— ↑

第一次婚姻

十不全醜貌 ——— ↑

闕里侯家世背景 ——— ↑

魚骨左列，是以闕里侯娶親為主，右列則是娶親的對象和他們的故事。這個結構，線索清晰，簡明扼要。闕里侯一人、娶親一事，結構無奇，奇在才子佳人為主流的時代，李漁反其道而行，著眼於醜郎君偏取美嬌娘。同為婚姻一事、一波三折，奇在平凡中，生出無限波瀾。三次婚姻，闕里侯做法各不相同，記取教訓，迭出勝境，一番強似一番；三位佳人，身世背景各個不同，各懷才貌，計脫困境，一個巧似一個。

以人物而論，一開始就為闕里侯寫照，先寫他的「富」，是因祖上以忠厚起家，所以一代富似一代，到他父親手裡，就算荊州第一個富翁。再寫他內才不濟，偏偏又長得奇形惡狀，被取了「闕不全」的別號。李漁詳述他的「醜」：

> 眼不叫做全瞎，微有白花；面不叫做全疤，但多紫印；手不叫做全禿，指甲寥寥；足不叫做全蹺，腳跟點點；鼻不全赤，依稀略見酒糟痕；髮不全黃，朦朧稍有沉香色；口不全吃，急中言常帶雙聲；背不全駝，頸後肉但高一寸；還有一張歪不全之口，忽動忽靜，暗中似有人提；更餘兩道出不全之眉，或斷或連，眼上如經樵采。

至於他自己沒有察覺的「臭」，是透過鄒小姐摸黑「發現」的：

> 鄒小姐不住把鼻子亂嗅，疑他床上有臭蟲，那裡曉得里侯身上，又有三種異香，不消燒沉檀、點安息，自然會從皮裡透出來的。那三種？口氣、體氣、腳氣。

闕不全知道自己長得醜，在新婚夜，趁妻子不曾抬頭，一口氣先把燈吹滅了，頗有自知之明。當鄒氏決心住在書房，他又勸又扯，還請丈母娘苦勸、自己跪在門外哀求，結果是善勸勸不轉，只好用惡勸，不給飯吃，一連餓他幾天，不見回頭，他就在門外大罵，一段淋漓盡致的獨白，簡直是自尊受損，口不擇言。

為了賭一口氣，第二次就請人代為相親，但當新娘入洞房見了他的尊容，撲簌簌流下了眼淚，他認為前面一位不受約束，是他驕縱的，這回決定要整夫綱，就叫丫鬟拿合巹杯勸酒，不喝就痛打丫鬟，結果何小姐索性喝個爛醉如泥，不醒人事，任其擺佈。沒想到第三天何氏就以拜見前妻為由，到了書房，硬是不走了，處女變做脫兔，忽然發起威來。里侯被何氏痛罵，始料未及，氣不過，就出拳把他的青絲揪在手中，一邊罵一鞭打。但是它畢竟是心善的，只不過裝腔作勢一番：

> 誰想罵便罵得重，打卻打得輕，勢變做得凶，心還使得善，打了十幾個空心拳頭，不曾有一兩個到他身上，就故意放鬆了手，好等他脫身，自己一邊罵，一邊走出去了。

有了兩次的教訓，他不再娶美貌才女了，他要親自相親、兩相情願才娶。不料第三次婚事更加波折，原本要娶袁進士的妾周氏，卻被他的醜嚇壞了，結果周氏抵死不從上吊死了；在媒人的巧計安排下，將另一個突然被退婚的吳氏給送上花轎。不知情的一對新人，見面後自然又是一場驚嚇。吳氏為求脫身，就以死恐嚇，里侯也不敢強求這位才貌雙全的佳人，竟將他送往書房，與前二未逃婚的妻子共處一室。直到袁進士補了外官，要回來帶家小上任，里侯完璧歸趙，要將吳氏送還，袁進士對吳氏不理不睬，以覆水難收，曉以大義，並勸吳氏安心貼意地跟著里侯才是。里侯這才理直氣壯，做他名正言順的丈夫。後來在吳氏的安排下，三個臥房六張床，臭氣大家分些，福分各自養些。里侯也會奉承，每個房間都供香除穢氣：

> 把這三個女子當做菩薩一般燒香供養，除那一刻要緊工夫之外，再不敢近身去褻瀆他。由鄒而何，由何而吳，一個一夜，週而復始，任他自去自來，倒喜得沒有醋吃。

李漁將一個面醜心善，財大氣粗，卻有自知之明，懂得憐惜敬重妻子的人，刻畫得生氣盎然。

　　另外主要人物就是三位紅顏，里侯的三次婚姻對象都是官家婦女，具有才貌的佳人，但同中有異，茲列表比較如下：

	第一次婚姻	第二次婚姻	第三次婚姻
對象	長史之女鄒小姐	運判之女何小姐	進士之妾吳小姐
才貌	才勝	貌勝	才貌雙全
新婚反應	三臭到驚醜	醉死任擺佈	急中生智、逃避一時
婚後行動	一月後供佛潛修	三日即避禪	巧計招安

個性	心細思量、綿裡藏針	直接說破、罵得出像	機智謀略、對話行動

李漁多以敘事、行動和對話，展現三人的特性。

他寫鄒小姐的聰明，說他從小與兄弟同學讀書讀得比別人多、悟得比別人快，青出於藍，書畫兼善，做了父親的捉刀人。寫他的涵養，在新婚夜摸黑薰臭，心裡想著：

> 我這等一個精潔之人，嫁著這等一個污穢之物，分明是蘇合遇了蜣螂，這一世怎麼腌臢得過？我昨日拜堂的時節，只因怕羞不敢抬頭，不曾看見他的面貌；若是面貌可觀，就是身上有些氣息，我拚得用些水磨工夫，把他刮洗出來，再做幾個香囊與他佩帶，或者也還掩飾得過。

發現他既臭又醜，放聲大哭，後來也還是忍耐一月，「雖則同床共枕，猶如帶鎖披枷，憎嫌丈夫的意思，雖不好明說出來，卻處處示之以意。」是內斂溫厚的個性。寫他的心思細密，從他瞞了里侯，教人雕了一尊觀音法像，滿月之後，就以拜佛求子為由，逃禪入書房。之後還擺塘報，探聽後進的新人，知道何小姐安穩睡到天明，還稱他：「好涵養，好德性，女中聖人也，我一千也學他不來。」，看見何小姐的姿容，也我見猶憐，自嘆不如。可見他還是個精明有度量的人。

至於何小姐，年方二八，容貌賽得過西施。只因父親壞了官職，需要湊銀子完贓，才急著打發女兒出嫁。在某寺相親遠觀時，從眉目、金蓮、蠻腰、纖指、肌香、髮采，寫他出塵仙子的美貌；後來透過鄒小姐的觀察，雲髻散髮見黑亮且長，啼痕滿面卻嫵媚輕盈，寫出他急遽張惶之間、無心流露的姿容本色。但是他對里侯的態度是半刻也不能忍耐的，新婚第三天就以拜佛看大娘為由，到了佛堂就像尼姑拜懺一般，又對著鄒小姐拜師父，死也不肯回去，還對著里侯大罵：

> 你不要做夢，我這等一個如花似玉的人，與你這個魑魅魍魎宿了兩夜，也是天樣大的人情，海樣深的度量，就跳在黃河裡洗一千個澡，也去不盡身上的穢氣，你也勾得緊了。難道還想來玷污我麼？

寫出他激烈的舉措和個性。

吳氏是袁進士寵愛的兩妾之一，因袁夫人性妒，趁進士出外補官，就將他們遣嫁。李漁寫吳氏的聰明美貌，用了六、七千字，幾乎佔全篇三分之一強的篇幅，是透過一連串的事件和對話，鋪墊而來；比起前面兩位，複雜曲折，波瀾迭起。本來吳氏相親的對象，是一個既標致又有名的年輕才子，親事說成，她高興了一晚。第二天舉人發現袁進士是他的年伯，即刻退了財禮。而闕里侯相中的周氏驚醜上吊而死，在媒婆巧計安排下，硬把吳氏塞進了闕家的花轎。吳氏是絕頂聰明的人，他算計脫身妙法，和里侯展開一段對話，說是替周氏來討命的，還以勒死守節以明志。里侯怕出人命，把他送到書房，他與兩位夫人相處極為投緣。後來他求袁進士帶他回去，卻受一番冷淡和訓斥，當不得袁進士「紅顏該配醜夫」的五六句話，塞斷了他的路數，他只好俯就里侯。但是吳氏的身子雖然箝束住了，卻心上不甘，翻來覆去思量著：

> 他娶過三次新人，兩個都走脫了，難道只有我是該苦的？他們做清客，教我一個做蛆蟲，定要生個法子去弄他們過來，大家分些臭氣，就是三夜輪著一夜，也還有兩夜好養鼻子。

於是算計招安，運籌帷幄，取得里侯信任，進書房做說客。他和兩位夫人再度相會，一番敘舊，一番談心，一番勸慰，一番引帶，不知不覺間，就請君入甕。將一個圈套設得牢靠，三個人平分三臭。最後里侯活到八十歲，還喜得有三位貴子，盡出科第，這都在吳氏的智巧安排中完成的。

（三）結語

小說的最後有一段結語，先勸婦女以三位佳人為借鏡，對丈夫莫求全責備；再勸丈夫當惜福，像闕里侯一般供養佳人，後來必得美報。總之，嫁了要安心，娶了要惜福，「只要曉得美妻配醜夫倒是理之常，才子配佳人反是理之變。」從根本打破才子配佳人的迷思，真實面對現實人生的處境，求相安、相敬、相惜。示人處常之道，作為勸諫，主旨明確。

最後附帶一段預告，給人另一番期待：

> 我這回小說也只是論姻緣的大概，不是說天下夫妻個個都

> 如此。這一回是處常的了，還有一回處變的，就在下面，另有一番分解。

也可見他善用商品宣傳的手法和用心。

三、《奈何天》結構分析

李漁認為傳奇有一定的格局，提出家門、沖場、出腳色、小收煞、大收煞等項目，其間有常格、不可移改者：

> 開場用末，沖場用生；開場數語，包括通篇，沖場一出，醞釀全部，此一定不可移者。開手宜靜不宜喧，終場忌冷不忌熱，生旦合為夫婦，外與老旦非充父母即作翁姑，此常格也。[24]

但是他堅信「文字之新奇，在中藏，不在外貌，在精液，不在渣滓」，所以能在固定的格局中，自然出奇：「繩墨不改，斧斤自若，而工師之奇巧出焉。」[25]

今借《奈何天》之結構分析，以見其用心所在。

（一）家門

[24] 李漁《閒情偶寄・詞曲部》〈格局第六〉p.59。
[25] 同上。

傳奇第一齣例稱「家門」，通常用二闋詞，分別說明劇作動機和劇情大要。

> 予謂詞曲中開場一折，即古文之冒頭，時文之破題，務使開門見山，不當借帽覆頂。即將本傳中立言大意，包括成文，與後所說家門一詞相為表裡。前是暗說，後是明說，暗說似破題，明說似承題，如此立格，始為有根有據之文。[26]

李漁認為此折最難下筆。他說：

> 開場數語，謂之家門。雖云為字不多，然非結構已完、胸有成竹者，不能措手。[27]

因為這是畫龍點睛之處，規模已定也未必能一往而前，所以不妨留到終場之後再補入，以求氣足神完。此齣由末開場，說出本傳「立言大意」。

《奈何天》[28]第一齣稱為「崖略」，而笠翁十種曲[29]每一種的「家門」，所用名稱都不同，其他如：大意、幻因、拈要、發端、先聲、造端、詞源、破題、巔末等，均可見其求新求變的創意。而所用詞牌採集曲方式，如【蝶戀玉樓春】是集【蝶戀花頭】和【玉樓

---

[26] 李漁《閒情偶寄・詞曲部》〈格局第六・家門〉**p.60**。
[27] 同上。
[28] 《奈何天》見《李漁全集九》**p.3905-4126**，台北：成文出版社，民國 **59** 年。或《笠翁傳奇十種》(下)《李漁全集・第五卷》**p.1-104**，杭州：浙江古籍出版社，**1992** 年 **10** 月。以下引文不復標示。
[29] 《笠翁傳奇十種》(上)(下)見《李漁全集・第四、五卷》，杭州：浙江古籍出版社，**1992** 年 **10** 月。

春尾】而成，【燭影賀新郎】則集【燭影搖紅頭】和【賀新郎尾】而成，一般用二支，他用三支，這也是史無前例的創舉。

他用兩支【蝶戀玉樓春】言明旨趣：一方面是造物磨滅佳人，饒伊百計，奈何天不得！一方面是才子佳人之陳套誤人，所以破傳奇格局，令丑旦聯姻。【燭影賀新郎】說明劇情大要，下場詩則點出此劇的主要人物：眾佳人、醜郎君、好僮僕和巧神明：

> 眾佳人愛潔翻遭玷，醜郎君怕嬌偏得艷。
> 好僮僕爭氣把功成，巧神明救苦將形變。

（二）沖場

開場第二齣，例由生腳－即全劇男主角上場。李漁認為：

> 此折之一折一詞，較之前折家門一曲，猶難措手。務以寥寥數言，道盡本人一腔心事，又且醞釀全部精神，猶家門之括盡無遺也。同屬包括之詞，則分難易於其間者，以家門可以明說，而沖場引子及定場詩詞全用暗射，無一字可以明言故也。[30]

在〈慮婚〉一齣，李漁安排丑扮財主，疤面、糟鼻、駝背、蹺足，沖場而上，一反俊生風流形象，唱【戀芳春】一曲，語重心長：

> 花面沖場，正生避席，非關倒置梨園。祇為從來雅尚，我

[30]李漁《閒情偶寄・詞曲部》〈格局第六・沖場〉P.61-62。

> 輩居先。常笑文人偃蹇，枉自有宋才潘面，都貧賤。爭似區區，癡頑福分徼天。

再以【鷓鴣天】一詞道盡醜人的心酸：

> 左思、王粲盡風流，醜到區區始盡頭。惡影不將燈作伴，怒形常與鏡為讎。　　經翠館，過瓊樓，美人掩面下簾鉤。等閒不敢乘車出，怕有人將瓦礫投。

之後用了將近七百字的自我介紹，將闕里侯的身世遭遇和醜貌，鋪敘傳神。然後透過小生扮演僕人闕忠，以積德求貴寬慰主人，並肯獻忠謀，學卜式輸財，要替主人「補就生平的缺陷天」。

這一齣已經安排了醜郎君娶親的一條主要情節線，更暗藏了闕忠求貴補缺的輔助情節線。

（三）情節結構

主線（丑）/支線（眾佳人）/輔線（生、小生）/支線（淨、小旦）

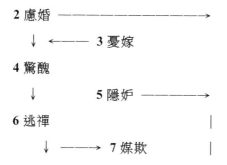

2 慮婚 ————————→

↓ ←—— **3** 憂嫁

4 驚醜

↓　　**5** 隱妒 ————→

6 逃禪　　|

↓ ——→ **7** 媒欺　　|

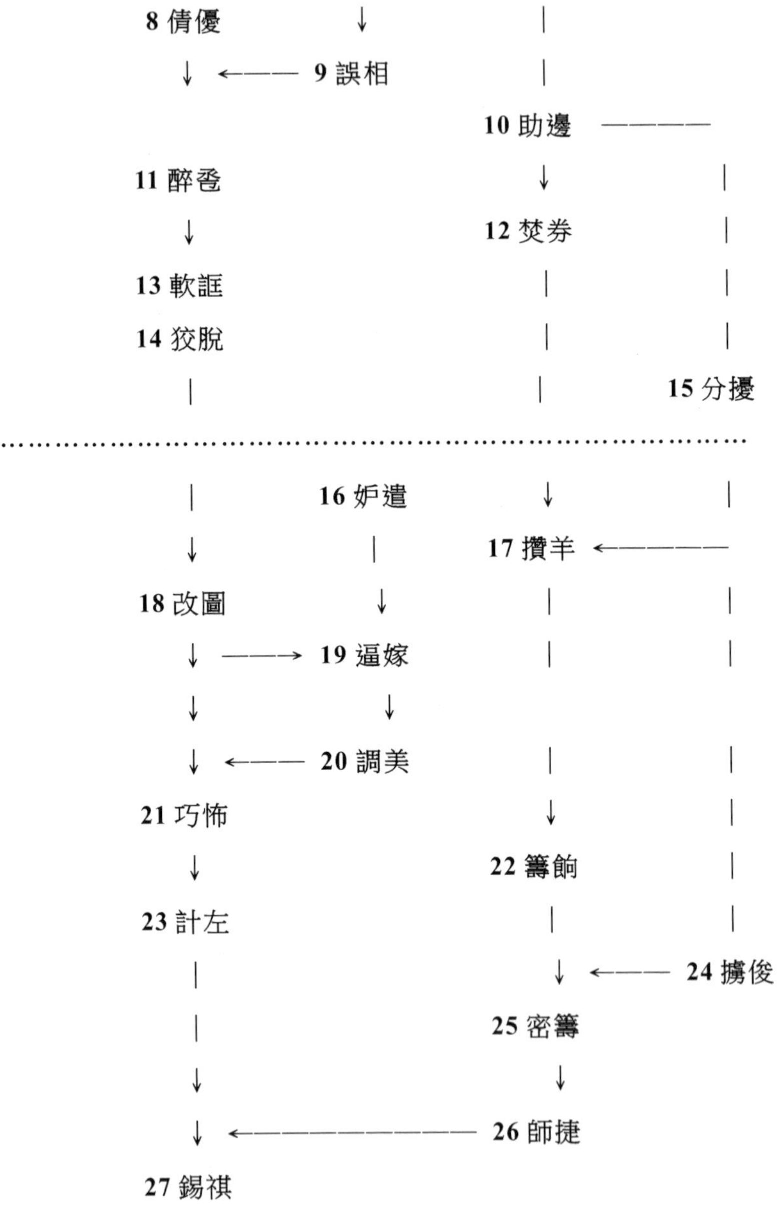
8 倩優
9 誤相
10 助邊
11 醉昚
12 焚券
13 軟誆
14 狡脫
15 分擾
16 妒遣
17 攢羊
18 改圖
19 逼嫁
20 調美
21 巧怖
22 籌餉
23 計左
24 擄俊
25 密籌
26 師捷
27 錫祺

↓

28 形變

↓

29 伙醋

↓

30 鬧封

主要情節線以闕不全和三位佳人的互動為主，主線是丑腳，搭配的支線是旦腳（眾佳人），基本上和小說〈醜郎君怕嬌偏得艷〉一致，但強化了賓白對話，唱詞也多敘述、少抒情，夾雜許多對話，打碎了曲牌的完整性。和小說不同的是增加了輔助情節線，這是為了符合傳奇劇本的文體結構規範；通常傳奇是雙線結構，除了主要情節線外，會增加輔助情節線、對立情節線等[31]。這個輔線以小生和生腳（闕忠、袁瀅）助邊禦寇主，加入支線黑白二天王的武戲情節，增加場面的熱鬧。最後靖邊建功，回到主軸，讓闕忠補缺，富貴雙全。只是闕不全的長相還是不全，畢竟不夠圓滿，李漁請來了三官大帝和變形使者，讓忠厚存心的闕不全，得天眷顧，變成才俊，一家封誥，皆大歡喜。將「補就缺陷天」的主旨，充分發揮了。

值得注意的是，第二齣除了以丑角沖場、小生伏線之外，還有一位副淨－丫鬟宜春，雖然是位小人物，但卻是主要情節線中

31 詳參林鶴宜〈論明清傳奇敘事的程式性〉《明清戲曲學辨疑》，台北：里仁局，2003 年。

不可或缺的人物。他以低微的身分，第一個領教主人的穢氣、成就主人的「人事」，串聯、協助後進幾位夫人的「家事」，其實是功不可沒的，只是沒有身分，自然沒有福分，這殘酷的事實在最後一齣三位夫人爭封誥時，以科諢打趣作結：

（副淨）這等說起來，連大娘也不該受。這個誥命夫人該是我宜春做的！

（丑）怎見得？（副淨）進門是我進起，新人是我做起，難道不是第一位？

這與一般婢女陪隨小姐的安排，大異其趣；卻見李漁在人生與劇本的格局規範下，坦露真相，教人「笑看人生」的巧思。

（四）出腳色

傳奇在腳色的安排上，主要人物要在前幾齣上場，讓觀眾先有認識。他說：

> 本傳中有名腳色，不宜出之太遲。如生為一家，旦為一家，生之父母隨生而出，旦之父母隨旦而出，以其一部之主，餘皆客也。雖不定在一出二出，然不得出四五折之後。太遲則先有他腳色上場，觀者反認為主，及見後來人，勢必反認為客矣。即淨丑腳色之關乎全部者，亦不宜出之太遲。[32]

[32] 李漁《閒情偶寄・詞曲部》〈格局第六・出腳色〉p.62。

所以在《奈何天》第二齣就讓闕不全、闕忠和宜春出場，第三齣是鄒小姐和他的家人，第五齣是袁瀅和夫人、周、吳兩妾等出場，第七齣交代何氏一家和媒婆，主要人物到此差不多都已上場。唯因人事糾葛複雜，何氏到第七齣才上場，與他所說的「不得出四五折之後」，有些微的落差，但也是權宜變通。他將第五齣〈隱妒〉放在第七齣〈媒欺〉之前，是預先埋下第三次婚姻的線索，也鋪設袁瀅到邊關禦寇的背景，是為了格局、不得不然的設想；但突然、太早的插入，對劇情的進展也造成一些阻礙。此等安排，可參照下表：

齣數	齣目	腳　色　安　排
2	慮婚	丑－闕不全、小生－闕忠、副淨－丫鬟宜春
3	憂嫁	外－鄒長史、末－家僮、老旦－鄒小姐、淨－養娘
4	驚醜	丑－闕不全、副淨－宜春、老旦－鄒氏
5	隱妒	生－袁瀅、外－院子、淨－袁夫人、副淨－丫鬟、小旦－周氏、旦－吳氏
6	逃禪	老旦－鄒氏、副淨－宜春、丑－闕不全
7	媒欺	旦－何夫人、小旦－何氏、副淨－媒婆
8	倩優	丑－闕不全、小生－闕忠、生－戲班正生
9	誤相	外－老僧、生—戲班正生、丑－闕不全、小生－闕忠、旦－何夫人、小旦－何氏、副淨－媒婆、

		二僧
10	助邊	小生－闞忠、外－宣撫使、（老旦、副淨）－差官、末－地方官
11	醉誆	丑－闞不全、小生－闞忠、小旦－何氏、（副淨、淨）－丫鬟
12	焚券	小生－闞忠、末－兄弟
13	軟誆	小旦－何氏、丑－闞不全
14	狡脫	老旦—鄒氏、丑－闞不全、小旦－何氏
15	分擾	淨－黑天大王、小旦－白天王、眾－士卒
16	妒遣	外－院子
17	攢羊	生－袁瀅、末－探子、淨－黑天王、眾－士卒、（旦、小旦、老旦）－被擄婦女
18	改圖	丑－闞不全、副淨－媒婆
19	逼嫁	小生－韓照、末－韓跟班、外－袁管家、副淨－媒婆、旦－吳氏、丑－闞不全、雜、小旦－周氏、淨－袁夫人
20	調美	末－韓跟班、副淨－媒婆、淨－袁夫人
21	巧怖	旦－吳氏、丑－闞不全、（淨、副淨）－丫鬟、老旦－鄒氏、小旦－何氏
22	籌餉	小生－闞忠、眾－抬鞘、淨－店主、（外、末）－邊軍

23	計左	外－袁管家、丑－闕不全、末－丑隨身、生－袁瀅、眾－生手下、旦－吳氏、副淨－船家
24	擄俊	小旦－白天王、四女卒、被擄四少年
25	密籌	生－袁瀅、小生－闕忠、眾－軍士
26	師捷	小旦－白天王、眾－女卒、小生－闕忠、生－袁瀅
27	錫祺	（生、外、末）－三官大帝、副淨－判官、神眾
28	形變	淨－變形使者、丑－闕不全、旦－吳氏、（外、末）－報人、副淨－丫鬟
29	伙醋	老旦－鄒氏、小旦－何氏、副淨－丫鬟、丑－闕不全
30	鬧封	小生－闕忠外捧詔書、末－持官服、眾、旦－吳氏、淨－丫鬟、老旦－鄒氏、小旦－何氏、副淨－宜春

上表粗體字所示，為首次上場。至於：

> **十出以後，皆是枝外生枝，節中長節，如遇行路之人，非止不問姓字，並形體面目皆可不必認矣。**[33]

所以第十五齣上場的黑、白天王，其實是節外生枝的安排。弔詭的是它又放在小收煞的地位，屬於輔助情結的支線部份，既重要

[33] 李漁《閒情偶寄・詞曲部》〈格局第六・出腳色〉p.62。

又可有可無，原因何在，此於下文探討。

（五）收煞

由於傳奇分上下兩部，所以上半部的結束，讓觀眾略作休息，但還要能使觀眾繼續想看下去，所以不能掉以輕心。李漁認為：

> 上半部之末出，暫攝情形，略收鑼鼓，名為小收煞。宜緊忌寬，宜熱忌冷，宜作鄭五歇後，令人揣摩下文，不知此事如何結果。如做把戲者，暗藏一物於盆盎衣袖之中，做定而令人射覆，此正做定之際，眾人射覆之時也。戲法無真假，戲文無工拙，只是使人想不到、猜不著，便是好戲法、好戲文。猜破而後出之，則觀者索然，作者赧然，不如藏拙之為妙矣。[34]

《奈何天》所以節外生枝、安排〈分擾〉一齣做為小收煞，於這段說明可以釋疑。它雖然與前面劇情無關，看似寬鬆，但突如其來的熱鬧場面，設將台、擺陣法，製造一種場面節奏上的緊湊感，像做把戲一樣，讓人莫名所以，而期待下半場的劇情發展。

李漁向來最注重脫窠臼、出新意，但傳奇幾乎都是以大團圓收場，千篇一律，無奇可言。《奈何天》的收束，可以說是用了〈錫祺〉、〈形變〉、〈伙醋〉、〈鬧封〉四折的篇幅，讓大家盡奇盡歡。〈錫祺〉、〈形變〉中的三官大帝和變形使者，一反他「戒荒

[34] 李漁《閒情偶寄・詞曲部》〈格局第六・小收煞〉p.63。

唐」[35]的原則，請來神眾，由賜福天官紫微大帝、赦罪地官清虛大帝、解厄水官洞陽大帝，評定功過，破格用情，解厄除難，還派變形使者替闕不全徹底灌腸刮洗一番，寄寓「貌隨心改」的道理。

〈伙醋〉、〈鬧封〉則回到現實，在三位佳人爭相吃醋、醜態畢露中，自然而然地糾合了人情百態，使每個人各得其所、團圓終場。在末齣的大收煞中，李漁用了南北合套十七支曲牌，波瀾迭起，一如他所說：

> 水窮山盡之處，偏宜突起波瀾，或先驚而後喜，或始疑而終信，或喜極信極而反致驚疑，務使一折之中，七情俱備，始為到底不懈之筆，愈遠愈大之才，所謂有團圓之趣者也。[36]

看來像是一場通俗鬧劇，給人淺薄的心理安慰，但是在最後的幾支曲牌中，它透過南北合套【北金盞兒】【南安樂神犯】【北寄生草】【南皂羅袍】等曲，以丑、旦對唱，勸世人安份，莫枉用心機。當然更不忘標榜自己的傑作，在【南尾】中演員合唱道：

> 從來花面無佳戲，都只為收場不濟。似這等會洗面的梨園怎教他不燥脾！

收場讓人一新耳目。而下場詩用了八句，寄寓他的深心所在：

---

[35] 其說：「凡作傳奇，只當求於耳目之前，不當索諸聞見之外。無論詞曲，古今文字皆然。凡說人情物理者，千古相傳；凡涉荒唐怪異者，當日即朽。」李漁《閒情偶寄・詞曲部》〈結構第一・戒荒唐〉**p.13-14**。

[36] 李漁《閒情偶寄・詞曲部》〈格局第六・大收煞〉**p.64**。

> 填詞本意待如何?只為風流劇太多。欲往名山逃口業，先拋頑石砥情波。閨中不作違心夢，世上誰操反目戈?從此紅顏知有命，鶯鶯合嫁鄭恒哥。

他受時空環境的影響，不主張枉費力氣向外抗爭與追逐，而是回到內在轉化心境

，不隨俗、不逃避，真實面對自己的命運和處境，自然可以得到貌隨心改的圓滿喜樂。但劇場上的熱鬧取笑，是否能沉澱這種深心，就見仁見智了。

四、結論

由上述分析，可知李漁是謹守文體結構規範的，它是在固定格局中，出巧思、弄才學，引動眾人的觀聽。如何超越格局結構的拘限，他提出他的「結構觀」，認為填詞首重結構，這結構二字是：

> 在引商刻羽之先，拈韻抽毫之始。如造物之賦形，當其精血初凝，胞胎未就，先為制定全形，使點血而具五官百骸之勢。[37]

即胸有成竹、先畫草圖然後下筆，是創意雛型架構之謂，非樑木

[37] 李漁《閒情偶寄・詞曲部》〈結構第一〉p.4。

施工之法。所以他強調傳奇必須先有好的命題，要「有奇事，方有奇文」。他在《閒情偶寄・詞曲部》「結構第一」下提出戒諷刺、立主腦、脫窠臼、密針線、減頭緒、戒荒唐、審虛實等項，細看其內涵，大抵均不出立意與用心。

立主腦、密針線、減頭緒，是針對傳奇立意與情節的埋伏照應而言；主是要把握作者立言之本意，強調一人一事的原則：

> 一本戲中，有無數人名，究竟俱屬陪賓，原其初心，止為一人而設。即此一人之身，自始至終，離合悲歡，中具無限情由，無窮關目，究竟俱屬衍文，原其初心，又止為一事而設。此一人一事，即作傳奇之主腦也。[38]

脫窠臼，則是強調傳奇求新求變的本質：

> 古人呼劇本為傳奇者，因其事甚奇特，未經人見而傳之，是以得名，可見非奇不傳。新即奇之別名也。若此等情節業已見之戲場，則千人共見，萬人共見，絕無奇矣，焉用傳之？是以填詞之家，務解傳奇二字。[39]

至於戒諷刺、戒荒唐、審虛實，則是強調創作傳奇的用心，在於移風易俗，所以要本乎人情，不素隱形怪。他認為傳奇既是與史傳詩文同源而異派，就不能視為末技，而且要能發揮它救世的功能：

[38] 李漁《閒情偶寄》〈結構第一・立主腦〉p.8。
[39] 《閒情偶寄・詞曲部》〈結構第一脫窠臼〉p.9。

> 傳奇一書，昔人以代木鐸，因愚夫愚婦識字知書者少，勸使為善，誡使勿惡，其道無由，故設此種文詞，借優人說法，與大眾齊聽。謂善者如此收場，不善如此結果，使人知所趨避，是藥人壽世之方，救苦弭災之具也[40]。

因為傳奇不像其他文體有法可循，加上它變幻多端，要兼顧案頭與場上，還要能推陳出新，所以李漁欲將金針度人，提出的是創作理念和經驗，是創作傳奇的大方向和大原則，但能取其用心立意，不能奉為繩墨斤斤執守。

〈醜郎君怕嬌偏得豔〉和《奈何天》都是在結構概念下的創作，因為文體結構不同，所以產生不同的表述和演述方式。李漁以小說和戲曲的共同性著眼，即傳奇性，提出一人一事的情節敘事原則，然後以話本小說架構藍圖，再因應傳奇劇本的格局，擴寫為傳奇。他的創作脈絡可圖示如下：

情節結構 → 話本小說 → 傳奇格局 → 傳奇劇本

他在《無聲戲》第一回〈醜郎君怕嬌偏得豔〉下標明：此回有傳奇即出[41]，可見李漁是先完成小說後，進一步擴寫為傳奇劇本。他自己也說：「稗官為傳奇藍本，有生旦不可無淨丑。[42]」所以他的

---

40 《閒情偶寄・詞曲部》〈結構第一戒諷刺〉p.5-6。

41 《李漁全集第八卷》〈無聲戲小說目次〉，p.3，杭州：浙江古籍出版社，1992 年 10 月。

42 《合錦回文傳》第二卷後有署名「素軒」的評語：「稗官為傳奇藍本。傳奇，有生、旦，不能無淨、丑。」《李漁全集第卷》，p.326，杭州：浙江古籍出版社，1992 年 10 月。

小說命名叫《無聲戲》，就知道他作小說和戲曲是同出一轍。也因為這樣，他的結構理念在小說中充分發揮，所以小說的情節架構和用心都能吻合他的結構理論，而且「回回都是說人，再不肯說神說鬼[43]」、「不效美婦一顰，不拾名流一唾，當世耳目，為我一新。[44]」。孫楷第認為李漁的短篇小說「神理間架都好」，「篇篇有他的新生命的」，但是：

> 敘次描寫尚不能瑣細入微，新奇的事情，不能用平常的物理周旋迴護，所以看來只覺纖巧。這種地方，大概因為笠翁誤認小說戲曲是一件事情的緣故吧！[45]

因為李漁強調小說的傳奇性，以「一人一事」立主腦，敘事者以全知的觀點鋪敘故事的發展，在〈醜郎君怕嬌偏得艷〉中安插許多對話，還有生動的動作、聲音和形貌，栩栩如生，讓人想見人生舞台的剪影。他的目的是透過趣味的表述，達到療癒人心的目的。他的對象是大眾百姓，所以著重在當下的直觀直受，不周旋說理，以文士的標準看待，自然有些不足。

至於戲曲和小說的不同，李漁掌握了文體結構的格局，深知

[43] 《連城璧·亥集》第十二回後附評：「無聲戲之妙，妙在回回都是說人，再不肯說神說鬼。更妙在忽而說神，忽而說鬼，看到後來，依舊說的是人，並不曾說神說鬼。幻而能真，無而能有，真從來僅見之書也。」《李漁全集第八卷》，p. 424，杭州：浙江古籍出版社，1992 年 10 月。

[44] 《李漁全集第一卷》《笠翁文集卷三》〈與陳學山少宰〉，p.164，杭州：浙江古籍出版社，1992 年 10 月。

[45] 孫楷第〈李笠翁與十二樓〉，《李漁全集十五》p. 6658-6659，台北·成文出版社，民國 59 年。

變與不變的分
際，但是他仍然以傳奇性為戲劇的本質，娛樂與勸世為目的。他不求高深的說理和境界，所以有人會認為李漁的觀念是「小說與作戲曲同一門庭[46]」。

如果我們比較上述二篇作品，就可知道小說的結構與傳奇的格局是不同的，李漁的「結構」不能等同於「格局」。只能說他的用心與立意相同，把握二者的共性—傳奇性。至於劇本與劇場的特質，他是親身體驗的，也有很豐富的經驗和認知。

以現代戲劇的觀念釐清，則戲劇的本質在衝突，也就是戲劇性，《奈何天》的兩條情節線，分別有兩條支線，主線和支線之間、輔線和支線之間都是對立衝突的展現，最後所有線索合而為一，也就是問題的解決、衝突的弭平。而腳色的行動性，是推進劇情發展的關鍵[47]，李漁在出腳色部份，也都顧及到劇情的推動，甚至前後照應得極佳，如闕忠與宜春的安排。因此，真正要談李漁的傳奇結構，不能忽略他對「格局」的掌握，更不應混同他的「結構觀念」與「格局結構」。

〈醜郎君怕嬌偏得艷〉是一人一事，敘述醜郎君得艷的經過，旨在勸婦女以三位佳人為借鏡，對丈夫莫求全責備；再勸丈夫當

46 孫楷第〈李笠翁與十二樓〉，《李漁全集十五》p. 6658，台北・成文出版社，民國 59 年。

47 筆者綜合前人說法，以為戲劇的特質主要在：傳奇性（情節）、戲劇性（衝突）和行動性（腳色）。詳參高美華〈舞台敘傳劇本寫作〉一文，見張高評主編《實用中文寫作學三編》p.139-161，台北：里仁書局，2009.11。

惜福，像闕里侯一般供養佳人，後來必得美報。總之，是示人處常之道，嫁了要安心，娶了要惜福。《奈何天》則是多人一事，演述闕不全和眾佳人奈何不得天，闕忠補就缺陷天的過程。其間三位佳人甚至丫鬟宜春，各有各的無奈，各有各的舉措，奈何不了的天，由神眾和變形使者補全了；而闕忠也在補就主人缺陷天的同時，建功立業，補全了自己身為人僕無可奈何的天。闕不全因忠厚肯納忠言，終能在眾人與諸神的努力下，福貴齊至，寄寓著「貌隨心改」的旨趣，補就了「缺陷天」。

〈醜郎君怕嬌偏得艷〉和《奈何天》，同出一機杼，但因結構格局不同，由小說的「一人一事」：醜郎君得艷，到了傳奇就成了「多人一事」：眾人補就缺陷天，其主題和意趣也就不能等同了。

第五屆辭章章法學
學術研討會議程

歡迎各界蒞臨指導！！

一、會議時間： 民國 99 年 10 月 9 日（星期六）

二、會議地點： 高雄市三民區民族一路 900 號
文藻外語學院求真樓地下一樓

三、辦理單位：

（一）主辦：文藻外語學院應用華語文系
中華民國章法學會

（二）協辦：國文天地雜誌社

四、會議主題：

（一）章法學與辭章學研究

（二）辭章學與意象學研究

（三）中、西結構學研究比較

（四）辭章學研究與現代語文教學

（五）辭章學研究與華語文教學

五、會議議程：

<table>
<tr><th>時間</th><th colspan="2">地 點</th><th colspan="3">10月9日（星期六）</th></tr>
<tr><td>09:00
-09:20</td><td colspan="2">文藻外語學院求真樓地下一樓</td><td colspan="3">報 到</td></tr>
<tr><td>場 次</td><td>地 點</td><td>主持人</td><td>主講人</td><td>論 文 題 目</td><td>特約討論</td></tr>
<tr><td rowspan="2">09:20
-10:00</td><td rowspan="2">求真樓地下一樓Q001</td><td rowspan="2">徐漢昌
文藻外語學院應華系教授</td><td rowspan="2">陳滿銘
章法學會理事長</td><td colspan="2">開 幕 式</td></tr>
<tr><td colspan="2">專題演講：篇章邏輯與思考訓練</td></tr>
<tr><td>10:00
-10:20</td><td colspan="2">求真樓地下一樓</td><td colspan="3">茶 敘</td></tr>
<tr><td rowspan="5">第一場
10:20
-12:00</td><td rowspan="4">甲場
Q001</td><td rowspan="4">李威熊
逢甲大學講座教授</td><td>竺靜華
臺灣師大國語教學中心教師</td><td>華語教學中的「無中生有」——試論「至於」與「而」在段落中的運用</td><td>蒲基維
中原大學兼任助理教授</td></tr>
<tr><td>蔡幸君
臺灣師大國研所碩士生</td><td>《詩經・衛風・氓》篇章意象之形成及組合</td><td>陳佳君
國北教大助理教授</td></tr>
<tr><td>白雲開
香港教育學院副教授</td><td>朱自清〈背影〉文本結構分析</td><td>顏智英
國立臺灣海洋大學助理教授</td></tr>
<tr><td>陳佳君
國北教大助理教授</td><td>篇章縱橫向結構的方法論原則——以「多、二、一（0）」理論為架構</td><td>余崇生
北市教大中語系主任</td></tr>
<tr><td>乙場
Q002</td><td>林文寶
臺東大學榮譽教授</td><td>呂有勝
行政院退輔會輔導員</td><td>《文心雕龍・原道》論述道與文之辭章初析</td><td>黃連忠
高苑科大助理教授</td></tr>
</table>

			謝敏玲 國立高雄大學兼任助理教授	陶淵明〈形、影、神〉組詩中的「本我、自我、超我」試探	傅武光 臺灣師大國文系兼任教授
			趙靜雅 文藻外語學院助理教授	華語介詞「關於、對於」之詞彙語義初探	許長謨 成大中文系副教授
			張娣明 開南大學助理教授	《詩品》與泛具法的輝映	傅武光 臺灣師大國文系兼任教授
12:00-13:20	求真樓地下一樓		午餐、會員大會		
第二場 13:20-15:00	甲場 Q001	賴明德 中原大學應華系客座教授	魏愛妮 文藻外語學院碩士生	印漢程度副詞「sangat」與「很」之結構對比分析	戴維揚 玄奘大學英語系主任
			邱燮友 東吳大學兼任教授	穿越時空進入四度空間的文學	胡其德 清雲科大教授
			吳燕真 臺灣師大國研所博士生	《詩經·大雅》開國詩史的章法結構探析	賴明德 中原大學應華系教授
			戴維揚 玄奘大學英語系主任	論釋語言葛藤反轉（Chiasmus）現象	胡其德 清雲科大教授
	乙場 Q002	許錟輝 東吳大學中文系客座教授	張毓珍 國立臺灣藝術大學碩士生	《竇娥冤》中的儀式結構分析	高美華 成大中文系副教授
			莊雅州 元智大學客座教授	從文字學與文學角度探討詩經重章疊詠藝術	許錟輝 東吳大學客座教授

			羅茂元 文藻外語學院 碩士生	「互動式情境模擬的任務寫作教學」對於以中文為第二語言的學習者的幫助——以在越南的學習者為例	余崇生 北市教大中語系 主任
			林雪鈴 文藻外語學院 助理教授	章法學在交互式閱讀教學法中的運用	謝奇懿 文藻外語學院 助理教授
15:00 -15:20	求真樓地下一樓		茶敘		
第三場 15:20 -17:00	甲場 Q001	張高評 成功大學 中文系 特聘教授	許長謨 成大 中文系 副教授	幾組章法專詞的試譯及其跨語言問題探討	戴維揚 玄奘大學 英語系 主任
			黃淑貞 慈濟大學 助理教授	辭章學閱讀策略之理論與實踐－－以鄭愁予二詩為例	仇小屏 成大中文系副教授
			謝玉玲 海洋大學 助理教授	傳說、幻化與超越——論《廣東新語》中的水族書寫	邱燮友 東吳大學 中文系 兼任教授
			仇小屏 成大中文系副教授	論《古文關鍵》之「圓型結構觀」——以「旁批」中所指出的對舉現象為考察範圍	張高評 成大 中文系 特聘教授
	乙場 Q002	王偉勇 成功大學通識中心主任	黃麗容 淡水 真理大學 助理教授	試由語法學看散文章法結構——以林語堂作品稱代詞組合為主	蔡宗陽 臺灣師大 國研所 兼任教授
			高美華 成大 中文系 副教授	李漁小說〈醜郎君怕嬌偏得艷〉與戲曲《奈何天》結構之比較	王偉勇 成功大學 通識中心 主任
			許馨云 臺灣師大 教學碩士	〈馬太福音〉的修辭義	王基倫 臺灣師大 國文系 教授

			謝元雄 輔仁大學 中研所 博士生	《儀禮・士昏禮》篇章結構與儀節探析	莊雅州 元智大學 客座教授
17:00 -17:20	求真樓 地下一 樓 Q001	陳智賢 文藻外語學院 應華系主任	蔡宗陽 台師大國研 所兼任教授	閉　幕　式	

※ 主持人 **3** 分鐘，主講人宣讀論文 **12** 分鐘，特約討論人 **7** 分鐘，其餘時間為綜合討論。

國家圖書館出版品預行編目(CIP)資料

章法論叢・第五輯：辭章章法學學術研討會論文集・第五屆/中華章法學會主編. -- 初版. – 臺北市 ： 萬卷樓, 2011.09

面； 公分

ISBN 978-957-739-724-9 (平裝)

1.漢語 2.作文 3.文集

802.707 100017834

章法論叢【第五輯】

ISBN 978-957-739-724-9

2011 年 10 月初版 平裝

定價：新台幣 520 元

主　　編　中華章法學會
發 行 人　陳滿銘
總 編 輯　陳滿銘
副總編輯　張晏瑞
封面設計　斐類工作室

出 版 者　萬卷樓圖書股份有限公司
編輯部地址　106 臺北市羅斯福路二段 41 號 9 樓之 4
電話　02-23216565
傳真　02-23218698
電郵　wanjuan@seed.net.tw
發行所地址　106 臺北市羅斯福路二段 41 號 6 樓之 3
電話　02-23216565
傳真　02-23944113
印 刷 者　百通科技股份有限公司

新聞局出版事業登記證局版臺業字第 5655 號

網 路 書 店　www.wanjuan.com.tw
劃 撥 帳 號　15624015